미친 사랑의 서

WRITERS BETWEEN THE COVERS
by Shannon McKenna Schmidt and Joni Rendon

Copyright © Shannon McKenna Schmidt and Joni Rendon, 2013
Korean Translation Copyright © MUNHAKDONGNE Publishing Corp., 2019

This Korean edition is published by arrangement with
Plume, a member of Penguin Group(USA) LLC, a Penguin Random House Company
through Shinwon Agency, Seoul.
All rights reserved.

이 책의 한국어판 저작권은 신원 에이전시를 통해
Plume, a member of Penguin Group(USA) LLC, a Penguin Random House Company와
독점 계약한 (주)문학동네에 있습니다.
저작권법에 의해 한국 내에서 보호를 받는 저작물이므로
무단 전재 및 무단 복제를 금합니다.

이 도서의 국립중앙도서관 출판예정도서목록(CIP)은
서지정보유통지원시스템 홈페이지(http://seoji.nl.go.kr)와
국가자료공동목록시스템(http://www.nl.go.kr/kolisnet)에서 이용하실 수 있습니다.
(CIP제어번호: CIP2019025756)

미친 사랑의 서

작가의 밀애, 책 속의 밀어

섀넌 매케나 슈미트, 조니 렌던 지음

허형은 옮김

문학동네

브라이언과 스티브에게

작가의 침실

위대한 문인들의 침실에서는 어떤 일들이 벌어졌을까? 위대한 문인이라고 하면 흔히 잉크 묻은 원고지만을 벗삼아 깊은 사색에 잠긴 채 글을 써내려가는 모습이 떠오른다. 실제로는 그 방에서 당대의 섹스 심벌들과 흥청망청 음주파티를 벌이거나 서로를 소울메이트라 믿는 연인을 상대로 진한 사랑을 나누는 광경이 펼쳐졌다는 것을 아는 사람이 얼마나 될까.

우리가 역사적인 문호들의 러브스토리에 관심을 갖기 시작한 것은 전작前作인 『소설기행Novel Destinations』을 위한 자료조사를 하는 과정에서였다. 저명한 문인들이 일상을 영위하고 사랑을 나누고 영감을 얻었던 그들만의 보금자리와 단골집들을 수차례 방문하면서, 우리는 특히 '사랑' 이야기에 재차 마음을 빼앗겼다. 상식을 벗어나거나 상상을 뛰어넘을 정도로 외설스러운, 흥미롭고도 충격적인 면면이 하나둘 드러났고, 우리는 더욱더 입맛을 다시며 그들의 치정관계를 파고들었다.

빅토르 위고가 정부情婦를 만나러 나갈 때마다 이용했다는 비밀의 문이 정확히 어디에 있다는 걸까? 찰스 디킨스와 그의 처제가 부적절한 관계였다는 소문이 사실일까? 제네바 호수에 여름휴가를 가서 망원경을 빌려 바이런과 셸리 부부를 염탐했다는 오지랖 넓은 여행객들처럼, 우리도 문학계의 아이돌 중에서 과연 어떤 유명인사(그리고 유명하지 않은 인사)들이 서로 만나고, 화해하고, 또 헤어졌는지, 그 은밀한 사정이 궁금해 못 견딜 지경이었다.

처음에는 희대의 저명한 작가와 얽힌 상대방에 대해 막연한 부러움을 품었지만—그 명성! 화려한 생활! 그리고 로맨스까지 다 누리다니!—사정이 차차 밝혀지면서 창작하는 사람의 연인이 된다는 것이 얼마나 위험한 게임인지 깨닫게 되었다. 등에 칼을 맞을 수도 있고(아델 메일러), 알코올 중독자로 생을 마감할 수도 있으며(케이틀린 토머스), 자기 의사와 상관없이 정신병원에 수감되기도 하고(비비안 엘리엇), 알코올 중독자가 되는 것도 모자라 정신병원에 갇히는 수도 있고(젤다 피츠제럴드), 아니면 모든 것을 포기하고 오직 그 사람만 돌보다가 인생이 끝나버릴 수도(레너드 울프) 있었다.

몇몇 작가들은 이마에 '접근 금지' 경고문이라도 붙이고 다녔어야 하는 것 아닌가 하는 생각마저 들었다. 찬탄이 절로 나오는 명문으로 자신들의 영혼을 엿볼 수 있게 해준 바로 그 기질들—자기중심적이고, 자아도취적이며, 혹은 그냥 너무 감정적인 성격—이 연인으로서는 낙제점을 받게 한 요인이었다. 더 분개할 만한 사실은, 우리가 사는 세상이 예술가 타입에게 이유 없이 관대하다는 것이다. 어떤 작가들, 예를 들어 노면 메일러는— 담당편집자의 말에 따르면 그가 폭력성을 발산하면서 글을 쓸 용기를 얻었다고 하니— 굳이 자신을 변호할 필요도 없었던 것으로 보인다. 온갖 불미스러운 짓을 저질러도 예술가라는 이유로 용서받았다. '예술가라는 족속은 원래 자유분방하고 신비롭고 예측불가한 존재 아니었어?' 하는 심리가 전반적으로 깔려 있는 것이다.

범인凡人보다 감정을 더 강렬하게 경험하며 살아가는 것은 문인들에게 이를테면 직업상 필수요건이나 마찬가지다. 그렇다면 그들이 전통적인 윤리의 족쇄에서 풀려났을 때, 토요일마다 정해진 공식처럼 아내와 데이트를 하는 착한 워드 클리버Ward Cleaver ● 아저씨보다 훨씬 혁신적이고 진솔한 문장을 뽑아낼 수 있는 건 어찌 보면 당연하다. 이를 증명하듯, 배다른 누이와 잠자리를 하고 아내에게 공개적으로 요란하게 이혼당한 바이런도 「돈 후안」에 아무렇지 않게 충격적인 시구 몇 줄을 삽입하지 않았는가. 아니, 오히려 자신의 방탕한 행실로 구설수에 오르내리는 것만큼 외설적인 문장으로 사교계 가십에 불을 지피는 데서 쾌감을 느꼈던 것 같다.

그러니 이런 의문이 들 수밖에 없다. 피츠제럴드의 결혼이 프랑스 남부에서 결국 파국을 맞지 않았다면 과연 『밤은 부드러워라』가 탄생했을까? T. S. 엘리엇이 양극성 장애를 앓는 아내 때문에 자신도 실성 직전의 극한에 몰리지 않았다면 「황무지」의 배경이 되는 그 황량한 세계관이 탄생했을까?

어떤 작가들의 경우, 자신보다 몇 배 나은 성품의 충직한 배우자가

●　1950년대 미국 시트콤 〈비버에게 맡겨요Leave It to Beaver〉에 등장하는 모범적인 아버지 캐릭터— 이하 각주는 모두 옮긴이 주.

곧 작가로서의 명성을 굳히는 비밀병기로 작용했다. 소피아 톨스토이는 방대한 분량의 『전쟁과 평화』를 일곱 차례나 거듭 수기했다. 버지니아 울프의 모든 작품은, 우즈강*의 부름에 넘어가지 않도록 수년간 옆에서 붙잡아준 남편 레너드의 존재가 없었더라면 빛을 보지도 못했을 것이다. 거트루드 스타인은 오랜 연인 앨리스 B. 토클라스의 목소리를 빌려 쓴 작품을 발표하고 나서야 유명해졌다.

문학계 거장들의 로맨스가 이토록 우리를 사로잡는 이유는, 작가들 본인의 이야기가 그들의 펜촉을 거쳐 살아 숨쉬는 문장으로 탄생한 경우가 많기 때문이다. 부부의 사랑을 서간으로 노래한 것으로 유명한 문인 커플 로버트 브라우닝과 엘리자베스 배릿 브라우닝은 연애 시절 거의 600통에 달하는 서한을 주고받았다. 다른 커플들도 폰섹스와 인터넷 포르노가 없던 시절 공허함을 달래기 위해 편지라는 소박한 수단을 이용했다. 읽다보면 얼굴에 피가 쏠릴 만큼 수위가 높은 제임스 조이스의 서한들은 아내의 가스 배출 활동마저 에로티시즘을 덧입혀 장황하고 외설적으로 묘사했고, 헨리 밀러는 아나이스 닌과 본격적으로 '문학적인 섹스 파티'를 즐기기 전에 먼저 그녀에게 편지로 미리보기를 제공했다. 이에 아나이스는 밀러와 즐긴 성적인 모험을 소재로 에로틱한 일기를 써 훗날 크나큰 명성을 거머쥐었다.

입이 쩍 벌어질 정도로 엄청난 센세이션을 불러온, 갑갑한 샌님 스타일의 아서 밀러와 세기의 섹스 심벌 메릴린 먼로의 결합은 '극과 극은 서로 통한다'는 명제를, 최소한 결합 초기에는 증명해 보였다. 그러나

---

* 영국 잉글랜드를 흐르는 강. 버지니아 울프가 이 강에 투신해 자살했다.

거의 대부분의 경우 전설적인 문인들은 자신과 비슷한 파트너를 고른 것으로 보인다. 그렇다고 해서 행복한 결말이 보장되었다고 볼 수는 없지만 말이다. 계몽주의 사상가 볼테르와 똑똑한 그의 정부는 연구실에서, 그리고 침실에서도 궁합이 잘 맞았다. 시몬 드 보부아르와 장 폴 사르트르는 어느 날 카페에 갔다가 자리가 모자라 합석하면서 철학에 대한 열정과 휘하의 학생들을 유혹하는 취미를 사이좋게 공유했다. 어니스트 헤밍웨이와 마사 겔혼에게 교집합으로 작용했던 바로 그것, '전쟁 보도'는 결국 두 사람이 서로에게 배수진을 치게 만드는 원인이 되었다.

우리가 이 책의 자료조사를 진행하면서 수도 없이 내뱉은 말은 "이런 얘기는 지어낼 수도 없어!"였다. 정말이지, 이런 이야기들은 지어낼 수 없다. 지어내고 싶은 이야기들도 아니다. 문학계의 러브스토리에 한해서는 아무래도 진실이 픽션보다 더 이상한 (그리고 더 충격적인) 것 같다.

S h a n n o n   M c K e n n a   S c h m i d t   a n d   J o n i   R e n d o n

1장

미쳐도
함께 미치자

미인은 뜨거운 것을 좋아해

아서 밀러

한 사람이 자살하면 둘이 죽어, 매기.
자살은 그런 거야!

_아서 밀러, 「추락 이후After the Fall」

그는 미국 극작가들 중에서도 살아 있는 전설이었고, 그녀는 모르는 이가 없을 정도로 유명한 섹스 심벌이었다. 그런 두 사람, 아서 밀러와 메릴린 먼로의 결혼은 폭풍 같은 불안정한 관계의 시작이었고 5년도 못 가 결국 파경을 맞았지만, 5년이 아니라 수십 년 동안 밀러를 붙잡고 놓아주지 않았다.

"나무를 들이받은 것 같았어요! 그런 느낌 있잖아요─몸에서 열이 나는데 시원한 음료를 들이킨 것 같은." 자기보다 열한 살 연상인데다 코끝에 걸친 안경 때문에 더욱 지적인 분위기를 풍겼던 극작가 아서 밀러와의 첫 만남 이후 금발의 섹시 스타 메릴린 먼로가 흥분해서 쏟아낸 말이다. 할리우드에서 열린 어느 파티에서 만난 좀처럼 어울릴 것 같지 않은 두 사람은 몇 시간을 같이 춤추고 서로 희롱하며 보냈고, 자식을 둘이나 둔 유부남 밀러는 먼로와 지긋이 시선을 맞추면서 테이블 밑에서는 대담하게 그녀의 발가락을 애무했다. 변변치 않은 배역 몇 개로 필모그래피를 채우고 있었던 스물다섯 살의 신인 배우 먼로는 1951년 밀러를 만났을 당시 아직 유명세를 얻기 전이었다. 반면 밀러는 명작 반열에 드는 희곡 『세일즈맨의 죽음』으로 퓰리처상과 토니상을 휩쓸어 미국 연극계의 왕자로 막 등극한 상황이었다.

밀러가 극작가로 날개를 달기 시작하면서 대학 시절부터 사귀었던 아내 메리 슬래터리와의 결혼생활은 내리막을 치달았다. 먼로를 만났을 무렵 "그는 해소하지 못한 성적 욕구가 쌓이다못해 폭발하기 일보 직전이었다"고 친구이자 영화감독인 엘리아 카잔Elia Kazan●이 말했다. 숨이 붙어 있는 남자라면 다 그랬듯 밀러도 먼로의 색기에 단숨에 홀려버렸고, 먼로는 우선 밀러의 신사적인 매너와 지성, 그녀의 연기를 진심으로 존중하는 태도에 홀딱 반했다. 그는 모두가 먼로의 연기 욕심을 비웃을 때 그녀가 브로드웨이에서 성공할 잠재력을 갖고 있다고 믿어준 유일한 사람이었다.

서로에게 한눈에 빠져든 상황은 그렇다 처도, 원칙주의자인 밀러는 그전에 한차례의 외도가 무거운 죄책감만 남기고 끝나자마자 또다른 혼외관계에 발을 들이기를 꺼렸다. 먼로에 대한 감정을 묻어버리려고 작정한 듯 그는 브루클린의 집으로 돌아가 4년 동안 단 한 번도 먼로를 만나지 않았다.

한편 먼로는 영화배우로 주목받으면서 수많은 남자를 만났고 뉴욕 양키스의 야구 선수 조 디마지오와 결혼해 세상을 떠들썩하게 했지만, 마음 한구석에서 여전히 밀러를 사모하고 있었다. 그는 자신을 단순한 성적 대상이 아닌 인간으로 대해준 첫 남자였고, 그에게서 든든한 보호자와 자상한 아버지의 모습을 발견한 먼로는 나중에 그를 '파파'라고 부르기도 했다. 명예의 전당에 이름을 올린 강타자 디마지오와의 폭풍 같았던 결혼생활이 아홉 달 만에 파탄나자, 성공을 향한 야망을 불태

●　『세일즈맨의 죽음』『욕망이라는 이름의 전차』를 연극 무대에 올려 호평받았으며 영화 〈에덴의 동쪽〉〈초원의 빛〉 등을 만든 터키 태생의 미국인 감독이자 연출가.

우던 여배우 먼로는 이참에 연기력을 연마하고자 할리우드를 떠나 뉴욕으로 갔다. 일단 일과 생활의 터전을 옮긴 먼로는 사랑의 상처를 회복하는 데 시간을 허비하지 않고, 그 대신 불행한 결혼생활을 붙잡고 있던 밀러와 은밀한 관계를 시작한다.

"당시 그녀는 내게 아득한 빛의 소용돌이 같았다. 모순덩어리이면서도 사람을 잡아끄는 신비한 힘이 있었다." 밀러는 약간은 백치미로 보이는 화려한 겉모습 뒤에 깊이와 고뇌가 엿보이는 반짝반짝하고 다면적인 이 금발 아가씨를 이렇게 묘사했다. 그렇게 속절없이 빠져든 데는 욕정도 욕정이지만 그녀의 어두운 유년 시절에 대한 동정도 작용했다. 사생아인데다 친엄마마저 원치 않는 아이로 세상에 나온 먼로는 조현병을 앓는 엄마 손에 자라다가 곧 위탁가정에 맡겨졌다. 세심한 남자 밀러는 먼로의 불행한 어린 시절 이야기에 크게 마음이 동했고, 자신이 과거의 망령들로부터 먼로를 구해줄 수 있을 거라 믿었다.

그렇게 다를 수가 없는 두 사람인데도 그들은 서로에게서 그동안 채워지지 않았던 부분들을 충족시켰다. 먼로의 뿌리깊은 자격지심과 낮은 자존감은 지적인 밀러의 자상한 격려로 서서히 치유되기 시작했고, 밀러의 남자로서의 자존심은 미국에서 가장 섹시한 여성을 차지했다는 것으로 회복되고도 남았다. 그런 그들도 다른 평범한 커플들처럼 자전거 타기나 수영, 여유로운 산책, 재즈 음악 감상 같은 소소한 즐거움을 나누었다.

1956년 여름, 밀러는 할리우드 스타 메릴린 먼로와 결혼하기 위해 아내와 고통스러운 이혼 절차에 들어갔다. 그런데 막상 결혼하기도 전에 밀러는 먼로의 유명세, 그리고 그녀의 주변인들마저 모조리 휩쓸어버리는 엄청난 미디어 공세에 자신이 전혀 대비가 안 되어 있음을 깨달았다. 약혼이 발표되자마자 '미국 최고의 지성'과 '미국 최고의 육체'의 결합으로 불리기 시작한 두 사람은 이혼하는 순간까지 파파라치들의 감시에서 한순간도 자유롭지 못했다.

너무나도 있을 법하지 않은—"샌님이 육감적인 몸매와 결혼하다"라는 신문 머리기사가 뜰 정도로 의외였던— 결합이었기에, 두 사람은 원치 않는 관심에 끊임없이 시달렸다. 소위 시사 전문가라는 트루먼 커포티 같은 자들이 심심하면 부정적인 전망과 생각 없는 비난을 뱉어댔고, 심지어 커포티는 이 결혼을 두고 "극작가의 죽음"이라고 비꼬았다. 메릴린 먼로의 지인들도 전 국민에게 사랑받는 먼로의 이미지가 밀러의 '비애국적' 좌파 정치색으로 얼룩질 거라며 두 사람의 결합을 반대했다.

게다가 먼로가 결혼 직전 이제 영화는 조금 덜 찍고 가정에 충실하겠다고 선언한 것과 달리, 실제 상황은 정반대로 흘러갔다. 결혼하고 2주 뒤 이 세기의 커플은 영국으로 날아갔다. 먼로가 〈왕자와 무희〉에 로렌스 올리비에의 상대역으로 출연하기로 되어 있었기 때문인데, 그러는 바람에 밀러는 생각지도 못하게 아내의 보모 겸 상담사 겸 부모 겸 대리 사죄인 역할을 떠맡고 말았다. 그는 아내가 촬영장에서 지킬과 하이드처럼 돌변하는 것을 보고 충격받았다. 먼로가 연기에 대해 엄청난 부담을 가지는 바람에 불안증과 자격지심 등 오만 가지 부정적 감정을 욱여넣은 판도라의 상자 뚜껑이 열려버린 것이었다.

먼로는 스트레스를 견디기 위해 가지고 있던 처방약들을 되는대로 혼합 복용했고, 이런 약물 의존 습관은 밀러에게 또하나의 충격으로 다가왔다. 그는 아내를 보면서 치미는 울화와 의구심을 공책에 깨알같이 기록했는데, 불행히도 먼로가 그 글을 우연히 읽고 말았다. 글의 내용은 가뜩이나 불안정한 먼로의 속을 더욱 헤집어놓았고, 이 사건(나중에 밀러의 희곡 「추락 이후」에 묘사되었다)으로 걸핏하면 폭발하는 그녀의 성질과 편집증적 성향이 몇 배 더 심해졌다. 먼로는 촬영 직전 너덜너덜해진 신경을 술로 가라앉히기 시작했는데, 알코올은 그녀가 시도 때도 없이 복용하는 각성제, 진정제와 섞어 마시기엔 굉장히 위험한 조합이었다. 먼로의 널뛰는 감정 변화를 가장 가까이서 달래고 감당해야 했던 것은 밀러였고, 그는 그런 먼로를 산산조각난 꽃병에 비유했다. "온전할 때는 더없이 아름답지만, 산산이 부서진 조각들은 살의를 품고 나를 벤다."

〈왕자와 무희〉를 촬영하는 동안 먼로가 그토록 감정적으로 힘들어했던 것은 사실 계획에 없던 임신 때문이기도 했다. 밀러와의 사이에서 생긴 처음 세 명의 아기는 태어나지도 못했다. 아이를 간절히 바랐던 먼로는 유산할 때마다 다시 우울의 나락으로 떨어졌고, 반복된 유산은 몇 차례의 자살 기도로 이어졌다.

부부관계는 영화 촬영이 계속되는 동안 수없이 고초를 겪었고 결국에는 회복되지 못할 지경에 이르렀지만, 그렇다고 행복한 순간이 아주 없었던 것은 아니다. 특히 먼로가 연기에 대한 스트레스에서 벗어나 있을 때 그런 순간이 많았다. 가사에 도전해볼 기회도 있었고(손수 만든 파스타를 장난삼아 헤어드라이어로 말린 적도 있다), 햄프턴스의 해변에서 한가로이 뛰놀거나 코네티컷에 소유한 19세기 양식의 농장 저택을 복원하는 공사를 함께 감독하기도 했다.

그러나 집에 그냥 있을 때도 두 사람의 극명한 성격 차이는 좀처럼 무시하기 힘들었다. 밀러는 조용한 방에서 혼자 집필에 몰두하기를 좋아한 반면, 메릴린은 온실에서 키운 이국적인 화초처럼 끊임없이 남의 관심을 필요로 했다. 그녀에겐 딱히 취미라 할 만한 것이 없었고 절친한 친구도 몇 안 되었다. 그 집 하녀의 증언에 따르면, 먼로는 여가 시간의 대부분을 잠을 자거나 상담사를 만나거나 연기 수업을 받거나 아니면 거울을 들여다보면서 보냈다. 혼자 있는 것을 지독히 싫어했고, 남편이 글을 쓰려고 틀어박히는 것도 치를 떨도록 싫어했던 먼로는 참다 못해 이렇게 분통을 터뜨렸다. "여기는 감옥이고 내 담당 간수는 아서 밀러라는 사람이야…… 매일 아침 그 사람이 망할 서재에 처박히면 나는 몇 시간이고 그 사람 머리카락도 못 본다고…… 그럼 나는 멍하니 앉아 있어야 해. 혼자서 딱히 할 일이 없으니까."

이기적이게도 그녀는 자신의 끝도 없는 요구가 남편의 창작을 가로막는다는 사실을 깨닫지 못했다. 두 사람이 부부로 지내는 동안 밀러는 메릴린의 보호자 노릇을 하면서 불만에 찬 영화감독들이나 제작사 대표들을 상대로 중재자 역할까지 수행하느라 새 작품을 한 편도 쓰지 못했다. 그렇게 자신을 희생해가며 아내에게 헌신하는 밀러를 노먼 메일러는 "세상에서 가장 재능 있는 노예"라고 조롱했다.

메릴린 먼로는 1958년 〈뜨거운 것이 좋아〉를 찍으러 로스앤젤레스로 갔다. 밀러는 글을 써보려고 집에 남았지만, 곧 먼로가 약물 과다복용으로 입원했다는 연락에 하는 수 없이 또 아내 곁으로 갔다. 촬영장에서 먼로의 프로답지 못한 행동—지각은 예사고 자기 대사조차 못 외웠으며("버번 어디 있죠?"라는 간단한 대사조차 59번을 촬영해야 했다) 동료들도 함부로 대했다—은 이제는 익숙해진 문제적 상황을 또다시 불러왔고, 밀러는 그곳에 머물면서 아내를 추스르고 지탱해주는 수밖에 없었다.

촬영이 끝나고 먼로는 또 한번의 유산을 겪었다. 먼로가 몸과 정신을 추스르는 동안, 절망에 빠져 있던 남편은 자신의 단편 「어울리지 않는 사람들The Misfits」을 아내를 위한 영화로 만들면 어떨까 하는 아이디어를 떠올렸다. 그러면 아내가 그토록 갈망하던 진지한 역할을 연기해볼 기회가 될 터였고, 그것을 계기로 먼로가 우울증에서 벗어나 부부가 다시 가까워질 수 있지 않을까 하는 희망에서였다. 그런데 예상과 다르게 먼로는 그 프로젝트에 뜨뜻미지근한 태도를 보였고, 존 휴스턴이 감독으로 확정되고 나서야 마지못해 출연 계약을 했다. 그런 그녀의 반응에 밀러는 감정이—더불어 자존심도— 크게 상했다.

영화 각색 작업과 배역 캐스팅이 진행되는 동안 먼로는 〈사랑을 합시다Let's Make Love〉에 주연으로 발탁돼 촬영하다가 상대 배우인 이브 몽탕과 바람이 나 세상을 발칵 뒤집어놓았다. 이브 몽탕은 촬영이 끝나자마자 프랑스로 도망갔지만, 영화 〈어울리지 않는 사람들〉이 크랭크인했을 때 이미 촬영장 분위기는 재앙에게 어서 옵쇼 하고 레드카펫을 깔아놓은 것과 진배없었다. "촬영이 시작됐을 때…… 우리는 이미 부부라고 부를 수 없는 관계였다." 완전히 체념해버린 밀러는 이렇게 말했다.

네바다주 세트장에서 장장 4개월간 촬영 작업을 하면서 두 사람은 서로 말도 걸지 않았다. 먼로는 남편을 향한 경멸과 적대감을 숨기지 않았고, 같이 사진도 안 찍으려 드는 건 물론 누가 듣든 말든 남편에게 고래고래 욕을 퍼붓기도 했다. 한번은 그날의 촬영이 끝난 뒤 남편에게 말도 안 하고 차를 몰고 어디론가 가버려서, 하는 수 없이 아내를 찾아 나선 밀러가 네바다 사막을 헤매다가 한참 후 사막의 도로에서 휴스턴 감독에게 발견되는 소동도 있었다. 그런데도 밀러는 영화 제작이 더 지연되거나 완전히 중단될까봐 그런 수모를 묵묵히 감내했다.

한편, 상습적인 약물 복용으로 한층 심해진 먼로의 끓는 물 같은 태도는 주변인이 참아줄 수 있는 한계치를 넘어섰다. 병적인 지각 습관에 대사 못 외우는 것은 여전했고, 거기에 더해 정신이 나간 듯 멍해 보일 때가 잦았으며, 나체로 호텔 엘리베이터를 탄 모습이 목격되기도 했다. 촬영 도중 '탈진'으로 입원하기도 했는데, 사실은 감독이 먼로의 신경안정제 의존을 조금이라도 완화해볼 의도로 입원시킨 것이었다.

밀러는 훗날 처음부터 먹구름을 끼고 시작했던 이 영화에 대해 이렇게 회상했다. "가장 슬픈 건, 나는 메릴린을 기분좋게 해주려고 각본을 썼는데 메릴린은 이 작품을 찍으면서 완전히 무너져버렸다는 것이다." 메릴린 먼로의 자전적 자아상에 가까운 그 배역은 아름답고 감성 풍부한 이혼녀로, 결혼생활에 실패하고 좌절하지만 서로 다른 타입의 세 남자에게 구애를 받는다는 설정이었다. 꾸밈없고 소탈한 여자를 그린 그 배역은 메릴린 먼로의 트레이드마크였던 화려함과 섹시함을 걷어내고 그녀가 본래 가지고 있던 연기력이 빛날 수 있는 절호의 기회였다.

그러나 먼로는 고마워하기는커녕 그전까지 다른 영화를 촬영할 때도 그랬듯, 자신이 피해자인 양 행동했다. 영화 촬영이 마무리된 1960년 가을에는 밀러와의 별거를 공식 발표했다. 결국 두 사람 다 자기가 생각했던, 언젠가는 깨질 수밖에 없는, 상대방의 이미지와 결혼한 셈이었다. "내 생각에 우리는 우리가 서로를 보완해준다고 생각했던 듯하다.

물론 그건 큰 오산이었다." 밀러는 훗날 이렇게 후회했다.

〈어울리지 않는 사람들〉은 결혼생활에 파국을 가져왔지만, 다른 한편으로는 밀러에게 뜻밖에도 새로운 문을 열어주었다. 뉴욕으로 돌아간 밀러는 영화 스틸컷을 검토하다가 촬영 과정을 사진으로 기록한 사진작가 중 한 명인 잉게 모라스와 눈이 맞았다. 처음에 잉게는 밀러의 점심 초대를 마지못해 수락했고, 완충장치 역할을 해줄 동료를 한 명 데리고 갔다. "아서가 자기연민에 빠진 사람일 줄 알았어요. 그런데 알고 보니 굉장히 재미있는 사람이더군요." 훗날 잉게는 이렇게 고백했다.

전 세계를 누비며 사진을 찍던 잉게는 널리 인정받은 경력 덕분에 한곳에 일주일 이상 머무는 때가 드물었는데, 성격도 메릴린 먼로와는 거의 정반대였다. 그 점은 밀러도 확연히 느낀 모양이다. "잉게와 있으면 숨통이 트이는 것 같았다. 온종일 따라다니며 돌봐줄 필요가 없었으니까." 밀러는 이렇게 말하기도 했다. 잉게와 사귀기 시작한 지 얼마 안돼서 밀러는 지적 자극을 받아 희곡 「추락 이후」를 집필했는데, 두 번 이혼한 남자가 세번째 여자를 만나 진정한 사랑을 발견하고 믿음을 회복한다는 내용이었다. 이 작품이 1964년 브로드웨이에서 초연되었을 당시 대중은 그가 먼로를 약물 과다복용으로 결국 사망하는 자기파괴적 여성으로 묘사한 것에 대해 분노를 숨기지 않았다. 메릴린 먼로가 실제로 약물 과용으로 숨진 것이 불과 18개월밖에 안 됐다는 사실 또한 대중의 분노를 거들었다. 밀러가 해당 희곡의 집필에 착수한 시점이 먼로가 죽기 훨씬 전이었는데도 그는 작품의 성공을 위해 살아생전 고생을 할 대로 한 메릴린 먼로를 이용해먹었다는 비난을 면치 못했다.

그 작품이 자신의 다른 작품들보다 "더 자전적이지도, 그렇다고 덜 자전적이지도 않다"고 주장하면서 밀러는 〈라이프〉지에 자신을 변호하는 장문의 글을 기고했다. 대중이 미처 몰랐던 사실은, 그 희곡이 잉게에게 프러포즈하는 것에 대한 밀러 자신의 상반된 감정들을 무대에 올려 분석할 의도로 쓴 작품이라는 것이었다. 결혼에 관한 밀러의 암울한 전적은 새로운 결합에 회의적인 태도를 갖게 했지만, 다행히 '행운의 삼세번'이라는 말이 들어맞았다. 밀러는 잉게와 함께한 40년을 "내 인생 최고의 시간"이었다고 표현했다.

언감생심 꿈도 못 꿨던 행복과 인생 역전에도 불구하고 먼로에 대한 죄책감은 씻을 수 없었나보다. 그녀를 구원해주지 못했다는—그리고 두 사람의 결혼을 지켜내지 못했다는—패배감이 죽는 순간까지 그를 괴롭혔다. 87세의 나이에 그는 〈어울리지 않는 사람들〉을 촬영하면서 먼로와 함께했던 시간들을 그린 마지막 작품 「영화를 마무리하며 Finishing the Picture」를 집필했다. 어쩌면 먼로를 마지막으로 한번 더 무대에 세움으로써 그녀의 망령은 물론 오랫동안 자신을 괴롭혀온 기억들까지 함께 묻어버리고자 했는지도 모르겠다.

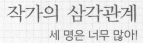

작가의 삼각관계
세 명은 너무 많아!

카사노바 기질이 다분했던 시인 에즈라 파운드는 자신이 연애 상대 꼬
시는 능력이 뛰어나서 창작 능력도 그렇게 뛰어난 거라고 우기며 스스
로의 바람기를 뻔뻔하게 정당화했다. 비단 에즈라 파운드뿐 아니라 그
와 똑같이 생각하는 문인들 때문에 수많은 남녀가 삼각관계에 휘말렸
다. 그런 삼각관계는 수십 년간 지속되다가도 보통은 결국 파국을 맞았
고, 간혹 예상치 못한 우정을 낳기도 했다.

가까이하기엔 너무 먼 당신
에즈라 파운드와 그의 아내는 제2차세계대전 당시 그들이 살고 있던 마을
이 독일군에게 점령당하자 파운드의 정부가 사는 집으로 피란을 가 함께
살았다. 파운드는 그 집에서 2년 가까이 "그를 사랑하고 그의 사랑을 받은,
그러나 서로를 차갑게 증오한 두 여자들과 갇혀 살았다"고, 서로의 신경줄
을 팽팽하게 긴장시켰던 이 삼각관계에 대해 훗날 그의 친딸이 증언했다.
놀랍게도 파운드는 두 여자와의 관계를 50년 넘게 유지했다.

애인 하나로는 부족했던 남자
빅토리아 시대의 소설가 윌키 콜린스는 목에 칼이 들어와도 결혼은 못할 것
처럼 굴더니, 대신 애인 두 명과 두 집 살림을 차렸다. 한 명은 런던에 있는
그의 집에 가정부인 척 들어가 살았고, 다른 한 명은 가명을 사용하며 마을

30

반대편에 집을 마련해 자식 셋과 함께 살았다.

두 애인에게 똑같이 분배해야 공평하지

E. M. 포스터는 전 애인이었던 경찰관 밥 버킹엄이 간호사 메이 호키와 등기소에서 결혼식을 올릴 때 증인으로 참석했다. 결혼 후 수십 년간 이 정력 넘치는 경찰관 밥은 아내 메이와 애인 포스터에게 시간과 애정을 공평히 분배했다. 메이와 포스터는 처음에는 연적으로 만났지만 점점 친해져, 포스터가 죽기 전 병마와 씨름할 때 메이가 그를 극진히 간호해주었다.

글로 승화시킨 분노

천하의 바람둥이 킹즐리 에이미스Kingsley Amis●는 수없이 여러 차례 바람을 피웠지만 외도 끝에는 항상 아내 곁으로 돌아갔다 — 동료 소설가인 엘리자베스 제인 하워드Elizabeth Jane Howard●●에게 빠지기 전까지는 그랬다. 배신당한 아내는 부부가 마지막으로 함께한 휴가에서 자신의 원통함을 만천하에 알리는 방법으로 화풀이했다. 풀장 가장자리에서 자고 있던 남편 에이미스의 등짝에 립스틱으로 이렇게 휘갈겨쓴 것이다. "뚱땡이 영국 남자 1인: 나는 치마 두른 모든 것에 물건을 세웁니다."

●　영국의 소설가이자 시인. 1954년 발표한 소설 데뷔작 『러키 짐Lucky Jim』으로 서머싯 몸 상을 수상했다.
●●　영국의 소설가로, 1951년 데뷔작 『아름다운 방문The Beautiful Visit』으로 당대 권위 있는 문학상이었던 존 루엘린 라이스 상을 수상했다. 킹즐리 에이미스의 아들인 마틴 에이미스에게 소설을 써보라고 격려해준 사람으로도 잘 알려져 있다.

현행범으로 잡히면서 끝난 치정 사건

빅토르 위고는 정부 한 명으로는 만족하지 못했다. 만족을 모르는 성욕 덕분에 그는 어느 미술가의 아내인 레오니 비아르와 한 이불 속에 들었다가 발각돼 체포당하기에 이르렀다. 질투에 불타오른 레오니의 남편이 제공한 정보로 형사는 위고가 딱 그 용도로 마련해둔 파리식 밀실에서 두 남녀가 열정을 불태우는 현장을 덮칠 수 있었다. 위고는 풀려났지만 성차별적인 프랑스의 법률 체계로 인해 레오니는 감옥에 수감되었다. 그런데 뜻밖에도 위고의 아내가, 남편의 오랜 정부인 쥘리에트 드루에게 라이벌이 생긴 것에 뛸듯이 기뻐하면서, 명예에 먹칠을 당한 레오니의 편에 서주었다.

황무지에서 부르는 연가

T. S. 엘리엇

우리가 시작이라 부르는 건 끝인 경우가 많으니,
끝을 만든다는 말은 시작을 만든다는 말과도 같다.
끝이란 곧 시작하는 지점인 것이다.

_T. S. 엘리엇, 「리틀 기딩Little Gidding」

T. S. 엘리엇은 참담했던 신혼여행 기간 내내 발코니에 놓인 데크
체어에서 밤을 나고 그의 신부는 두 사람이 투숙한 호텔방에 혼자
들어가 문을 걸어잠그고 보냈다는 일화가 있다. 이 예민한 부부의
18년에 걸친 파트너십은 손으로 꼽을 수도 없을 만큼 많은 신경
발작과 20세기 가장 아름다운 시 몇 편을 남기고 결국 파국을 맞
았다.

"진실은 반드시 밝혀질 거예요. 우리가 살아 있는 동안, 아니면 죽은 뒤에라도." 저명한 현대 시인 토머스 스턴스 엘리엇의 아내 비비안 엘리엇은 1938년에 강제로 정신병원에 수용되면서 굳은 눈빛으로 이렇게 맹세했다. 비비안은 자신의 발작이 엘리엇의 잔인한 행동 때문에 일어난 거라며 그를 원망했고, 자기 입장의 이야기도 세상에 알려지기를 간절히 바랐다.

비비안은 비록 남들과 많이 다르고 기질적으로 예민했지만, 역사에 기록된 이미지처럼 '미친' 오필리아는 아니었을 가능성이 다분하다. 그 점은 1947년 그녀가 사망하고 수십 년 후, 그녀를 수용시키는 데 필요한 서류에 서명한 장본인인 그녀의 남동생도 시인했다. "병원에서 비비*를

● 　비비안의 애칭.

마지막으로 만났을 때, 그제야 제가 큰 실수를 저질렀다는 걸 깨달았어요…… 누나는 저처럼 제정신이었어요." 또다른 저명한 문인 F. 스콧 피츠제럴드의 아내인 젤다 피츠제럴드와 똑같이 비비안도 병원에 갇힌 채 생을 마감했다.

비비안이 누린 마지막 자유의 순간에 그녀는 정신이 반쯤 나간 채 런던 거리를 활보하고 있었다. 엘리엇의 장시 「황무지」에서 "내 모습 그대로 뛰쳐나가 거리를 배회하리라"라고 절망스럽게 외치던 고뇌에 찬 아내와 크게 다르지 않은 모습이었다. 와서 누나를 데려가라는 연락을 받고 달려온 비비안의 동생은 그녀의 상태를 직접 보고는 휴가지에 있던 엘리엇에게 편지를 보내, 누나가 "말도 안 되는 망상으로 가득차 있고, 내게 매형이 참수당한 게 사실이냐고 묻더라"고 전했다.

비비안이 현실과의 끈을 서서히 놓기 시작한 것은 5년 전 엘리엇에게 버림받으면서부터였다. 엘리엇은 매정하게도 먼 타국에서 학생들을 가르치면서 자신의 사무변호사에게 편지 대필을 의뢰하는 방법으로 아내에게 별거를 알렸다. 그렇게 비겁한 방식으로 아내와의 불편한 대면을 피했고, 영국에 돌아온 뒤에도 숨어다니면서 만남을 계속 회피했다.

남편과 대화할 기회마저 박탈당한 비비안은 부부관계가 끝났음을 받아들이지 않았고, 만나서 한 번만 이야기하면 남편의 마음을 돌릴 수 있을 거라고 믿었다. 그러나 엘리엇은 만남을 극구 거부하면서, 더 이상 이야기해봤자 "소용없고 쓸데도 없는 짓"이라고 변호사들을 통해 전했다. 그렇게 갑작스럽고 영문 모를 내침은 멀쩡한 여자도 미치기 일보 직전으로 몰아갔을 터인데, 하물며 평생 다른 사람에게 버림받을 것을 두려워하며 살아온 비비안에게는 재앙이나 다름없었다. 아무것도 할 수 없다는 무력감과 히스테리에 사로잡힌 비비안은 엘리엇을 스토킹하기 시작했다.

처음에는 여권관리국과 두 사람이 다니던 치과를 통해 남편이 가는 곳을 추적하려 들었다가, 엘리엇이 너무 자주 돌아다녀서 별다른 효과를 거두지 못하자 그다음엔 그의 직장에 찾아가 죽치고 앉아 있기 시작했다. 보기 민망하게도 대기실에 앉아 처량하게 훌쩍훌쩍 울고 있으면, 비서가 누른 비밀벨 신호를 받은 엘리엇은 뒷문으로 빠져나갔다. 그러다 저녁이 되면 비비안은 엘리엇의 연극이 상연되는 극장들을 찾아가 혹시 남편을 볼 수 있을까 기웃거렸다.

더이상 뾰족한 방도 없이 궁지에 몰린 비비안은 〈타임스〉지 개인 광고란에 남편을 찾는 광고를 내려 했지만, 〈타임스〉 편집부가 실어주지 않았다. 내용은 이러했다. "T. S. 엘리엇 씨는 1932년 9월 17일에 버리고 떠난 클래런스 게이트 가든스 68번지의 집으로 하루빨리 돌아와주시길 바랍니다." 집행관들이 그녀의 아파트에 들이닥쳐 집 나간 남편의 소지품을 싹 챙겨간 뒤에도 그녀는 남편이 어느 날 돌아올지도 모른다는 희망에 매달려 현관문을 살짝 열어두고 지냈다.

길고 긴 3년간의 술래잡기 끝에 끈질긴 노력이 일시적으로 보상을 받아, 비비안은 책 사인회에서 엘리엇을 만날 수 있었다. 하지만 다가가 말을 걸 새도 없이 즉각 대화를 거부당했다. "지금은 얘기할 수 없어." 엘리엇은 이렇게 한마디 던지고는 허둥지둥 자리를 피했다. 그러더니 비비안이 병원에 들어가기 전에도, 그리고 9년간 수용되어 있는 동안에도, 단 한 번도 아내를 만나보려는 시도조차 하지 않았다. 의사들의 조언을 따랐다고는 하지만, 그렇게 단칼에 잘라내듯 아내를 내친 건 너무 냉정하고 비인간적인 처사로 보인다.

그래도 1947년에 비비안의 남동생이 전화를 걸어 누나가 (아마도 의도적인 약물 과다복용으로) 갑자기 죽었다고 전했을 때, 엘리엇은 진심으로 괴로워하며 "이럴 수가, 이럴 수가" 하고 외쳤다고 한다. 자신을 지키기 위해 아내를 떠날 수밖에 없었다는 생각에는 변함이 없으면서도, 그는 자신이 그런 결정을 내렸다는 사실에 괴로워했다. 이후 발표한 자전적 성격의 희곡 『가족의 재회The Family Reunion』는 자신이 아내를 죽였을지도 혹은 안 죽였을지도 몰라 고통받는 한 남자의 이야기로, 엘리엇이 느낀 당시의 상반된 감정을 정리해보려는 시도였을 것이라 여겨진다.

엘리엇이 평생 자신의 감정을 직시하기를 회피해온, 심리적으로 억압된 남자라는 점을 감안하면, 애당초 대담하면서도 극도로 예민한 성격의 비비안을 신부로 고른 것이 잘 이해되지 않는다. 달라도 그렇게 다를 수 없는 두 사람은, 수줍음 타는 미국 청년 엘리엇이 옥스퍼드에서 공부할 당시 폭풍처럼 휘몰아치는 연애를 하더니 결국 결혼에 골인했다. 가뜩이나 불규칙했던 비비안의 월경이 신혼여행지에서 갑자기 시작됐을 때부터 두 사람의 결혼생활은 금이 가기 시작했다.

곧 실신할 듯 불안해하는 신부와 아직 숫총각인데다 여성의 생리현상에 결벽증에 가까운 반응을 보였을 경험 미숙한 신랑, 둘 중 누가 더 당황했을지는 굳이 가려볼 필요도 없다. 더구나 박력 없는 이 로미오는 그러잖아도 자신의 탈장 증상 때문에 수치스러워하고 있었던지라, 열정에 불을 지피려다가 그만 불꽃마저 꺼뜨려서 첫날밤이 실패로 돌아가고 말았고, 남자로서의 자존감은 더더욱 쪼그라들었다. 비비안이 더

럽혀진 침대 시트를 굳이 집에 가져가서 빨아야 한다고 우긴 것도 부부 사이의 어색함을 더 오래가게 만들었다.

남편이 잠자리에 계속 무관심하자 당황한 비비안은 그의 스승이었던 철학가 버트런드 러셀의 품에서 위안을 얻었다. 엘리엇은 침실의 의무에서 벗어난 것이 마냥 기뻐서 아내의 외도를 눈감아줬을지도 모른다. 사실 그즈음 비비안이 여러 종류의 병을 앓고 있음을 눈치챘기 때문에 다른 데 신경쓸 여유도 없었다. 비비안은 조울증과 호르몬 불균형에 더해 극심한 편두통과 신경통, 류머티즘을 앓고 있었고, 나중에는 섭식장애와 진통제 중독까지 생겼다.

비비안의 병은 두 사람의 일상을 서서히 잠식해갔지만 엘리엇은 10년 넘게 비비안 곁에서 버텼다. 부처 같은 인내심으로 아내의 까다로움을 받아줬고, 점점 불어나는 치료비와 약값을 충당하기 위해 교직을 포기하고 급여를 더 주는 은행으로 직장을 옮겼다. 밤낮없이 아내를 돌보다 보니 그 자신도 몇 차례 쓰러졌는데, 한 번 쓰러지면 몇 주 동안 침대에서 일어나지 못하곤 했다.

그러나 기대하지 않은 보상도 있었다. "비비안은 남자로서의 엘리엇을 망쳐놨지만 시인으로는 완성시켰어." 두 사람의 지인 한 명은 이런 말을 했고, 엘리엇도 훗날 그 말에 동의했다. "결혼은 그녀에게 행복을 안겨주지 못했다…… 하지만 내게는 「황무지」를 탄생시킬 수 있는 정신 상태를 만들어주었다." 20세기 최고의 명작 중 한 편으로 꼽히는 434행이나 되는 이 고백시는 엘리엇이 이 모든 상황을 견디다못해 그 자신도 신경발작을 일으켰을 때 스위스의 한 요양원에 들어가 전체 분량의 거의 대부분을 써내려간 작품이다.

엘리엇 자신의 요양원 입원과 과음은, 아내의 이해 못할 기행奇行이 정도가 심해질수록 그에게 피난처로 작용했다. 그 기행 중 하나로 그녀는 언젠가부터 핸드백에 장난감 칼을 가지고 다니는 버릇이 생겼는데, 그러다 한번은 버지니아 울프에게 자기 남편과 바람을 피웠다며 그 칼을 휘두른 적도 있었다. 울프는 엘리엇을 측은히 여기면서, 비비안이 엘리엇의 목에 똬리를 틀고서 "꿈틀거리고 악을 쓰며 그를 물어뜯고 할퀴는" "미친 족제비떼" 같다고 했다. 비비안의 종잡을 수 없는 행동과 엘리엇의 도피성 음주, 그리고 서로를 향한 두 사람의 그칠 줄 모르는 비아냥은 그들의 사회생활마저 망쳐놓았다. 친구들은 두 부부 옆에만 있어도 진이 빠지는 기분이라 했고, 그런 이유로 둘의 곁에서 떠나간 이들도 부지기수였다.

두 사람의 결혼생활이 불가피한 파경에 이르렀을 때, 엘리엇은 잉글랜드 성공회로 개종해 순결 서약을 하는 방법으로 이혼 후의 새 삶을 준비했다. 자칫 함정이 될 수도 있는 성관계를 차단하기 위한 일종의 보험이었던 셈이다. 그러나 동시에 보스턴에 사는 에밀리 헤일이라는 아가씨와 비밀리에 서신을 주고받기 시작했다. 에밀리는 엘리엇이 하버드에 다니던 시절 그의 첫사랑이었는데, 사실 그가 급작스럽게 유럽으로 건너가 비비안과 충동적으로 결혼해버리기 전까지 양가 부모는 엘리엇이 에밀리와 결혼할 거라 굳게 믿고 있었다. 그런데 에밀리 쪽에서 버려진 지 12년 만에 옛사랑에게 편지를 보내, 대서양을 가로지르는 은밀하지만 순결한 우정에 다시 불을 지핀 것이었다.

이후 엘리엇은 무려 30년에 걸쳐 수천 통이 넘는 편지를 에밀리에게 보냈고, 에밀리도 영국으로 그를 자주 찾아갔다. 비비안이 정신 나간 채 거리를 배회하다 정신병원에 수용됐을 때도 에밀리와 엘리엇은 단둘이서 여행중이었다. 그렇게 가까운 사이였건만 엘리엇은 그녀와의 관계를 극구 감추었고, 그래서 엘리엇의 지인들 중에도 극소수만이 그녀의 존재를 알았다.

에밀리는 자신의 희생적인 침묵이 웨딩마치로 보상받을 줄로 믿고 군소리 없이 그림자 연인 역할을 계속했다. 그러나 비비안이 죽고 나서도 엘리엇이 둘의 관계에 도장을 찍을 생각이 없다는 걸 확인하자 에밀리는 크게 낙담했다. 오히려 엘리엇은 앞으로 다시는 다른 여자와 생을 함께하지 못할 것 같다는 말이나 지껄이는 것이었다. 이런 가슴 아픈 거부에도 불구하고 두 사람의 우정은 유지되었다. 아마도 에밀리 쪽에서, 비비안이 그랬듯, 언젠가 그가 마음을 바꿀지 모른다는 희망을 놓지 않았기에 그럴 수 있었을 것이다.

겉보기엔 샌님 같은 이 바람둥이 시인이 또 한 명의 애인을 숨겨두고 있었다는 걸 알았더라면 에밀리의 반응은 사뭇 달랐을 것이다. 영국인인 메리 트리벨리언Mary Trevelyan은 비비안이 병원에 입원한 해부터 꾸준히 엘리엇의 믿음직한 벗이자 사교 행사의 파트너 노릇을 도맡아 해왔다. 엘리엇은 메리에게 선물을 보내거나 그녀의 손을 다정하게 잡는 등 상대방이 오해할 만한 행동을 하는 한편, 그녀와의 만남을 2주에 한 번으로 제한해 둘의 관계가 더 깊어질 여지를 차단했다. 메리는 그런 매정한 태도에도 기가 꺾이지 않고 그에게 세 번이나 청혼했다. 엘리엇은 그때마다 거부하면서, 우리는 그냥 친구 사이이며 재혼은 생각만 해도 끔찍하다고 얼버무렸다.

이렇듯 확고해 보였던 태도에도 불구하고 엘리엇은 68세의 나이에 서른 살 난 자신의 비서 발레리 플레처와 결혼해 세상을 경악케 했다. 신랑 신부는 세간의 이목을 피하기 위해 아침 7시 비밀리에 혼인식을 치렀고, 식에는 신부의 부모와 이름이 알려지지 않은 친구 한 명만 증인으로 참석했다. 둘의 사내 연애를 그간 아무도 눈치채지 못했던 모양인지, 이 충격적인 소식을 들은 메리 트리벨리언은 엘리엇과 연락을 뚝 끊었고 에밀리 헤일은 신경발작을 일으켰다고 한다.

두번째 결혼으로 엘리엇은 그토록 바라던 행복에 흠뻑 취했다. 신랑 신부는 어디를 가든 꼭 붙어다녔고, 평소 엘리엇을 알고 지내던 이들은 이토록 행복에 겨운 그의 모습에 놀라워했다. 감상적이거나 로맨틱한 것과는 거리가 멀어 보이던 엘리엇은 그때까지의 행동 패턴을 깨고 '아내에게 보내는 헌시A Dedication to My Wife'라는 제목을 붙인 연가를 발표했다. 두 사람의 이상적인 결합을 찬양한 시였다. "말하지 않아도 같은 생각을 하고/별 뜻 없는 말도 같이 지껄이는 사이."

두번째 '엘리엇 부인'의 자리를 꿰찬 발레리도 엘리엇만큼이나 사랑에 한껏 취했다. 그녀는 열네 살 때 엘리엇의 작품 「동방박사들의 여정Journey of the Magi」의 낭독 음성을 들은 순간 그의 열렬한 팬이 되었다고 한다. 운명의 여신이 그녀의 편이었던지, 발레리는 비서 수업을 마치자마자 출판사 페이버 앤드 페이버Faber and Faber에서 엘리엇의 비서를 구한다는 소식을 들었다. 발레리가 시인의 충실한 비서로 7년간 일하는 동안 두 사람의 사랑은 조용히 자라났고, 그러다 어느 날 타이핑한 서류 더미에 엘리엇이 꽂아놓은 수줍은 자필편지가 사랑이 커지는 결정적 계기가 되었다.

냉소적인 사람들은 당시 폐공기증肺空氣症과 심장병으로 쇠약해진 시인이 믿음직한 간호사 겸 유작 관리인을 마련해두고자 부랴부랴 결혼한 거라고 지금도 비꼬지만, 발레리는 그런 의견을 단박에 묵살하듯 이렇게 말했다. "그가 행복한 결혼생활을 누리고 싶어하는 건 누가 봐도 알 수 있었어요. 행복한 결혼을 맛보기 전에는 절대로 눈을 감지 않겠다는 결의가 보였죠. 그 사람에게는 항상 소년 같은 면이 있었는데, 그 소년이 말년에 가서야 해방되었을 뿐이에요."

작가의 이별편지
헤어지는 건 너무 힘들어

소셜미디어의 '상태 메시지'를 바꾸는 것으로 손 안 대고 코 푸는 이별
이 가능해지기 전까지는 편지라는 전통적 수단이 이별 통보라는 어려
운 일을 해치우는 기능을 했다.

소유와 무소유
여자를 '마음껏 사랑하고 다 사랑했으면 버리는' 마초라는 명성을 얻기 한
참 전, 어니스트 헤밍웨이도 제1차세계대전이 한창이던 열여덟 살 꽃다운
나이에 연상의 여인에게 가슴 아픈 실연을 당한 적이 있었다. 이탈리아 격
전지에서 구급차 운전병으로 복무하던 헤밍웨이는 폭발물 파편에 맞아 부
상을 당했는데, 이때 아름다운 미국 적십자 파견 간호사 아그네스 폰 쿠로
프스키의 보살핌을 받는다. 불꽃같은 연애가 시작됐지만, 결혼까지 계획했
는데도 불구하고 아그네스(『무기여 잘 있거라』의 등장인물 캐서린 바클리의
모델이 된 인물이다)가 다른 남자와 사랑에 빠져 헤밍웨이에게 이별 통보 편
지를 보내면서 두 사람의 관계는 끝나고 말았다.

> 네가 떠나기 전에 한동안, 우리가 나눈 것이 진짜 사랑이라고 믿어보
> 려고 했어…… 그런데 두어 달 떨어져 있어보니, 여전히 너에 대한 애정
> 이 남아 있긴 하지만 그것이 연인이라기보다 어머니가 자식에게 주는
> 애정에 가까웠다는 걸 알겠어.

43

쉴새없이 애인을 갈아치우고 툭하면 약물로 기분을 달래는 스타 지망생 여배우들을 주인공으로 한 소설 『인형의 계곡Valley of the Dolls』으로 스타덤에 오르기 전, 그 자신도 근근이 살아가는 스타 지망생이었던 재클린 수잔은 부유한 홍보 전문가 어빙 맨스필드Irving Mansfield와 결혼해 자신의 욕구를 충족해줄 화려한 라이프스타일을 향유하기 시작했다. 이 두 향락 추구자들은 뉴욕의 사치스러운 호텔에 머물면서 스테이크와 돔 페리뇽만 먹으며 한동안 풍족한 삶을 누렸다. 그러다 어빙이 군에 징집되어 떠나자 수잔은 다른 남자에게 빠져버렸다. 그녀는 매정하지만 나름대로 유머러스한 이별 통보 편지를, 동료 배우들이 모여 있는 촬영장에서 큰 소리로 낭독해 모두를 충격에 빠뜨린 뒤에야 당사자인 어빙에게 보냈다.

> 어빙, 우리가 에식스 하우스Essex House••에 살면서 마음대로 룸서비스를 시키고 플로렌스 러스티그Florence Lustig•••의 드레스를 눈 하나 깜짝 않고 주문할 수 있었을 땐 당신을 참 많이 사랑했어. 그렇지만 당신이 군대에 가버리고 한 달에 56달러밖에 못 벌어오는 지금, 내 사랑은 희미해지고 말았어.

당신 때문이 아니에요, 나 때문이에요

자신이 창조해낸 유명한 소설 속 인물 제인 에어가 사랑하지 않는 남자의

• 1980년대 경제 부흥기에 캘리포니아의 산페르난도 밸리에서 주로 보였던, 쇼핑에 열을 올리는 부잣집 딸들을 비꼬는 표현.
•• 뉴욕에 있는 고급 호텔.
••• 맨해튼의 유명 디자이너.

청혼을 거절한 것처럼, 샬럿 브론테도 절친한 친구*의 오빠**가 청혼해왔
을 때 조용히 거절했다. 당시 스물세 살이었던 샬럿은 자신이 별로 매력적
이지 않다고 생각했고 앞으로 다른 남자가 관심을 보일 가능성도 없다고 믿
었지만, 그럼에도 오직 일신의 편안함을 보장받기 위해 열정도 없는 상대와
백년가약을 맺는 것을 단호히 거부했다. 샬럿은 자신이 그에게 결코 맞는 상
대가 아님을 조곤조곤 설명한 편지로 따분한 성직자 헨리의 청을 거절했다.

  당신의 청혼에 대한 저의 대답은 재고의 여지가 없는 거절이어야 마땅
  합니다…… 당신과의 결합에 대해 개인적인 혐오감이 있는 건 아닙니
  다―하지만 확신컨대 제 성격은 당신 같은 남자에게 행복을 안겨주기
  에 적합하지 않습니다…… 저는 당신이 생각하는 만큼 진중하고 근엄
  하고 냉철한 사람이 아니거든요.

메인 스트리트에서의 추방

노벨문학상 수상자 싱클레어 루이스와 해외특파원 도로시 톰슨Dorothy
Tompson***의 결혼생활은 처음부터 순탄치 않았다. 도로시는 열이면 아홉
이 손을 뗀 지독한 알코올 중독자를 자기가 어떻게든 교화시킬 수 있다는
큰 착각에 빠져 있었고, 또 루이스는 루이스대로 『배빗Babbitt』 『메인 스트리
트Main Street』 같은 명작을 탄생시키고도 열등감을 극복하지 못해 아내의 정

●   샬럿 브론테의 절친한 친구였던 엘렌 너시Ellen Nussey. 그녀가 브론테와 주고받은 500통
이 넘는 서한은 훗날 『남과 북』으로 유명한 영국의 소설가 엘리자베스 개스켈이 브론테의 자서
전 『샬럿 브론테의 생애The Life of Charlotte Bronte』를 쓰는 데 중대한 자료가 되었다.
●●   헨리 너시Henry Nussey.
●●●   미국의 저널리스트로, 1939년 〈타임〉지가 엘리너 루스벨트의 뒤를 이어 미국에서 두번
째로 영향력 있는 여성으로 뽑은 인물.

치적 영향력을 몹시 시기했다. (한번은 부부가 잠자리에 들었는데 루스벨트 대통령에게서 도로시를 찾는 전화가 온 적이 있을 정도로 그녀는 영향력 있는 인물이었다.) 결국 루이스는 아내의 성공이 자신의 창의력을 짓밟았다며, 10년이나 이어온 결혼생활을 끝내버렸다. 도로시는 이별을 얼씨구나 하고 반기지는 않았지만, 4년 후에는 두 사람의 관계가 끝났음을 받아들였다.

　좋아요, 어디 이혼해봐요. 반대하지 않을게요. 그런데 내가 이혼 신청을 하지는 않겠어요. 솔직하게 말해보자고요. 당신이 나를 떠났잖아요. 내가 당신을 떠난 게 아니라. 이혼은 당신이 원하는 거예요. 내가 아니라. 그러니까 당신이 해요. 변호사들 시켜서 아무 거짓말이고 지어내봐요. 내가 '당신을 버렸다'고 말하든가. 나한테서 정신적 학대를 받았다고 꾸며대든가. 어디 한번 그럴듯하게 꾸며대봐요. 해보라고요.

아름답고 저주받은 사람들

F. 스콧 피츠제럴드와 젤다 피츠제럴드

한 사람의 심장이 얼마나 감당할 수 있는지
아무도, 심지어 시인들도 측정한 적이 없다.
_젤다 피츠제럴드, 「더 빅 톱The Big Top」

1920년, F. 스콧 피츠제럴드가 데뷔작 『낙원의 이편』을 발표하고
꿈속의 이상형 젤다 세이어와 결혼식까지 올린 주는 그에게 가장
잊지 못할 한 주가 되었다. 그러나 그저 멋있게만 보이던 두 사람
의 결혼생활은 안타깝게도 알코올 중독과 정신질환, 외도, 그리
고 부부간의 경쟁으로 점점 균열이 가더니 10년도 못 가 파탄이
나고 말았다― 스콧은 이제 희망을 품을 여지마저 젤다가 입원한
병원으로 오가는 길 어딘가에서 상실해버렸다며 애통해했다.

1918년 여름, 앨라배마주 몽고메리의 어느 컨트리클럽에서 열린 댄스 파티에서 눈부시게 매력적인 젊은 중위 F. 스콧 피츠제럴드는 뭇 남성을 사로잡는 미소를 흘리는 자유로운 영혼의 젤다 세이어를 만났다. 젤다는 남의 시선을 신경쓰지 않고 자기 생각을 당당히 말하거나 사람 많은 곳에서 담배를 피우는 등 대담한 행실로 벌써 동네에 소문이 자자했다. 이 남부 출신 미녀와 군 제대 후 뉴욕에서 쥐꼬리만한 월급을 받으며 광고 카피라이터로 일하고 있던 피츠제럴드 사이에 파란만장한 연애가 시작되었고, 애정과 열정, 때로는 분노로 가득찬 연애편지가 탁구공처럼 오갔다.

젤다는 부모의 간섭에서 벗어나 자유로운 삶을 누리고 싶어 안달이 났으면서도 피츠제럴드에게 호락호락 넘어가주지 않았다. 갑자기 이별을 통보하더니, 자기를 풍족하게 살게 해줄 만큼 성공해서 자리를 잡기 전에는 절대 결혼해주지 않겠다고 선언한 것이다. 그러잖아도 그녀를 차지하려는 다른 사내들과 치열하게 경쟁하는 마당에 이런 날벼락 같은 통보까지 받은 소설가 지망생은 한껏 자극을 받아 어디 한번 인생을 운에 걸어보기로 했다. 그는 멀쩡한 직장을 때려치우고 미네소타주 세인트폴에 있는 부모의 집 다락방에 틀어박혀 소설을 쓰기 시작했다.

그러고 몇 달 안 지난 어느 날, 피츠제럴드는 자신의 첫 소설 『낙원의 이편』이 신문에 실리게 됐다고 고래고래 소리치며 고향집 동네 골목을 뛰어다녔다. 유명한 출판업자의 눈에 들어 세상에 소개된 이 작품은 출판 즉시 히트를 쳐 피츠제럴드에게 명성과 상당한 부, 그리고 신부까지 안겨주었다. 1920년 4월 소설이 서점 판매대에 깔리고 일주일 뒤 초판이 매진되고, 며칠 지나지 않아 스콧과 젤다는 뉴욕 세인트패트릭성당에서 식을 올렸다. 스물세 살의 신랑과 열아홉 살의 신부는 빌트모어 호텔에서 신혼 첫날밤을 보냈고, 그곳에서 베푼 호화로운 결혼 피로연이 무르익다못해 술에 찌든 난장판이 되는 바람에 호텔측으로부터 파티장소를 다른 곳으로 옮겨달라는 정중한 부탁을 받기도 했다.

전후戰後 1920년대, 스콧이 '재즈 시대'라고 이름 붙여 유명해진 이 시기의 화려함과 풍족함을 상징하는 대표주자가 되어버린 피츠제럴드 부부에게 대중은 쉽게 매료되었다. 패셔너블하고 활기 넘치는 젤다는 남편 못지않게 대중의 관심을 끌었고, 남편과 같이 인터뷰하는 일도 잦았다. 젤다는 1차대전으로 환멸에 빠진 젊은 세대가 구세대의 전통과 경직된 태도에 반항하던 '광란의 20년대'에 새로이 떠오른 해방된 신세대 여성의 아이콘이었다. 남자와 대등한 존재로 인정받는 데 목숨 건 젤다 같은 플래퍼flapper*들은 머리를 사내아이처럼 짧게 자르고 코르셋도 벗어던진 채 몸매가 드러나는 짧은 드레스를 입었고, 오토바이도 거침없이 모는가 하면 무허가 주점에서 금주법을 무시하고 당당히 술을 마셨고, 유행처럼 가볍게 섹스를 했다.

"나는 내 소설 속 여주인공과 결혼했다"고 스콧은 자랑스레 떠들고 다녔다. 마침 플래퍼들을 주인공으로 한 작품을 쓰고 있을 때 만난 젤다는 마치 상상 속 인물이 현신한 것 같았다. 스콧은 『낙원의 이편』의 여주인공 로절린드 코니지의 캐릭터에 실제 자신이 사랑하는 상대가 지닌 성격이나 특징, 그녀가 구사하는 재치 넘치는 입담을 은근히 (때로는 토씨 하나 안 틀리게) 덧입혔다. 그래놓고 소설의 몇 장을 젤다에게 읽어보게 했는데, 그녀의 마음을 사로잡고 그녀의 허영심에 어필하는 나름의 전략으로 구애한 것이었다.

그러나 스콧은 젤다를 소설 속 주인공으로 만들어 영원한 생명을 부여함으로써 그녀에게 아첨하면서도, 한편으로는 결혼 전 그녀가 '당신의 주머니가 두둑해질 때까지 만나지 않겠다'며 차갑게 자신을 내친 것에 대해 아직도 쓰라린 상처를 품고 있었다. 그래서인지 소설 속에서는 사랑에 눈먼 프린스턴대학 재학생 에이머리 블레인이 사교계에 갓 데뷔한 로절린드와 결혼하는 전개를 허락하지 않았다. "당신과 결혼하는 건 인생의 실패로 기록될 거예요. 난 실패하지 않는 사람이에요." 로절린드는 자기에게 푹 빠진 에이머리에게 아무렇지도 않게 이런 말을 내뱉고는 돈 많은 남자에게 가버린다. 로절린드가 에이머리를 그렇게 인정머리 없이 대한 것을 읽고서도 젤다는 여전히 로절린드를 자신과 동

• 1920년대의 신세대 여성을 칭하는 말.

일시했다. "난 나랑 닮은 등장인물이 좋더라! 로절린드도 그래서 좋아해요." 그녀는 당당히 이렇게 말했다. "난 그들의 용기와 무모함, 거침없는 씀씀이가 정말 마음에 들어."

스콧이 후속작을 발표하기 전에 스콧과 젤다 부부는 무남독녀가 될 딸을 낳았다. 두 달 동안 영국과 프랑스, 이탈리아를 실컷 돌아다닌 부부는 산달이 가까워오자 세인트폴에 돌아와 조용히 지내면서 출산을 기다리다가 1921년 10월 딸 스코티를 낳았다. 부모가 되고서도 두 사람은 변함없이 매일 파티와 술에 절어 살았다. 아기를 데리고 동부로 이주한 피츠제럴드 가족은 맨해튼, 그리고 훗날 『위대한 개츠비』에 나오는 웨스트에그의 모델이 된 롱아일랜드의 한적하고 부유한 동네 그레이트넥을 오가며 물질적으로 차고 넘치는 삶을 이어갔다.

여전히 스콧과 젤다 부부는 택시 지붕에 올라탄 채 피프스 애버뉴 Fifth Avenue를 질주하거나 공원 연못에 뛰어들고(젤다) 극장에서 옷을 벗고 돌아다니는(스콧) 등 튀는 행동으로 언론 가십난을 단골로 장식했다. 그런 떠들썩하고 쾌락을 좇는 생활과 알코올로 촉발된 잦은 싸움은 스콧의 두번째 소설 『아름답고 저주받은 사람들』의 좋은 재료가 되었다. 소설의 줄거리는 뉴욕 사교계를 주름잡는 앤서니 패치와 글로리아 패치 부부가 사치와 끝없는 향락에 취해 살다가, 한껏 기대했던 유산이 증발해버리면서 차가운 현실에 눈을 뜬다는 내용이다.

젤다는 자신이 값비싼 금색 드레스와 백금 반지에 눈독들이고 있으니 어서 남편의 신작을 사보라고 독자들을 채근하는, 아주 당돌한 서평을 내보냈다. 그런데 언뜻 별것 아닌 듯한 이 서평에는 결코 가볍지 않은 고발이 포함되어 있었다. "나는 작품 중간에 결혼 직후 어디론가 사라져버린 내 옛날 일기의 일부분이 그대로 들어가 있는 걸 발견했고, 또 많이 다듬어지긴 했지만 아주 익숙한 편지 내용들도 발견했다." 젤다는 이렇게 폭로했다. "가만 보니 피츠제럴드 씨는…… 집안 식구의 작품을 표절하는 것을 아무렇지 않게 여기는 듯하다."

스콧은 젤다의 외모적 특징과 성격적 특징을 등장인물에 입혔을 뿐 아니라 젤다의 동의하에 그녀의 일기와 편지에서 내용 일부를 통째로 가져다가 자기 소설에 집어넣은 것이었다. 당시 젤다에게는 이 '표절'이 한낱 장난쯤으로 여겨졌고, 그들의 사치스러운 생활을 유지하게 해주는 집안의 가장을 지원하는 하나의 수단에 불과했다. 그러다 어느 날 피츠제럴드 부부의 파티에 참석한 한 유명한 연극평론가가 우연히 젤다의 통통 튀는 일기를 읽고 관심을 보이며 출판 의사를 비치자, 스콧이 당장 반대하고 나섰다. 자신의 소설과 단편 작품의 재료로 써야 했으니까.

피츠제럴드 부부의 재정 상태는 늘 언제 무너질지 모를 만큼 불안정했다. 인세가 수표로 지급되면 현금화하자마자 금세 써버렸다. 1924년에 은행 계좌를 빵빵하게 채워줄 것으로 기대했던 연극이 흥행에 참패하자 부부는 딸을 데리고 유럽으로 떠났고, 그곳에서 환율 덕을 보면서 미국에서보다 더 호화로운 생활을 영위해갔다.

파리에 잠시 체류한 피츠제럴드 가족은, 스콧이 혼자 조용히 글을 쓸 수 있는 곳을 찾아 코트다쥐르로 갔다. 그 해변의 빌라에서 스콧은 아주 오랫동안 혼자 틀어박혀 누구도 접근 못하게 하면서 『위대한 개츠비』의 집필에 들어갔다. 외롭고 혼자 남겨진 것에 상처받은 젤다는 에두아르 조잔이라는 프랑스인 비행사를 만나 우정치고는 다소 지나치게 친밀한 관계를 나누었다. "스콧 빼고는 다들 알고 있었을걸요." 두 사람 사이에 애정이 피어나는 과정을 처음부터 지켜본 한 지인은 이렇게 말했다.

젤다가 스콧에게 조잔과 사랑에 빠졌으니 이혼해달라고 요구하자, 연극의 한 장면 같은 광경이 벌어졌다. 스콧은 불같이 역정을 내면서 그 남자를 불러와 삼자대면을 하자고 요구했다. 젤다는 결국 한발 물러나 남편 곁에 남기로 했다. 간통으로 남편의 관심을 되돌리는 데는 성공했을지 모르나 그녀는 여전히 절망적일 정도로 불행했다. 그러잖아도 위태위태했던 부부 사이는 이 일로 더 크게 금이 갔고, 얼마 후 젤다는 수면제 과다복용으로 자살을 시도했다.

"1924년 그해 9월에 나는 우리 관계가 돌이킬 수 없는 강을 건넜음을 알았다." 불행했던 그 시기를 스콧은 이렇게 회상했다. 그는 자신이 일하는 동안 방해받지 않기 위해 조잔과 시간을 보내도록 아내를 부추겼음을 시인했다. 젤다에게 반하는 남자는 항상 있었지만 "우정이 외도로 변할 줄은 꿈에도 몰랐다"고 그는 고백했다. 그러면서도 소설을 위한 영감을 불러일으키는 목적으로 자신이 그런 상황을 무의식중에 유도했을 수도 있다고 인정했다. 외도와 그것이 부른 비극적 결말은 『위대한 개츠비』의 핵심 플롯이다. 후기작 『밤은 부드러워라』에도 배우자에 대한 배신은 중요한 플롯의 요소로 작용해, 주인공 니콜 다이버는 정신과 의사인 남편을 버리고 용병인 애인과 함께 떠난다.

끊임없이 자극적인 것을 추구하는 두 사람의 타고난 기질은 그들이 친구들, 지인들에게 뻐기듯 털어놓은 삼각관계의 일화들 속에 다양한 형태로 미화되어 나타났다. 그중에는 스콧이 젤다의 바람을 눈치채고 그녀를 한 달 동안 빌라에 가둬두었다는 주장도 있었다. 젤다는 낙심한 조잔이 자살했다고 허위 발표를 했고, 스콧은 스콧대로 자신이 조잔에게 남자답게 결투를 신청했다고 떠벌리고 다녔다. 스콧의 머릿속에서만 일어난 이 대결에서 두 남자는 동시에 방아쇠를 당겼고 총알은 둘다 빗나갔다―『밤은 부드러워라』에 나오는 에피소드에 따르면 그렇다.

파리로 돌아간 피츠제럴드 부부는 이번에는 다른 해외 거주 작가들과 어울리게 됐는데, 그중에는 어니스트 헤밍웨이도 있었다. 가까이서 이 부부를 관찰한 헤밍웨이는 자신의 회고록 『움직이는 축제A Moveable Feast』●에 날카로운 인물 촌평을 실었다. 그는 동료 작가인 스콧이 단 한 가지 결정적인 방해 요소만 없었다면 『위대한 개츠비』를 뛰어넘는 작품을 탄생시켰을 거라고 장담할 정도로 그의 재능을 높게 샀다. "그때는 아직 젤다를 알지 못해서, 그가 얼마나 큰 장벽을 마주하고 있는지 미처 깨닫지 못했다." 헤밍웨이가 회고록에 쓴 말이다.

헤밍웨이는 젤다가 스콧의 작품활동을 질투해서 그가 글을 못 쓸 정도로 과음을 하게끔 옆에서 부추기고 있다고 보았다. "그가 작심하고 집필에 들어가기만 하면 젤다가 너무 심심하다고 투덜거리기 시작했고, 이내 남편을 또다시 흥청망청 마시고 노는 파티로 끌어냈다." 그는 두 사람의 관계를 이렇게 기억하고 있었다. "둘은 싸우고 화해하기를 반복했고, 스콧은 나와 긴 산책을 하며 땀으로 술기운을 날려버린 다음 이번에는 정말 열심히 일하겠다고, 다시 시작할 거라고 다짐하곤 했다. 그리고 얼마 안 있어 또 똑같은 일이 반복되는 식이었다."

●　　한국에는 '파리는 날마다 축제'라는 제목으로 출판되었다.

뒷말하기 좋아하는 헤밍웨이의 말에 따르면, 그가 유독 젤다와 서로 물어뜯는 관계여서 그랬는지 모르겠지만, 한번은 젤다가 스콧에게 '당신은 어떤 여자도 침대에서 만족시켜줄 수 없는 무능한 남자'라고 자존심을 깔아뭉갰다고 한다. "내 사이즈가 문제라고 그러더군요." 아내 외에는 누구와도 잔 적이 없는 피츠제럴드가 헤밍웨이에게 이렇게 털어놓았다. 그래서 파리의 어느 레스토랑 화장실에 들어가 동료 작가의 물건 크기를 가늠해본 헤밍웨이는 그 정도면 충분하다고 토닥여주며 젤다가 미친년이라고 판결했다.

젤다의 외도 후 코트다쥐르로 여러 차례 여행을 다녀오면서 피츠제럴드 부부의 알코올 의존도는 전보다 몇 배 높아졌다. 그뿐 아니라 캄캄한 밤중에 절벽에서 바다로 뛰어내려보라고 서로를 부추기는가 하면 구불구불한 산길을 곡예운전으로 달리는 등, 부부는 점점 더 무모한 행동을 일삼았다. 어느 날 저녁에는 부부가 외식을 하러 갔는데 스콧이 옆 테이블에 앉은 무용수 이사도라 덩컨과 대놓고 시시덕거렸다. 이사도라가 스콧의 머리를 쓰다듬으며 '나의 백인대장'*이라고 부르자, 발끈한 젤다는 긴 돌계단 아래로 자기 몸을 내던졌다.

그렇게 기복이 심한 2년 반을 해외에서 보내다가 다시 미국으로 돌아왔지만, 피츠제럴드 부부의 갈등은 잠잠해질 기미가 보이지 않았다. 할리우드에 머무는 동안 스콧이 대놓고 열일곱 살 먹은 여배우 로이스 모런에게 푹 빠져 지내자 젤다는 크게 상처를 받았다. 스콧은 이 젊은 아가씨와 그녀의 어머니까지 모시고 시내로 나가 놀면서 아내를 혼자

•   옛 로마 군대에서 백 명 단위로 조직된 부대의 우두머리.

남겨두곤 했다. 그도 모자라 모런이 배우로서 경력을 쌓기 위해 어떻게 노력하고 있는지 침이 마르도록 칭찬해서 젤다의 심기를 불편하게 했다. 배우가 되는 건 젤다도 오랫동안 열망해온 일이었다. (몇 해 전 젤다가 연기를 해보고 싶다고 운을 뗐을 때 스콧은 그녀의 야망을 비웃으며 끝내 여배우의 길을 포기하도록 만든 적이 있었다.) 또다시 혼자 남겨져 사무치게 쓸쓸했던 어느 밤, 젤다는 호텔 욕조에 자신이 디자인한 옷들을 모조리 쌓아놓고 불을 질러버렸다.

동부로 돌아가는 기차에서 스콧은 젤다에게, 우리가 돌아가서 정착하면 조만간 놀러오라고 모런을 초대했다고 밝혔다. 이 악의적인 선언에 젤다는 스콧이 약혼 선물로 준, 다이아몬드로 장식한 백금 손목시계를 달리는 기차 창밖으로 던져버렸다.

스콧이—쇼트커트 스타일의 금발과 얼굴 생김새가 아내와 기가 막히게 닮은—모런과의 관계를 감정적인 외도에서 끝냈는지 아니면 육체적인 선까지 넘었는지는 알려지지 않았다. 어찌됐건 『밤은 부드러워라』에서 유부남인 딕 다이버가 자기 나이의 절반밖에 안 되는 아름다운 10대 여배우 로즈메리 호이트와 불륜을 저지르는 방향으로 이야기를 전개시킬 만큼 모런이 스콧에게 강한 인상을 남긴 것은 분명하다. 로즈메리라는 이름마저 공공연한 암시로, 영화 〈만달레이로 가는 길The Road to Mandalay〉에서 모런이 맡은 배역의 이름이 바로 로즈메리였다.

독자들에게 로즈메리를 소개하는 도입부에서 스콧은 그녀의 젊음과 미모를 한껏 부풀려 묘사했다. "고운 이마는 부드럽게 경사를 그리며 올라갔고, 이마가 끝나는 곳에서 머리카락이 문장紋章을 새긴 방패 모양으로 경계선을 그리며 터져나와 옅고 짙은 황금빛 애교머리, 웨이브,

컬로 퍼져나갔다. 크고 맑은 촉촉한 눈은 반짝반짝 빛났으며, 뺨은 싱싱한 심장의 강력한 펌프질로 피부 가까운 곳까지 밀려올라와 부서지는 피의 진짜 빛깔이었다. 몸은 유년의 맨 끝 가장자리에 아슬아슬하게 걸려 있었다 — 이제 열여덟 살이 다 되어 거의 완성 단계였으나, 아직 이슬 같은 싱그러움이 감돌고 있었던 것이다."•

　피츠제럴드는 몇 년간 인고하며 『밤은 부드러워라』의 집필에 모든 것을 쏟았고, 그렇게 완성한 작품을 『위대한 개츠비』를 출간한 지 무려 9년 만에 발표했다. 그동안 젤다도 창작에 대한 열정이 되살아나 그림을 그리고 글을 쓰고, 또 파리에서 지내는 동안 되살아난 어릴 적 꿈인 발레도 배우기 시작했다. 그녀가 쓴 칼럼이나 단편소설은, 당시 잡지 편집자들 사이에서 최고의 이름값을 구가하던 남편 스콧과 공저로 실렸다. 그녀가 쓴 이야기가 남편의 이름으로 실린 적도 최소한 한 번은 있었다.

　피츠제럴드 부부는 그후 두 차례 더 대서양 건너 유럽 대륙에서 장기 체류했다. 파리에서 지내는 동안 이제 서른 살이 된 젤다는 첫번째 신경발작을 일으켰는데, 강박적이고 과도한 발레 연습도 하나의 원인이 됐을 것으로 추정된다. 1930년, 열번째 결혼기념일을 보내고 채 한 달이 안 지났을 때, 젤다는 단기 클리닉에 입원해 치료를 받았다. 그러나 환각 증세가 자꾸 재발하고 젤다가 또 한번 자살을 기도하자, 스콧은 그녀를 스위스에 있는 어느 정신병원에 입원시켰다. 젤다는 남은 평생 동안 유럽과 미국의 정신병원들을 들락거렸고, 스콧은 젤다의 곁을 지

•　　F. 스콧 피츠제럴드, 『밤은 부드러워라』, 정영목 옮김, 문학동네, 2018. 이 책에서 일부 고전작품의 문장은 문학동네의 번역본을 따랐다.

키기 위해 근처에서 하숙도 여러 번 했다.

이 결혼은 어쩌면 출발선부터 그들에게 불리한 결합이었는지도 모른다. 정신병 가족력이 있던 젤다는 조울증 아니면 조현병, 어쩌면 둘 다를 앓았을 가능성이 있다. 당시에는 그 두 가지 병에 대해 제대로 연구된 바가 없었다. 마찬가지로 스콧을 평생 붙잡고 놓아주지 않은 알코올 중독도 당시에는 심각한 질병이 아닌 도덕적 혹은 성격적 결함으로만 간주되었다. 젤다의 발병에는 더 단순한 원인이 있다고 본 이들도 많았다. 예술혼을 짓밟혀서 발병했다는 것이었다.

1932년 볼티모어의 한 클리닉에서 치료를 받던 젤다는, 두 달도 안 걸려서 집필한 자전적 소설 『왈츠는 나와 함께Save Me the Waltz』를 출간했다. 이 소설에는 스콧과의 결혼생활이 단편적으로 녹아 있었는데, 그것을 알게 된 스콧은 분통을 터뜨렸다. 자신이 『밤은 부드러워라』에 쓰고 있던 내용과 겹친다는 것이 이유였다. 젤다가 그 원고를 스콧의 편집자에게 보냈고, 편집자가 출판할 의지를 보였다는 얘기를 듣고 스콧은 더 길길이 날뛰었다. 그는 젤다에게 인세의 절반을 자신이 출판사에 진 빚을 갚는 데 쓸 것을 요구한데다, 편집에도 깊이 관여해 이야기 속 남편 캐릭터를 대폭 뜯어고쳐 보다 독자들의 연민을 살 만한 인물로 만들어놓았다.

그는 할리우드가 다시 러브콜을 보냈을 때 이번에는 거절하지 않고 한 영화제작사와 시나리오 작업 계약을 맺었다. 그 일을 계기로 가십 칼럼니스트인 실라 그레이엄Sheilah Graham과 연인이 되었고, 새로운 소설 『마지막 거물의 사랑The Love of the Last Tycoon』 집필에 들어갔다. 비교적 조용한 삶을 살게 되면서 그는 이전의 자기파괴적인 행동을 어느 정도 버렸고, 심지어 말년에는 술까지 포기했다. 그러나 너무 뒤늦은, 그리고 너무 불충분한 변화였나보다. 1940년 12월의 어느 날, 마흔네 살의 작가는 그레이엄의 아파트에서 심장발작으로 숨을 거두었다.

스콧과 젤다가 서로를 마지막으로 본 것은 스콧이 사망하기 1년 반 전, 쿠바에서 보낸 다사다난한 휴가에서였다. 술에 취한 스콧이 두 사내의 몸싸움을 말리다가 심하게 얻어맞자, 젤다가 나서서 남편을 데리고 미국으로 돌아왔다. 고향에 돌아온 스콧은 젤다에게 아직도 당신을 사랑한다는 내용의 편지를 보냈다. "당신은 내가 아는 가장 멋지고, 가장 사랑스럽고, 가장 따뜻하고, 가장 아름다운 사람이야."

스콧이 세상을 뜨고 7년 뒤 젤다도 너무 이른, 비극적인 죽음을 맞았다. 노스캐롤라이나의 한 정신병원에서 전기충격 치료를 기다리며 자기 방에 갇혀 있었는데, 갑자기 한밤중에 화재가 발생했고 그 사고로 젤다를 포함해 9명의 여자가 목숨을 잃었다. 재즈 시대의 충실한 기록자와 그의 뮤즈였던 아내는 현재 메릴랜드의 한 묘지에 나란히 잠들어 있고, 두 사람의 공동 묘비에는 『위대한 개츠비』의 마지막 문장이 새겨져 있다. "그러므로 우리는 물결을 거스르는 배처럼, 쉴새없이 과거 속으로 밀려나면서도 끝내 앞으로 나아가는 것이다."•

• F. 스콧 피츠제럴드, 『위대한 개츠비』, 김영하 옮김, 문학동네, 2010.

연하 킬러 작가들
나보다 너무 어린 그대

열네 살 연하

음흉한 늑대 에드거 앨런 포는 열세 살 먹은 사촌동생 버지니아 클렘Virginia Clemm을 신부로 데려갔다. 그래도 일말의 양심은 있었던지, 신부가 열여섯 살이 될 때까지 기다렸다가 초야를 치렀다.

열여섯 살 연하

1960년대 존경받는 작가 수전 손택은 남자와의 결혼이 대실패로 끝난 뒤, 자기보다 열여섯 살이나 어린 유명 사진가 애니 리버비츠를 영혼의 동반자로 택했다.

열일곱 살 연하

열아홉 살의 레베카 웨스트는 페미니스트 잡지에 H. G. 웰스의 소설 『결혼 Marriage』에 대한 혹평 기사를 썼다가 그의 관심을 사로잡았다. 중년의 유부남이었던 웰스는 레베카를 저녁식사에 초대했고, 그것을 계기로 두 사람의 10년이 넘는 긴 연애가 시작됐으며 둘 사이에는 아들도 하나 태어났다.

열여덟 살 연하

작가 토머스 울프와 당대 최고의 섹시한 중년 여성 앨린 번스타인의 오랜 연애는 대서양 횡단 크루즈 여행의 마지막 밤, 두 사람이 만난 지 몇 시간

만에 함께 침대에 들면서 시작되었다.

스물네 살 연하

엄청난 빚에 허덕이던 표도르 도스토옙스키는 한 달 안에 소설 한 편을 완성하지 않으면 저작권을 모두 포기해야 할 위기에 처하자, 당장 안나 스니트키나라는 속기사를 고용했다. 속기술 말고도 그녀가 선보인 다른 기술에 반한 도스토옙스키는 『노름꾼』의 구술과 속기가 마무리되고 9일 만에 그녀에게 청혼했다.

서른 살 연하

세계 최초의 연하 킬러였던 게 분명한 프랑스의 소설가 콜레트는 1920년대에 열여섯 살 양아들과 연인관계가 됨으로써 비교적 사고가 자유분방하다는 파리 시민들을 충격에 빠뜨렸다.

서른여덟 살 연하

대표적인 모더니즘 시인 T. S. 엘리엇은 순결 서약까지 맺었음에도 이 여자 저 여자 울리고 다니더니 자기보다 한참 어린 젊은 비서와 비밀리에 결혼까지 했다.

서른아홉 살 연하

빅토리아 시대의 소설가 토머스 하디는 첫번째 결혼이 그에게 불행을 안겨줬음에도, 재혼 후에도 전 부인에게 헌정하는 애틋한 사랑시를 계속 써서 둘째 부인 플로렌스를 괴롭게 했다. 플로렌스는 남편 사후에 그가 남긴 모든 문서에서 죽은 지 오래인 전 부인의 이름을 몽땅 지워버리는 방법으로 복수했다.

쉰다섯 살 연하

"솔직히 말하면 아서 밀러가 아직 살아 있는 줄 몰랐어요!" 화가였던 아그네스 발리Agnes Barley는 할아버지뻘인 극작가 밀러를 소개받고 나서 이렇게 외쳤다.

전쟁중에 평화란 없다

레프 톨스토이

아무도 나를 이해하지 못해.
_레프 톨스토이

그는 한 번도 나를 이해해보려고 하지 않았고,
그래서 나를 전혀 알지 못한다.
_소피아 톨스토이

레프 톨스토이가 『안나 카레니나』의 유명한 첫 문장 "행복한 가
정은 모두 고만고만하지만 무릇 불행한 가정은 나름나름으로 불
행하다"•를 썼을 때만 해도 그는 자신의 결혼이 문학사상 가장
불행한 결혼 중 하나가 될 줄은 상상도 못했다.

• 레프 톨스토이, 『안나 카레니나』, 박형규 옮김, 문학동네, 2009.

"저들이 내가 남편과 작별인사도 못하게 막고 있어요. 잔인한 인간들 같으니." 죽음의 문턱에 선 남편 레프 톨스토이의 상태가 악화되어 혼수 상태에 빠지기 전, 한 번이라도 그를 보려 했던 소피아 톨스토이는 만남을 극구 저지하는 남편의 열성 추종자들을 비난하며 쓰디쓰게 내뱉었다. 1910년 어느 한적한 철도역, 소피아가 남편이 숨을 거둔 건물 밖에서 창을 두드리는 애처로운 사진은 48년이나 지속된 결혼의 재앙 같았던 마지막 장을 극명하게 보여주는 상징적인 사진이 되었다.

장밋빛 미래를 안겨주리라 기대했던 결합의 비극적인 결말이었다. "서른네 해를 살도록 이토록 누군가를 사랑하고 이토록 행복해질 수 있을 줄은 꿈에도 몰랐네." 결혼 직후만 해도 환희에 차서 이렇게 외쳤던 톨스토이였다. 그러나 사실 재앙의 징조는 결혼식 때부터 그림자를 드리웠고, 톨스토이 자신도 그의 분신이나 마찬가지인 『안나 카레니나』의 레빈처럼 마지막 순간에 도망치려고 했다. 그뿐 아니라 작품 속에서 레빈이 약혼녀에게 자신의 총각 시절 일기를 읽게 하는 실수를 저지른 것처럼, 톨스토이도 열여덟 살 먹은 소피아에게 자신이 계집질하고 술독에 빠져 도박이나 하고 다닌 젊은 날의 기록, 그리고 자기네 저택 하녀와의 사이에서 낳은 사생아에 얽힌 사정까지 굳이 읽어보게 하는 우를 범했다.

"그의 과거가 어땠는지 다 읽고 나자 눈물이 쏟아졌다." 소피아는 그때의 심경을 이렇게 털어놓았다. 자진해서 폭로한 과거에 예비신부가 그렇게 충격을 받았음에도, 두 사람은 3일 뒤 혼인 서약을 주고받았고 톨스토이 가의 저택이 있는 러시아의 시골 야스나야 폴랴나로 함께 떠났다. 밤새 마차를 타고 가면서 톨스토이는 아내의 순결을 빼앗았고, 훗날 소피아는 그때의 경험을 일기장에 이렇게 묘사했다. "어찌나 고통스럽고 참기 힘들 만큼 수치스러웠는지!"

신혼 초에는 소피아가 워낙 남편의 과거를 껄끄럽게 여긴데다 부부둘 다 고집이 세서 언쟁이 잦았지만, 그래도 결혼하고 첫 10년간은 그런대로 만족스러운 시기였다. "우리보다 더 행복하고 조화로운 부부가 있을까?" 소피아가 행복에 겨워 이렇게 말하기도 했으니 말이다. 톨스토이도 일기에 이렇게 적었다. "함께 있는 우리 둘보다 더 행복한 사람은 아마 백만 명 중에 단 한 명도 없을 것이다."

톨스토이의 명성은 문단에서 상승세를 타기 시작했고, 소피아와의 결혼생활은 『전쟁과 평화』와 『안나 카레니나』에 등장하는 결혼에 관한 수많은 명언을 탄생시킨 영감의 원천이 되었다. 소피아는 두 작품의 원고를 교정본이 나올 때마다 일일이 수기로 옮겨적었고— 원고를 다 합치면 수만 쪽에 달했다―남편의 벌레 기어가는 것 같은 글씨를 알아보려고 눈을 혹사시키다가 실명의 위험에 처한 적도 수차례 있었다. 그뿐 아니라 『전쟁과 평화』에서 장황한 역사 서술은 줄이고 등장인물들 간의 이야기에 초점을 맞추라는 등 꽤 유용한 조언을 해준 것도 소피아였다.

톨스토이의 뮤즈이자 개인 비서 역할을 완벽히 수행한 것도 대단한데, 소피아는 집안일에서도 흠잡을 데 없는 주부였다. 그 시대의 보통 여자들처럼 소피아도 모든 기운을 가족들을 돌보는 데 쏟았는데, 톨스토이가 글쓰는 데 집중하는 동안 거의 혼자서 열셋이나 되는 자식들(그중 아홉이 건강히 살아남아 성인이 되었다)을 키우고 교육시켰다. 지칠 줄 모르고 밥을 짓고, 바느질하고, 병든 소작농들을 돌보고, 남편 대신 출판사 사장들과 협상을 했으며, 남편의 작품이 금서로 지정됐을 때는 그를 대신해 러시아 황제에게 읍소하기도 했다.

그런 수많은 역할에 따르는 체력적인 한계만 해도 힘겨운데, 성녀聖女라 불려도 좋을 만큼 참을성 많은 소피아는 엄청난 감정적 고통까지 견뎌내야 했다. 아이러니하게도 소설 속 여주인공들은 그렇게 잘 이해하고 동정했던 톨스토이가 현실에서는 더없이 매정하고 자기중심적이었으며, 특히 아내를 그렇게 못마땅해했다. 또 성질이 아주 괴팍했고, 분노를 폭력으로 분출하거나 심한 우울감에 빠질 때가 많았다. 소피아의 일기를 들여다보면 남편이 한없이 우울해하면서 자기만의 세계에 틀어박힐 때마다 느끼는 외로움, 혹은 온 가족이 외진 시골에 고립되어 사는 데서 오는 주체할 수 없는 외로움을 토해놓은 구절이 자주 나온다.

그러나 외로움은 소피아에게 그나마 감당할 수 있는 고통이었다. 톨스토이가 문인으로 절정에 이르렀을 무렵, 『안나 카레니나』를 탈고하고 이제 마흔아홉에 접어든 그에게 지독한 중년의 위기가 찾아왔다. 앞으로는 소설을 쓰지 않겠다고 돌연 절필을 선언하더니, 무신론자였던 그가 갑자기 모든 인간이 어떻게 하면 그 영혼을 구원받을 수 있는지에 대한 이념적이고 종교적인 글을 잇달아 써내기 시작했다.

그때부터 톨스토이는 몸소 밭에 나가 일한 것은 물론 청빈한 삶이라든가 채식주의, 성적 금욕주의 같은 미덕을 극찬하면서, 자신이 주창한 종교관을 열성적으로 실천하는 면모를 보여주었다. 여생을 소작농으로 살고 싶다는 바람을 천명하더니, 가문의 전 재산을 기부하고 자신의 저작권도 공유재산으로 돌리겠다는 뜻을 밝혔다. 그러나 가족들은 상류층의 삶을 버리고 덩달아 수도승 같은 삶을 살지는 못하겠다고 반대하고 나섰고, 가족들의 그런 태도에 톨스토이는 또 자기대로 강한 반감을 품었다. 그는 분을 못 이겨 자식들이 전부 "역겹고, 볼썽사납고, 못 들어줄 정도로 수치스러우며" "차라리 자식이 없는 게 나았을 뻔"했다고 휘갈겨썼다.

톨스토이가 새로이 받아들인 급진적 사상과 대규모 식솔을 먹여살리는 실질적인 문제는 사실 양립하기 힘든 것이었지만, 그는 자신이 져야 할 책임마저 전부 소피아에게 떠넘기면서 그렇게 하는 것이 가능하다고 합리화했다. 그러잖아도 무리한 가사노동에 혹사당하던 소피아는 거대한 저택 부지와 빠듯한 생활비를 관리하는 책임은 물론 한정된 생활비를 가지고 야스나야 폴랴나로 자꾸만 몰려드는 추종자들을 접대하는 일까지 도맡게 되었다. 당시 멀게는 미국과 인도(간디가 톨스토이 사상의 추종자였다)에서도 톨스토이의 가르침을 신봉하는 이들이 꾸역꾸역 찾아오고 있었다.

끝없이 몰려드는 신봉자들은 소피아를 심적으로 더욱 힘들게 했다. 안 그래도 아내와 가족을 거들떠도 안 보는 톨스토이의 관심을 그들이 독차지했기 때문이다. 톨스토이가 인류를 위해 봉사하는 동안 홀로 남겨진 소피아는 소리 죽여 분통을 터뜨렸다. "그이가 해대는 '민중' 얘기에 신물이 나요. 나 아니면…… 그놈의 민중, 둘 중 하나를 선택해야 한다는 걸로 들려서." 그리고 결혼생활 후반기 내내 톨스토이는 일관성 있게 '민중'을 택했다.

소피아가 가장 못 견뎌했던 것은 남편의 위선이었다. 그렇게 공공연히 개탄하던 풍족한 삶을 톨스토이 본인도 계속해서 누리고 있는데다, 금욕주의를 설파하면서 뒤에서는 그녀를 자꾸 임신시키고 있다고 일기장에 쏟아놓았다. (한편 톨스토이는, 소피아가 자꾸 자기를 유혹해 그가 이상적 가치로 여기는 금욕을 지키지 못하게 했다고 주장했다.) 소피아는 저작권을 포기해봤자 민중에게 득이 되기는커녕 출판업자들 배만 불릴 텐데 남편이 자꾸만 저작권을 내주겠다고 하는 저의를 도통 이해할 수가 없었다. 소피아가 보기에 그것은 가족에 대한 철저한 배신에 불과했다. 작품 인세가 가족의 주요 수입원인데 그걸 내놓으면 남편 사후에 자식들이 거지 신세가 될까봐 걱정이 이만저만이 아니었다.

얼마 후 소피아는 남편에게서 또 한번 상처를 받는다. 톨스토이가 소설 속 주인공이 아내를 점점 증오하다가 결국 살해한다는 줄거리를 바탕으로 결혼제도를 매섭게 공격한 소설 『크로이처 소나타』를 발표한 것이다. 이 소설에서 톨스토이는 결혼생활을 감옥으로 묘사하면서 행복한 결혼이란 세상에 존재하지 않는다고 못박고 있었다. 소피아에게는 모욕적이게도 대중은 『크로이처 소나타』가 톨스토이 부부의 덜컹거리는 실제 결혼생활을 모델로 한 작품이라고 믿었고, 그로 인한 수치심은 부부 사이를 더 멀어지게 했다.

톨스토이를 추종하는 눈치 빠르고 교활한 제자 블라디미르 체르트코프라는 사내가 그런 부부간의 불화를 이용해 단물을 아주 쪽쪽 빨아먹었다. 톨스토이는 중년의 위기 초반에 이 교활한 청년의 마수에 아주 단단히 걸려들었고, 두 남자는 만나자마자 둘도 없는 막역지간이 되었다. "우리처럼 마음이 잘 맞는 사이도 없을 것이다." 톨스토이는 신이 나서 일기장에 이렇게 남겼다.

주변 사람들은 체르트코프를 건방지고 부도덕한 인간으로 보았고, 그가 늙은 톨스토이에게 해로운 영향을 끼칠까봐 몹시 걱정했다. 체르트코프를 가장 열심히 비방하고 다닌 사람은 바로 소피아였다. 그녀는 독재적 성향의 추종자 체르트코프가 남편 사후에 그의 모든 작품에 대한 저작권을 차지하려고 계략을 꾸미고 있지는 않나 의심했다. 체르트코프는 소피아가 만만치 않은 적수임을 알아채고 톨스토이가 그녀에게서 마음을 돌리도록 온갖 수단을 동원했다.

남편의 삶에서 점점 밀려난 소피아는 그가 집에 찾아온 손님들과 나누는 대화를 엿듣고, 그의 문서들을 뒤지고, 그가 외출하면 뒤를 밟는 지경에 이르렀다. 소피아는 남편과 체르트코프가 가족에게서 상속권을 박탈한다는 내용의 비밀 유언장을 꾸밀까봐 노심초사했는데, 사실 그 두려움은 근거 없는 것이 아니었다. 실제로 톨스토이는 죽기 직전 은밀히 새 유언장을 작성하고 서명했는데, 내용은 톨스토이 사상의 신봉자이기도 한 딸 알렉산드라에게 저작권을 모두 넘긴다는 내용이었다. 알렉산드라는 자연히 일체의 권리를 체르트코프에게 넘기는 데 동의했고, 그렇게 되면 체르트코프는 톨스토이의 유작들을 마음대로 편집하거나 출간할 수 있게 되는 것이었다.

이 기만적인 계략을 까맣게 모르고 있었던 소피아는, 그 와중에 체르트코프가 남편의 일기장 몇 권을 수중에 넣었다는 소식을 듣고 마침내 이성을 잃고 만다. 소피아는 체르트코프가 그 일기장을 이용해 자기와 그들 부부의 결혼생활을 추악하게 덧칠해 세상에 폭로할까봐 걱정했다. (실제로 체르트코프는 자신의 회고록에서 소피아가 톨스토이를 스페인 종교재판의 고문관처럼 무지막지하게 대한 것으로 묘사했다.) 또 그렇게 사적인 기록이 외부인의 수중에 있는 건 가당치 않다고 여겼다.

소피아는 그 일기장들을 찾아오는 일에 점점 더 집착했지만, 체르트코프에게 아무리 빌고 사정해도 차가운 거절만 돌아올 뿐이었다. 소피아와 체르트코프, 톨스토이 세 사람 사이에 계속해서 거부의 춤이 오갔고, 그것을 톨스토이는 불길하게도 "죽음을 향한 몸부림"이라고 묘사했다. 소피아의 히스테리와 편집증이 점점 심해지자 걱정된 가족들은 모스크바에서 정신과 의사를 불러들였다. 의사는 소피아의 상태가 호전될 때까지 부부가 떨어져 있는 편이 좋다고 권고했지만, 소피아는 영 들으려 하지 않았다.

남편의 관심을 얻으려는 노력이 갈수록 절박해져, 이제 소피아는 보란듯이 아편을 내보이며 음독자살하겠다고, 아니면 연못에 몸을 던져서, 그도 아니면 안나 카레니나처럼 달려오는 기차에 몸을 던져 자살하겠다고 남편을 협박하는 지경에 이르렀다. 톨스토이도 이에 지지 않고 집을 나가겠다고 응수했고, 그러다 정말 화가 나서 나가버리기도 했다. 한번은 소피아가 열두번째 아이를 출산하려고 막 산통을 겪기 시

작하는데 집을 나가기도 했다. 일기장 몇 권을 놓고 몇 주 동안 소동이
계속된 뒤에야 톨스토이가 결국 중재자로 나서, 체르트코프에게 비서
를 보내 그것을 받아오게 했다. 그러나 이런 결정도 소피아를 달래지는
못했다. 소피아가 손도 대기 전에 톨스토이가 일기장을 은행 금고에 처
넣어버렸기 때문이다.

이토록 숨막히던 톨스토이 집안의 분위기는 이따금 부부 사이의 짧
고, 그나마도 점점 빈도가 줄어드는 화해로 쉼표를 찍었다. 두 사람이
최종적으로 갈라서기 두 달 전 소피아가 일기장에 기록한, 유달리 절절
했던 순간이 있다. "나는 울음을 터뜨리면서 그이를 꼭 끌어안았고, 당
신을 잃을까봐 너무 무섭다고 말했다…… 그이를 세상 누구보다 더 사
랑하지 않은 적은 단 한순간도 없었다." 톨스토이도 소피아를 향한 사
랑의 맹세로 이에 보답했고, 절대로 당신을 떠나지 않겠다고 약속했다.
그러나 얼마 후 그들의 마흔여덟번째 결혼기념일을 고작 며칠 넘긴 날,
소피아가 한밤중에 자기 책상을 뒤지는 소리를 듣고 톨스토이는 그 약
속을 깼다. 아내의 그칠 줄 모르는 염탐 버릇과 극단적인 언행에 질려버
린 것이다.

1910년 10월 28일 밤, 톨스토이는 다음과 같은 작별 편지를 써놓고
야스나야 폴랴나에서 조용히 빠져나왔다. "줄곧 내게 제공되어온 이런
사치 속에 더이상 살 수 없다고 느꼈고, 그래서 나는…… 내 마지막 나
날을 혼자 조용히 보내기 위해 속세를 포기하오." 잠에서 깨 편지를 읽
은 소피아는 그대로 뛰쳐나가 죽으려고 연못으로 들어갔지만, 몸이 채
잠기기도 전에 구조되었다. 물에서 끌려나온 소피아는 딸을 향해 실성
한 듯 외쳤다. "네 어미가 물에 빠져 죽으려 한다고 당장 아버지에게 전

보를 보내."

그러나 톨스토이는 그녀의 전갈을 받지 못했다. 집을 나간 지 며칠 안 되어 몸져누운 것이다. 그는 아스타포보라는 작은 마을의 기차역 관사에서 폐렴에 걸려 병상에 누운 채로 발견되었다. 러시아 문학의 거장은 그토록 갈구하던 마음의 평화를 찾지 못하고, 집을 떠난 지 열흘 만에 이렇게 외치며 마지막 순간을 맞았다. "탈출…… 반드시 탈출해야 해!"

작가의 사랑과 전쟁
파이트 클럽

이 커플들에게 사랑은 마음만 다치는 것이 아니라 피까지 튀는 위험한 게임이었다.

그는 무기를 소지하고 있으며 매우 위험하다

폴 베를렌은 1872년에 동료 시인 아르투르 랭보와 함께 있기 위해 가족을 버리고 파리를 떠나 런던과 벨기에를 오가면서, 주로 독한 술 압생트로 불붙곤 한 폭력적인 애정 행각을 이어갔다. "우리는 한 쌍의 호랑이처럼 서로를 맹렬히 사랑해!" 그는 남편에게 버림받고 열받아서 둘을 쫓아온 자기 아내에게 이렇게 외쳤다. 그러고는 부끄러움도 모르고 가슴팍을 드러내며 열일곱 살의 애인이 남긴 사랑의 상처를 보여주었다. 두 남자의 정사는, 그로부터 1년 뒤 술에 취해 언쟁을 벌이다 랭보의 손목을 총으로 쏴버린 베를렌이 폭행죄와 남색죄로 감옥에 가면서 끝이 났다.

주고받는 술잔 속에 싹튼 사랑

"우리의 사랑은 러브스토리가 아니라 드링킹 스토리였다." 케이틀린 맥나마라Caitlin Macnamara는 웨일스의 시인 딜런 토머스와의 결혼생활을 이렇게 회고했다. 두 사람은 선술집에서 처음 만났는데, 토머스는 케이틀린을 보자마자 저 여자와 결혼하고야 말겠다고 선언했다. 둘의 알코올 중독, 그리고 토머스의 고삐 없는 바람기는 케이틀린을 자극해 번번이 드라마틱한 분노

폭발로 이어졌고, 분을 주체 못한 케이틀린이 남편의 머리를 잡고 바닥에 심하게 찧어 그가 정신을 잃은 적도 있었다. 토머스가 서른아홉이었을 때, 알려지기로는 한자리에서 위스키 열여덟 잔을 들이킨 후 사망하자 케이틀린은 홧김에 병실 벽에 걸려 있던 길이 120센티미터짜리 십자가를 뜯어냈고, 곧 병원 직원들이 그녀에게 달려들어 구속복을 입힌 뒤 정신병동으로 이송했다.

가정폭력으로 얼룩진 결혼

폭력, 특히 사람들이 지켜보는 가운데 벌이는 몸싸움은, D. H. 로런스와 프리다 위클리가 함께한 15년의 결혼생활을 한마디로 정의해주는 수식어다. 로런스는 툭하면 아내를 두들겨패는 것은 물론, 레스토랑에서 아내에게 와인병을 집어던지는가 하면 아내의 목을 조르며 이렇게 악을 쓴 적도 있었다. "어딜 감히 네 주인님한테!" 남편 못지않게 기가 셌던 프리다는 이에 응수해 로런스의 머리를 향해 힘껏 접시를 날렸다. 그러나 변태적이게도 이런 지독한 폭력이 부부관계를 더욱 끈끈하게 만들어준 것으로 보인다. 두 사람의 지인은 로런스가 프리다의 머리채를 움켜쥐고 잡아당기며 목을 따버리겠다고 협박했는데, 딱 한 시간 뒤에 두 사람이 마카로니 앤드 치즈를 먹으며 사이좋게 대화하는 걸 본 적이 있다고 증언했다.

무대 뒤에서는 어떤 일이 일어날까

유진 오닐과 과거 배우였던 여성 카를로타 몬터레이의 관계는 오닐이 무대용으로 창조해낸 작품 속의 문제적 가족들과 크게 다르지 않았다. 유독 심했던 언쟁 후 두 사람 다 병원에 입원한 적도 있을 정도니 말 다했다. 사정인즉슨, 집에서 쫓겨난 오닐은 이리저리 돌아다니다가 눈길에 미끄러져 다리가 부러졌고, 카를로타는 마약에 취해 정신이 나간 상태에서 길을 헤매다가 사람들에게 발견되었다. 유진 오닐은 카를로타를 정신병원에 입원시키려 했고, 부부는 곧 이혼 절차를 밟았다. 그러나 심한 알코올 중독과 중증의 중풍으로 심신이 약해진 오닐은 남편을 휘두르기 좋아하고 보호본능이 과한 아내 없이 하루도 더 살 수 없는 상태였고, 그래서 두 사람은 오닐의 죽음을 며칠 앞두고 결국 화해했다.

내 엉덩이를 때려준 스파이

영국 해군정보부 장교 출신이며 제임스 본드 캐릭터의 창조자인 이언 플레밍은 침대에서 지치는 법이 없는 호색한으로 악명을 떨쳤다. 그와 훗날 그의 아내가 된 앤은 각자 배우자가 있는 상태에서 서로를 만나 가학피학성 sadomasochism 도착행위에 열광적으로 빠져들었다. "당신이 나를 채찍으로 때려줬으면 좋겠어요. 왜냐면 당신이 내게 고통을 준 다음 그 부위에 키스해주는 게 좋거든요." 앤은 플레밍과 뜨거운 사랑을 나눈 뒤 이렇게 말했다.

2장

바람둥이,
건달
그리고
사기꾼

남자가 한을 품으면

어니스트 헤밍웨이

결과가 어찌되건
일단 사랑에 빠져 있는 동안은
그만한 가치가 있지.

_어니스트 헤밍웨이

몇 년을 주기로 배우자를 갈아치운 것으로 유명한 어니스트 헤밍
웨이는 사랑에 빠질 때마다 얼른 그 여자와 결혼하고 싶어 안달했
지만, 상대에 대한 사랑은 매번 금방 식었다. 처음 두 번의 결혼에
서 매정하게 아내를 버린 그는 세번째로 뛰어든 결혼에서 그동안
자기가 한 짓을 고스란히 돌려받았다. 세번째로 맞은 아내는 세계
가 좁다 하고 돌아다니는 저널리스트 마사 겔혼이었는데, 사실 헤
밍웨이가 진짜로 원한 건 자기 옆에 얌전히 있어줄 전업주부였다.

마사 겔혼은 위험지대에 발을 들이기를 주저하지 않는 대담한 여성이었고, 1936년 이 톡톡 튀는 금발의 아가씨와 처음 만났을 때 어니스트 헤밍웨이가 가장 매력을 느낀 부분도 바로 그 당찬 성격이었다. 서른일곱 살의 헤밍웨이가 가족과 함께 살고 있던 플로리다주 키웨스트의 어느 바에서 마사를 처음 만났을 때, 자연히 두 사람의 대화는 한창 격전중인 스페인내전으로 흘렀다. 대공황 때 미국인들이 겪은 지독한 고난을 묘사한 단편집 『내가 겪은 고뇌The Trouble I've Seen』를 발표하고 평단의 인정을 받은 마사는 진로를 바꿔 종군기자로 활동해볼 욕심을 품고 준비중이었다. 마침 헤밍웨이도 어느 신문사에 고용되어 그 피 튀기는 내전을 취재하는 임무를 맡은 참이었다. 헤밍웨이보다 열 살 연하인 마사는 글쓰기와 전쟁에 관해 그가 들려주는 이야기를 열성적인 제자처럼 눈을 빛내며 귀담아들었다.

두 사람은 스페인에서 세 차례 만남을 가졌는데, 폭발물이 깔린 위험천만한 전쟁터를 함께 누비며 길가에서 나란히 쪽잠을 자고 적군의 포화를 피해다니며 동지애를 키웠다. 이미 제1차세계대전 때 이탈리아 전선에서 적십자 소속 운전사로 복무한 경험이 있었던 헤밍웨이는 마사의 용기를 극찬하면서 그녀가 자신이 아는 가장 용맹한 사람이라고 칭송했다. 그는 종군특파원으로 성공하고자 하는 마사의 야망을 적극 지지해주면서 그녀가 처음으로 쓴 기사를 〈콜리어스Collier's〉지에 보내보라고 격려했고, 전쟁터에서 필요한 기본적인 생존술도 가르쳐주었다. 7년에 걸친 폭풍 같았던 관계가 끝난 후 마사는 그런 애정 어린 추억을 거의 다 잊었지만, 그런 그녀도 한 가지만은 헤밍웨이에게 공을 돌릴 수밖에 없었다. 각각 다른 총성을 구분하는 법과 어떤 경우에 반드시 피신해야 하는지 교육해준 공이다.

두 사람이 마드리드 호텔에 숙박했을 당시 헤밍웨이는 마사의 숨겨져 있던 성질을 처음으로 맛보게 되었다. 그 부근에 집중포화가 쏟아지자 마사는 서둘러 호텔에서 도망치려고 했는데, 문이 바깥쪽에서 잠겨 있다는 것을 알게 되었다. 한참 후 호텔로 돌아온 헤밍웨이가 자기가 문을 잠갔다고 시인했다. 길거리에 널린 포주나 주정꾼들이 그녀를 매춘부로 오인하고 덮칠까봐 걱정돼서 그녀를 보호하려고 그랬다는 것이다. 그런데 마사는 헤밍웨이의 과보호 성향에 진저리치고 떠나는 대신, 그로부터 2주 후 그와 침대에 뛰어들었다. 사랑이나 성욕보다는 영웅 숭배 심리에 취해서 충동에 굴복한 것이었다. 훗날 그녀는 헤밍웨이가 욕정 넘치는 연인이었으며, 때로는 당장이라도 달려들어 한판 치를 기세로 바지를 내린 채 문간에 나타난 적도 있었다고 폭로했다.

헤밍웨이는 스페인에서, 그리고 나중에는 본국에 돌아와서도 열성적으로 마사의 뒤꽁무니를 쫓는 한편 자신의 행복을 가로막는 여인을 제거하기 위해 애썼다. 그 대상은 10년 동안 그의 아내로 살았던 폴린 파이퍼였다. 그러나 폴린은 이 난봉꾼 남편을 그의 첫번째 아내인 해들리 리처드슨처럼 호락호락하게 보내줄 마음이 없었다. 헤밍웨이 쪽에서는 좀처럼 양보하지 않는 폴린의 고집에 반감만 점점 커졌고, 부부는 몇 년 동안 양쪽 다 한 치의 물러섬도 없는 대립을 계속했다. 헤밍웨이는 자기 아내에게 몹시 야박하게 굴었고, 가면 갈수록 심해져서 급기야 낚시 간다고 집을 나가 몇 달이고 안 돌아오는 건 예사였으며 아예 쿠바로 가서 마사와 딴살림을 차리기까지 했다. 폴린이 휴가차 와이오밍의 목장에서 지내고 있던 남편을 찾아갔을 때도 그는 아내에게 당장 돌아가라고 호통치더니 보란듯이 마사에게 전화해 그리로 오라고 했다. 헤밍웨이는 폴린도 자기를 전 부인 해들리에게서 뺏었으니 그런 야박한 대접을 당해도 싸다고 자신의 행동을 합리화했다.

　폴린과의 결혼이 파국을 향해 치닫고 마사와의 관계는 더욱 뜨거워지고 있을 무렵 헤밍웨이는 새로운 소설 『가진 자와 못 가진 자』를 탈고했는데, 거기에 나오는 여자 등장인물이 남자들에게 일부일처제를 기대해선 안 된다고 자신을 설득하듯 중얼거리는 부분이 나온다. "남자들은 그렇게 생겨먹지가 않았으니까. 그들은 끊임없이 새로운 여자, 더 젊은 여자, 가질 수 없는 여자를 원해…… 그렇게 생겨먹었으니, 그걸 비난할 수는 없어." 그녀는 이렇게 합리화한다. "그래서 여자들이 항상 고생이지. 남자에게 잘해주고 더 많이 애정을 표현할수록 남자 쪽에서는 더 빨리 애정이 식어버리는 거야."

헤밍웨이와는 달리 마사는 서둘러 결혼할 생각이 없었다. "동거는 참 좋은 거야. (우리는 지금 4년째 만족하며 잘살고 있어.)" 친구에게 이렇게 말하고 3개월도 안 지나 그녀는 헤밍웨이의 세번째 부인이 되었다. 싸움이 지긋지긋해진 폴린이 마침내 이혼에 동의한 것이다. 폴린은 이혼하는 과정에서 지금은 유명해진 헤밍웨이의 애정사를 만천하에 낱낱이 폭로했다. 두번째 아내 폴린과의 결별은 1940년 11월 AP통신사의 전신으로 세상에 알려졌고, 같은 달 마사와의 결혼은 〈라이프〉지에 대문짝만하게 실렸다.

〈라이프〉는 신혼부부의 사진들 외에도 헤밍웨이가 갓 발표한 소설 『누구를 위하여 종은 울리나』를 상당히 비중 있게 소개했다. 스페인내전 중 일어난 일을 바탕으로 한 이 소설은 마사에게 헌정되었으며, 그녀와 생김새가 꼭 닮은 여주인공이 등장한다. 대중과 평단의 호평을 얻은 이 작품은 당대 미국의 가장 위대한 문인들 사이에서 헤밍웨이의 입지를 견고히 해주었음은 물론, 헤밍웨이는 꼭 로맨틱한 드라마가 생겨나야만 자극을 받아 펜을 움직인다는 F. 스콧 피츠제럴드의 가설에 힘을 실어주기도 했다. "어니스트는 새 여자가 생겨야만 대작을 탄생시킨다니까." 헤밍웨이가 첫번째 아내 해들리와 이혼했을 때 피츠제럴드는 이렇게 중얼거렸다. "초기 단편들이랑 『태양은 다시 떠오른다』를 썼을 때도 새 여자를 사귀고 있었지. 지금은 폴린이 있고. 『무기여 잘 있거라』라는 걸작이 나온 걸 보라고. 앞으로 걸작이 또 나온다면 어니스트에게 새 아내가 생긴 거라고 장담할 수 있어."

폴린은 그 파괴적인 패턴에 희생된 당사자인 만큼, 피츠제럴드의 말을 새겨들었다면 험한 꼴을 피해갔을지도 모르겠다. 해들리와 결혼한 상태에서 폴린을 쫓아다니기 시작했던 헤밍웨이에게 삼각관계는 이미 익숙한 영역이었다. 해들리가 외도를 알아차리고 따지고 들자 그는 오히려 뻔뻔한 태도로 나오면서, 몰상식하게 집안 문제를 동네방네 떠들고 다닌다고 아내를 타박했다. 두 여자 중 누구도 포기하기 싫었던 건지 아니면 결단을 내릴 배포가 없었던 건지, 그는 상황이 빨리 해결되지 않으면 자살해버리겠다고 엄포를 놓았다. 성격 좋은 해들리가 이혼해주기로 하자 헤밍웨이는 당장 돌변해, 아내가 이별편지를 보낸 것이 아주 용감하고 관대한 처사였다고 칭찬했다.

처음 두 번의 결혼은 교회에서 치렀지만(해들리와의 결혼은 감리교회에서, 폴린과의 결혼은 가톨릭교회에서 올렸다), 마사와의 혼례는 와이오밍주 샤이엔의 치안판사 앞에서 치렀다. 결혼하고 한 달쯤 됐을 무렵, 행복에 겨운 신랑은 마침내 둘의 관계를 합법화한 것에 만족을 표했다. 그는 신혼의 단꿈에 젖은 채로 일본의 중국 침략을 취재하러 극동으로 가는 아내의 여행길에 동행했다. 마사는 거칠 것 없는 그들 부부가 세계를 여행하며 함께 일하는 미래를 꿈꾼 반면, 헤밍웨이는 일단 결혼식을 올리고 나자 판을 뒤집으려 했다. 그는 쿠바에 있는 집에서 집필 작업에 몰두하기를 원했고, 그런 자기 곁에 아내가 얌전히 있어주기를 바랐다.

마사는 헤밍웨이의 전처들과 다르게 집안일을 꾸려가는 문제라든가, 자신이 원하는 건 꾹 참고 남편의 요구를 우선시하는 생활에는 관심이 없었다. 헤밍웨이의 도움으로 차곡차곡 쌓아올린 커리어를 포기할 생각도 전혀 없었다. 게다가 마사 자신이 먹고살기 위해, 그리고 생활비의 절반을 대기 위해 일을 계속해야 하는 상황이었다. 걸핏하면 돈이 없다고 툴툴거리고 이미 충분히 부유한 폴린에게 위자료까지 지급해야 한다며 툭하면 불평불만을 늘어놓던 헤밍웨이는 사실 그리 야량 있는 가장이 아니었다.

마사는 헤밍웨이에게 자기랑 같이 유럽으로 건너가 히틀러의 군대가 대륙을 점령한 뒤 전개되는 상황을 지켜보고 본국에 보고하는 종군기자로 활동하자고, 무려 2년 동안 사정했다. 쿠바의 안락한 저택을 떠나기 싫었던 헤밍웨이는 해외로 나가기를 거부했고, 자기도 카리브 해안을 순찰하며 독일 잠수함이 접근하는지 감시하니까 나름대로 애국하는 것 아니냐고 우겼다. 마사가 목숨 걸고 해외에서 벌어지는 잔학 행위들을 보도하는 동안, 그는 오로지 자기 성욕에만 목숨을 걸었다. "당신이 전쟁 특파원이야, 내 침대 데워주는 마누라야?" 어린애처럼 이렇게 전보를 보내기도 했다.

헤밍웨이에게 아내의 직업은 잡아죽여도 시원찮을 경쟁 상대였고, 그래서 그녀가 해외 파견을 나가는 일이 잦아질수록 두 사람 사이도 험악해졌다. 마사가 영국이나 이탈리아, 또는 북아프리카에서 취재를 마치고 곤죽이 되어 쿠바의 집으로 돌아오면, 헤밍웨이는 기절한 듯 잠든 그녀를 깨워 일장연설을 늘어놓았다. "가만 들어보면 내 죄는 그가 참여하지 않은 전쟁에 나갔다는 거였는데, 그 사람은 그리 점잖게 표현하지 않았어요." 마사는 당시를 이렇게 회상했다. "내가 정신이 나갔고 흥분과 스릴만 좇는다는 둥, 누구에게도 책임감을 안 느끼고 믿을 수 없을 정도로 이기적이라는 둥…… 한번 시작하면 몇 시간을 들들 볶았는데, 험악하고 추잡했어요."

욕하고 불평하는 것으로 성이 안 차자 헤밍웨이는 마사의 커리어를 일부러 망쳐 본때를 보여주기로 했다. 1944년에 그는 아내의 오랜 고용주였던 〈콜리어스〉 잡지사에 연락해 자기가 유럽으로 가 전쟁 특보를 써 보내겠다고 제안했다. 헤밍웨이 같은 걸출한 문인의 이름을 파는 것은 잡지사 입장에서는 너무나 짭짤한 기회였다. 미디어가 현장특파원을 딱 한 명만 파견하는 것을 알고 있었던 헤밍웨이는 그런 악의 넘치는 수법으로 마사에게서 공식 특파원 자격으로 전쟁을 취재할 수 있는 기회를 박탈해버렸다.

그러고도 분이 안 풀렸는지, 자신이 타고 가는 런던행 군용기에 마사의 자리를 마련해주기를 거부했다. 이런 온갖 방해에도 불구하고, 취재 의지가 강했던 당찬 마사는 폭발물을 잔뜩 싣고 구명선은 한 대도 없는 화물선을 타고서 위험천만한 태평양을 건넜다. 영국에 도착한 마사는 남편이 며칠 전 자동차 사고로 뇌진탕을 일으켰다는 소식을 들었다. 그런데 막상 가보니 그는 머리에 붕대를 터번처럼 둘둘 감은 것 말고는 별로 아파 보이지도 않았고, 병원 침대에 누워 샴페인과 위스키를 마시며 문병객들과 농담 따먹기나 하고 있었다. 마사는 환자가 잔뜩 기대한 동정심을 보여주는 대신 그에게 그리 따뜻하지 않은 이별을 고했다. 그녀는 헤밍웨이의 아내들 중 유일하게 먼저 그를 떠난 여자가 됐고, 그것은 헤밍웨이에게 절대로 용서 못할 죄였다. "E. H.가 한을 품으면 한여름에도 서리가 내리거든요." 그런 그를 두고 마사는 이렇게 말했다.

벌써 다른 여자 꽁무니를 쫓기 시작했으면서 그렇게까지 화를 낸 게 아이러니하게 느껴진다. 런던에 도착한 헤밍웨이는 마사가 탄 배가 정박하기도 전에 이미 메리 웰시Mary Welsh•라는, 〈타임〉지에서 파견한 미국인 전쟁특파원을 다음 목표로 정해놓고 쫓아다니고 있었다. 이번에도 그는 뜸들이지 않고, 만난 지 며칠 되지도 않은 새로운 불장난 상대에게 당당하게 고백했다. "나는 당신을 잘 모르오, 메리. 하지만 당신과 결혼하고 싶소. 당신은 반짝반짝 살아 있어. 마치 하루살이처럼 아름다워."

메리는 헤밍웨이와 결혼한 네 명의 여인 중에, 자신이 현재의 남편과 이혼하고 만족을 모르는 남자인 헤밍웨이와 재혼하면 어떤 인생이 펼쳐질지 가장 분명하게 인지한 여자였다. 의지력이 강했던 마사와 다르게 메리는, 그토록 사랑하는 기자 일을 포기하고 헤밍웨이 집안을 돌보는 게 자신에게 기대되는 역할임을 정확히 파악하고 있었다. 그뿐 아니라 결혼으로 발이 묶이기 전에 이미 헤밍웨이의 집념이나 파괴성 같은 어두운 면을 다 알고 있었는데도 청혼을 받아들인 여자였다.

나치의 점령에서 해방된 파리에서 메리와 조우한 헤밍웨이는 그곳에 머무는 동안 그녀에게 사랑시를 여러 편 써 보냈고, 부대에 귀속하기 위해 프랑스의 시골로 이동한 뒤에도 계속해서 그녀에게 절절한 연애편지를 보냈다. 그런데 그즈음 "난데없이 따귀를 맞는" 듯한 사건이 일어났다. 사교 모임에서 어쩌다가 곤란한 상황에 처했을 때 메리가 도와주지 않은 것에 앙심을 품은 헤밍웨이가 그녀를 "자기가 잘난 줄 아는, 아무짝에도 쓸모없는 망할 전쟁특파원 계집애"라고 비난한 것이다. 그전까지는 한 번도 누군가의 분풀이 대상이 된 적이 없었던 메리는 "그후로도 오랫동안, 가만히 있다가 느닷없이 그 역할을 맡아야 할 때가 있

•   미국의 저널리스트 겸 작가.

었다"고 털어놓았다. "품위 있게, 무심한 태도로 역할을 수행했다면 정말 좋았겠지만, 그렇게 하는 법은 영원히 터득하지 못했다." 그리고 얼마 후, 이번에는 말싸움 중에 메리가 진짜로 뺨을 맞는 사건이 벌어졌다. 일을 저지른 장본인은 다음날 아침, 배우 마를레네 디트리히를 포함한 몇 명의 사절을 메리에게 보내 자신의 입장을 열심히 대변하도록 시켰다.

"그 당시 나는, 특히 우리 둘만 있을 때는 더더욱 그이의 매력에 완전히 빠져 있었지만, 법적으로 서약을 맺는 게 과연 잘하는 일일까 의심이 들었다." 메리는 훗날 이렇게 고백했다. 기자 일을 그만두는 것도 그렇지만, 그녀는 헤밍웨이의 강한 자의식에 자신의 정체성이 짓눌릴 것을 걱정했다. "어니스트처럼 복잡하고 모순적인 존재"와 동반자가 되는 데 따르는 걱정거리는 과연 한두 가지가 아니었지만, 그런 의구심을 접어둔 채 그녀는 쿠바에서 일단 그와 시범 동거를 했고 결국 그의 신부가 되었다.

결혼식 당일에 식이 무산될 위기가 잠시 있었지만—메리는 떠나려고 짐까지 쌌다—그래도 두 사람의 결합은 헤밍웨이의 네 번의 결혼생활 중 가장 오래 지속된 결혼이 되었다. 15년 동안 메리는 아내로서 전적으로 헤밍웨이에게 충실했고, 심지어 중년이 된 헤밍웨이가 열여덟 살 난 이탈리아 소녀 아드리아나 이반치치에게 빠져 정신 못 차릴 때에도 그를 떠나지 않았다. 부녀지간이라 해도 무리가 없을 이 커플은 어느 주말에 벌어진 오리 사냥에서 처음 만났는데, 슬슬 사람들 눈이 많은 곳에서도 숨김없이 애정 표현을 하기 시작했다. 처음 만난 베니스에서도 주위의 시선 따위는 아랑곳없이 만나더니, 나중에 쿠바에 돌아오고 나서도 헤밍웨이는 아드리아나와 그녀의 어머니를 초대해 대놓고 같이 지냈다.

그는 둘의 관계를 다음 작품인 『강 건너 숲속으로Across the River and into the Trees』의 소재로 사용하기까지 했다. 이탈리아에 주둔중인 미국인 대령과 사랑에 빠지는 베네치아의 공작부인 레나타로 아드리아나를 작품에 등장시킨 것이다. 그런데 어이없게도 헤밍웨이는 이 소설을 "메리에게 사랑을 담아" 헌정했다. 당연한 일이지만, 메리는 그 소설을 헤밍웨이의 작품 중 가장 정이 안 가는 작품으로 꼽았다. (한술 더 떠 헤밍웨이는 이 작품을 빌려 마사에게 무차별 공격을 날렸다. 대령이 자기를 떠나간 세번째 아내를 욕하는 장면이 나오는데, 표현이 너무 지나쳐서 출판사가 명예훼손 소송을 걱정할 정도였다.)

아드리아나를 향한 헤밍웨이의 욕정이 점점 깊어질수록 그가 메리를 대하는 태도는 점점 나빠져서, 면전에 모욕적인 말을 던지는가 하면 지금까지 잠자리를 함께한 여자들을 줄줄이 읊어대면서 그녀를 공개적으로 망신 주기도 했다. 메리가 그런 끔찍한 취급을 참으면서까지 그의 곁에 남은 이유 중에는 결혼 초기에 그가 그녀의 목숨을 구해줬다는 것도 있었다. 임신 합병증으로 메리에게 출혈이 일어났는데, 수술받을 준비를 하던 중에 혈관 허탈*이 발생했다. 의사가 외과수술용 장갑을 벗으면서 아내에게 작별인사를 하라고 하자, 헤밍웨이는 사망 선고나 다름없는 그 말을 받아들이기를 거부하고 자신이 직접 나섰다. 옆에 있던 의사 보조원에게 메리의 팔에서 혈관을 찾아 절개하고 정맥주사를 삽

* 일시적으로 혈관 내벽이 팽창해 혈류를 막는 현상.

입하게 한 다음, 환자를 안정시키기 위해 필요한 수혈용 혈장을 직접 주입했다. 액체가 혈관에 제대로 흘러들도록 튜브를 아래위로 흔들어 뚫어주기까지 했다. 메리가 일단 혈관주사에 반응하자 그는 의료진에게서 수술을 하라고 다그쳤다.

그에 대한 보답으로 메리는 헤밍웨이의 육체적, 정신적 건강이 심하게 악화되기 시작하면서 부부가 쿠바를 떠나 아이다호로 이사 간 뒤에도 그를 헌신적으로 보살폈다. 우울증에 빠지고 글쓰기조차 힘들어지자 헤밍웨이는 점점 자기 안으로 파고들면서 편집증마저 보였고, 그러다 정신병원에도 수차례 들락거렸다. 그러던 어느 날 새벽, 메리는 온 집안을 울린 큰 총성에 화들짝 놀라 잠에서 깼다. 이제 60세가 된 대문호 헤밍웨이가 권총으로 자신을 쏜 소리였다. 바로 전날 밤 메리가 그에게 속삭인 말이 마지막 인사가 되었다. "잘 자요, 불쌍한 사람. 좋은 꿈 꿔요."

작가를 만들어낸 여자들
여성의 도움으로 문명文名을 떨치다

세기의 문장가들 중에 혼자만의 힘으로 성공한 이는 거의 없다. 인생을 함께한 여성들에게서 금전적, 정신적 지지는 물론 다방면으로 도움을 받았기에 성공할 수 있었던 것이다.

더 나은 반쪽

아름답고 영리한 베라 나보코프는 남편 블라디미르 나보코프의 가장 든든한 응원단일 뿐 아니라 그의 타이피스트 겸 편집자, 에이전트, 비즈니스 매니저, 운전사 그리고 대학 조교였다. 나보코프가 홧김에 불속으로 던져버린 『롤리타』의 원고를 구해낸 것은 물론 끼니때마다 남편 몫의 음식을 먹기 좋게 썰어주는 일까지, 이 열성적인 내조자에게 너무 어렵거나 하찮은 일이란 없었다.

그후로도 그는 오랫동안 사기를 쳤답니다

아내 콜레트에게 글쓰는 재능이 있다는 걸 알아낸 그녀의 남편은 아내를 방에 가둬두고 강제로 글을 쓰게 했고, 나중에는 점점 더 자극적인 장면을 쓰도록 강요했다. 이 못돼처먹은 저널리스트 남편은 아내의 '클로딘Claudine 시리즈'를 자기 이름으로 발표했는데, 사실 그 시리즈는 콜레트가 순진한 시골 소녀였던 시절 파리로 상경해 거지같은 남편을 만나 고생한 경험담을 바탕으로 쓴 작품들이다.

날 돈으로 살 순 없어, 자기야

토머스 울프가 그저 그런 희곡으로 연달아 죽을 쑤고 있을 때 부유한 애인이 걱정 말고 집필에만 집중하라며 생활비 일체를 지원한 적이 있었다. 그러나 『천사여, 고향을 보라』와 뒤이은 작품들로 이름을 알린 그는 매정하게 내연관계를 끝내는 것으로 그녀에게 보답했다. 울프는 애인이 다른 남자들과 잤다고 비난하지를 않나, 유대계인 그녀의 뿌리를 조롱하는 비열한 짓도 서슴지 않았다. 한번은 그녀의 아파트 로비에서 온갖 비방을 날리며 언쟁을 벌이다가 마침내 그녀가 울프의 코에 펀치를 날렸고 그를 길거리로 내쫓아버렸다.

이름이 뭐가 문제기에?

오스트리아–헝가리 제국 출신의 시인 릴케의 유부녀 애인 루 안드레아스 살로메는 그에게 아명兒名인 '르네' 대신 그냥 부모님이 지어준 이름인 '라이너'를 써서 남자다움을 어필하는 게 어떻겠느냐고 제안했다. 여자아이 같은 이름 '르네'는 그의 어머니가 붙여준 것으로, 어머니는 릴케가 태어나기 1년 전 아직 갓난아기였던 딸을 잃고 이에 속죄하는 심정으로 아들에게 여자 이름을 붙여주고 여자애처럼 옷을 입혔다고 한다.

여자야 남자야

'양성평등'이 사람들 입에 자주 오르내리기 한 세기 전, 여성 소설가들은 익명으로 작품을 내거나 남자 이름으로 출판하면 책을 훨씬 잘 팔고 이름도 더 알릴 수 있었다. 조지 엘리엇(본명 메리 앤 에번스Mary Ann Evans)과 조르주 상드(본명 오로르 뒤팽)는 둘 다 애인의 이름을 필명으로 사용했는데,

상드의 경우 필명은 남았지만 애인은 떠나갔다. 그녀는 쥘 상도와 파트너가 되어 데뷔 작품을 공동 집필한 뒤 애인을 차버렸지만, 기념으로 필명은 유지했고 그후로도 작가로서 상도보다 훨씬 더 이름을 날렸다.

해도 해도 너무한 남자

노먼 메일러

여자는 법정에서 만나봐야
제대로 알 수 있지.
_노먼 메일러

툭하면 주먹을 날리고 박치기하고, 실컷 여자들을 후리고 다니면
서 페미니즘을 공격하는 것으로도 악명 높았던 노먼 메일러는, 한
마디로 작품 밖에서 저지른 행실로 작품의 위대함을 퇴색시키는
작가였다. 전 부인을 다섯이나 두고도 또 화려한 폭력 전과—그
중에는 두번째 부인의 등을 칼로 찌른 사건도 있었다—를 쌓은
뒤에야 이 여자만 밝히는 싸움꾼은 비로소 정착할 때가 됐다고 결
심했고, 곧 교사 출신 모델 노리스 처치Norris Church와 결혼했다.

"내가 뭐에 홀려서 저런 늙고, 살찌고, 목청 크고, 입만 열면 거짓말하는 난봉꾼에게 푹 빠졌을까?" 노리스 처치는 69세에 이른 호색한 남편이 지난 8년 동안 바람을 피워온 것을 알고는 이렇게 자신을 책망했다. 소위 '몰입 저널리즘immersive journalism'●의 새로운 장을 열었다고 봐도 좋을 뻔뻔한 인물인 메일러는, 자신은 그저 CIA 요원들의 이중생활을 그린 소설을 쓰기 위해 자료조사차 이중생활을 했을 뿐이라고 둘러댔다.

노리스가 남편의 불륜을 알아차린 시점은 하필 두 사람이 10년째 결혼생활을 무탈하게 유지해오면서 둘의 결합이 얼마 못 갈 거라 단언한 회의론자들에게 보기 좋게 한 방 먹여줬을 무렵이었다. 비결이 뭔지는

● 　뉴스 기사나 다큐멘터리에서 다루는 사건 혹은 상황에 1인칭 시점으로 깊숙이 개입하는 형태의 저널리즘.

모르겠으나, 긍정론자들이 메일러의 여섯번째 아내가 한때 사랑을 "이전에 느낀 오르가즘보다 더 강렬하게 세상이 폭발하는 듯한 오르가즘을 찾는 여정"이라고 묘사했던 성욕덩어리 쾌락주의자를 드디어 길들였다고 믿기 시작한 무렵이기도 했다. 두 사람이 1975년 처음 만났을 때, 키가 175센티미터인 후리후리한 빨강 머리 미녀 노리스는 아칸소주 러셀빌의 고등학교에서 미술을 가르치던 이혼한 싱글맘이었다. 메일러가 친구들을 만나러 이 (인구 2만 8천 명의) 촌동네에 놀러왔을 때, 노리스가 책에 사인을 받으려고 그가 참석한 파티에 무작정 들이닥치면서 두 사람은 옷깃을 스치게 되었다.

그 당시만 해도 노리스는 메일러와의 연애는 꿈도 꾸지 않았다. 타오르는 듯한 새빨간 머리에 뇌쇄적 매력을 풍기는 노리스는 만나달라는 남자가 줄을 섰음은 물론이고, 메일러 못지않게 사람을 사로잡는 매력이 있는 미래의 대통령 빌 클린턴과 데이트중이었던 것이다. 그런데 노리스는, 그녀 자신마저 당황스럽게도, 메일러에게 반하고 말았다—그녀의 아버지보다도 나이가 많고, 네번째 부인과 살고 있는데다, 폭력적인 여성 혐오주의자로 악명을 떨치고 있는 사람을 사랑하게 된 것이다. 나쁜 남자에게 빠지고 마는 여성들처럼 노리스도 메일러의 마초적 매력에 끌렸다.

메일러 쪽에서는 어땠냐 하면, 노리스의 조각 같은 아름다움을 마주했을 때 난생처음으로 말문이 막히고 말았다. 그래서 노리스가 다가가 자신을 소개했을 때 그 자리에서 뒤돌아 허둥지둥 방에서 나가버렸다. 그러다 잠시 후 용기를 쥐어짜내 그녀에게 말을 걸었고, 그날 밤은 두 사람이 노리스의 아파트로 가서 싸구려 사과주 한 상자를 나눠 마신 뒤 거실 바닥에서 뒹구는 것으로 막을 내렸다. 노리스는 카펫에 피부가 쓸린 자국이 자기 몸에 남은 유일한 추억이겠거니 생각했지만 뜻밖에 메일러는 계속 연락을 해왔고, 한 달 뒤에는 그녀가 있는 곳으로 찾아왔다.

메일러는 드디어 운명의 짝을 만났다고 믿었다. 두 사람의 생일이 같고 태어난 시각도 겨우 일 분밖에 차이가 안 난다는 사실이 그 생각을 더욱 굳혀주었다. 하지만 혹여나 성질 더럽고 자기중심적인 것으로 유명한 이 작가가 나이들더니 유해졌다고 사랑에 눈먼 노리스가 착각할까봐 그랬는지, 그녀가 보낸 연애시 한 편을 빨간 펜으로 온통 첨삭해서 돌려보냈고, 한술 더 떠 자신의 저서 한 상자를 그녀의 집으로 부치기까지 했다.

그후 3개월이 채 지나지 않아 노리스는 그를 보기 위해 비행기에 몸을 실었다(그녀에게는 첫 비행이었다). 네번째 아내와 아직 결혼한 상태인데다 코네티컷에서 또다른 정부와 동거까지 하고 있었던 주제에, 메일러는 노리스에게 브루클린의 브라운스톤 주택에 들어와 자기와 동거하자고 제안했다. 노리스는 제안을 덥석 받아들였고, 다섯 명의 어머니에게서 태어난 일곱 자녀의 계모가 된다는 사실도 그녀의 기쁨에 찬물을 끼얹지는 못했다(메일러의 맏딸이 당시 스물여섯 살로, 노리스와 동갑이었다).

메일러는 그녀에게 어떤 것이 질 좋은 와인인지 가르쳐주고 달팽이 요리 같은 이국적인 요리를 소개해주는 등, 시골 출신 여자애에게 제트족*의 화려한 라이프스타일을 전수하는 데서 희열을 느꼈다. 노리스의 표현을 그대로 가져오자면, 그녀가 일라이저 둘리틀이라면 그는 헨리

히긴스였다**. 두 사람은 제트기를 타고 마닐라로 날아가 역사적인 알리 대對 프레이저의 경기를 관전하거나 시시때때로 호화 파티를 열어 밥 딜런, 우디 앨런, 재키 오나시스 같은 부류를 초대하는 등, 이내 가십난의 단골 등장인물이 되었다.

그렇게 흥청망청 즐기기 좋아하는 메일러도 의외로 가정적인 면이 있어서, 자상한 아버지와 가정적인 남편 노릇을 즐겨했다. 게다가 노리스의 어린 아들을 흔쾌히 입양했는데, 메일러와 노리스는 4년 뒤 정식 부부가 되기 전에 벌써 둘만의 아이도 갖기로 결정했다. 1980년의 격정적이었던 2개월 동안 메일러는 넷째 부인과 이혼하고 다섯째 부인과 (두 사람이 낳은 딸을 호적에 올리기 위해) 결혼했고, 다시 그녀와 이혼한 뒤 노리스와 혼인식을 올렸다. 이 난해한 술수를 두고 언론은 앞다투어 그를 '중혼자'라 낙인찍으며 비난했다.

노리스와 결혼했을 무렵의 메일러는 피 끓는 젊음의 방황을 뒤로하고 작가로서도 안정기에 접어든 뒤였는데, 덕분에 두 사람은 결혼생활을 비교적 평탄하게 이어갈 수 있었다. 30년 전만 해도 그의 삶은 사뭇 다른 양상을 보였다. 무절제한 마약 복용과 향락 파티가 일상에서 슬슬 부작용을 일으키고 있었고, 커리어도 난항에 처한 상황이었다. 비록 데뷔작 『벌거벗은 자와 죽은 자』가 대박을 터뜨려 베스트셀러 반열에 오르면서 이제 갓 스물다섯 살 난 청년을 하룻밤 새 유명인사로 만들어줬지만, 아직 어린 나이에 찾아온 갑작스러운 성공은 심각한 부작

-     제트기를 타고 여행을 다니는 상류층 계급.
-     영화화된 뮤지컬 〈마이 페어 레이디〉의 주인공들. 꽃 파는 처녀 엘리자가 사투리 교정 레슨을 받으러 히긴스 교수를 찾아가면서 벌어지는 이야기이다.

용을 불러왔다.

스스로 정체성을 찾기도 전에 세상이 갖다붙인 정체성을 받아 삼켜야 했던 청년은, 그로 인해 두 개의 자아 사이에서 심한 갈등을 겪게 된다. 하나는 5년 전만 해도 하버드의 똘똘한 공학도였던 순박한 유대계 소년의 자아이고, 다른 하나는 마초적 욕망이 뚝뚝 묻어나는 전쟁소설로 하루아침에 차세대 미국 남성성의 대표주자가 되어 어디를 가든 환대받는 유명인사의 자아였다. 하지만 그후에 발표한 두 소설이 처참하게 실패하자 그의 자신감도 함께 수직 하락했고, 메일러는 자신이 한 작품만 반짝 히트시키고 사람들에게 잊히는 작가가 될까봐 두려워했다. 그 결과 10년간 픽션 장르는 단 한 편도 쓰지 않았고, 대신 저널리즘으로 관심을 돌려 일종의 신개념 신문인 〈빌리지 보이스Village Voice〉를 공동 창간했다.

노먼 메일러는 트루먼 커포티나 톰 울프 등과 나란히 '뉴저널리즘New Journalism'이라는 하이브리드 문학 장르의 선구자가 되었는데, 뉴저널리즘이란 쉽게 말하면 소설의 기법을 논픽션에 적용한 것이다. 훗날 그는 두 번이나 퓰리처상을 수상하고 『사형 집행인의 노래』처럼 특정한 틀에 갇히지 않고 내용이 전개되는 논픽션 서사작품으로 큰 명성을 얻었지만, 자신의 잠재력을 깨닫기도 전에 작가로서의 경력이 정체기를 맞았다. 첫번째 결혼이 파탄난 뒤 외롭고 뭔지 모를 분노에 싸인 채로 표류하며 패배의식에 사로잡힌 메일러는 이마에 경고문을 붙여놓아야 할 정도로 일촉즉발의 위험한 상태였다. 아델 모랄레스Adele Morales•에게 아

• 　미국의 화가이자 작가.

무도 그런 경고를 해주지 않은 것은 불행한 일이었다.

성격이 불같았던 라틴계 미인 아델은 메일러의 두번째 아내가 되기 전 뉴욕에서 소위 좀 논다 하는 부류와 자주 어울렸고, 자신이 걸핏하면 접시를 던지는 오페레타 속 인물 카르멘과 굉장히 비슷하다고 생각했다. 잠시 잭 케루악과 데이트한 적도 있는 이 여인은 어느 날 새벽 2시에 친구가 전화해 '얼른 와서 노먼 메일러를 만나보라'고 했을 때 콧방귀를 뀌었다. 하지만 메일러 본인이 전화를 바꿔 F. 스콧 피츠제럴드의 소설 속 대사를 읊으며 매력을 발산하자 금세 마음을 바꿔, 그를 직접 보고 대화해야겠다며 당장 택시를 잡아타고 달려갔다. 메일러의 화술이 얼마나 뛰어났는지, 둘은 만난 지 두 시간도 안 돼 침대에 뛰어들었다. 이후 몇 년 동안 침대는 호전적이고 성욕 넘치는 두 사람이 유일하게 싸움을 멈추는 장소였다.

두 사람은 서로에게 해가 될 정도로 상호 의존하는 알코올 중독자 커플이 되어 점점 비극으로 치닫는 삶을 이어갔다. 당시의 메일러는 자기 자신을 망가뜨리지 못해 안달난 사람 같았고, 1950년대의 대부분을 세코날과 벤제드린, 마리화나, 알코올 등을 이것저것 섞어 먹으며 취한 채 흘려보냈다. 너무 취해서 하루에 겨우 한 시간밖에 글을 못 쓸 때도 많았다. 서툰 약물 조제와 투여로는 작가로 영영 재기하지 못할지 모른다는 초조함을 억누를 수 없었고, 그런 불안감은 폭력으로 터져나왔다. 개들을 데리고 산책하러 나갔다가 심한 싸움을 벌이고 돌아올 때가 종종 있었고, 한번은 그의 푸들을 보며 게이 같다고 한 선원에게 주먹을 휘둘렀다가 온몸이 멍들고 피투성이가 되어 돌아온 적도 있었다.

입만 열면 욕지거리인 술 취한 선원들만 분풀이 대상이 되는 게 아니라는 것을 아델은 뒤늦게 알았다. 결혼 6년 차였던 1960년 11월의 어느 날 툭하면 싸움판이나 벌이던 메일러가 무슨 생각에서인지 뉴욕 시장 후보로 출마하겠다는 가망 없어 보이는 포부를 밝히더니, 선거 캠페인의 시작을 알리는 밤샘 파티를 열었다. 손님 중에는 비트 제너레이션 Beat Generation*을 대표하는 시인인 앨런 긴즈버그를 비롯해 다수의 저널리스트와 복싱 선수, 배우, 그리고 메일러가 길바닥에서 그냥 불러온 매춘부와 포주, 주정뱅이 등 상태가 썩 좋아 보이지 않는 무리도 섞여 있었다.

메일러는 그날 밤 내내 술에 취해 이 사람 저 사람에게 시비를 걸고 다니더니 새벽 4시에는 집에 돌아가는 손님에게 한바탕 주먹질을 했고, 마지막에는 자기를 '호모 새끼'라고 부른 아내 아델에게 분노의 화살을 돌렸다. 그는 언젠가 길에서 주워온 20센티미터 정도 되는 녹슨 주머니 칼을 꺼내더니 먼저 그녀의 배를 찌르고 다시 등을 깊숙이 찔렀다. 생명이 위독해질 정도로 피를 흘린 아델은 급히 병원으로 이송되었고, 심낭心囊에 입은 자창이 회복될 때까지 3주간 입원해 있어야 했다.

아내를 '사랑하고 존경하고 아껴주겠다'던 맹세가 무색하게도 홧김에 아내에게 칼을 휘두른 남편 메일러는 폭행죄로 법정에 소환되었고, 정신병동에 17일간 갇혀 지내면서 편집성 조현병 진단을 받았다. 남편이 풀려난 뒤에도 아델은 그를 고소하지 않기로 했고(너무 무서워서 그랬다고 나중에 회고록에서 밝혔다), 메일러는 폭력을 저지르고도 '보호감찰 5년'이라는 가벼운 처벌만 받는 것으로 그쳤다.

●   제2차세계대전 이후 현대 산업문명을 부정하고 기성 질서와 윤리를 거부한 미국의 젊은 예술가 세대를 가리키는 말.

아델은 그날 입은 부상에서 끝내 완전히 회복하지 못했다. 흉막염이 생겨서 하루에도 몇 번씩 숨이 끊어질 듯 기침하며 가래를 뱉어내야 했다. 한참 뒤에는 이혼 신청을 했지만, 당장 돈도 없는데다 어린 두 아이를 달고 마땅히 신세 질 데가 없어서 하는 수 없이 메일러에게 돌아갔다. 게다가 아델은 그때까지도 술에 너무 절어 있어서 이성적으로 생각할 정신이 없었다고 훗날 털어놓았다. 시간이 많이 흐른 뒤 그녀는 메일러를 O. J. 심슨*에 비유하며, 그날의 칼부림 사건이 있기 전에도 수많은 자잘한 가정폭력이 있었다고 폭로했다. 아델이 임신 6개월일 때 메일러가 주먹으로 배를 때린 적도 있었고, 또 육체적 학대로 그치지 않고 시도 때도 없이 언어폭력을 퍼부었다고 했다. "나는 때에 따라 신처럼 굴었다가 스벵갈리**도 되고 또 이반 뇌제雷帝***, 복싱선수 로키, 제시 제임스Jesse James****······ 그리고 가끔은 주정뱅이 스콧 피츠제럴드로 변신하는 남편을 상대해야 했다." 메일러의 종잡을 수 없는 성격을 아델은 이렇게 묘사했다.

호전적 성향이 강했던 메일러는 아내에게 다른 여자들과 싸우도록 부추기기도 했고, 종종 자신의 주도로 집단 난교 파티를 벌여놓고 아델이 파티를 같이 즐기면 화를 냈다. 두 사람의 관계가 완전히 파탄날 즈음에 가서는 메일러가 "여자들 한 무리가 온갖 호들갑을 다 떨어야 겨

• 　미국의 전직 미식축구 선수이자 배우. 1985년 니콜 브라운과 결혼했지만 1992년 이혼했으며 니콜은 심슨을 가정폭력 혐의로 고발했다. 이후 1994년 니콜이 친구 로널드 골드먼과 함께 칼에 찔려 숨진 채 발견되면서 형사재판을 받았다.
•• 　듀 모리에의 소설 『트릴비Trilby』에 나오는 인물로 다른 사람들에게 최면을 걸어 자기 맘대로 조종한다.
••• 　'차르'라는 호칭을 처음으로 사용한 러시아의 절대군주. '폭군 이반'으로 불렸으며 아들을 쇠지팡이로 때려 살해했다.
•••• 미국의 갱단 두목. 강도, 살인마이지만 남부에서는 '서부의 로빈후드'라고 불렸다.

우 물건을 세울 수 있었다"고 아델은 폭로했다. 그녀가 "호모 새끼"라고 그를 조롱하기 시작한 것도 그 무렵이었다. 그것은 겉으로 터프한 척해도 평생 자신의 남성성에 자신을 가져본 적 없는 남자에게는 최악의 조롱이었다. 아델은 메일러의 공격적 성향이 그 자신의 성정체성에 대한 두려움에서 나오는 것이라 넘겨짚었고, 그래서 그가 그토록 기를 쓰고 자신의 남성성을 증명하려는 거라고 믿었다.

메일러의 세번째 부인이자 의도치 않게 스파링 파트너가 된 사람은 레이디 진 캠벨Lady Jeanne Campbell로, 아델의 가설을 증명할 기회를 맞을 만큼 오래 붙어 있지도 않았다. 영국 귀족 가문 출신의 캠벨은 결혼하고 1년을 조금 넘겨 이혼했고, 메일러는 『아메리칸 드림An American Dream』이라는 소설에서 그녀를 죽이는 것으로 상징적 복수를 했다. 음울한 분위기의 도시 판타지 『아메리칸 드림』에서 주인공은 아내의 목을 조른 뒤 시체를 창밖으로 던져버리고 하녀와 반강제로 항문성교를 한다. 실제로 부부의 말싸움은 기세가 무시무시해서, 한번 불이 붙으면 뉴욕의 어떤 영향력 있는 인물보다 더 빠르게 방안에 있는 사람들을 모조리 내보낼 수 있었다고 한다. "우리가 파티에 도착하면 주최자들마저 허겁지겁 모자 쓰고 코트 챙겨입고 휑하니 떠났으니까요." 캠벨은 우스갯소리로 이런 말도 했다. 두 사람의 결혼은 짧게 끝났지만, 메일러의 은유적 복수는 지워지지 않을 깊은 흔적을 남겼다. 그전까지 축적된 성차별주의적 작품들에 더해 이 작품이 결정타가 되어 페미니스트들의 살생부에 이름을 올리게 된 것이다.

1970년대 내내 메일러는 틈만 나면 농담인지 진담인지 모를 저속한 발언으로 여성 해방 운동을 조롱해왔다. 한번은 TV 인터뷰에서 여자들은 전부 "우리 안에 가둬야 한다"고 주장한 적도 있었다. 작품 속에서 자기 성기를 '복수자the Retaliator'라고 부르기도 한 이 남자는, 그래놓고도 페미니스트들이 자기를 왜 싫어하는지 영 이해를 못했고 글로리아 스타이넘*에게는 도대체 여자들이 자기를 왜 미워하냐고 대놓고 묻기까지 했다. "시간이 나면 본인 작품들을 좀 읽어보지 그래요." 글로리아는 무표정한 얼굴로 이렇게 대꾸했다.

노리스 처치 메일러는 남편이 논란을 불러올 발언을 종종 내뱉긴 해도 성차별주의자는 아니라고 변호했다. "노먼은 페미니즘에 반대한 적이 없어요. 그이는 그냥 못된 말을 내뱉기를 좋아하는 거예요." 그렇게 열성적으로 남편을 옹호하던 노리스는 1990년 어느 날, 남편이 다수의 정부에게서 받은 연애편지와 선물과 사진을 잔뜩 숨겨둔 서랍을 우연히 열었다가 충격을 받았다.

그 정부들 중 저널리스트인 캐롤 맬러리Carole Mallory는 훗날 메일러와 8년 동안 지속해온 밀회를 낱낱이 폭로하는 책을 출간했는데, 거기서 농담삼아 자신을 메일러의 '일곱번째 아내'라고 칭했다. 수많은 경쟁 상대를 제치고 자신이 메일러 곁에 남았다는 것을 자랑스러워한 노리스가 그 말을 들었다면 상처받았을 것이다. "몇번째 부인이에요?"라는 질문을 받을 때마다 "마지막 부인이요"라고 대꾸하곤 했으니 말이다. 맬러리는 메일러가 부부간에 서로의 사생활을 터치하지 않는 개방적인 결혼생활을 하고 있다고 우겨서 내연관계가 됐을 뿐이라고 자신을 변호했다. 자신과 메일러의 관계는 그렇고 그런 육체적 관계에 그친 것이

●   미국의 저명한 여성운동가, 저술가, 언론인.

아니며 메일러의 지나친 애정결핍의 산물이라고 했다.

노리스는 자신이 남편의 외도를 눈치 못 챈 이유 중 하나가 두 사람의 연애 초기에 그가 진정으로 변한 모습을 보여줬기 때문이라고 했다. 그가 과거의 무절제한 생활로 돌아가기 전의 일이었다. 외도가 발각되고 한바탕 소용돌이 같은 여파가 몰아친 가운데, 노리스는 원래 살던 아칸소의 집으로 돌아가 남편에게 최후통첩을 보냈다. 만나는 여자들을 다 정리하지 않으면 당신을 떠나겠다는 것이었다. 메일러는 그러겠다고 했고, 놀랍게도 두 사람의 결혼은 살아남았다.

메일러가 건강이 급격히 악화되어 심장 관상동맥 우회술을 받고 이어서 폐질환을 치료받느라 입원과 퇴원을 반복하는 동안에도 두 사람은 서로의 곁을 지켰다. 비록 겉모습은 예전의 그가 아니었지만— 틀니와 보청기를 꼈고, 지팡이 두 개에 의지해 걸어야 했다— 여전히 복싱 선수만큼 투지가 넘쳤던 메일러는 야심찬 대작을 잇달아 발표했고 74세의 나이에 자신의 작품에 혹평을 퍼부은 비평가에게 주먹을 날려 정정한 기세를 과시했다.

노리스도 메일러 못지않게 노환으로 고생했고, 1999년에는 암 선고까지 받았다. 뜻밖에 남편 메일러가 나이팅게일 역할을 자처했고, 자신도 몸이 성치 않은 와중에 아내가 거듭 수술을 받는 동안 병상을 지키며 극진히 간호했다. 그러다 그가 기흉과 신부전증으로 병상에서 못 일어날 지경이 되자 가족들이 밤낮으로 그의 곁을 지켰다. 메일러는 마지막 숨을 거두는 날까지 가족들과 엄지 레슬링을 하거나 농담을 주고받으며 유쾌하게 지냈다고 한다.

2008년 카네기홀에서 열린 노먼 메일러 추모 행사에서, 무대에 직접 서지는 못했지만 노리스가 직접 부른 〈당신은 돌아올 거예요(항상 그랬으니까요)You'll Come Back (You Always Do)〉가 흐르는 가운데 두 사람이 함께한 33년의 인생을 담은 슬라이드쇼가 상영되었다. 암과의 싸움에서 꺾여 세상을 뜨기 전, 마지막 인터뷰에서 노리스는 이렇게 말했다. "돌아보면 결국 불만은 없어요. 하나도."

에드거 앨런 포의 끝없는 연애
당신을 미치도록 사랑해

1845년 에드거 앨런 포의 젊은 아내 버지니아가 폐결핵으로 죽어가고 있을 때, 포의 애정전선은 예상치 못한 국면을 맞았다. 섬뜩한 이야기의 대가인 포가 유부녀 둘과 바람을 피웠는데, 두 여자가 포를 차지하려고 발톱을 드러내고 공개적으로 싸우기 시작한 것이었다.

포와 색기 넘치는 시인 패니 오스굿Fanny Osgood은 당시 포가 편집을 맡은 잡지에 서로에 대한 감정을 그린 시와 단편소설을 실으면서 대놓고 연애질을 했다. 동료 시인 엘리자베스 엘릿Elizabeth Ellet도 문학작품을 가장한 유혹 게임에 가담해, 저명한 문호를 향한 자신의 감정을 표현한 작품을 잡지에 발표했다. 그 글을 읽은 패니가 또 한 편의 글을 써 응수하자, 포는 두 라이벌의 작품을 같은 호 잡지에 동시에 실어 타오르는 불에 기름을 부었다.

한편 버지니아는 남편과 패니의 관계를 (두 사람이 타지에서 최소 한 번 이상 만남을 가졌는데도) 플라토닉한 것으로 착각하고 두 사람의 우정을 관대하게 허락해주었다. 버지니아 포는 남편이 그 여자에게 잘 보이려고 술을 끊은 것을 보고, 그녀와의 관계가 남편에게 긍정적인 영향을 준다고 믿었다. 그러나 뉴욕에서 어울리던 무리의 다른 지인들은 그렇게 고결하게 굴 생각이 없었던지, 병든 버지니아에게 편지를 보내 포와 패니가 단순한 친구 사이가 아님을 은근히 암시했다.

포는 그 악의적인 편지의 배후에는 질투에 눈먼 엘리자베스가 있다고 확신했는데, 특히나 그녀가 자기 아내에게 직접 전화를 걸어 패니가 얼마 전 낳은 딸이 포의 자식이라고 은근슬쩍 일러준 전적이 있어서 더욱 그렇게 생각할 수밖에 없었다. 그러잖아도 병약했던 버지니아는 이러한 일련의 소동으로 회복될 가망이 없을 정도로 건강이 악화됐고, 죽기 직전 그녀는 남의 추문을 퍼뜨리기 좋아하는 엘리자베스가 살인마나 마찬가지라고 비난했다.

아내의 죽음에 크게 상심했으면서도 포는 연애질을 멈추지 않았다. 흥미롭게 흘러가던 삼각관계가 허물어진 뒤에도 그는 섬뜩한 것을 좋아하는 취향을 공유한 어느 과부에게 다른 곳도 아닌 묘지에서 청혼을 했지만, 그가 술을 끊겠다는 약속을 어기는 바람에 약혼은 얼마 못 가 깨졌다. 그래도 굴하지 않고 포는 또다른 여자들의 꽁무니를 쫓아다니기 시작했고, 1849년 사망 당시에도 이 마흔 살의 문호는 어릴 적 첫사랑과 약혼한 상태였다.

미치광이에 악당,
알아봤자 위험한 남자

바이런

나는 평생 누구에게서라도
사랑받으려고 노력해왔소.
_바이런

록스타나 유명배우들이 방종과 타락으로 헤드라인을 장식하기
두 세기 전, 우리에게는 닳고 닳은 섹스 중독증 상담 의사조차 얼
굴을 붉히게 만들 정도로 요란빽적지근한 여성 편력을 자랑하던
원조 플레이보이 바이런이 있었다. '미치광이에 악당, 알아봤자
위험한' 인간이라는 표현은, 하도 변덕을 부려서 자기 때문에 두
여자가 자살 기도까지 하게 만든 이 범상치 않은 시인을 두고 헤
어진 애인이 한 말이다. 심지어 죽어서도 그의 남성성은 쓸데없는
관심을 불러일으켰다. 방부 처리한 그의 성기를 보고 그 물건 참
대단하다고 누군가 지나가듯 한마디했다고 하니 말이다.

"꽃다운 나이에 이렇게 떠났다…… 영국이 낳은 가장 위대한 시인이." 1824년 4월 〈모닝 크로니클〉이 이렇게 발표했고, 이내 삽시간에 바이런의 사망 소식이 영국 전역에 퍼졌다. 〈런던 타임스〉에 실린 부고는 그를 "당대 가장 훌륭한 영국인"으로 칭송했으며, 강둑을 가득 메운 구경꾼들도 바이런의 시신을 싣고 템스 강을 건너는 장례용 바지선을 눈으로 좇으며 같은 생각을 했을 것이다. 안치된 유해는 일반인들에게 공개됐는데, 표를 끊어야 볼 수 있었음에도 사상 유례없는 숫자의 조문객이 몰려들었고 시신 앞에서 혼절하는 여성들도 수두룩했다.

온 국민의 애도에도 불구하고 그간의 화려한 추문으로 얼룩진 평판은 무덤까지 따라와 그를 괴롭혔다. 웨스트민스터 성당의 주임사제는 영국 대시인들의 묘를 안치한 성지인 '시인의 코너Poet's Corner'에 바이런의 비석을 들이기를 거부했고, 그러자 세인트폴대성당도 눈치껏 합세

했다. 바이런의 귀족 동료들은 조의는 표해야겠는데 자기 이름은 더럽히긴 싫어서 이러지도 저러지도 못하는 딜레마에 빠졌다. 결국 그의 장례식에 직접 참석하는 대신 다들 텅 빈 마차를 보내 운구 뒤를 따르게 하는 촌극이 벌어졌다.

바이런은 문자 그대로 자신의 무덤까지 따라온 그 위선을 직접 목격했더라도 눈 하나 깜빡하지 않았을 것이다. 8년 전 영국을 떠난 것도 바로 그런 위선에 질려서였으니까. 그토록 그를 찬미하던 이들이 1816년 그의 아내가 그를 떠난 직후 근친상간과 동성애 소문이 돌기 시작하자 망설임 없이 등을 돌려버렸던 것이다.

결말이 그리 좋지 못했던 독실하고 부유한 애너벨라 밀뱅크Annabella Milbanke와의 결혼은, 그가 편지로 심드렁하게 청혼하고서 1년이 채 지나지 않아 성사되었다. 그녀와 결혼하면 재정적 어려움에서 벗어날 수 있고, 또 무엇보다 이복누이 오거스타의 치명적인 유혹에서 벗어날 수 있을 거라는 심산으로 청혼한 것이었다. 나중에 그는 자신이 결혼하도록 부추긴 것이 바로—바이런을 향한 감정이 그 못지않게 뜨거웠던—오거스타였다고 기록으로 남겼는데, 당시 오거스타가 내세운 이유는 "결혼만이 두 사람이 구원받을 수 있는 유일한 기회이니까"였다고 한다.

레이디 바이런은 악명 높은 시인의 평판을 잘 알고 있으면서도, 어리석게도 그의 매력에 넘어갔고—다른 수많은 여자들처럼—자신이 그를 길들일 수 있다고 믿었다. 당시 바이런은 영국에서 최고의 유명세를 누리는 시인이었을 뿐 아니라, 귀족적인 외모와 남성적 카리스마 덕분에 여자들이 붙잡지 못해 안달하는 최고의 신랑감이었다. 바이런의 장편 서사시 『차일드 해럴드의 순례』 초판이 3일 만에 다 팔려나가자, 케임브리지 대학 출신의 젊은 시인 바이런은 하룻밤 새 세계 최초의 '유명인'이 되었다. 이후 6년 동안 『차일드 해럴드의 순례』는 여덟 차례 재판再版되었고, 추정하기로는 무려 2만 부나 팔렸다. 최고로 인기 있다는 소설도 판매량이 그 절반에 못 미치던 시절이었다. 바이런의 이런 갑작스러운 스타덤 등극은 전례가 없었고 '바이러노마니아Byronomania'라 불리는 광적인 팬덤까지 만들어냈다.

바이런은 주목받기 좋아하는 성격이었고, 그래서 '차일드 해럴드'의 반항적이고 음울한 영웅과 이미지가 완벽히 겹쳤다. 아름다운 외모와 절룩거리는 걸음(그는 태어날 때부터 내반족內反足이었다)은 오히려 신비로운 카리스마를 더해주었고, 수백 명의 여인이 그에게 팬레터를 보내 자기를 좀 만나달라고, 아니면 그저 사인 한 장, 또는 그 윤기 흐르는 긴 머리칼 한 가닥이라도 보내달라고 애걸복걸했다. 바이런의 매력은 실제로 만나면 몇 배나 증폭되었다. 어떤 여자가 그를 만나자마자 기절했다는 소문도 있고, 자기 몸을 던진 여자도— 유부녀까지 포함해— 수두룩했다. 바람둥이들이 흔히 그렇듯 바이런도 여자들의 유혹에 쉽게 반응했고, 마찬가지로 쉽게 질려서 금방 다음 타깃으로 넘어가곤 했다.

그나마 가장 오래 지속되고 또 가장 공개적이었던 관계는 데번셔 남작부인의 조카인 레이디 캐롤라인 램Lady Caroline Lamb과의 6개월에 걸친 만남이었다. 정신적으로 다소 불안정했던 캐롤라인은 유부녀인데도 갈수록 바이런에게 집착했다. 남장 마니아였던 그녀는— 어린 소년을 좋아하는 바이런의 동성애적 취향에서 힌트를 얻어— 사환 복장을 하고 나타나 소년처럼 굴면서 그의 애간장을 태웠다. 그러나 두 사람 사이의 성적인 끌림에도 불구하고 바이런은 끊임없이 관심을 구걸하는 그녀의 태도에 질려 매정하게 편지로 이별을 통보했다.

목격자의 말에 따르면, 편지를 읽은 캐롤라인은 곧바로 면도칼을 집어들고 자해하려 했지만 어머니의 손에 제지당했다. 수차례 미끼처럼 던진 "나 자신을 해쳐서라도 반드시 복수하겠다"는 협박에 바이런은 눈한 번 깜짝하지 않았고, 그녀가 보낸 눈살 찌푸려지는 기념선물들— 예를 들면 피 묻은 음모陰毛 한 가닥 같은— 은 아무 반응도 이끌어내지 못하고 버려졌다. 바이런의 일관된 무반응에 캐롤라인은 히스테리 발작을 일으켰고, 급기야 한번은 사환인 척 옷을 차려입고 그의 침실로 숨어들어가서는 거기서 한 발짝도 안 움직이겠다고 버텼다.

바이런은 캐롤라인을 떼어버리려면 다른 여자와 결혼하는 수밖에 없겠다는 결론에 이르렀다. 결혼한 뒤 그는 처음부터 신부에게 자신의 특이한 성향을 굳이 감추지 않았고, 신혼여행중에 벌써 과거에 저질렀던 상상하기 힘든 기행들을 죄다 털어놓았다. 시간이 흐르면서 바이런의 독특한 기질도 점점 겉으로 드러났다. 체중 관리에 유난히 집착해서 런웨이에 서는 모델 저리 가라 할 만큼 엄격하게 다이어트를 했고, 며칠을 비스킷 몇 쪽과 녹차로 버티는 일도 종종 있었다. 그러다 또 갑자기 마구 먹어대고 속을 다 게워내곤 했다. 게다가 여자가 먹는 모습을 보기 싫어하는 이해하기 힘든 취향도 있어서, 바이런의 아내에게 식사는 항상 혼자만의 외로운 시간이었다.

이듬해 1년 동안 바이런은 속수무책으로 쌓여가는 빚으로 인한 스트레스에 심한 알코올 의존까지 겹쳐 시도 때도 없이 기분이 극과 극을 오가고 가만히 있다가 갑자기 분노를 터뜨리는 등 이상행동을 보이기 시작했다. 장전한 권총을 들고 자살하겠다고 소리지르며 집안을 서성거려서 하인들이 주인의 정신건강과 레이디 바이런의 안위를 걱정하게 한 적이 한두 번이 아니었다.

레이디 바이런에게 최악의 순간은, 그들의 부부관계가 둘이 아닌 세 사람으로 이루어져 있다는 것을 깨달은 끔찍한 순간이었다. 2년 전부터 바이런은 이복누이 오거스타와 근친상간관계를 맺어오고 있었는데, 누이를 향한 욕정은 누그러질 기미조차 보이지 않았다(그래도 오거스타는 일말의 양심은 있었던지, 동생이 결혼한 뒤 최소한 성관계는 거부했다고 한다). 바이런의 시 몇 편에서도 근친상간과 금지된 사랑의 그림자가 은근히 드러난다. 특히 자전적 성격의 「만프레드Manfred」를 보면, 주인공이 "나와 닮은…… 그녀의 눈, / 그녀의 머리카락, 그녀의 이목구비, 모든 것이, 그녀의 말투 / 심지어 그녀의 목소리까지…… 나와 닮은" 여인을 향한 사랑을 노래하고 있다.

레이디 바이런은 남매간에 있어서는 안 될 관계를 즉시 눈치채고 혼자 괴로워했다. "둘을 떨어뜨려놓는다 해도 소용없겠구나—다만 내 생각에, 두 사람을 순수한 상태로 남아 있게 하는 것은 가망이 아주 없지는 않겠지만." 그녀는 두 사람이 "벼랑 끝에서 추락"하지 않게 지켜주는 것을 자신의 기독교적 의무로 받아들였다.

하지만 바이런은 그리 호락호락하지 않았고, 누이와 같이 있을 때 노골적으로 누이를 편애했다. 오거스타는 자신도 결혼한 몸이면서 아이들(그중 한 명은 바이런의 자식일 가능성도 있었다)을 다 데리고 와서 한참씩 머물다 돌아가곤 했다. 바이런이 타이르는 말투로 "당신 없어도 우리끼리 잘 놀 수 있으니, 그만 가봐요"라며 레이디 바이런을 방으로 혼자 돌려보내면, 오거스타는 남동생과 둘이서 밤이 깊도록 담소를 나누었다. 어느 날 저녁에는 바이런이 소파에 누운 채 두 여자에게 차례로 자기에게 키스해보라며 경쟁심을 부추기기도 했다.

동시에 바이런은 어느 여배우와도 바람을 피우고 있었고 그것도 모자라 술에 취할 때마다 아내 앞에서 과거 어린 소년들과 뒹굴었던 이야기를 자꾸만 끄집어내, 아내가 저 사람은 도대체 근친상간보다 "얼마나 더 끔찍한 죄를 저지른 걸까 하는 불안감"에 치를 떨게 만들었다. 바이런의 소년 취향은 기숙학교에 다니던 시절 생긴 것으로, 남자들 간의 섹스가 사회적으로 묵인되는 그리스와 터키를 여행하면서 이런 취향이 더욱 고착되었다.

레이디 바이런이 딸을 낳고 얼마 후 바이런이 "이제부터 온갖 음탕한 짓은 다 해보겠다"고 선언하자, 그녀는 이 말을 과거의 동성애 행각으로 돌아가겠다는 뜻으로 받아들였다. 1816년 1월 15일 아침 일찍 바이런이 일어나기 전에 갓난쟁이 딸을 데리고 집을 나온 레이디 바이런은 런던을 떠나 친정으로 가버렸다. 바이런은 그날 이후 다시는 아내와 딸을 보지 못했다.

남편의 정신 상태가 정상이 아니라고 결론 내린 레이디 바이런은 남편의 증상들을 목록으로 만들어 이혼 신청의 근거로 변호사들에게 제출했다. 바이런은 자신이 부당한 취급을 받았다고 느꼈고, 훗날 풍자시 「돈 후안Don Juan」에서 "고결한 척하는 괴물"에게 대신 앙갚음했다. 작품 속에서 레이디 바이런은 "약사들과 의사들을 소환해, / 사랑하는 남편이 미쳤음을 증명하려 한" 아주 얄미운 인물로 등장한다.

두 사람의 별거로 그동안 베일에 가려져 있던 결혼생활의 세세한 부분이 폭로되면서 엄청난 스캔들을 불러왔고, 소문과 세간의 관심이 비탈길의 눈덩이처럼 커지면서 바이런은 런던 사교계의 총아에서 하루아침에 천덕꾸러기로 추락했다. 여기에 바이런에게 매몰차게 버려졌던 전애인 레이디 캐롤라인이 가세해, 그의 남색 편력에 대한 위험한 소문을 퍼뜨려 타오르는 불에 기름을 부었다. 섭정 시대*에 항문성교는 사형을 받을 수도 있는 중죄였다.

언론의 집중 포화를 받고 사회에서 내쳐진 바이런은 고향에서의 마지막 몇 주를 은둔한 채로 보냈다.

"극장에 가지 말라는 권고를 받았소, 야유를 받을지도 모르니까. 모욕을 당할 수 있으니 의회에 출근하지도 말라고 하더군…… 가장 친한 친구가 나중에 말해주기를, 심지어 내가 떠나는 날, 폭력 사태가 일어날까 심히 걱정했다고 했소. 마차 문 앞에 군중이 몰려들어 내게 폭력을 행사할까봐 불안했다고."

1816년 4월 21일 마지못해 별거 합의서에 서명한 뒤, 바이런은 조국인 영국을 떠나 다시는 돌아오지 않았다. 유럽으로 건너가자마자 오래 전 끝난 줄 알았던, 메리 셸리의 이복여동생 클레어 클레어몬트Claire Clairmont와의 불장난이 그 불씨가 되살아나 그를 찾아왔다. 당시 아주 짧게 타오르고 소멸된 그 불장난으로 클레어가 임신을 했는데, 마침 셸리 부부와 함께 유럽을 여행하고 있던 클레어에게는 옛 애인을 찾아가 내가 당신의 자식을 낳았다고 알릴 핑계가 생긴 셈이었다.

바이런은 셸리 부부와도 금세 친해져─ 이 부부도 남편 퍼시가 전 부

●　　영국사에서 황태자 조지의 섭정 기간인 1811~1820년.

인을 버리고 메리와 달아난 일로 명성에 먹칠을 당한 참이었다 — 제네바 호수에서 클레어, 셸리 부부와 함께 여름을 보냈다. 하지만 외국에 나가서도 참견쟁이 영국인들의 시야에서 완전히 벗어날 수는 없었다. 그들이 파파라치라도 된 양 호수 건너편에 진을 치고서 사업가 정신이 투철한 호텔 사장이 냉큼 빌려준 망원경으로 바이런 일행의 일거수일투족을 엿보았기 때문이다.

그후 바이런은 이탈리아 전역을 여행하다가 베니스에 정착했는데, 그곳이 마음에 들었는지 '바닷가의 소돔'이라고 불렀다. 그곳에서 바이런은, 본인의 주장에 따르면 200여 명의 여자와 잠자리를 함께해 방탕함의 신기원을 열었다.

은밀한 만남은 대개 서로의 신분을 숨긴 채 성사됐는데, 주로 밤늦게 열리는 카니발이라든가 가면을 써야만 입장 가능한, 유흥과 카드놀이를 목적으로 열리는 고급 밀실 가장무도회에서 얼굴을 가린 채 만났기에 가능한 일이었다. 가면이 주는 익명성 덕분에 가장무도회는 낯선 이들끼리 하룻밤 관계를 맺기에 천국이었다. '신음의 방'이라는 짜릿한 이름으로 알려진, 푹신한 소파들이 마련된 어두컴컴한 방은 이런 만남에 아주 편리한 장소였다.

이런 가면의 정사들 외에도 바이런은 셋집 주인의 아내와도 격정적인 연애를 했는데, "24시간 안에 한 번에서 세 번까지 (때로는 그 이상으로) 꽤나 명백한 상호 대만족의 증거를 주고받지 않는 날이 없었다"고 당당하게 떠벌렸다. 또 집주인의 코앞에서—그리고 그의 지붕 밑에서도—아슬아슬한 외도 행각을 벌이는 것에서 변태적 쾌감을 얻었다. 물론 신중을 기하기는 했지만, 사실 외도는 당시 베니스에서 이례적이라기보다는 일반적인 일이었다. 그래서 바이런은 누이에게 보내는 편지에 이렇게 쓰기도 했다. "여기에서 남편 외에 정부를 한 명만 두는 여자는 정숙한 여자로 취급돼. 애인을 두셋이나 혹은 더 많이 둔 여자는 조금 자유분방한 여자인 거고."

바이런은 그곳에서 제일 처음 사귄 정부를 버리고 이번에는 문맹 제빵사의 아내를 만나기 시작했는데, 그녀는 아예 남편을 버리고 바이런이 사는 집으로 들어가 열네 명의 하인 대열에 가정부로 합류했다. 바이런은 그녀의 불타오르는 색정과 특이한 버릇들— 섹스를 하다가 교회 종소리가 들리면 성호를 긋는다든가 하는— 은 좋아했지만, 레이디 캐롤라인을 떠올리게 하는 유난스러운 질투와 드라마틱한 언동에 곧 질려버렸다. 그래서 집에서 나가달라고 하자, 그녀는 바이런에게 식탁용 나이프를 휘두르더니 베니스의 대운하에 몸을 던졌다. 바이런에게 고용된 곤돌라 사공들이 그녀를 얼음장 같은 물에서 건져내 왔지만, 바이런은 꿈쩍도 안 하고 그녀가 정신을 차리자마자 짐을 싸서 내보냈다.

그러나 그런 방탕한 생활도 결국 지긋지긋해졌고, 1819년 1월경 그는 "이제 첩妾은 맛볼 만큼 맛봤다"고 선언했다. 그렇게 말해놓고 3개월 뒤, 은퇴한 고급 매춘부의 살롱에서 만난 스무 살의 테레사 귀치올리에게 푹 빠져버렸다. 자기보다 서른 살 많은 부유한 백작과 결혼한 테레사는 결국 바이런의 진실하고 꾸준한 마지막 사랑이 되었다.

처음에 테레사는 바이런의 접근을 거부했지만, 나중에 다시 만났을 때는 "의지가 약해지는 것을 느꼈다—B는 감정을 품는 선에서 만족할분이 아니"라는 것을 그녀도 알았기 때문이었다. 바이런도 테레사와의 첫 밀회에서 "사랑의 본질적인 행위"가 자그마치 "연이어 나흘이나" 지속됐다고 기록했다.

귀치올리 백작이 테레사를 라벤나•로 데려가자 사랑에 몸이 단 바이런은 그들 부부를 쫓아갔고, 아무것도 모르는 백작의 초대에 응해 성의 1층에 기거하기 시작했다. 바이런과 테레사의 밀회는 백작이 시에스타••를 즐기는 사이 응접실에서 이루어졌는데, 문에 잠금장치가 없어서 언제든 발각될 수도 있다는 긴박감이 바이런을 몇 배 더 흥분하게 만들었다. 테레사에게 보낸 욕정 넘치는 편지들 중 한 통에는 이런 말도 쓰여 있었다. "떠올려봐요, 내 사랑, 그 순간들을—달콤하고— 위험했던…… 쾌락뿐 아니라…… 그 순간의 스릴까지."

그러다 결국 백작이 현장을 목격하고야 말았고, 당장 둘의 관계를 끝낼 것을 명했다. 그런데 테레사는 바이런을 포기하기는커녕 가족들에게 부탁해 별거 청원서를 교황에게 보내도록 했고, 결국 바이런의 곁에 인생의 동반자로 남았다. 두 사람의 달콤한 행복은 그리스 독립전쟁이 발발하면서 2년도 못 가 장애물에 부딪혔다. 바이런이 그리스군에 동참해 함께 싸워야 할 의무감을 느꼈기 때문이었다. 테레사를 떠날 생각에 마음이 무거웠지만, 젊은 시절 그리스를 여행하면서 그 나라에 강한 애착이 생겼던 터라 그녀가 아무리 애걸해도 그의 마음은 바뀌지 않았다.

"세상에서 가장 사랑하는 나의 테레사…… 내가 언제나 당신을 사랑한다는 것을 잊지 마오." 1823년 7월의 어느 날 제2의 조국으로 가는 길에 쓴 편지에서 그는 이런 말로 자신의 마음을 표현했다. 일생의 단

●　　이탈리아 동북부 아드리아해 인근의 농공업 도시.
●●　　이탈리아, 스페인, 그리스 등 지중해 인근 국가에서 점심을 먹은 뒤 잠시 낮잠을 자는 풍습.

하나뿐인 사랑을 다시는 보지 못했기에, 저 말이 갖는 비장함이 유독 통렬하게 느껴진다. 바이런은 그로부터 9개월 뒤, 서른여섯의 나이에 류머티즘열로 세상을 떠났다. '불행한 죽음을 맞는 영웅'이라는 그의 작품들 속 일관된 테마를 스스로 실현한 셈이다.

테레사는 여생을 바이런의 죽음을 슬퍼하며 보냈다. 이후로도 남자가 몇 있었지만, 그녀가 유일하게 사랑한 사람은 바이런이었다. 바이런이 죽고 40년이 지나서도, 프랑스에 살고 있던 테레사는 몇 차례 영국 여행을 다녀오기도 했다. 전국 곳곳의 바이런 성지를 순례하면서, 그가 케임브리지에 다닐 적 기거했던 방들과 바이런가의 저택인 뉴스테드 애비까지 두루 둘러보았다. 그녀의 마지막 사랑의 증표는 죽기 전 병상에서 완성한, 테레사 자신이 본 시인 바이런의 일대기를 출판한 것이었다. "바이런은 알면 알수록 더 사랑할 수밖에 없는 사람이다."

호색한 작가의 궤변
내추럴 본 레이디 킬러

때로는 책표지만 봐도 내용이 파악될 때가 있다. 세기의 사랑꾼들이 내뱉은 다음의 작업용 대사를 보면, 그 말을 엿들은 여성들이 굳이 행간의 의미를 파악하려 애쓸 필요는 없었으리라는 것을 짐작할 수 있다. 다음을 잘 읽고 각 대사에 해당하는 호색한과 그들이 지껄인 '주옥같은' 사랑의 궤변을 연결해보라.

호색한
1. 동성애와 근친상간을 들먹이며 손가락질하는 세상 사람들의 비난도 쾌락주의에 젖은 시인 **바이런**의 욕정을 꺾을 수는 없었다. 그의 가장 특출한 잠자리 기록은 베니스에서'만' 무려 200여 명의 여자와 잔 것이었다.
2. 이언 플레밍은 소설 속 그의 자아인 매력적인 '여자들의 남자' 제임스 본드와 닮은 점이 많았다. 그러나 여성 편력에서는 그가 007에 한 수 앞섰다. 가학피학성애에 빠져 침실에서 부드러운 애무보다는 거친 손찌검을 더 자주 사용했던 것이다.
3. 전설적인 이탈리아의 사랑꾼 **자코모 카사노바**는 애정을 베푸는 데 차별이 없었다. 그가 유혹한 상대 중에는 귀족 여성은 물론이고 객실 청소부들, 다섯 자매(그리고 그들의 어머니), 꼽추, 그리고 수녀도 한 명 있었으니까.
4. '사디즘'이라는 단어 자체가 악명 높은 **마르키 드 사드** 덕분에 생겨난 것이다. 이 프랑스인은 변태성욕을 충족시키기 위해, 자신이 가학 성욕의 대

121

상이 될 줄은 꿈에도 모르고 그의 유혹에 넘어가 집까지 따라온 어느 과부의 아직 아물지 않은 상처에 뜨거운 왁스를 부은 적도 있었다.

5. 글재주뿐 아니라 아무나 붙잡고 드잡이하거나 여자 후리고 다니는 것으로도 유명세를 떨친 성차별주의자 **노먼 메일러**가 다섯 아내를 거치고 나서야 겨우 자기 곁에 머물러줄 아내를 찾아낸 것은 생각해보면 그리 놀랄 일도 아니다.

그들이 인생의 모토로 삼았던 한마디

A. "남자들은 전등 스위치처럼 껐다 컸다 할 수 있는 여자를 원한다."

B. "여자는 랍스터 샐러드나 샴페인이 아니면 어떤 음식도 먹거나 마시는 것을 다른 사람에게 보여서는 안 된다. 그 두 가지가 유일하게 여성스럽고 적절한 음식이니까."

C. "여자들은 남자로 태어난다는 것이 신의 축복일 거라고 여긴다. 하지만 사실은 부담이다. 사랑을 나누는 것도 부담이다. 매번 물건을 세워야 하는데, 사랑만으로는 안 되니까."

D. "가장 힘들게 얻은 쾌락이 가장 달콤하다."

E. "고통을 통해서만 인간은 쾌락에 이를 수 있다."

나를 저주하지 마오

귀스타브 플로베르

그는 사랑이라는 한낱 평범한 것을 두고
다들 왜 이렇게 호들갑을 떠는지
도통 이해할 수가 없었다.
_귀스타브 플로베르, 『마담 보바리』

잘생기긴 했지만 일등 신랑감과는 거리가 먼 은둔형 성향의 확고
한 독신주의자 플로베르는, 그럼에도 불구하고 여자들에게 인기
가 많았다―돈을 주고 사지 않은 잠자리 상대들에게게도 인기 만점
이었다. 그중 가장 오래 지속된 관계는 세간을 떠들썩하게 만들었
던 어느 시인과의 8년에 걸친 연애로, 그 시인은 의도치 않게 소
설 『마담 보바리』의 주인공 캐릭터를 빚어내는 데 영감의 원천이
되었다.

창에 햇빛가리개를 내린 마차 한 대가 "조각배처럼 좌우로 흔들리면서" 프랑스 루앙의 거리와 인접한 시골길을 천천히 돌아다닌다. 마차 안에서는 에마 보바리가 옛 애인과 격정적인 사랑을 나누고 있다. 귀스타브 플로베르의 명작 『마담 보바리』에 나오는 이 후끈한 장면은 아름다운 시인 루이즈 콜레와 나눈 실제 정사에서 그대로 따온 것이며, 그 정사는 파리 근교의 어느 공원 주변을 천천히 도는 루이즈의 마차 안에서 일어났다.

두 연인이 헤어지고 열두 시간 뒤, 플로베르는 노르망디의 시골마을 크루아세의 고향집에서 루이즈에게 절절한 연애편지를 쓰고 있었다. 그의 열정에 불을 더욱 지핀 것은 그녀가 보내온 은밀한 기념물들로, 그중에는 고운 실내화 한 켤레와 잘라낸 금발 한 가닥 그리고 플로베르가 "그녀의 피로 완전히 붉게 물들길" 소망한 피가 살짝 묻은 손수건 한

장도 있었다. 다른 편지에서 그는 당신을 깨물어버리고 싶다고 했고, 어떤 편지에는 어머니의 정원에서 꺾어온 장미 한 송이를 동봉하면서 그녀에게 "그것을 당신 입에 넣었다가 그다음엔— 어딘지 아는 그곳에 넣으라"고 지시했다.

1846년 7월 어느 조각가의 스튜디오에서 모델을 서고 있던 루이즈를 봤을 당시 스물네 살이었던 젊은 작가 플로베르는 아직 책 한 권도 내지 못한 작가 지망생에 불과했다. 플로베르보다 열한 살 많은 루이즈는 파리의 몇몇 문인 모임에서 이미 유명인이었고, 그녀가 주최하는 살롱도 상당히 인기가 있었다. 그녀도 에마 보바리처럼 시골의 무료한 삶을 탈피하고자 결혼했지만 막상 결혼생활에서 만족을 얻지는 못했다. 식을 올린 뒤 루이즈와 음악 교수였던 남편은 파리로 이주했고, 그곳에서 루이즈는 저널리스트 겸 시인으로 길을 닦기 시작했다. 남편이 직업적으로 실패를 맛본 반면 루이즈는 어느 정도 성공을 거두기 시작했고— 당시 여성 작가에게는 결코 쉬운 일이 아니었다— 심지어 명문 아카데미프랑세즈*에서 수여하는 시인상을 받기도 했다. 콜레 부부의 결혼생활에는 곧 재정난과 질시로 인한 먹구름이 드리웠고, 독재자 같은 남편이 아내에게 무엇을 입을지, 어떤 사람들과 어울릴지 일일이 지시를 내리는 지경에 이르렀다. 좀처럼 행복을 찾을 수 없었던 부부는 결국 갈라서서 각자의 길을 갔다.

플로베르는 자신이 불같은 기질의 루이즈와 언젠가는 만날 운명이었다고 믿었고, 실제로 만난 지 며칠 안 되어 두 사람은 그녀의 마차 안에

---

* 1635년에 창설된 프랑스 지식인들의 문학 학술기관.

서 격정적인 정사를 나누었다. 플로베르는 루이즈의 유일한 애인이 아니었고, 그녀의 화려한 과거에 겁먹고 도망가지도 않았다. 철학가이자 역사가, 그리고 영향력 있는 정부政府 인사이기도 했던 빅토르 쿠쟁과 오랫동안 이어온 관계는 루이즈에게 문인으로 이름을 알릴 기회를 주었지만, 동시에 의도치 않은 오명의 여지를 얹어주었다. 그녀가 남편과의 사이에서 5년 동안 자식이 없다가 갑자기 임신하자, 유명한 가십 칼럼니스트가 쿠쟁이 친부임을 암시하는 기사를 썼다. 머리끝까지 화가 난 루이즈는 칼럼니스트의 집으로 쳐들어가 부엌칼로 그를 찌르려 했지만 미수에 그쳤다.

은둔형 성격으로 유명했던 플로베르는 항상 애인 루이즈와 그녀의 드라마틱한 언행에 일정한 거리를 두었다. 플로베르의 강력한 희망으로 두 사람의 연애는 주로 편지로 이루어졌고, 가끔가다 비밀스러운 만남이 있었다. 그는 육체적으로 거리를 두는 것에 대해 나중에 아낌없이 애정을 퍼붓겠다고 야단스럽게 약속하는 것으로 얼버무리려 했다. "다음에 만나면 당신의 온몸을 사랑해주고 싶소…… 당신이 기절해 죽을 때까지, 살이 주는 쾌락을 음미하며 당신을 게걸스럽게 먹어치우고 싶소." 언뜻 보면 그녀와의 관계에 굉장히 열을 올리는 듯하지만, 사실 초기에 그녀에게 보낸 편지만 봐도 그는 좀처럼 의중을 파악할 수 없는 혼란스러운 신호를 보내고 있었다. 당신이 너무 보고 싶고 떨어져 있는 동안 자기 가슴속 빈자리가 너무 허전하게 느껴진다고 고백하면서, 동시에 머지않은 관계의 종말을 잔인하게 암시하는 식이었다. "나를 저주하지 말아주오! 아, 당신을 더이상 사랑하지 않게 되는 순간까지는 온 마음을 다해 당신을 사랑할 거요."

플로베르가 뜨거운 밀애를 한바탕 나눈 뒤 다시 어머니와 조카와 함께 사는 호젓한 강가의 고향집으로 돌아가 틀어박히는 패턴에 만족한 반면, 루이즈는 그에게 더 자주 만날 수는 없는 거냐고 매달렸고 제발 파리로 이사 오라고 애원했다. 플로베르는 눈 하나 깜짝 않고 오히려 루이즈에게 절대로 크루아세의 집으로 찾아오지 말라고 경고했고, 아들의 삶에 참견이 심한 어머니에게도 그녀와의 관계를 비밀로 부쳤다. 에마 보바리의 헌신적이지만 재미없는 남편 샤를처럼 그도 어머니와 애인 사이에서 끝없이 갈팡질팡했다. 파리에서 헤어진 뒤 루이즈에게 처음으로 보낸 편지에서 그는 그런 갈등을 숨김없이 털어놓았다. "역에 도착하니 어머니가 기다리고 계시더군요. 제가 돌아온 걸 보고 눈물을 흘리셨어요. 당신은 내가 떠나는 걸 보며 눈물 흘렸지요. 한마디로 지금 우리의 상황은 동시에 두 사람을 울리지 않고서는 이러지도 저러지도 못할 슬픈 운명인 겁니다!"

실제로 어머니와 가깝기는 했지만, 플로베르는 어머니를 루이즈가 더이상 다가오지 못하게 막는 방패로 이용했다. "나의 인생은 다른 사람의 인생에 족쇄로 묶여 있고, 그녀가 살아 있는 한 계속해서 그럴 겁니다." 그는 애인에게 이렇게 못박았다. 더 강한 어조로 경고한 적도 있었다. "이곳에 찾아올 생각은 추호도 하지 마십시오." 플로베르는 가슴속 열정을 대부분 집필 작업에 불태웠고, 루이즈와 편지를 주고받는 사이사이에는 문장력을 갈고닦는 데 강박적으로 매달렸다.

결혼하거나 자식을 갖는 것을 기피한 플로베르는 그것을 숨기려 들지도 않았고, 그의 아이를 낳고 싶다는 루이즈에게 그 말만 들어도 당신을 향한 애정이 차갑게 식는 것 같다고 매몰차게 대꾸했다. 진심임을 강조하기 위해 그는 아이를 낳느니 차라리 발에 포탄을 매달고 강물에 뛰어들겠다고 선언했다. 그러다 루이즈가 어느 날 당신의 아이를 가졌다고 통보하자, 불쾌한 심기를 고스란히 드러내며 당장 중절수술을 할 것을 권해 그녀의 행복을 짓뭉개버렸다. 그에게는 다행스럽게도 루이즈는 중절수술을 받았고, 일단 갈등이 해결되자 그는 이렇게 말했다. "나 같은 사람은 자손을 안 남기는 게 낫지. 미천한 내 이름은 나와 함께 소멸되어야 마땅해."

플로베르의 매정한 중절 요구도 루이즈의 절절한 사랑의 불꽃을 꺼뜨리지는 못했고, 에마 보바리가 애인에게 그랬듯 루이즈는 그에게 함께 달아나자고 제안하기까지 했다. 그러나 함께 떠나는 대신 두 사람은 곧 헤어졌고, 플로베르는 혼자서 장장 18개월간이나 이어질 중동 여행을 떠났다. 루이즈는 작별인사도 없이 떠난 그를 향해 계속해서 연정을 불태웠다.

루이즈가 짝사랑을 계속하며 나중에는 자살까지 생각할 정도로 속을 태우는 동안, 플로베르는 피라미드를 감상하고 나일강의 뱃길을 즐기는가 하면 들르는 곳마다 매춘부들과 신나게 한판 벌였다. 그에게 사창가를 방문하는 것은 전혀 새로운 오락거리가 아니었고, 덕분에 그는 짧은 여행에서 원치 않는, 그러나 걸려도 싼 기념물을 달고 돌아왔다. 매독이었다. 그는 어떤 매음굴도 질이 떨어진다며 마다하는 일 없이, 때로는 초가지붕을 얹은 납작한 오두막에 기어들어가 좋은 시간을 보내고 오는 등 말 그대로 바닥의 바닥까지 몸을 굽히고 들어가 욕구를 해소했다. 매독에 걸렸다고 기죽는 일도 없었고(그래도 한 매춘부는 발진 증상을 보고 기겁해서 그를 돌려보냈다), 유난히 욕정이 끓어올랐던 어느 날은 점심식사 전에 여자 셋을 상대하고 디저트 후에 또 한 명과 뒹굴었다고 본인 입으로 자랑했다.

그런 플로베르의 마음을 "왕족 같은 풍모와 풍만한 가슴의 살집 있는 몸매, 그리고…… 커다란 눈과 놀랍도록 유연한 무릎"으로 제대로 사로잡은 것은 이집트의 고급 창부이자 스트립 댄서인 쿠추크 하넴이었다. 플로베르는 자기 얘기를 들어줄 만한 사람은 죄다 붙잡고 그 여인과 보낸 긴긴 희열의 밤에 대해 자세히 들려주었고, 그날 밤 둘이 성교를 다섯 번이나 했으며 오럴섹스도 세 번이나 했다고 여기저기 떠벌리고 다녔다. (몇 년 뒤 루이즈도 수에즈운하 개통식을 취재하러 이집트에 갔는데, 질투에 눈이 멀어 이국의 라이벌을 찾아내려고 구석구석 뒤지고 다녔으나 결국 찾는 데 실패했다고 한다.)

중동 여행에서 플로베르는 남자 매춘부도 몇 명 경험해보고는, 마침내 "하얀 터번을 두른, 얼굴에 얽은 자국이 있는 망나니 같은 어린애"와 "목욕탕에서 그 일을 해치웠다"고 편지에 썼다.

여행의 마지막 구간에 이른 플로베르와 여행 동반자는 그리스와 이탈리아를 돌기로 했는데, 거기서 플로베르의 어머니가 일행과 합류했다. 어머니는 당시 고향을 들끓게 한 소문을 신이 나서 아들에게 들려주었는데, 젊은 시골 의사와 바람을 피우다 스스로 목숨을 끊은 의사 아내의 불행한 그 스토리는 『마담 보바리』라는 대작의 씨앗이 되었다.

플로베르가 프랑스에 돌아온 뒤, 아직도 상실감에 빠져 있던 (그리고 이제는 과부가 된) 루이즈 콜레는 플로베르가 그렇게 강조했던 가장 중요한 규칙을 깼다. 자신이 보낸 편지에 아무런 답장이 없자 크루아세의 집으로 무작정 찾아간 것이었다. 먼저 찾아온 손님들과 식사중이었던 플로베르는 그녀를 만나기를 거부했다. 그래도 루이즈는 기죽지 않고 집 주변을 산책했고, 결국 플로베르가 나와서 그날 밤 만나주겠다고 약속했다. 그는 루이즈와 연인관계로 돌아가는 것을 단호히 거부했지만, 한 달쯤 지나자 슬슬 마음이 약해졌고 이내 두 사람은 익숙한 패턴으로 돌아갔다. 예전처럼 방대한 양의, 때로는 논쟁적인 내용을 담은 편지를 주고받다가 띄엄띄엄 만나는 관계로 돌아간 것이다.

완벽주의자인 플로베르는—평소에도 하루 열두 시간씩 며칠을 내리 작업했으며, 그렇게 해도 한 번 작업으로 겨우 한 쪽만 완성할 때도 있었다—꼬박 5년을 들여 『마담 보바리』를 완성했다. 집필에 들어가기 직전에 루이즈와의 관계를 재점화한 것은 우연이 아니었던 것으로 보인다. 플로베르는 루이즈의 일상에서 세세한 부분들을 은근슬쩍 캐다가 작품에 삽입했을 뿐 아니라, 그녀를 일종의 공명판으로 취급해 중간중간 그녀에게 조언을 구하기도 했다. 루이즈의 증언에 따르면, 플로베르는 그녀를 "자신의 감각을 만족시켜줌과 동시에 그저 자기가 쓴 글을 낭독하면 들어줄 사람으로, 말하자면 철저히 이기적인 방식으로" 사랑했다.

다시 만나기 시작한 지 1년쯤 지났을 때, 플로베르는 자신이 루이즈를 두고 시인이자 극작가인 알프레드 드 뮈세와 경쟁하고 있음을 알게 되었다. 그답지 않게 질투심에 휩싸인 플로베르는 루이즈에게 드 뮈세 같은 놈은 아카데미프랑세즈에서 당신의 시를 소개해줄 연줄로 이용한 다음 깨끗하게 차버리라며 잔인한 이별의 말 몇 마디를 가르쳐주었다. 그뿐만 아니라 평소와는 영 다르게, 그동안 마음고생을 많이 해온 루이즈에게 곧 두 사람이 영원히 함께하게 될 거라고 애매한 언질을 주기도 했다. 그러나 그런 태도는 오래가지 않았고, 파리에서 꿈결 같은 몇 주를 보낸 뒤 크루아세로 돌아간 플로베르는 집필 작업에 몰두해야겠다며 느닷없이 그녀에게 등을 돌렸다.

두 사람의 불같았던 8년의 연애는 그렇게 갑자기 끝이 났다. 마지막 만남은 파리에 있는 루이즈의 아파트에서 이루어졌는데, 그녀는 울면서 플로베르의 다리를 때려가며 그동안 맺힌 한을 다 토해냈다. 플로베르는 속으로는 활활 타는 장작으로 그녀를 후려치는 상상을 했지만, 충동을 꾹 누르고 조용히 일어나 그곳에서 나갔다. 그 일을 계기로 플로베르는 루이즈에 대한 애정이 차갑게 식었다. 루이즈 쪽에서는 계속해서 애간장을 태우며 나중에 그가 파리에 다시 왔을 때 최소 한 번 이상 그를 만나려고 애썼지만 결국 만나지 못했다.

2년 뒤인 1856년, 〈파리 평론Revue de Paris〉이라는 저널에 『마담 보바리』가 연재되면서 서른네 살의 문호는 기세등등하게 문단에 데뷔했다. 너무 외설스럽다는 이유로 삭제된 유명한 마차 장면이 아니더라도 『마담 보바리』는 나폴레옹 3세의 깐깐한 검열 기준에 걸릴 거리가 충분했다. 플로베르는 극도로 보수적인 시기에 공중도덕과 종교, 그리고 사회의 품위를 해친 죄목으로 재판에 회부되었다.

플로베르는 결국 재판에서 승소했고, 책으로 출판된 『마담 보바리』를 자신의 변호사에게 헌정했다. 재판에 따른 유명세로 책의 판매량도 껑충 뛰었고 저자의 명성도 덩달아 높아졌는데, 아마 난다 긴다 하는 홍보회사가 뛰어들었어도 그 정도 홍보 효과는 거두지 못했을 것이다. "모두들 내 책을 읽었거나, 지금 읽고 있거나, 아니면 읽고 싶어한다"고 플로베르는 신이 나서 떵떵거렸다.

그러나 또 한 건의, 좀더 개인적인 후폭풍이 기다리고 있었다. 루이즈가 소설을 읽고는 자기 삶의 세세한 부분들이 책에 그대로 실린 것을 알아챈 것이다. 루이즈와 에마 보바리는 생김새는 물론 그녀가 플로베르를 처음 만난 날 입고 있었던 푸른 드레스를 포함해 옷차림까지 비슷했고, 그뿐 아니라 살면서 내린 인생의 중대 결정이라든지 성격상의 특징까지 겹치는 부분이 많았다. 루이즈처럼 독립심이 강한 에마가 일찌감치 남자에 대한 환상을 깨고 남편과 애인들을 자신의 사회적 지위를 드높이고 꿈을 성취하는 데 이용한 점만 봐도 그랬다.

루이즈는 특히 자신이 값비싼 선물을 하는 건 꿈도 꾸지 못했을 시절에 플로베르에게 어렵게 선물한 특정한 물건을 그가 소설에 등장시킨 것에 크게 상처를 받았다. '아모르 넬 코르Amor nel cor(마음에 깃든 사랑)'라는 문구를 새긴 엽궐련용 파이프가 그것이었다. 에마 보바리도 난봉꾼 애인 로돌프 불랑제에게 똑같은 문구를 새긴 인장을 선물하는데, 로돌프는 나중에 이별을 통보하는 편지에 잔인하게도 그 로맨틱한 문구의 인장을 찍어 보낸다. 이에 루이즈는 한 인기 있는 정기간행물에 '아모르 넬 코르'라는 제목의 시를 발표해 플로베르에게 문학적으로 적절한 복수를 날렸다. 또한 자신과 드 뮈세, 플로베르의 삼각관계를 바탕으로 한 '그에게Lui'라는 제목의 반半자전적 소설을 발표했는데, 작품 속에서 플로베르는 아주 우스꽝스럽고 비열한 인간으로 그려져 있다.

한때 루이즈를 껌뻑 넘어가게 했던 젊은 시절의 풋풋한 아름다움은 시간이 흐르면서 사라졌지만, 중년이 된 플로베르는 여전히 여성들에게 인기가 있었다. 한 여배우와 사귀었고 조카의 영어 가정교사와도 꽤

길게 연애했다. 그러나 결혼을 안 하겠다는 맹세는 끝까지 고수해 독신으로 남았고, 그래서 결국 플로베르가 세상에 남긴 가장 위대한 유산은 엄청난 열풍을 불러일으키고 문학사에서 그의 입지를 다져준 야한 소설 『마담 보바리』가 되었다.

작가들의 얽히고설킨 애정관계

여섯 다리만 건너면 그렇고 그런 사이

바이런

문란한 성관계로 이름을 떨친 이 영국 귀족은 테레사 귀치올리 백작부인을 만나 진정한 사랑을 맛보았지만 그녀를 버리고 그리스의 독립전쟁에 참전했다.

테레사 귀치올리

이 이탈리아 미인은 먼저 세상을 뜬 연인 바이런을 향한 연정을 오래도록 간직했지만 그렇다고 다른 남자를 전혀 안 사귄 것은 아니었고, 그중에는 유부남 교수 히폴리트 콜레도 있었다.

히폴리트 콜레

시골 소녀 루이즈 르부알과 결혼한 이 음악 교수는 신부와 함께 파리로 이주해 보금자리를 차렸다. 그런데 귀스타브 플로베르의 소설 『마담 보바리』의 주인공도 작품 속에서 이와 매우 유사한 선택을 내린다.

알프레드 드 뮈세

음울한 청년 시인 드 뮈세는 자기보다 나이 많은 여자 조르주 상드에게 바치는 시를 지어 그녀를 유혹했다. 그러나 몇 년을 헤어졌다 다시 만나기를 반복하며 질질 끌어온 관계가 완전히 끝나버리자, 그는 그녀와의 잠자리가 영 시원찮았다고 뒤에서 불평했다.

루이즈 콜레

성격이 불같았던 프랑스의 시인 루이즈는 플로베르와 알프레드 드 뮈세, 두 남자와 아슬아슬한 줄다리기를 벌였다. 그녀는 두 애인이 자신을 두고 결투를 벌일 것을 두려워하는 동시에 그런 장면을 상상하며 희열을 느끼기도 했다.

귀스타브 플로베르

소설가 플로베르는 매춘부를 애호한 것은 물론 루이즈 콜레나 루도비카 프라디에처럼 연상의 여성을 선호했는데, 두 여성 모두 에마 보바리라는 소설 속 인물의 모델이 되었다.

OFF THE PAGE

조르주 상드(오로르 뒤팽)

상드는 음란한 작품들로 센세이션을 몰고 다닌 것은 물론, 남자 옷을 즐겨 입거나 시가를 피우고, 또 자기보다 어린 남자들과 관계를 가져 허다한 스캔들을 일으켰다. 그녀의 이러한 생활방식을 대놓고 비판했던 이들 중에는 시인 샤를 보들레르도 있었는데, 그는 상드에게 성수를 뿌리겠노라고 맹세하기까지 했다.

빅토르 위고

소설가이자 극작가인 위고가 프랑스의 군주제를 비판했다가 황급히 조국을 떴을 때 쥘리에트도 그와 함께 망명길에 올랐다. 위고는 건지섬에 집을 마련해 가족과 함께 살면서 쥘리에트에게 근처에 따로 살 곳을 마련해주었다.

알렉상드르 뒤마(아들)

매혹적인 프라디에 부인은 알렉상드르 뒤마의 열여덟 살 난 동명의 아들을 유혹해 잠자리에 데려갔다. 훗날 아버지의 전철을 밟아 소설가가 된 아들 뒤마는 프라디에 부인과의 첫 경험을 이렇게 묘사했다. "그녀는 전혀 머뭇거리지 않았다. 즉시 옷을 다 벗고 내 앞에 선 그녀는 육체적 결함과 부끄러움 둘 다 한 점도 없는 모습이었다."

쥘리에트 드루에

제임스 프라디에를 위해 모델을 섰고 그의 딸을 낳기도 한 여배우 쥘리에트는 빅토르 위고의 희곡을 무대에서 연기하다가 위고와 눈이 맞았다. 그녀는 배우로서의 삶도 포기하고 그의 정부가 되어 오래오래 그의 곁에 머물렀다.

루도비카 프라디에와 제임스 프라디에 부부

조각가 제임스 프라디에는 아내가 애인에게 흥청망청 돈을 쓰는 바람에 파산 직전에 이르자 당장 아내에게 이혼을 요구했다. 그녀의 낭비벽은 에마 보바리라는 소설 속 인물에게 덧입혀졌는데, 보바리를 창조한 플로베르 또한 그녀의 긴 애인 목록에서 한 자리를 차지했다.

너의 길을 가라

비트 제너레이션

세상의 무게를 지는 것이 사랑입니다.
고독의 괴로움을 느끼면서
아무것에도 만족 못하는 괴로움을 느끼면서 감당하는 무게
우리가 지는 그 무게가 바로 사랑입니다.
_앨런 긴즈버그, 「노래Song」

전후戰後 1940~1950년대에 모든 미국인이 하얀 울타리를 두른 그림 같은 집에서 살기를 꿈꾼 것은 아니었다. 최소한 잭 케루악을 비롯한 비트 제너레이션 작가들은 달랐다. 이들 젊은 작가들은 사회 통념을 온몸으로 거부하고 개성과 자유연애를 추구했다. 이들이 택한 대안적 삶의 방식에는 대가가 따랐지만, 그 결과 1960년대 반문화의 대표작인 케루악의 『길 위에서』 같은 역사에 길이 남을 작품이 탄생한 것으로 상쇄되고도 남는다. 다른 두 작품—윌리엄 버로스의 섹스와 마약이 난무하는 『네이키드 런치』와 앨런 긴즈버그의 동성애적 코드의 시집 『울부짖음 그리고 다른 시들Howl and Other Poems』—은 문학사에서 가장 유명한 외설 재판을 불러왔고, 그 재판을 계기로 미국에서 문학 검열이 영원히 사라졌다.

신부 에디 파커Edie Parker가 신랑 잭 케루악에게 준 결혼선물은 보석금 대납이었다. 이들 부부는 1944년 8월 뉴욕시청에서 신랑이 형사에게 결박당한 상태로 혼인서약을 했다. 식이 끝나자 형사는 신랑 신부에게 칵테일을 한 잔씩 사고 레스토랑까지 동행해 스테이크를 먹는 신혼부부를 기다려준 다음 케루악을 다시 데려갔다. 에디가 부모님의 신탁기금에서 돈을 빼내 보석금을 지불할 때까지 구속해야 했기 때문이다. 케루악은 친구의 살인 무기 은닉을 도운 죄로 기소됐는데, 나중에 취하되었다.

이 결혼은 6개월 만에 끝났지만 케루악과 에디는 그후로도 몇 년간 개방적인 연애관계를 유지했다. 둘 다 컬럼비아 대학 중퇴생이었는데, 에디는 미술학도 출신이고 케루악은 풋볼 장학생으로 들어왔지만 장학금까지 포기하며 학교를 그만두었다. 두 사람이 만난 것은 에디의 남자

친구를 통해서였다. 그는 어리석게도 자기가 상선을 타고 바다에 나가 있는 동안 자기 여자를 돌봐달라고 케루악에게 부탁했다가 결국 잘생기고 운동도 잘하는 케루악에게 여자친구를 빼앗겨버렸다.

나중에 케루악도 미국 상선에 합류했는데, 2차대전에서 어떻게든 연합군을 돕고자 한 마음도 있었고 또 자신의 영웅인 허먼 멜빌처럼 바다에 나가 소설의 영감을 얻고 싶다는 욕심도 있었다. 바다에 나가 있지 않을 때는, 결혼 전에도 그랬고 결혼 후에도 에디와 그녀의 친구 조앤 볼머Joan Vollmer가 동거하는 맨해튼의 아파트에 들어가 얹혀살았다. 케루악은 아내에게 보석금 말고도 고마워해야 할 것이 많았다. 비트 제너레이션의 다른 거물들, 앨런 긴즈버그나 윌리엄 버로스 그리고 닐 캐서디Neal Cassady 같은 작가들을 만난 것도 다 아내 에디와의 인연 덕분이었으니 말이다.

조앤의 아파트는 작가 지망생, 아마추어 철학가뿐만 아니라 온갖 경범죄자와 대학 중퇴자들, 한마디로 전통을 중시하던 1940년대 사회의 틀 안에서 얌전히 살아가기를 거부하는 인간 군상이 죄다 몰려드는 집합소였다. 마약과 술이 어디선가 끊임없이 공급됐고, 모두들 열광적으로 자유연애를 만끽했다. 무리에서 제일 어렸던 열아홉 살의 긴즈버그는, 동성애 경험은 있지만 그래도 여성과의 잠자리를 선호하는 케루악에게 일방적으로 푹 빠져 있었다.

나이 서른에 졸지에 무리의 원로 역할을 맡게 된 버로스는 반대로 동성과의 잠자리를 선호했지만, 어쩌다보니 벤제드린 중독자에 이혼녀였던 집주인 조앤과 잠자리를 같이하기 시작했다. 위트 넘치고 철학과 문학에 조예가 깊었던 조앤은 벌거벗고 욕조에 앉은 채로 파티 호스트 노릇을 하며 동거인들과 심도 있는 토론을 벌이곤 했다. 버로스도 이혼남이었는데, 1936년 유럽 여행중에 우연히 만난 어느 유대인 여자가 나치의 박해에서 도망칠 수 있도록 통 크게 그녀와 결혼했다가 여자가 미국땅에 안전하게 발을 들이자마자 이혼했다는 뒷이야기가 있다.

케루악과 긴즈버그의 삶이 극적으로 변화한 시점은 남자답게 잘생기고 으스대기 좋아하는 닐 캐서디가 뉴욕에 나타났을 때쯤이었다. 버로스는 당구장 바람잡이 사기꾼에 자동차 절도나 일삼던 콜로라도 덴버 출신의 청년 캐서디와 끝까지 사이가 나빴다. 컬럼비아 대학의 지인을 통해 무리에 합류한 캐서디와 열여섯 살인 그의 아내 루앤LuAnne은 두 사람이 이용한 이동수단 중 비교적 우아한 편에 속하는 절도 차량이 길바닥에서 고장나버리자 그레이하운드 버스로 갈아타고 기어이 뉴욕에 입성했다. 경찰에 체포된 것만도 열 번이 넘는 말썽쟁이이면서 덴버 공립도서관에 뻔질나게 드나든 문학청년이기도 했던 캐서디는 누가 봐도 모순덩어리였다.

짜릿한 모험을 좇는 무모한 청년 캐서디는 긴즈버그와 케루악 두 작가의 뮤즈가 되었고, 케루악의 모험으로 가득한 젊은 반항의 기록『길 위에서』속 기세등등한 자동차 절도범 딘 모리아티의 실제 모델인 것으로도 유명해졌다. 반半자전적 소설『길 위에서』는 실제로 일어났던 사건을 많이 담고 있는데, 그중 하나가 케루악과 캐서디의 인상적인 첫 만남이다. 무리의 이방인인 캐서디가 머물고 있던 아파트에 케루악이 찾아갔는데, 본의 아니게 캐서디가 루앤과 격정적으로 섹스를 하던 도중에 들이닥쳤다. 소문에는 캐서디가 맨몸으로 문을 열고 손님을 맞았다는데,『길 위에서』의 딘은 반바지를 입고 등장한다. 10대처럼 성욕이 넘치던 이 뮤즈는 또 케루악의 『비전 오브 코디Visions of Cody』에서 주인공이자 본인의 분신 격인 '코디'로 분하기도 했고, 긴즈버그의 너무나도 유명한 작품집 『울부짖음』에서는 "숨은 주인공이자 난봉꾼, 덴버에서 온 아도니스"가 되었다.

충격적인 첫 만남 이후 몇 달이 흘렀을 무렵 케루악은 캐서디를 만나러 서부 여행길에 올랐지만, 막상 도착했을 때는 불청객이 된 기분이 들었다. 한발 앞서 덴버에 도착한 긴즈버그가 그곳에 발이 닿자마자 캐서디와 침대에 뛰어든 것이다. 그런데 캐서디는 긴즈버그를 데리고 노는 것으로는 모자랐는지 곧 이혼할 예정인 루앤과도 계속 만나고 있었고, 한술 더 떠 캐럴린 로빈슨이라는 미대 졸업생까지 곁다리로 사귀고 있었다. 캐서디의 애정을 얻기 위해 그토록 치열하게 경쟁해야 하는 것에 비위가 상한 긴즈버그는, 아무래도 캐서디에게 "여자 몇은 떨쳐버리라고 말해줘야겠다"고 일기장에 대신 투덜거리기도 했다. 캐서디가 긴즈버그의 사랑시들을 자신이 쓴 것처럼 속여서 캐럴린의 마음을 얻은 것을 알았더라면 가뜩이나 연애가 잘 안 풀려서 심통난 긴즈버그는 더욱 격분했을 것이다.

한편 케루악은 그곳에 머무는 동안 캐럴린과 가까워졌지만, 두 사람 사이에 애정기류가 흐르기 시작하자 캐럴린에게 이렇게 말하며 마음을 정리했다. "유감이지만, 어쩔 수 없어. 닐이 당신을 먼저 봤으니까." 캐럴린은 긴즈버그에게는 그다지 끌리지 않았던 모양인데, 긴즈버그가 캐서디, 루앤과 삼각관계를 맺고 있다는 걸 눈치채서 그랬는지도 모른다. 그녀는 남자친구가 자기 말고도 다른 애인을 둘이나 만나는 줄은 까맣게 몰랐는데, 거기다 남자하고도 잠자리를 갖는 것을 알고는 더욱 경악

했다. 그러나 긴즈버그에게 측은함을 전혀 못 느낀 것은 또 아니어서, "그 사람이 원하는 자리를 내가 꿰찬 이유는 내가 우연히 이 성별로 태어났다는 것밖에 없다"고 말했다고 한다.

캐서디는 그가 어울린 무리처럼 그 자신도 작가 지망생이었지만, 유일하게 출간된 작품은 미완성 자서전밖에 없으며 그마저도 사후에 출간되었다. 정작 문학사에 유산을 남긴 것은 그가 지인들과 주고받은, 정신없이 주절거리는 형식의 서한들이었다. 케루악은 자신의 첫번째 소설『마을과 도시The Town and the City』에서 보여준 다소 틀에 박힌 문장 스타일에서 벗어나 캐서디의 즉흥적이고 두서없는 편지 어투를 흉내내려고 했다. 캐서디가 보내온 서한들은 온통 대담한 연애 행각과 타락한 과거 이야기뿐이었는데, "전부 일인칭이고, 전개가 빠르고, 광적이며, 자기고백적"이라고 케루악은 열광했다.

뉴욕으로 돌아온 케루악은 자기 소설을 출판해줄 출판사를 찾아 백방으로 뛰어다녔지만 한 군데도 계약을 맺지 못해 가벼운 연애로 하루하루를 달래고 있었다. 어느 날 캐서디가 전화해 자신도 이제 합법적으로 취득한 1949년산 새 허드슨 세단의 당당한 주인이라고 알렸다. 캐서디는 캐럴린과 갓난쟁이 딸을 버려두고, 조수석을 대신 차지한 루앤과 함께 가서 노스캐롤라이나의 친척집에 머물고 있던 케루악을 픽업했다.

『길 위에서』의 영감이 된 한 달간의 전국 일주는, 샌프란시스코에서 캐서디가 느닷없이 길바닥에 케루악과 루앤을 내려주고는 자기는 마누라와 자식새끼 보러 집으로 돌아간다고 선언하면서 끝이 났다. "저 인간이 얼마나 막돼먹었는지 알겠죠?"『길 위에서』속에서 메릴루는 샐에게 이렇게 묻는다. "딘은 내키면 아무때나 당신을 내팽개치고 가버릴 거예요." 소설은 현실을 모방했다. 케루악과 루앤의 대역이나 마찬가지인 샐과 메릴루는 작품 속에서 호텔방을 빌려 한 침대에 든다.

시청에서 허둥지둥 결혼식을 올린 지 6년 만에 케루악은 다시 한번 결혼서약을 했다. 두번째 신부는 조앤 해버티Joan Haverty라는 여자로, 사실 조앤의 남자친구가 오래전부터 조앤과 자신의 친구 케루악을 은밀히 엮어주려고 애써왔다. 그런데 둘의 관계가 성사되기 전에 이 중매쟁이 친구가 술에 취하는 바람에, 달리는 지하철에서 창밖으로 기어나가려고 하다가 그만 죽고 말았다. 몇 주 후 케루악은 마침 조앤이 죽은 애인과 동거하던 아파트 근처를 지나가다가 창밖에서 그녀를 불러냈다. 그리고 고작 며칠 후 그 매력적인 재봉사에게 청혼했고, 2주 후 두 사람은 식을 올렸다. 빨리감기한 듯 정신없이 흘러간 둘의 연애는 『길 위에서』에 그대로 옮겨졌는데, 작품 속에서 케루악이 "내가 그토록 만나기를 꿈꿔왔던, 순수하고 어린아이 같은 큰 눈망울을 가진 여자를 만났고…… 우리는 서로를 미친듯이 사랑하기로 했다"고 그날 밤을 회상하는 장면이 나온다.

그렇게 뜨거운 맹세에도 불구하고 이번 결혼도 첫번째 결혼과 마찬가지로 6개월 만에 파경을 맞았다. 케루악에게 그 무렵은 개인적으로 암울한 시기였지만, 일만 놓고 보면 무척 생산적인 몇 개월이었다. 로드북road book의 원고가 잘 안 풀려서 한참을 씨름하더니, 갑자기 카페인과 마약을 연료 삼아 3주간의 글쓰기 마라톤을 강행한 것이다. 그는 두루마리처럼 생긴 스크롤 종이에 자그마치 12만 5천 단어를 토해냈고, 그것이 『길 위에서』의 초고가 되었다.

케루악과 조앤의 관계는 조앤의 임신 사실이 알려지면서 파국을 맞았다. 중절수술을 받을 것을 요구하는 남편과 뱃속의 아기를 두고 선택을 강요받은 그녀는 엄마가 되는 쪽을 택했다. 케루악은 비겁하게도 자신이 애아빠가 아니라고 주장하며, 조앤이 정신이 나갔고 그동안 바람을 피우고 있었다고 모함까지 했다. 그러다 급기야 위자료 미지급으로 잠시 감옥 신세를 졌고, 10년 동안이나 딸을 만나기를 거부했다. 조앤은 당대의 〈내셔널 인콰이어러National Enquirer〉였던 〈컨피덴셜Confidential〉지에 '나의 전남편 잭 케루악은 배은망덕한 놈'이라는 제목의 글을 실어 그동안 맺힌 한을 공개적으로 떠벌리며 시원하게 복수했다.

조앤과 뒷맛이 씁쓸한 결별을 치른 후 케루악은 샌프란시스코에 있는 캐서디의 집으로 가 그 집 다락방에서 한동안 지냈다. 캐럴린을 향해 달아오르던 욕정은 캐서디가 오케이하는 순간 몇 배로 끓어올랐고, 캐럴린이 먼저 손을 내밀면서 둘 사이의 전류는 드디어 본격적인 관계로 발전했다. 앞서 두 번의 결혼에서 그랬던 것처럼, 이번에도 케루악은 자기 친구와 사귄 여자에게 접근했다. 이번 삼각관계는— 소설 『빅 서 Big Sur』에서 가상의 인물들을 통해 재현됐는데— 몇 달간 지속되다가 어느 날 두 남자 사이의 긴장감이 폭발하면서 끝나버렸다. 그러자 케루악은 버로스가 있는 멕시코로 갔다. 그곳에서 버로스는 누아르 범죄영화의 한 장면이라고 해도 될 정도로 시끌벅적한 스캔들에 휘말려 고생하고 있었다.

자초지종을 들어보니, 마약 단속반이 한바탕 휩쓸고 간 텍사스와 루이지애나에서 간신히 도망쳐 그동안 사실혼관계였던 조앤 볼머와 함께 국경 남쪽으로 피신해 그럭저럭 지내고 있었다고 했다. 그런데 어느 날 파티에서 흥청망청 마시고 즐기던 와중에 이 커플이 평소처럼 손님들을 즐겁게 해준답시고 쇼를 벌였다. 먼저 조앤이 자기 머리 위에 유리잔을 올려놓았고, 명사수인 버로스가 권총을 겨누었다. 약 2미터 떨어진 곳에서 총을 발사한 그는 불행히도 유리잔 대신 조앤을 맞히고 말았다.

버로스는 조앤의 죽음이 사고사였다고 극구 주장했지만, 어쩌면 더 어두운 무엇, 즉 그의 무의식이 작용했을 가능성도 완전히 배제하지는 못했다. 그 끔찍한 사건으로 평생 괴로워했지만, 자신의 소설 『퀴어』의 서문에서 그 사건 덕분에 창의력에 불이 붙었다고 고백하기도 했으니 말이다. 그는 "조앤이 그렇게 죽지 않았다면 내가 절대로 작가가 되지 않았을 거라는 황망한 결론을 받아들일 수밖에 없다"고 스스로 시인했다. 버로스가 뛰어난 저격수라는 것을 잘 아는 한 지인은, 오랜 마약 남용으로 건강이 망가질 대로 망가져 고생하던 조앤이 마지막 순간에 몸을 약간 움직여 자살한 것일 수도 있다고 했다.

현지 변호사와 주변인 몇 명에게 적절히 찔러준 뇌물, 그리고 총이 의도치 않게 발사됐다고 기꺼이 증언해준 두 명의 증인 덕분에 버로스는 실형을 면할 수 있었다. 그러나 나중에 집행유예 2년을 선고받은 것을 알고 멕시코에서 도망쳤다. 먼저 중앙아메리카와 남아메리카로 갔다가 다시 뉴욕으로 가 긴즈버그와 동거했고, 내친김에 그에게 사랑 고백도 했다. 하지만 한때 버로스에게 푹 빠졌던 긴즈버그는 이미 그에 대한 관심이 사라진 지 오래였고, 그래서 자기 집 식객에게 이렇게 매몰차게 내뱉었다. "너의 늙고 흉측한 고추는 원하지 않아."

동침하자는 버로스의 초대를 거절했을 당시 긴즈버그는 '이성애 상태'에 있었다. 항상 이성애와 동성애 사이에서 갈팡질팡해온 이 시인은, 어느 날 꽤나 본격적인 정신분석을 받더니 자신이 이성애자로 다시 태어났음을 선포하고 그때부터 여자들하고만 성관계를 갖기 시작했다. 그 수많은 여자친구들 중에 앨린 리Alene Lee라는 아프리카계 미국인 여성이 있었는데, 나중에 그녀는 케루악과도 사귀며 그의 소설 『지하생활자들The Subterraneans』에 주인공이 연정을 품는 대상으로 등장한다. 이성애자로 살겠다는 긴즈버그의 맹세는 어느 날 그가 샌프란시스코에 있는 한 아티스트의 작업실에 방문했다가 피터 올롭스키Peter Orlovsky의 나신 초상화에 눈길을 준 순간 산산이 부서지고 말았다. 집주인인 화가에게 캔버스를 장식한 저 금발의 아름다운 남자가 누구냐고 묻자 화가는 친절하게도 옆방에 있던 누군가를 소리쳐 불렀고, 곧 그림 속 주인공이 우아하게 방으로 걸어들어왔다.

　순응을 거부하는 삶이 비트 제너레이션을 대표하는 작가들 모두에게 좋은 결말을 안겨준 것은 아니다. 『길 위에서』가 마침내 출간되면서 하룻밤 새 스타가 된 케루악은 곧 알코올 중독의 나락에 떨어졌고, 결국 펜을 잡지도 못하고 이따금 술에 취해 길거리를 배회하다가 발견되는 지경에까지 이르렀다. 당시 사실상 간병인이라고 봐도 좋을 세번째 아내(그녀는 남편이 나가서 술집을 전전하지 못하도록 신발을 숨기기도 했다)와 살고 있었던 케루악은 마흔일곱의 나이에 간경변으로 인한 내출혈로 마지막 숨을 거두었다. 캐서디도 나이 사십 줄에 세상을 떴는데, 밤새 실컷 파티를 즐기고 다음날 멕시코 어딘가의 도랑에서 시체로 발견되었다. 한동안 마음고생을 한 캐럴린이 더이상은 못 참겠던지, 둘이서 평생 모은 돈을 경마에 탕진하고 웬 모델 아가씨와 중혼을 한 것도 모자라 그 사이에서 애까지 낳은 캐서디를 집에서 내쫓은 뒤에 일어난 일이었다.

은둔자적인 생활을 이어간 버로스는 25년을 외국에서 보냈는데, 외로움을 동성애와 정신을 마비시키는 마약으로 달래며 자신의 경험을 원고에 쏟아냈다(덕분에 그는 게이 섹스를 작품 속에 아주 상세히 묘사한 미국 최초의 작가가 되었다). 조앤의 사고사에 대한 죄책감과 후회가 죽는 날까지 그를 괴롭혔다.

긴즈버그는 애정전선에서는—그리고 인생 전반에서도— 다른 비트 제너레이션 동지들에 비해 운이 좋았다. 올롭스키와 사귀기 시작한 그는 아예 사람들에게 그를 자기 마누라라고 말하고 다녔다. 둘 다 일부일처주의는 아니어서 각자 다른 남자들과도 마음껏 잠자리를 가졌고 ─긴즈버그는 늙고 흉측한 고추라서 싫다던 버로스도 결국 침대로 데려갔다 ─ 여자도 마다하지 않았다. 이 둘은 긴즈버그가 1997년 사망할 때까지 40년 넘게 친밀한 관계를 유지했다. 자신들의 동성애관계에 대한 대담할 정도의 개방적인 태도는 긴즈버그의 유명세까지 더해져 세간의 주목을 받았고, 게이 해방운동을 촉진하는 데 큰 몫을 했다.

긴즈버그가 케루악에게 보낸 편지 중에 그가 버로스에게서 들은 기가 막힌 지혜의 한마디를 전한 구절이 나온다. "우리가 인간의 형상을 갖고 태어난 건 사랑과 고뇌를 인간의 문자로 배우기 위해서야. 그러니 사랑이라는 위험을 감수하는 건 의무나 마찬가지라고."

작가의 밀회 장소
엿보고 싶은 장면들

많은 위대한 작가들이 원고를 붙잡고 씨름하지 않을 때면 내키는 대로 자유분방한 삶을 살아갔다. 주로 호텔이나 댄스홀 같은 곳이 헤아릴 수 없이 많은 만남과 이별, 온갖 경악스러운 사건의 배경이 되었다.

배신과 이별의 호텔

소설가 조르주 상드는 베니스의 호화로운 호텔 다니엘리에 한 남자와 동반으로 체크인했지만 체크아웃할 때는 다른 남자와 함께였다. 시인 알프레드 드 뮈세가 원인 모를 병에 걸렸을 때(아마도 상드가 앓아누운 사이 바람을 피우다가 걸린 병이었을 것이다) 드 뮈세를 버리고 그를 치료해준 의사와 관계를 시작한 것이다. 버림받은 시인은 혼자 프랑스로 떠났고, 상드는 이탈리아인 의사와 동거를 시작했다.

키스 좀 했다고 이 난리야

소설가이자 보드빌vaudeville● 배우인 콜레트는 1906년 파리의 그 유명한 물랭 루주에서 공연하던 도중 무대에서 연기의 일환으로, 남장을 즐기는 귀족 출신 여자친구와 키스해 관객들을 기절초풍하게 만들었다. 외설적이라는 카바레 클럽에서도 여자끼리의 키스는 충격적인 행위였던지라, 그로 인

● 　1890년대 중반부터 1930년대 초까지 미국에서 유행했던 버라이어티쇼. 무용수와 배우, 곡예사, 마술사 등이 출연해 각각의 공연을 펼친다.

해 폭동까지 발생했다.

후끈 달아오른 밤

런던에 있는 시슬 채링 크로스 호텔에서 이디스 워튼과 그녀의 숨겨둔 애인
인 저널리스트 모턴 풀러튼Morton Fullerton은 92호실을 후끈 달구었다. 다
음날 아침 침대에서 나오기도 전에 워튼은 격정적이었던 지난밤을 에로틱
한 시 「종착역Terminus」으로 영원히 박제했다. "길고 은밀한 밤…… 환희의
파도가 물러가는 동안 당신의 품안에 조용히 누워 있어요."

잠시 얘기만 하다 갈게요

파리의 고급 레스토랑 '푸케'에서 야한 이야기를 주고받은 것이 전희前戱로
꽤나 자극적이었던지, 극작가 사뮈엘 베케트는 결국 그날 처음 만난 상대방
과 황홀한 밤을 보냈다. 예술 후원자인 페기 구겐하임을 집까지 바래다준 베
케트는 그녀에게 소파에 앉아 조금 더 이야기를 나누다 들어가라고 청했다.
뒤이은 섹스 마라톤은 샴페인을 사러 잠깐 자리를 비운 사이에만 소강기를
갖고 거의 24시간 계속됐다는 후문이다.

사랑의 보금자리

1920년대 초에는 D. H. 로런스와 프리다 로런스가 고성방가를 곁들인 싸
움으로 시칠리아섬에 있는 유명한 밀회 장소 '폰타나 베치아' 빌라를 시끌벅
적하게 만들더니, 그로부터 30년 뒤에는 트루먼 커포티가 새 애인과 그곳에
서 화끈한 시간을 보냈다. 브로드웨이 댄서였다가 작가가 된―그리고 아내
와 이혼한 지 얼마 안 된― 잭 던피Jack Dunphy와 홧김에 시작한 그 관계는 커

포티가 마약과 알코올 중독으로 인생의 내리막길에 접어들기 전까지 무려 15년이나 지속되었다.

3장

섹스의
즐거움

나는 섹스한다, 고로 존재한다

시몬 드 보부아르

여성에게 사랑은 한 사람의 주인을 택한 대가로
모든 것을 포기하는 것과 다름없다.
_시몬 드 보부아르, 『제2의 성』

프랑스의 철학자 시몬 드 보부아르는 한때 수녀가 될 생각까지 했
으나, 한차례 신앙의 위기를 겪고 나서 그 생각을 접었다. 신앙을
잃은 신자 보부아르는 대신 동료 학자인 장 폴 사르트르를 상대로
당시로서는 충격적인 서약을 하고는, 인습에서 이탈한 대담한 생
활방식을 추구하기 시작했다. 고집스럽게 독신을 추구했던 이 페
미니즘의 아이콘은 평생 여성의 독립성을 그렇게 강조했으면서
도, 여느 유부녀들과 다르지 않게 사랑에 눈먼 바보가 되는 운명
을 피하지 못했다.

문학의 역사상 가장 떠들썩했던 연인 중 하나인 이 두 사람의 관계는 놀랍게도 지극히 평범하게 시작되었다. 장 폴 사르트르가 먼저 두 사람 모두의 친구에게 부탁해 만나서 같이 공부하자고 시몬 드 보부아르를 초대한 것이다. 1929년 그들은 둘 다 파리의 소르본대학에서 철학과 최고 학위를 따기 위해 맹렬히 공부하고 있었다. 그렇게 만난 두 사람은 2주 만에 끈끈한 동료애를 싹틔웠고, 그 우정은 반세기나 지속되면서 사회적, 성적性的 관습의 한계를 밀어붙이는 동력이 되었다.

　몸집이 왜소하고 별로 매력적으로 생기지도 않은 사르트르는, 학내에서도 쫓아다니는 남자가 줄을 선 파란 눈에 갈색 머리의 아름다운 시몬에게 언뜻 상대가 안 되는 것처럼 보였다. 그러나 사르트르는 자신의 외모에서 부족한 점―키도 150센티미터밖에 안 됐고 한쪽 눈이 거의 멀다시피 했으며 누가 봐도 잘생기지는 않은 얼굴이었다― 을 감탄스러운 지능과 어디를 가든 강렬한 인상을 남기는 성격으로 만회했다. 그는 선명한 색깔의 셔츠를 즐겨 입었고 유쾌한 장난을 잘 쳤으며, 어머니의 돈으로 친구들에게 이것저것 베풀고 다니는가 하면, 대학 축제 때 벌거벗고 나타나서 캠퍼스 전설로 등극하기도 했다.

스물한 살 때 보부아르는 역대 최연소로 철학과 교수 자격시험에 응시할 수 있는 후보에 올랐는데, 프랑스의 대학 체제에서 교수 자리를 따내려면 반드시 그 시험에 응시해야 했다. 판정단은 보부아르가 철학과 최고의 학생이라는 점에 만장일치로 동의했지만(해당 학위를 받은 여학생으로서는 아홉번째였다), 그녀는 2등으로 만족해야 했다. 최고의 영예는, 아마도 남자라는 이유로, 사르트르에게 돌아갔다.

그래도 보부아르는 그를 전혀 원망하지 않았고, 둘이 서로에게 '필요한 존재'가 되었다면서 거의 매일 그를 만났다. 그러던 어느 날, 사르트르는 프랑스 남서부 지방에서 가족들과 휴가를 보내고 있던 보부아르를 느닷없이 찾아가 그녀를 기분좋게 놀래주었다. 보부아르는 가족들 몰래 그가 기다리고 있는 근처의 들판으로 나갔고, 두 사람은 그곳에서 철학을 논했고 또 처음으로 사랑을 나누었다. 보부아르의 부모는 딸이 분별없는 행동으로 동네에 행실이 나쁘다고 소문날까 걱정해, 두 사람을 앉혀놓고 사르트르에게 그곳을 떠나라고 했다. 사르트르는 둘이 함께 중요한 논문을 준비하고 있으니 그렇게는 못하겠다고 했고, 그것은 보부아르에게 부모로부터 감정적으로 해방된 짜릿한 승리의 순간이었다.

보부아르의 부모에게 연애를 들킨 뒤 사르트르는 보부아르에게 결혼하자고 했다. "그는 내 아버지에게 한소리 듣고서 청혼해야 할 의무감을 느꼈던 것 같다." 그녀는 시간이 흐른 뒤에 그 일을 이렇게 회고했다.

"나는 바보 같은 소리 말라고 했고, 당연히 청혼을 거절했다." 그러자 거부에 마음이 상한 '남편이 될 뻔한' 사르트르는 "그런 것에 상처를 받다니 바보 같았다. 나는 내가 얼마나 운이 좋았는지 깨닫지 못하고 한동안 우울감에 빠져 지냈다"고 당시의 기분을 떠올렸다.

얼마 후 사르트르는 모든 남자들에게 꿈의 시나리오나 마찬가지일, 아주 급진적인 계약을 제안했다. 서로에게 충실하되 다른 사람들도 자유롭게 만나자는 것이었다. "우리가 지금 나누고 있는 건 아주 본질적인 사랑이오. 하지만 우리가 조건부 연애를 경험해보는 것도 좋을 것 같소." 이런 제안이었다. 뜻밖에도 보부아르는 흔쾌히 동의했고, 두 사람의 사랑이 아무리 강렬해도 "다른 사람들과 스치는 경험에서 얻을 수 있는 다양한 맛들까지 전부 경험할 수는 없다"는 그의 생각에 전적으로 동조했다. 그들은 나중에 한 가지 약속을 덧붙였는데, 결혼한 부부가 종종 그러듯 서로를 속이지 말고 조건부 연애의 디테일을 서로에게 시시콜콜 말해주자는 것이었다.

사르트르는 일부일처제 신봉자는 아니었지만 딱히 결혼에 반대하는 것도 아니어서, 보부아르가 아닌 다른 여자들과 결혼할 뻔했던 적도 몇 번 있었다. 보부아르의 경우 아예 결혼할 생각이 없었고, 결혼을 하면 누구든 필연적으로 배우자를 기만하고 바람을 피우게 돼 있으며 또 항상 아내 쪽이 불리한 위치에 처한다고 믿었다. 그래서 대신 그녀는 남자와 똑같이 독립적으로 자신의 삶을 살아가겠다고 작정했다. 결혼하지 않고 자유롭게 연애하며 살겠다는 비인습적인 결정은, 사회의 이중잣대를 고려하면, 사르트르보다는 보부아르의 입장에서 훨씬 더 용감한 선택이었다. 가장 먼저 나서서 보부아르를 비난한 이들 중에 사르트르의 부모도 있었는데, 그들은 보부아르가 자기 아들과 어울리는 것을 반대하면서 그녀를 집에 들이기조차 거부했다.

보부아르는 자신이 그토록 원하는 독립적인 삶을 유지하기 위해 스스로 밥벌이 수단을 마련해야 했고, 그래서 사르트르의 집에서 약 960킬로미터 떨어진 프랑스 남동부의 학교로 발령받았을 때 한시도 주저하지 않고 떠났다. 멀리 떨어지게 된 것에 낙심한 사르트르가 결혼하면 같은 학교에 발령을 신청할 수 있지 않느냐면서 두번째로 청혼했다. 이번에도 보부아르는 청혼을 거절했다.

사실 시몬 드 보부아르와 만나기 시작했을 무렵 사르트르는 또다른 시몬과 깊은 관계를 맺고 있었다. 사촌의 장례식에서 만난 시몬 졸리베라는 쾌활하고 영리한 여성이었다. 처음의 약속에 충실하게도 그는 다른 시몬과 만나서 있었던 일들을 아주 상세하게 시몬 드 보부아르에게 전했다. 그녀가 벌거벗은 채로 방문객을 맞았다는 둥 고대 로마 스타일의 질펀한 섹스 파티를 비롯해서 그녀가 여는 테마 파티는 동네에 입소문이 자자하다는 둥, 모든 일화를 시시콜콜 늘어놓았다. 예상치 못한 질투에 사로잡힌 보부아르가 좀처럼 글쓰기에 집중을 못하자, 사르트르는 이렇게 경고했다. "조심해요. 마누라처럼 굴지 않도록."

하지만 그럴 염려는 없었다. 두 사람은 관습에서 벗어난 '삼각관계'들을 만들어 즐기기 시작했다. 첫번째 삼각관계의 한 각은 보부아르의 제자 중 한 명으로, 러시아 망명자의 열일곱 살 난 딸 올가 코사키예비치였다. 두 여자가 웬만큼 친해지자 올가는 보부아르가 사는 호텔로 들어와 동거를 시작했고, 둘은 곧 은밀한 관계를 갖기 시작했다. 이는 보부아르가 여제자들을 상대로 불을 지핀 수많은 성적인 관계 중 첫번째였다. 이와 관련해 그녀는 평생 전기작가들에게 속시원히 내막을 밝힌 적이 없고, 인터뷰에서도 동성과 관계를 맺은 것을 일관되게 부인했다. 사르트르 사후에 보부아르는 그가 자신에게 보내온 편지들은 출판했지만, 자신이 그에게 보낸 편지들은 다 소실됐다고 주장했다. 그러다 보부아르의 사후에 그 서한들이 발견되어 무삭제본으로 그대로 출판되었고, 그중에는 그녀가 경험한 동성과의 성관계가 아주 적나라하게 묘사된 부분도 있었다.

끊임없이 새로운 정복 대상(그중에서도 특히 숫처녀들)을 사냥하고 다닌 사르트르는, 보부아르와 가까워진 여제자들을 유혹하는 것을 특히 즐겼다. 그는 올가에게 푹 빠져서 2년 동안 그녀를 유혹하려고 애썼지만 결실을 거두지 못했다. "O양으로 말할 것 같으면, 그녀를 향한 나의 열정이 내 안의 불순물들을 분젠의 불꽃처럼 불살라버렸다"고 그는 솔직하게 인정했다. 사르트르와 보부아르가 젊은 제자의 애정을 독차지하려고 경쟁하는 동안 올가도 자신의 역할에 충실해, 둘 사이에서 갈팡질팡하며 둘의 경쟁을 부추겼다.

보부아르는 자신이 연애에서는 급진적인 사람이라고 굳게 믿었겠지만, 사르트르가 다른 여자를 향한 꺼지지 않는 욕망을 드러내자 그녀도 별수없이 또 한번 추한 질투심에 사로잡혔다. 그녀는 자신의 그런 복합적인 감정을 분석해 그 삼각관계를 바탕으로 한 첫 소설 『초대받은 여자』를 탄생시켰다. "불행한 결말을 낳은 그 관계는 내게 소설로 쓸 거리를 주는 데서 그치지 않았다. 내가 그 상황에 잘 대처할 수 있도록 성장시켜주었다"고 보부아르는 훗날 부연했다.

당연히 『초대받은 여자』 전반에는 분노와 적개심이 녹아 있다. 보부아르가 현실에서 억눌렀던 감정들이 작품에 고스란히 전이된 것이다. 파리 출신의 한 커플과 그들의 결혼생활을 망가뜨리는 한 소녀를 중심으로 펼쳐지는 줄거리는, 한 가지 눈에 띄는 예외만 제외하고 나머지는 전부 현실을 그대로 반영하고 있다. 그 한 가지란 소름 끼치는 은유적 복수로, 보부아르는 작품 속에서 올가의 대역을 냉정하고 용의주도하게 살해해버린다(그래놓고 올가에게 작품을 헌정하는 양면성을 보였다).

올가와 밀회를 꿈꾸던 사르트르의 음탕한 욕망은 올가가 사르트르의 제자 중 한 명인 자크로랑 보스트와 사랑에 빠지면서 보기 좋게 짓밟혔다. 육체적 만족은 거부당했지만 사르트르도 그 상황에서 문학적 결실은 얻을 수 있었다. 그의 소설 『이성의 시대』*는 7년째 이어온 애인과의 관계에 지쳐버린 한 철학교사의 이야기를 담고 있다. 작품 속에서 주인공은 외모가 올가를 빼닮은 어느 러시아 귀족의 딸과 사랑에 빠지지만, 현실에서와 마찬가지로 그의 욕망은 결국 충족되지 않는다.

사르트르는 올가 대신 올가의 여동생 완다에게서 위로를 얻었지만, 아름다운 완다를 침대로 데려가기까지 다시 2년이 걸렸다. 마침내 완다를 자신의 것으로 만들자, 그는 그 일에 성공한 것 못지않게 그 일에 대해 떠벌릴 기회가 생긴 것에 흥분했다. 비열한 남자 사르트르는 아직 침대에 누워 있는 애인을 버려두고 근처 카페로 달려가 보부아르에게 짜릿한 디테일로 가득한 편지를 썼다.

사르트르와 보부아르가 올가와 맺은 관계는 그들이 '가족'이라 부른, 한때 두 사람의 제자였던 젊은이들로 구성된 확장 네트워크의 시초였

• 　미완의 장편소설 『자유의 길』 4부작 중 1권.

다. 둘은 젊은 제자들의 경력에 큰 영향력을 행사했을 뿐 아니라 진료비를 대신 계산해주거나 휴가 비용을 전액 부담하는 등 사적인 부분까지도 책임져주었다. 사르트르가 완다에게 열을 올리는 동안 보부아르도 올가의 남자친구 자크로랑 보스트를 새로운 '가족 구성원'으로 영입했다. 올가는 까맣게 모르는 사이 두 사람의 관계는 함께 알프스를 여행하면서 부쩍 친밀해졌다. 사르트르도 그 관계를 오케이했고, 그가 보부아르─보스트 커플과 함께 몇 주간 그리스 섬들을 여행하면서 새로운 삼각관계가 만들어졌다.

사르트르의 연애 행각은 그가 2차대전에 참전했다가 9개월간 전쟁 포로로 잡혀 있으면서 잠시 소강 상태를 맞았지만, 그 와중에도 그는 보부아르에게 애정을 고백하면서 곧이어 완다에게 편지를 보낼 거라고 밝히는 등 글재주를 이용한 유혹을 멈추지 않았다. 사르트르의 부대가 주둔한 곳의 방어선이 적군에게 뚫렸다는 소식을 들은 보부아르는 걱정과 두려움으로 피가 마를 지경이 되었다. 그러자 사르트르는 믿음과 인내를 가지라며 그녀를 안심시켰다. "내 사랑, 올해는 우리의 11주년이오. 당신과 더 가까워진 느낌이 드는군." 그는 포로로 억류되어 있는 동안 이렇게 편지를 써 보냈다. "내가 당신을 더이상 사랑하지 않는다는 생각은 꿈에도 하지 마시오."

사르트르가 풀려나고 나서도 두 사람은 보부아르의 제자들을 끌어들인 위험한 삼각관계를 이어갔고, 그러다 결국 보부아르의 인생을 망칠 뻔한 사건이 있었다. 한 제자의 부모가 보부아르가 미성년자를 타락시키고 있다며 정식으로 이의를 제기한 것이다. 그들은 보부아르가 교직에서 물러나고 미성년자 학생들과 모든 접촉을 중단한다면 고소를 취하하겠다고 했다. 자신은 죄가 없다고 극구 항변했음에도 불구하고 1943년, 프랑스 교직제도에 10년간 몸담아온 시몬 드 보부아르는 결국 교편을 박탈당하고 말았다.

그러나 직업상의 침체기는 오래가지 않았다. 『초대받은 여자』 출판으로 거의 곧바로 재기에 성공했기 때문이다. 그해 빛을 본 또하나의 대작은 사르트르가 전쟁포로로 잡혀 있을 때 쓰기 시작한 『존재와 무』였다. 20세기 프랑스에 실존주의의 도래를 예고한 이 묵직한 철학서에서 그는 이 세상에 신은 존재하지 않으며 인간 개개인이 각자의 선택에 책임을 져야 한다고 주장했다.

실존주의는 2차대전이 끝난 전후 시기에 대중에게 인기를 얻기 시작했고, 그 사상의 가장 유명한 지지자 두 명에게 언론의 스포트라이트가 집중되었다. 보부아르와 사르트르는 함께 투어를 돌면서 자신들의 저서를 홍보했고 합동 인터뷰도 수차례 했다. 그들이 가는 곳마다 파파라치가 따라붙어, 시대를 앞서가는 이 철학자 커플의 대담한 삶의 방식에 매료되고 또 경악하는 대중들에게 제공할 사진을 쉬지 않고 찍어댔다.

보부아르에게는 그런 변칙적인 삶을 경험한 것이 여성의 지위와 본성, 그리고 성 불평등의 근원을 논한 유명한 논문 『제2의 성』을 집필하는 데 풍부한 자양분이 되었다. 이 작품은 어느 날 사르트르와 대화중에 그 씨앗이 뿌려졌다. 전형적인 여자로서 사는 방식과 그렇지 않은 방식을 실험해보는 것을 고려중이라고 사르트르에게 털어놓던 중 글의 소재를 얻은 것이다. 사르트르는 그녀에게 그 아이디어를 좀더 발전시켜보라고 격려했고, 그렇게 탄생한 작품이 보부아르를 가장 유명하게 만들어준 『제2의 성』이다. 1949년에 출판된 『제2의 성』은 광범위한 논쟁을 불러일으키면서 즉시 베스트셀러가 되었고, 여성의 역할에 대한 사회적 통념에 의문을 제기한 것에 찬사와 분개를 동시에 끌어내면서 페미니즘 운동의 초석이 되었다.

그런데 이 무렵 사르트르가 미국 순회 강연중에 만난 여자와 연애를 시작하면서 오랫동안 보부아르와 유지해온 조약이 깨질 뻔했다. 부유한 미국인 의사와 결혼한 프랑스 여배우 돌로레스 바네티에게 푹 빠진 사르트르를 보고 보부아르는 그 관계가 둘의 계약연애에 심각한 위협이 될 것을 직감했다. 사르트르와 바네티 커플은 뉴욕에서 처음 만났고 나중에 프랑스에서도 재회했는데, 결국 사르트르가—보부아르를 포함한 삼각관계에는 관심이 없었던—돌로레스에게 작별을 고하면서 연애는 끝이 났다.

한편 보부아르도 시카고에서 활동하는 미국인 저널리스트이자 소설가 넬슨 올그런과 연애를 시작했다. 그를 만난 것은, 보부아르의 표현을 그대로 옮기자면, 평생에 가장 경사스러운 일이었다. 두 사람은 거의 만나자마자 서로에게 빠졌고, 몇 년 동안 대서양을 건너 오고가는 장거리 연애를 지속했다. 보부아르는 올그런이 선물한 은반지를 항상 끼고 다녔고(그 반지는 그녀가 사르트르와 나란히 묻힌 무덤에까지 그녀와 함께했다), 편지에서도 그를 '남편' '나의 유일한 사랑'이라고 다정하게 불렀다. 보부아르는 외모만 보면 사르트르의 안티테제라고 불러도 좋을—금발에 아주 잘생겼고 키도 180센티미터가 넘는—이 미국인 작가와 지적인 면뿐 아니라 육체적인 면에서도 궁합이 잘 맞았다. 결정적으로 올그런은 사르트르보다 잠자리 기술이 훨씬 뛰어났다. 올그런을 만나기 전 숱하게 성 경험을 했음에도 불구하고 보부아르는 나이 서른아홉에 그를 상대로 처음으로 오르가즘을 느꼈다고 밝혔다.

올그런은 보부아르와 진심으로 결혼하고 싶어했지만, 돌로레스와 마찬가지로 감정적인 삼각관계에 발을 들일 생각은 추호도 없었고, 더군다나 사르트르와 보부아르의 관계에 굴러들어온 돌 취급당하는 것에 강한 반감을 가졌다. 올그런을 향한 절절한 사랑에도 불구하고 보부아르는 결혼에 반대하는 기존의 입장을 고수했고, 사르트르와 자신의 자유 둘 다 포기하기를 거부했다. 끝내주는 잠자리도 아주 오래전 맺은 계약을 깨뜨리게 만들지는 못했고, 그래서 때를 잘못 만난 두 연인은 결국 이별의 수순을 밟았다. 올그런은 이후 두 번이나 결혼과 이혼을 했지만 끝까지 보부아르를 용서하지 않았고, 죽기 직전에 어느 기자에게 그녀를 심하게 비난하기도 했다.

올그런의 적대감은 보부아르가 올그런에게 헌정하면서 1954년에 출간한 소설 『레 망다랭Les Mandarins』에 두 사람이 나눈 아주 사적인 경험들―특히 잠자리에서 있었던 일들― 을 남의 얘기인 척하면서 낱낱이 공개해버린 것에도 원인이 있었다(보부아르가 나중에 자서전에서 더 상세히 폭로하자 그는 더욱 격노했다). 보부아르와 사르트르 커플과 지적인 교류를 나눈 실제 인물들의 인생을 픽션화해 옮겨놓은 이 소설은, 간통을 저지른 한 유부녀가 자기 내면의 욕구와 체면 사이에서 갈등하는 내용을 중심으로 줄거리가 펼쳐진다. 『레 망다랭』이 모두가 탐내는 프랑스 최고 권위의 문학상 공쿠르 상을 수상하면서 마침내 보부아르는 사르트르의 그늘에서 벗어날 수 있었다.

보부아르와 사르트르가 수십 년 동안 유지해온 파트너십은 두 사람 모두 합의사항을 조금씩 어기기 시작하면서 그 빛이 바랬다. 그동안 두 사람이 동거에 가장 가까이 간 것은 같은 호텔에 각각 따로 방을 잡아 투숙하는 정도였는데, 보부아르가 중년에 접어들면서 그동안 고집해온 독거를 포기하고 자신보다 훨씬 어린 애인을 집에 들여 같이 살기 시작했다. 자식을 갖는 것도 두 사람의 신조에 위배되는 것이었는데, 59세가 된 사르트르가 이제 갓 20대 중반인 알제리 출신의 애인을 양녀로 삼아 보부아르를 충격에 빠뜨렸다. 자기 나이의 반밖에 안 되는 여자를 갑자기 법적 상속인으로 삼고 사후 출판권을 모조리 승계한 것은 평생의 파트너였던 보부아르에게 엄청난 배신감을 안겨주기에 충분했다. 분노하고 모욕감을 느낀 보부아르는 자신이 키우던 여제자를 똑같이 정식 입양해 라이벌 가족을 만드는 방법으로 그에게 복수했다.

이렇듯 사르트르의 말년에 불붙은 오랜 연인 사이의 불화에도 불구하고, 막상 그가 세상을 떴을 때 보부아르는 크게 상심했다. 세간을 떠들썩하게 한 자유연애 계약을 맺고서 반세기가 지난 1980년에야 사르트르는 병상에서 그녀에게 사랑을 고백했다. 보부아르는 그에게 마지막 입맞춤을 했고, 숨이 끊어지는 순간까지 그의 곁을 지켰다. 사르트르가 세상과 작별하는 순간 그녀는 그와 함께 떠나고 싶다며 생명이 다 빠져나간 그의 옆에 조용히 자신의 몸을 뉘었다.

작가들이 구사한 유혹의 기술
음란한 작업 기술

하는 쪽이든 당하는 쪽이든 간에 세기의 문인들은 유혹조차 평범하게 하는 법이 없었다. 그들의 세계에서는 유별남과 음란함이 장미나 샴페인, 분위기 있는 촛불보다 한 수 위였다.

어떤 성교육

"글로 쓰는 모든 일이 실제로도 일어난다." 프랑스의 '연하남 킬러' 작가 콜레트가 자신의 외설적인 소설 『셰리』를 두고 자랑스럽게 한 말이다. 1920년대 한 청년이 은퇴한 고급 매춘부의 손에 의해 성적 본능을 일깨워가는 줄거리의 이 소설은 작가 본인이 열여섯 살인 양아들을 유혹한 실화의 예고편이 되었다. 자신의 의도를 암시하듯, 당시 마흔일곱 살이었던 그녀는 직접 사인한 초판본을 어린 양아들에게 선물로 주었다. 그리고 며칠 후 아들에게 "이제 너도 남자가 될 때가 됐다"고 선언하더니 그의 침실로 쳐들어가 첫 경험을 시켜주었다. 그 하룻밤은 5년에 걸친 밀회로 발전했다.

귀신이 그랬어

어린 신부 조지 예이츠Georgie Yeats는 신혼여행에서 남편 W. B. 예이츠가 아직도 다른 여자를 사랑하고 있다는 걸 알고는 크게 상심했다. 그런데 조지는 남편을 떠나는 대신 귀신에 홀린 척하는 수법으로 결혼의 파탄을 막았다. 그녀는 귀신에게 전해 들었다며, 자기와 결혼한 것은 아주 현명한 결정이었다는 말로 그를 안심시켰다. 그 수법이 어찌나 효과가 좋았는지—예이츠의 발기 불능까지 고쳤으니 말 다했다—조지는 그후로도 몇 년간 툭하면 그 방법을 써먹었고, 자신을 성적으로 만족시킬 아주 자세한 방법까지 귀신이 전한 척하며 남편에게 가르쳐주었다.

굴이 그렇게 좋다더니

전설적인 이탈리아의 바람둥이 카사노바는 정력을 유지하기 위해 하루에 굴을 50개 이상 먹었다고 한다. 또한 그 물컹물컹한 음식을 성적인 기교에 응용해, 애인에게 굴을 먹이다가 흥분으로 들썩거리는 상대방의 가슴골에 '실수로' 떨어뜨리는 수법도 곧잘 써먹었다. 그가 가장 애용한 최음제는 상대방의 입속에서 그녀의 침이 잔뜩 묻은 굴을 받아먹는 "음탕하고 관능적인 놀이"였다. "내가 사랑하는 여자의 입에서 빨아들인 굴에 묻힐 더 좋은 소스가 어디 있겠는가!"

가사의 여신

레이먼드 챈들러의 집에서는 평범한 가사노동이 결코 평범하지가 않았다. 그의 아내 시시Cissy가 항상 홀딱 벗은 채로 집안일을 했기 때문이다. 사람들이 착각하는 것과는 다르게, 마흔아홉 살의 이 뛰어난 미인은 결코 남자들의 판타지를 재현하려는 의도로 그런 것이 아니었다. 그저 알몸으로 다림질을 하고 먼지를 털고 청소기를 돌리는 것이 그녀의 늘씬한 몸매 유지의 비결이었던 것이다. 결혼 전 화가의 모델로도 일했던 시시는 곧은 자세와 신체역학을 촉진하기 위해 모든 기능적 운동을 알몸으로 하기를 권장하는 치료 요법인 멘센디크Mensendieck 체조법의 열렬한 신봉자였다.

유명 셰프의 충격 고백

"부엌하고 침실만 있으면 우리에게는 천국이 따로 없어요." 무려 47년간 행복한 결혼생활을 누린 줄리아 차일드가 자랑삼아 한 말이다. 그녀는 남자를 유혹하는 제일 좋은 방법이 맛있는 요리를 대접하는 것임을 누구보다 잘 아는 사람이었다. 그런 그녀도 남편 폴을 만나기 전만 해도 그저 손이 큰 식도락가에 불과했기에, 냉동식품을 해동해 먹는 정도로 아무 불만 없이 살았다고 한다. 최고급 요리를 즐기는 남편을 만나고 나서야 비로소 줄리아의 미각도 잠에서 깨어났고, 두 사람이 프렌치 레스토랑에서 함께한 로맨틱한 저녁식사를 집에서 재현한 것이 그녀가 최고의 요리사로 발전하는 계기가 되었다.

거짓의 거미줄에 가려진 진실

아나이스 닌

에로티시즘은 시만큼이나 기본적인
자기 인식의 수단이다.
_아나이스 닌

가정주부로서의 삶이 너무나 무료했던 아나이스 닌은 결국 침실에
서의 불만족을 해결할 방책을 찾아냈다. 일기 작가 겸 에로틱 소설
작가 아나이스의 성적 만족을 목표로 한 탐험은 소설가 헨리 밀러
의 품에서 시작되었고, 치밀한 연기로 남편에게는 철저히 비밀에 부
친 두번째 결혼으로 절정에 다다랐다.

아나이스 닌이 1955년 애리조나주 쿼츠사이트에서 자기보다 한참 연하인 루퍼트 폴Rupert Pole과 결혼했을 때, 사실 그녀는 무거운 비밀 하나를 품고 있었다. 첫번째 남편과 아직 결혼 상태라는 것이었다. 몇 년 동안 폴은 닌에게 결혼해달라고 졸랐고, 이런저런 변명을 대며 거절하는 데 지친 그녀는 남편과 드디어 이혼했다고 폴에게 거짓말을 해버렸다.

8년 전 닌과 폴 커플이 전국 일주 여행에 나섰을 때 두 사람은 서로에게 아직 낯선 상대였다. 더 자세히 말하자면, 뉴욕의 어느 파티에서 우연히 한 엘리베이터에 타면서 처음 만난 지 겨우 두 달밖에 안 지난 시점이었다. "내 인생의 다음 장章이 시작됐다. 사랑받는 기분이다. 세상에 초대받은 기분이다. 자유인이 된 기분이다." 마흔네 살의 닌은 폴의 자동차 포드 모델A 로드스터Model A Ford roadster 조수석에 훌쩍 올라타 캘리포니아로 출발하기 직전 일기장에 이런 감회를 남겼다. 하지만 자신보다 열여섯 살 연하인 배우 출신 청년과 그저 막간의 외도를 하는 것뿐이라 생각했던 그 만남은 결국 수십 년이나 지속된 이중생활의 시작이 되었다.

닌은 24년간 살을 맞대고 산 남편 휴 가일러Hugh Guiler를 뉴욕에 혼자 남겨두고 다른 남자와 떠나버린 것에 조금의 가책도 느끼지 않았다. 두 남자 중 한 명을 고르는 대신 그녀는 미국의 동부와 서부를 오가며 두 사람 모두와 관계를 유지했다. 가일러는 닌에게 정서적, 재정적 안정을 제공했고, 폴은 닌이 결혼생활에서 경험해보지 못한 눈이 번쩍 뜨이도록 황홀한 섹스를 선물했다.

돈 많은 가일러와 지낼 때는 사치스러운 생활을 한 것과 대조적으로, 닌은 공원 관리인이었다가 나중에 중학교 수학교사가 된 폴과 지낼 때는 비교적 단출한 생활을 유지했다. 폴과 닌은 로스앤젤레스에 완전히 정착하기 전 시에라마드레 산골마을에 있는 투박한 오두막에서 몇 년간 지낸 적이 있는데, 닌이 혼자서 그 집을 깨끗이 청소하고 관리했다. 그녀가 잦은 출타의 이유랍시고 둘러대는 핑계를 두 남자 모두 아무런 의심 없이 받아들였다. 아니, 최소한 받아들이는 척했다. 폴은 닌이 집필 작업 때문에 뉴욕에 간다는 말을 믿었고, 가일러는 닌이 건강이 좋지 않아 휴양차 서부에 다녀오겠다는 말을 곧이곧대로 믿었다.

대륙의 양극단을 오가며 두 사람을 속이는 일, 닌이 '공중그네 타기' 같다고 묘사한 그 상황은 그녀에게 힘겨운 (그리고 분명 진이 빠지는) 일이었다. 닌은 참고삼아 들춰보려고 자신이 써 보낸 모든 편지의 복사본을 만들어 보관했고, 처방약도 두 가지 다른 이름으로 따로 받았으며, 두 남자가 진실을 알아내는 걸 막기 위해 동부와 서부 양쪽에 일단의 친구들을 심어두기까지 했다. 하나둘 내뱉기 시작한 거짓말은 눈덩이처럼 불어나, 나중에는 자신이 알리바이로 댄 지인들의 이름 같은 세부사항을 일일이 메모카드에 기록해 '거짓말 상자'에 정리해둬야 할 지경에 이르렀다.

닌이 교묘하게 쌓아올린 이 모래성이 순식간에 무너질 위기가 몇 차례 있었는데, 취업 면접을 보러 동부로 날아온 폴이 마침 뉴욕에 머물고 있던 닌을 놀래주려고 예고도 없이 불쑥 들이닥친 적이 있었다. 또한번 아슬아슬했던 경우는, 할리우드의 저녁만찬에서 술에 잔뜩 취한 손님들이 폴에게 닌의 다른 남편 집 전화번호를 알려준 일이었다. 남편의 집에서 전화를 받은 닌은 눈치 빠르게 상황을 파악하고, 가일러가 심하게 넘어져서 잠시 거기 머물면서 돌봐주고 있다고 둘러대 위기를 모면했다. 한편 가일러는 전화한 사람이 그녀가 캘리포니아에 있을 때 만난 미치광이 스토커라는 거짓말을 무심히 듣고 넘겼다.

그러다 결국 닌이 자신의 사기 행각을 폴에게 고백하게 한 것은, 오랜 기다림 끝에 찾아온 작가로서의 성공과 국세청에서 들이닥쳐 감사를 실시할지도 모른다는 두려움이었다. 소설가로 인정받으려고 오랫동안 노력해온 아나이스 닌은 거의 일평생 손에서 놓지 않고 기록해온, 아주 은밀한 내용이 담긴 일기를 책으로 발표해 마침내 작가적 명성을 얻게 된 참이었다. 그런데 작품의 출판으로 개인사에 대한 원치 않는 주목을 받게 될 수도 있다는 것을 깨달았다. 그리고 두 남편 모두 닌의 수입을 세금환급 적용대상으로 신고하는 바람에 법적으로 큰 문제가 생길지도 모른다는 데 생각이 미쳤다. 결국 닌은 폴에게 이실직고하고 그와의 결혼을 무효화했다.

그러나 폴은 그녀를 완전히 떠나는 대신 인습에서 벗어난 관계를 유지하는 쪽을 택했다. "어떻게 보면 저는 전혀 신경쓰지 않았어요. 제가 생각하는 결혼생활은 기존의 통념과는 달랐거든요." 폴은 애초에 동거에서 결혼으로 관계를 합법화하자고 조른 사람이 자신이었으면서도, 정작 진상이 드러나자 이렇게 말했다. "우리는 서로 깊은 교감을 나누는 멋진 관계를 맺고 있었고, 중요한 건 그뿐이니까요. 저는 전형적인 여자에게 관심이 없기도 했고요." 닌은 자신이 진짜 나이를 밝히면 폴이 더 어린 여자에게 가버릴 거라고 생각했지만, 그녀의 우려와 달리 두 사람의 관계는 닌이 1977년 암으로 세상을 떠날 때까지 지속되었다. 폴은 닌이 말년에 병으로 거동도 못할 지경이 되어 로스앤젤레스에 있는 그의 집에서 누워만 있을 때에도 극진히 간병했다. (아나이스 닌이 사망했을 때 〈로스앤젤레스 타임스〉의 부고란에서는 그녀를 '폴 부인Mrs. Pole'이라 지칭했고, 〈뉴욕 타임스〉에서는 '가일러 부인Mrs. Guiler'이 세상을 떴다고 알렸다.)

닌은 폴에게 그와의 결혼이 가짜였음을 밝힌 뒤에도 가일러 앞에서는 연극을 계속했다. 가일러를 끝까지 버리지 않은 것은 그를 향한, 다소 왜곡됐으나 여전히 강한 충성심 때문이었다. 가일러는 아내의 외도를 결국 눈치챘지만 그녀가 외도 상대와 결혼생활까지 했다는 사실은 그녀가 죽고 나서야 알게 됐다는 이야기가 있다. 하지만 폴과의 관계는 닌의 첫 외도도 아니었고 가일러가 아내의 외도를 눈감아준 유일한 사례도 아니었다.

파리에서 태어난 작가 아나이스 닌은 훗날 남편이 될 가일러를 뉴욕에서 처음 만났다. 애초에 뉴욕에 오게 된 이유는 아버지가 가족을 버리고 더 젊은 여자의 품으로 떠난 뒤 어머니가 자식들을 다 데리고 뉴욕으로 떠나온 것이었다. 1921년 어느 댄스파티에서 서로를 소개받은 닌과 가일러는 2년 후 결혼식을 올렸다. 신랑 신부 양쪽 다 성적으로 경험이 거의 없었는데, 닌의 재촉에도 불구하고 두 사람이 첫 경험을 치른 것은 식을 올리고 몇 달이 지나서였다. 그런데 막상 첫날밤을 보내고 나자 닌은 남편의 서투름에 실망을 금치 못했다.

나이가 들어 "나는 인생 살아가는 법을 문학을 통해 배웠다"고 했을 때 닌은 아마도 두 작품을 염두에 두고 말했을 것이다. 하나는 외설적 표현으로 한때 금서로 지정되기도 했던 D. H. 로런스의 『채털리 부인의 연인』이고 다른 하나는 "이상야릇하면서도 더없이 훌륭한" 『사랑에 빠진 여인들』이다. 결혼하고 처음 9년 동안 남편 가일러에게 정절을 지켜온 닌은 마침 성 경험의 한계를 실험해볼까 심각하게 고려하기 시작했을 즈음에 그 충격적인 두 작품을 만났다. 로런스의 작품들을 읽은 닌은 그가 묘사한 열정과 감각을 자신은 태어나서 한 번도 경험하지 못했음을 깨달았다. 그래서 닌은 "나를 눈뜨게 해준 것이 바로 그이기에, 고마운 마음에" 『D. H. 로런스 : 비전문적 연구D. H. Lawrence: An Unprofessional Study』라는 논픽션 저서까지 냈다.

그러고 나서 얼마 후 닌은 그토록 열망하던, 문학이 아닌 현실 속에서 성적 자각을 경험한다. 남편 가일러와 함께 파리에 머물고 있는 동안 한 지인을 통해 헨리 밀러를 소개받은 것이다. 닌이 힘들게 생계를 이어가는 미국인 작가 밀러에게 끌린 것은 그의 외모보다는(밀러는 키가 작았고 머리도 슬슬 벗어지고 있었다) 문학적 재능과 삶에 대한 열정 때문이었다. 가일러가 닌에게 당신은 지적인 사람한테 반하는 경향이 있지 않느냐며 그녀와 밀러의 우정에 우려를 표하자, 닌은 당신을 떠나는 일은 없을 거라며 남편을 안심시켰다. "내 마음은 이미 헨리의 원고에 푹 빠졌지만, 나는 몸과 마음을 분리할 줄 안다"고 닌이 말했음에도 불구하고, 가일러의 걱정이 과연 기우가 아니었음이 드러났다. 닌과 밀러의 사이는 만난 지 몇 달 만에 격정적인 관계로 발전했다. 그보다 나중에 사귄 애인 루퍼트 폴이 그랬듯이 밀러도 닌에게 가일러와 헤어지라고 애원했지만 닌은 그 청을 거절했다.

　닌을 만난 것은 밀러에게 행운이었다. 닌이 몇 해 동안이나 가일러가 주는 용돈에서 돈을 조금씩 빼돌려 밀러가 글쓰는 데만 집중할 수 있도록 기본적인 생활비를 대준 것이다. 그러더니 나중에는 비용을 대주지 않으면 자기 밍크코트나 금품을 팔아 돈을 대겠다며 위협해 남편이 밀러의 첫 소설 『북회귀선』의 출간 비용까지 대게 만들었다. 아나이스 닌이 서문을 쓴 밀러의 반半자전적 이야기 『북회귀선』은 미국인 작가 지망생이 파리에 체류하며 겪는 외설적인 경험담을 담고 있다. 프랑스에서 출판된 이 작품은 미국에서는 외설 논란을 일으켜 30년 가까이 판매가 금지되었다.

　닌과 밀러가 처음으로 잠자리를 같이한 것은 1932년, 밀러의 팜므파탈 같은 아내가 갑자기 파리로 찾아와 장난스러운 삼각관계에 불을 붙이면서부터였다. 악명이 자자한—자신을 흠모하는 남성을 구슬려 얻어낸 돈으로 남편의 파리행 뱃삯을 대줬다는 얘기도 있다—준 맨스필드 밀러June Mansfield Miller가 왔다는 소식을 들은 닌은 당장 준과 헨리 밀러 부부를 초대해 가일러와 부부 동반 저녁식사 자리를 마련했다. 그날 저녁 닌은 "난생처음 세상에서 가장 아름다운 여자를 보았다"고 일기에 썼다. 닌은 준의 "다채로움과 눈부심, 특이함"에 반했지만, 그 매력은 준이 입을 열자마자 반감되었다. "그녀는 쓸데없이 입을 열어서 한껏 감탄에 젖어 있던 나를 제정신으로 돌려놓았다. 그 말투 하며 엄청난 자의식 과잉과 허세, 나약함, 가식이라니." 닌은 준을 가혹하게 평가했다. "감각적인 기질을 타고났고 세상 경험도 풍부하지만, 그런 성격을 완성시켜줄 배짱은 부족하다."

그렇다 해도 닌은 여전히 준에게 속절없이 빠져들었고, 준과 비교하니 "헨리의 존재감이 희미해졌다"고 했다. 닌은 준에게 옷가지며 보석, 현금을 갖다 바치다시피 했고, 그녀가 늘어놓는 동성애 경험담에 귀를 쫑긋 세웠다. 그러면 준은 닌이 보인 열성적인 관심을 남편에게 시시콜콜 전달했다. 비열하게도 준은, 닌이 자기를 버리고 준을 택할 경우 재정적 후원이 끊어지면 어쩌나 하는 남편의 걱정을 교묘히 이용해먹었다. 그러다 두 여자의 관계가 손잡고 키스하고 애무하는 수준에서 다음 단계로 진전되기 직전, 무슨 이유에선지 준은 갑자기 파리를 떠나 뉴욕으로 가버렸다.

부부 중 한쪽의 부재를 틈타 닌과 밀러는 파리의 한 호텔에서 밀회를 갖기 시작했다. 만나서 문학을 논하다가 글쓰고 술 마시고 섹스하는 나날이 이어졌다. 떨어져 있을 때면 야한 연애 수작이 절반이고 상대방 원고에 대한 첨삭 지도가 나머지 절반을 차지하는 장문의 편지를 주고받았다. 자신의 매력이 뭔지 너무 잘 알았던 밀러는 유난히 야하게 쓴 한 통의 편지에서, 다음번에 만나면 "문학적인 섹스 파티를 벌이자"고 말재주로 닌을 유혹했다. 그러고는 닌이 못 알아들었을까봐 굳이 설명을 덧붙였다. "한판 뒹굴고 이야기하고, 실컷 이야기하다 또 한판 뒹굴자는 뜻이야."

아나이스 닌이 밀러의 후견인 역할에 만족하지 않고 그새 정부가 됐다는 소문을 들은 준은 황급히 파리로 돌아왔다. 남편이 자신을 버리고 닌에게로 완전히 가버릴까봐 두려웠던 것이다. 그도 그럴 것이, 밀러는 (침대에서 준과 뒹굴다가 그만 현장에서 발각되자) 첫번째 아내를 버리고 준에게 간 전적이 있었기 때문이다.

두 여자는 마치 어제 헤어진 사이처럼 예전으로 돌아가, 닌은 또다시 준에게 물질 공세를 했고 둘 다 경쟁하듯 상대방에게 성적인 도발을 하기 시작했다. 닌은 서로 잡아죽일 듯 싸우는 밀러 부부 사이에서 중재자 노릇도 했지만, 준은 닌과 남편의 불륜을 확인하자 곧바로 이혼을 요구했다. 비겁한 밀러는 격노한 아내가 파리를 떠날 때까지 닌의 집에 숨어서 기다렸다. 집에 와보니 준이 화장실 휴지 조각에 휘갈겨쓴 쪽지가 있었다. 당장 이혼 절차를 밟으라는 내용이었다. 준과 헨리 밀러 부부의 10년에 걸친 관계는 딱 밀러와 닌의 관계만큼 지속되었고, 곧 닌도 밀러와의 관계를 정리했다.

닌은 밀러가 『북회귀선』과 그 후속작인 『남회귀선』에서 화자의 아내를 자신이 아닌 준을 모델로 한 것에 질투를 느꼈지만, 준을 여러 작품에 뮤즈로 이용한 것은 그녀 자신도 마찬가지였다. 닌의 초현실주의 산문시 『근친상간의 집House of Incest』에서도 준은 익명의 여성 화자를 사로잡는 여인 '사비나'로 등장한다.

딸이 첫 픽션 작품에 '근친상간의 집'이라는 제목을 붙이려 한다는 소식을 들고 호아킨 닌은 자신의 치부가 폭로될까봐 전전긍긍했다. 사정인즉슨, 거의 20년 동안 남남처럼 지내다가 상봉한 부녀는 닌의 심리 상담사(그도 닌이 침대로 데려간 남자 중 하나였다)의 권고에 따라 연인 사이가 된 것이었다. 상담사는 닌에게, 어릴 적 그녀를 버리고 도망간 것에 대한 보복으로 아버지를 유혹한 뒤 차버리라고 했다. 닌은 그 빗나간 조언을 받아들여, 프랑스 남부에 있는 어느 호텔에서 호아킨과 여러 차례 밀회를 가졌고, 그러다 갑자기 아버지와 연락을 끊어버렸다.

책제목에서 '근친상간'이 사전적 의미와 상관없이 은유적으로 쓰인 표현이라는 것을 알지 못했던 호아킨은 부녀간의 부적절한 관계가 만천하에 드러날까봐 노심초사했다. 닌은 자기 때문에 아버지가 안절부절못하는 것을 내심 즐겼고, 아버지가 그 책을 차마 못 읽고 발만 동동 구르며 머리를 쥐어뜯었다고 전하면서 은근히 고소해했다. "나에게는 굉장히 우스꽝스러운 상황이었다. 제목에 '근친상간'을 넣은 것 말이다." 닌은 이렇게 고백했다. "아버지가 두려움에 등골이 오싹해질 걸 알고서 그랬다는 게 참 통쾌했다."

루퍼트 폴과 헨리 밀러, 그리고 자기 아버지 외에도 닌에게는 수많은 남자가 있었다. 한 번에 몇 다리씩 걸치고 연애할 때도 있었고, 때로는 하루에 이 남자 품에서 저 남자 품으로 옮겨가기도 했다. 닌은 그런 성적인 모험이 자신의 결혼생활을 더 단단하게 해준다고 믿었다. 욕망을 행동으로 옮김으로써 가만히 있지 못하는 자신의 기질과 남다른 호기심을 해소했고, 가일러와의 관계에서도 만족을 찾을 수 있게 됐다고 생각한 것이다. "나도 말도 안 되는 모순을 인지하고 있다. 나 자신을 내줌으로써 남편을 더 사랑하는 법을 깨달았다니. 이런 식으로 살아가는 편을 택해서 우리의 사랑이 비통함과 죽음에 빠지지 않게 보호하고 있다니 말이다." 일기장에도 이렇게 털어놓았다.

닌이 일기를 쓰기 시작한 것은 열한 살 때, 스페인에서 출항해 뉴욕에 이르는 지루한 대양 횡단 여행에서 어머니가 혼자 시간을 때우라며 빈 노트 한 권을 안겨주면서부터였다. 닌이 자신의 '가장 가까운 친구'라 부르는 일기장은 부재한 아버지에게 쓰는 편지로 시작됐지만, 60년의 세월을 거치면서 아주 상세한 인생 기록으로 차차 변모했다. 마지막에 가서는 분량이 무려 150여 권에 이른 그 일기는 아나이스 닌이 뉴욕에서 보낸 10대 시절과 그녀의 관습에서 벗어난 결혼생활에 대해, 과감한 정신분석 시도에 대해, 그리고 성적인 모험담에 대해, 아주 상세하고 자유롭게 써내려간 기록이다.

상세하고 은밀한 색깔의 그 일기는 어느덧 63세가 된 아나이스 닌에게 소설가로서 그녀가 그토록 갈망했지만 얻지 못했던 세상의 인정을 안겨주었다. 여러 가지 법적, 그리고 개인적인 이유로 상당 부분이 삭제되었지만— 주로 외설적인 내용이 가위질당했고, 가일러에 관한 부분도 본인의 요청으로 삭제되었다 — 일곱 권으로 나뉘어 출판된 이 일기의 초판본은 닌을 페미니즘의 아이콘으로 격상시켜주기까지 했다. 그녀의 끝없는 예술적, 성적 자유 추구와 여성으로서의 정신세계 탐구가 그 시대의 여성운동과 많은 부분 겹쳤기 때문이다.

닌 자신도 일기 쓰기를 "나의 마약이자 나쁜 습관"이라고 인정했지만, 소설에 집중하지 못하게 만든다고 밀러와 다른 주변인들이 아무리 말려도 그녀는 절대로 일기장을 손에서 놓지 않았다. 독자들의 마음을 빼앗은 것도 닌의 픽션 작품들이 아니라 그녀의 예사롭지 않은 개인사의 기록이었다. 폴은 중혼 사기를 당한 걸 알고 난 뒤에도 왜 그녀의 곁에 머물렀느냐는 질문을 받고 이렇게 대답했다. "그녀의 인생 자체가 그녀의 최고 걸작이었고, 저는 그 일부라도 함께할 수 있었던 것을 큰 영광으로 생각합니다."

작가의 욕정
D. H. 로런스의 연인

전설에 따르면, 프리다 위클리Frieda Weekley는 1912년 어느 날 D. H. 로런스를 만나자마자 그를 이십 분 만에 유혹하는 데 성공했다고 한다. 번갯불에 콩 볶아먹듯 이루어진 그 에로틱한 정사에 관한 소문은 상상의 산물일 가능성이 다분하지만, 로런스가 그의 소설『미스터 눈Mr. Noon』에 묘사한 어떤 장면과 상황이 상당히 비슷하게 전개된다. 실은 어떻게 된 거냐면, 26세의 젊은 작가 로런스가 지도교수였던 옛 은사를 찾아갔다가 남편을 만나러 온 프리다를 보고 풍만한 체형에 금발 미인인 그녀에게 한눈에 반해버렸다. 로런스보다 여섯 살 연상에 자식도 셋이나 있었던 프리다는 외도가 처음이 아니었고, 로런스와의 관계도 잠깐의 불장난으로 끝날 거라 생각했다. 그러나 두 사람은 만난 지 두 달 만에 그녀의 고향인 독일로 도망가면서 엄청난 스캔들을 일으켰다.

정열적이고 호전적인 이 커플은 결국 결혼까지 했고, 15년 동안 함께 방랑생활을 했다. 두 사람의 잠자리가 항상 뜨거웠음에도 불구하고 로런스는 프리다에게 한눈팔 자유를 허락했다. 프리다는 주기적으로 다른 남자의 품에서 성욕을 충족시켰고, 한번은 포도밭에서 옷을 홀딱 벗고 뛰어다니면서 시칠리아인 노새몰이꾼을 희롱하며 논 적도 있었다.『사랑에 빠진 여인들』이나『채털리 부인의 연인』같은 야한 작품들이 세상에 나온 시기를 고려하면, 섹스에 집착한 작가라는 평판이 그녀와 결혼한 후 한층 드높아진 것도 우연이 아니다. 프리다는 그의 억눌린 욕정을 분출해 작품으로 승화시키도록 인도해준 뮤즈로서, 자신도 남편의 업적에 어느 정도 공이 있다고 주장했다.

　로런스는 아내의 성격과 경험에서 영감을 얻어 마음껏 등장인물을 창조해냈고, 그중 가장 유명해진『채털리 부인의 연인』의 주인공, 전쟁에서 부상을 입고 돌아온 남편을 두고 사냥터지기와 바람을 피우는 젊은 귀부인도 아마 프리다를 모델로 삼아 창조해냈을 것으로 추정된다. 여러 면에서『채털리 부인의 연인』은 로런스의 개인사와 평행을 이루었다. 그 소설을 집필할 당시 로런스는 폐결핵이 심해져 급기야 성불능이 되었고, 프리다도 이탈리아인 애인과 사귀고 있었던 것이다.『채털리 부인의 연인』은 음란한 단어 사용과 정사 장면의 상세 묘사로 판매 금지 처분되고 불태워졌으며, 1928년 초판본 출간 이래 여러 건의 외설 재판에 휘말렸다.

충격과 공포

테너시 윌리엄스

사랑은 정말 어려운—직업이야.
노력을 해야 한다고, 이 사람아.
개나 소나 재능을 타고나는 게 아니란 말이야.
_테너시 윌리엄스, 『적응기간Period of Adjustment』

예술과 인생은 분리 불가한 것이라 여긴 테너시 윌리엄스는 극장
을 찾는 대중에게 20세기 중반 미국의 현실을 가차없이 있는 그
대로 보여주었다. 종종 자신의 체험을 반영한 폭발력 있는 그의
작품들 중에는 동성애와 알코올 중독을 포함해 터부시되는 주제
들을 해부한 것이 많았는데, 이 때문에 한쪽에서는 혹평이 빗발쳤
고 다른 한쪽에서는 찬사가 쏟아졌다.

태어나서 처음으로 플로리다주 키웨스트에 간 테너시 윌리엄스는 그곳에 머문 시간 대부분을 희곡 『천사들의 싸움Battle of Angels』을 집필하거나 새로 사귄 '절친' 마리온 블랙 바카로Marion Black Vaccaro와 서로 자기가 저지른 가장 화끈한 섹스 행각을 자랑하며 보냈다. 그때 이후로 윌리엄스는, 남편의 부의 원천인 바나나 농장 때문에, 그리고 다소 음란한 의미로, '코코넛 그로브의 바나나 여왕'이라는 별명이 붙은 마리온과 평생 지기知己이자 여행 길동무가 되었다. 둘이서 아바나의 "흥미진진한 밤문화"를 즐기러 갔을 때는 같이 남창가에 들러 나란히 붙은 방에 들어가 서비스를 받고는 어땠는지 평을 공유하며 시시덕거렸다.

성 편력을 말하자면 윌리엄스는 호색한으로 이름난 바이런과 견주어도 모자람이 없는 상대였고, 그런 그의 연애 편력이 담긴 음란한 『회고록Memoirs』은 윌리엄스가 81세로 사망하기 약 10년 전인 1975년 출판

됐을 때 엄청난 반향을 몰고 왔다. 누구의 눈치도 보지 않고 은밀한 이야기를 적나라하게 늘어놓은 이 자서전은, 저자 본인이 "많은 사람의 기분을 상하게 할 것"이라고 경고한 만큼, 작가로서의 고뇌보다는 개인적인 경험에 더 초점이 맞춰져 있었다. "작품 전체를 '연극의 예술성'을 논의하는 데 통째로 바칠 수도 있었지만, 그랬으면 얼마나 지루했겠습니까?" 윌리엄스는 당당하게 이렇게 말했다.

외설 논란은 차치하고, 극작가 윌리엄스의 이 회고록은 독자들에게 그의 예술세계를 이해하는 데 도움이 될 배경을 제시해준 작품이기도 하다. 실제로 윌리엄스가 인생에서 일어난 사건들을 작품에 종종 반영했기 때문이다. 글쓰기는 윌리엄스에게 정신적으로 꼭 필요한 활동이었다. 작가 본인은 글쓰기 작업이, 그가 감당하기 버거운 감정적 문제들이 폭발하지 않도록 통제하고 억누르는 수단이라고 설명했다. 고어 비달Gore Vidal•은 윌리엄스가 "글로 옮기기 전에는 자신의 인생을 자기 것으로 만들 수 없었다"고까지 이야기했다.

윌리엄스는 농담삼아, 사적인 이야기를 낱낱이 공유할 용기가 생긴 것은 넉넉한 계약금과 『회고록』의 인쇄가 끝났을 때쯤 자신은 죽어 있을 거라는 확신 때문이었다고 말했다. 그러나 실제로 책은 그가 쌩쌩하게 살아 있을 때 나와버렸고, 그래서 그는 사람들이 그의 폭로가 담긴 책을 손에 넣으려고 호들갑 떠는 광경을 멀찍이서 관망할 수 있었다. 하루는 그가 뉴욕의 한 서점에 행차했는데, 사인해줄 책이 동나자 불만에 찬 독자들로 인해 작은 소요가 일어나기도 했다. 그러나 모든 독

•　　미국의 소설가이자 극작가.

자가 열렬한 반응을 보인 건 아니었다. 몇몇 비평가는 매서운 혹평을 쏟아냈고, 그중 한 명은 "한때는 감히 이름을 말할 수 없는 사랑The Love that dare not speak its name •이었는데, 이제는 하도 외쳐대서 닳아빠진 이름이 됐네"라며 비아냥댔다.

윌리엄스가 처음부터 동성에게 빠졌던 건 아니다. 그의 첫사랑은, 한 무리의 깡패들에게 괴롭힘당하고 있는 걸 그가 구해준 적이 있는 어릴 적 친구 헤이즐이라는 여자아이였다. 둘의 우정은 시간이 지나면서 10대 소년 소녀의 조심스러운 풋사랑으로 발전했는데, 윌리엄스의 부모는 이를 심히 못마땅하게 여겼다. 그의 부친은 이혼녀의 딸을 향한 아들 녀석의 열병을 식히기 위해, 두 아이가 각각 다른 대학에 진학하도록 아들 모르게 뒤에서 수를 썼다. 그래도 윌리엄스는 기가 꺾이지 않고 헤이즐에게 편지를 보내 청혼했다. 헤이즐은 현실적인 판단을 내려, 두 사람이 아직은 결혼하기에 어리다는 이유를 대며 청혼을 거절했다.

대학에 다니는 동안 윌리엄스는 자신이 여자들에게 여전히 관심이 있지만 남자들에게도 끌린다는 것을 알고 혼란에 빠졌다. 결국 『회고록』에서 그가 '샐리'라고 칭한 익명의 여학생과 몇 달간 재미를 본 것이 인생에서 유일한 이성과의 성 경험이 되었다. 이들 커플의 뜨거운 첫 섹스는 "숫총각에게는 온몸에 전기가 통한 듯 짜릿한 경험이었고, 나는 물 만난 물고기처럼 자연스럽게 뛰어들었다"고 윌리엄스는 훗날 회상했다. 그는 샐리와 사귀는 동안에는 동성에게 흥미가 없다고 못박아 말했다. 샐리가 그에게 얼마나 든든한 존재였냐면, 윌리엄스의 희곡 『도

• 　오스카 와일드의 동성 연인으로 알려진 알프레드 더글러스의 시 「두 사랑Two Loves」에 나오는 구절로, 동성애를 뜻한다.

망자Fugitive Kind』를 세인트루이스의 웬 아마추어 극단이 무대에 올렸다가 흥행에 참패했을 때 옆에서 가장 따뜻하게 위로해준 사람이 바로 그녀였다. 그런 그녀가 자신을 차버리고 다른 남자와 사귀기 시작했을 때 윌리엄스는 다른 여자들과 적극적으로 데이트했지만 결국 누구와도 잘되지 않았다.

보수적인 사회 분위기와 종교적 성장 배경에 영향을 받은 윌리엄스가 20대 후반에 이르러서야 자신의 성정체성을 받아들인 것도 무리는 아니다. 그때 윌리엄스는 "나는 커밍아웃을 늦게 한 만큼 남들보다 더 요란하게 치렀다"고 자랑스럽게 말했다고 전해진다. 그는 1939년 새해 첫날을 뉴올리언스에서 남자와 첫 잠자리를 가지면서 맞았다. 그 경험은 상대방이 다음날 아침 일찍 살금살금 잠자리에서 빠져나가는 씁쓸한 엔딩으로 끝났지만, 윌리엄스는 기죽지 않고 의욕적으로 동성애에 뛰어들었다.

그렇게 열정적으로 연애하고 이 도시 저 도시를 번갈아 옮겨다니며 살면서도 윌리엄스는 집필 스케줄만은 엄수했다. 동시에 남에게 경제적으로 기대지 않기 위해 볼링장에서 볼링핀 세우기라든지 술집에서 손님들에게 시 낭송해주기 같은 한시적인 일을 했고, 또 제2차세계대전 중에는 무전송신병 노릇을, 그리고 호텔 엘리베이터 보이 같은 일을 짬짬이 이어갔다. 잠시 할리우드에서 각본가로 일했을 때는 시간이 빌 때마다 언덕 위 공원에서 휴가 나온 군인들을 훑으며 잠자리 상대를 찾아 다녔다.

처음으로 정식 발표한 희곡『천사들의 싸움』이 언제나 무대에 오를지 초조하게 소식을 기다리던 와중에 윌리엄스는 자유주의자들의 천국이라는 해변의 휴양지, 매사추세츠주의 프로빈스타운에 놀러갔다. 그곳에서 이 남자 저 남자 품을 전전하며 마음을 달래던 중 캐나다 출신의 댄서 킵 키어넌Kip Kiernan을 만났는데, 킵은 자신보다 나이도 많으면서 잠자리에서 도무지 만족을 모르는 윌리엄스를 피해 때때로 해변으로 피신해 잠을 잤다고 한다. 윌리엄스는 일생을 함께하는 관계나 일부일처제에는 흥미가 없었는데도 불구하고, 그가 처음으로 진지하게 생각한 동성연인이었던 킵이 동성애가 발각되면 본국으로 추방당할까봐 그와의 관계를 끝냈을 때 크게 상처받았다고 증언했다.

기다림 끝에 『천사들의 싸움』이 상연되었지만, 결과는 흥행 참패였다. 작은 마을에 사는 유부녀가 떠돌이 시인과의 외도로 동네 사람들을 충격에 빠뜨린다는 줄거리의 이 연극은 대중오락의 내용물을 감시하는 정부 검열기관의 관심을 끄는 데는 성공했다. 그러나 윌리엄스는 검열기관의 제재에도 눈 하나 깜빡 않고 계속해서 빨간불이 들어오는 작품을 발표했다. 그전까지 금기시해왔거나 혹은 공개적으로 아주 드물게 다뤘던 내용을 계속해서 무대에 올려, 1940년대와 1950년대에 걸쳐 꾸준히 관객들에게 충격과 오락거리를 던져주었다. 그의 노림수는 동성애나 여성의 성, 강간, 정신질환, 알코올 중독, 마약 남용 같은 불편한 문제들을 꾸준히 무대에 올려 대중이 그 문제들을 직시하도록 유도하는 것이었다.

고전을 거듭하던 윌리엄스의 팔자가 바뀐 것은 『천사들의 싸움』이 막을 내리고 4년 뒤, 『유리 동물원』이 관객을 사로잡아 그의 첫번째 문학적, 경제적 성공작이 탄생하면서부터였다. 작가의 실제 가족을 모델로 한 이 희곡은 (윌리엄스와 이름이 같은) 젊은 청년 톰과 그의 숫기 없는 누나 로라, 그리고 자식들을 손에 쥐고 휘두르려는 어머니를 중심으로 펼쳐지는 사건들을 줄거리로 한 작품이다. 극중 어머니는 로라에게 짝을 찾아주겠다며 톰에게 사위로 삼을 만한 동료를 데려오도록 하지만, 결국 로라에게 비극을 안겨주면서 그날 밤은 막을 내린다.

윌리엄스는 오랜 기다림 끝에 마침내 찾아온 명성에 잔뜩 취해서 뉴욕으로 돌아왔다. 특유의 느긋한 분위기와 특색 있는 주민들 때문에 그가 남달리 사랑한 도시였다. 그곳에서 윌리엄스는 전에 뉴멕시코에서 만난 적이 있는 남성미 넘치는 호텔 종업원 판초 로드리게스라는 남자와 엮이면서, 평생에 걸쳐 가장 진지했다고 말할 수 있는 관계를 시작한다. 그러나 그것은 시작부터 끝이 보이는 관계였다. 윌리엄스보다 열 살이나 어린 스물다섯 살의 판초는 안정적이고 서로에게만 집중하는 관계를 원한 반면, 윌리엄스는 다른 남자들과의 섹스를 포기할 생각이 없었다. 자신을 "그림자처럼 따라다니는" 고독감을 판초가 덜어주었다고 인정하면서도 그 자신은 애인의 불안감을 달래주지 않았고, 둘 사이의 긴장은 살벌한 언쟁으로 번지곤 했다. 당시 뉴올리언스를 배경으로 한 『욕망이라는 이름의 전차』를 집필중이었던 윌리엄스는 판초의 그런 불안정한 기질을 투영해 야만스럽고 성질이 불같은 스탠리 코왈스키라는 인물을 창조해냈다.

판초가 경쟁 상대로 여긴 것은 다른 남자들만이 아니었다. 윌리엄스가 여성작가 카슨 매컬러스와 친해졌을 때도 그는 질투에 휩싸였다. 두 작가의 인연은 윌리엄스가 그녀의 소설 『결혼식 하객』을 읽고 팬레터를 보내면서 시작되었다. 그후 두 사람이 공통으로 알고 지내는 지인이 매컬러스에게 낸터킷에서 여름휴가를 보내고 있는 윌리엄스와 판초 커플을 방문하도록 다리를 놓아주면서 셋은 또다시 어울리게 되었다. 두 작가가 각자 집필에 열중하다가 둘이서만 칵테일 아워*에 만나 몇 시간씩 수다떨고 이어서 길고 긴 촛불 만찬을 즐기는 동안, 외톨이가 된 판초는 혼자서 속을 태웠다.

매컬러스가 떠날 때쯤 돼서 윌리엄스는 그녀에게 애정의 징표를 선물했다. 누나 로즈의 유품인 비취석이 박힌 반지였다. 새로 사귄 친구 매컬러스는—감정 기복이 심하고 우울증이 있으며 건강도 안 좋은데다 알코올 중독까지 있어서—여러 면에서 그의 누이를 생각나게 했다. 누이 로즈가 몇 차례 별난 행동을 하고 폭력성을 보이자 그의 어머니는 의료진이 딸에게 뇌엽절리술**을 시술하는 것을 허락했는데(미국에서는 최초로 이루어진 케이스 중 하나였다), 그 결과 스물아홉 살의 로즈는 평생 동안 정신병원에 수감되어 넋이 나간 상태로 지내야 했다. 수술이 끝나고 나서야 그 사실을 안 윌리엄스는 그런 야만적인 짓을 저지른 부모를 평생 용서하지 않았다. 누이에게 닥친 비극에 마음 아파하던 윌리엄스는 그 일에서 영감을 얻어 희곡 『지난여름, 갑자기Suddenly, Last Summer』를 집필했는데, 조카가 집안의 치욕적인 비밀을 폭로할까 겁먹은 한 여자가 조카에게 뇌엽절리술을 시키려고 공모한다는 내용이다.

유부녀인 매컬러스는 윌리엄스에게 한줌의 연애감정도 없었지만, 주변의 다른 여자들이 윌리엄스 같은 괜찮은 신랑감을 그냥 둘 수 없다며 중매에 나섰다. 그중 한 명이 연극 연출가 마고 존스Margo Jones였는데,

---

●   보통 저녁 식전 4시에서 6시 사이에 가볍게 칵테일을 마시는 시간.

●●   송곳 같은 기구를 두개골 안쪽에 넣어 신경섬유를 끊는 수술. 전기충격요법으로 치료되지 않는 정신질환 환자들에게 시술되었으나, 뇌에 회복할 수 없는 부작용을 일으켜 현재는 거의 사용되지 않는다.

그동안 윌리엄스의 희곡 몇 편을 무대에 올린 적이 있는 마고는 무대 뒤에서도 일을 연출해보기로 했다. 그녀에게 꿍꿍이가 있음을 알아챈 윌리엄스는 '텍사스 토네이도'라 불릴 정도로 기가 센 그녀가 특유의 추진력을 발휘해 자신이 원치도 않는 결혼을 강요할까봐 꽤나 조바심을 냈다는 후일담이 있다.

다행히 윌리엄스는 총각으로 남았는데, 본인도 세 번이나 결혼했고 윌리엄스도 어떻게든 결혼시키고 싶어 안달한 여배우 다이애나 배리모어(드루 배리모어의 숙모)는 이를 매우 못마땅하게 여겼다. 탐스러운 짙은 색깔의 머리를 자랑하는 다이애나는 약물 중독 전적이 있었는데, 종종 윌리엄스를 데리고 술과 약물이 난무하는 파티에 참석했고 가끔은 그에게 재미로 여장을 시키기도 했다. 그렇게 친했던 그녀에게서 영감을 얻어 희곡 작품을 쓰고 있던 어느 날 윌리엄스는 다이애나가 자신의 아파트에서 숨진 채 발견되었다는 소식을 들었다. 사인은 약물과 알코올 과용이었다.

살아생전 다이애나가 윌리엄스의 상담사까지 한편으로 끌어들여 그를 이성애자로 개조하려고 애쓸 무렵, 그 판을 뒤집어버릴 만한 인물이 등장했다. 보는 이가 눈을 의심하리만큼 잘생긴 뉴욕 태생의 시칠리아인 프랭크 멀로Frank Merlo라는 남자였다. 판초와 프로빈스타운에서 휴가를 보내는 동안 윌리엄스는 해안의 모래언덕에서 프랭크와 딱 한 번 뜨거운 정사를 나누었다. 윌리엄스가 한눈판 것을 눈치챈 판초는 자동차로 그를 들이받으려 했고, 그러다 차 바퀴가 모래에 빠지자 차에서 내려 끝까지 그를 쫓아가 분풀이를 했다. 그러다 인내심이 바닥난 윌리엄스가 판초의 짐을 싸서 내보내고 말았는데, 성질이 과격한 판초가 윌리엄스의 타자기를 호텔 창밖으로 내던져버린 사건 때문이었다.

한편 프로빈스타운에서 단 한 번의 밀회로 끝날 줄 알았던 프랭크와의 인연은 결국 윌리엄스의 인생에서 가장 오래 지속된 연인관계로 발전했다. 이듬해 뉴욕의 어느 델리카트슨delicatessen●에서 두 사람이 우연히 다시 마주쳤을 때, 윌리엄스는 프랭크에게 왜 그동안 연락하지 않았느냐고 물었다. 프랭크는 윌리엄스의 성공에 편승하려는 놈으로 보이고 싶지 않았다고 대꾸했다. 우연찮게도 두 사람이 모래언덕에서 격정적인 사랑을 나눈 직후 윌리엄스의 작품이 폭발적인 성공을 거두었던 것이다. 미국 남부 출신의 미녀 블랑시 뒤부아의 비극적 몰락을 그린 『욕망이라는 이름의 전차』가 엄청난 성공을 거두면서 윌리엄스는 미국의 위대한 극작가 반열에 오른 터였다.

재회한 지 몇 주 안 돼서 프랭크는 맨해튼에 있는 윌리엄스의 아파트에 들어가 동거를 시작했다. 트럭 운전사이자 해군 참전용사인 프랭크는 소싯적 거리의 부랑아였다가 자기 인생을 백팔십도 변모시켜 독학으로 문학광, 연극광이 된 비범한 인물이었다. 윌리엄스는 그의 그 팔팔한 열정에 준수한 외모만큼이나 매력을 느꼈다. "그는 정말 생명력 넘치는 사람이었어!" 윌리엄스는 프랭크를 떠올리며 감탄을 내뱉었다. "그는 내게 낮이고 밤이고 하루하루를 온전히 사는 법을 가르쳐주었지. 현실과의 가교가 되어주었다고 할까. 세상을 제대로 알게 해주었어. 덕분에 나는 그런 삶을, 프랭크가 죽는 날까지, 14년간 누릴 수 있었고. 그 14년은 내가 어른이 된 이래 최고로 행복한 시기였어."

●　조리된 육류나 치즈, 흔치 않은 수입식품 등을 파는 가게.

프랭크는 윌리엄스가 마약과 술을 줄여가도록 옆에서 달래주고 글쓰기가 막혀 힘들어할 때는 다독여주는 등, 혼돈으로 점철된 윌리엄스의 삶에 안정감을 부여해준 사람이다. 프랭크와 동거하는 동안 윌리엄스는『장미 문신』을 자신의 작품 목록에 추가했고 애인인 프랭크에게 헌정했다.『장미 문신』은 그의 작품 중 가장 가벼운 문체로 쓰인 희곡이지만, 여전히 성에 대한 노골적인 언급과 성행위 묘사 때문에 초연 당일 그의 어머니를 식겁하게 했다. 한편 그의 부친은 바로 얼마 전 발표된 단편「바이올린 케이스와 관의 닮은 점The Resemblance Between a Violin Case and a Coffin」을 가지고 아들을 고소하겠다며 소란을 떨었다. 자신이 '악독하고' 까다로운 사람으로 묘사된 것에 기분이 상해서 그랬다고 하지만, 진짜 불만은 아들이 그 자전적인 작품에서 동성애 성향을 만천하에 공개한 것이었다.

윌리엄스는 종종 프랭크가 강요하는 체계적인 생활을 못 견뎌했고, 그래서 몰래 빠져나가 다른 남자들과 잠자리를 갖거나 마약을 하고 돌아오곤 했다. 한번은 두 사람이 동거하는 키웨스트의 집에 젊은 애인을 끌고 들어온 적도 있었다. 윌리엄스와 프랭크의 관계는 1960년 들어 더욱 경직되었다. 어느 날 윌리엄스가 집에 돌아와보니 프랭크가 씩씩대면서 〈뉴스위크〉지를 내밀었다. 잡지에는 윌리엄스가 신경안정제를 복용하고 있음을 시인한 인터뷰가 실려 있었다.

그러나 두 사람이 결별한 뒤에도 윌리엄스는 프랭크의 병세가 심각하다는 소식을 듣자마자 부리나케 그에게 달려갔다. 수술이 불가능한 폐암 진단을 받은 프랭크는 결국 이듬해 세상을 떠났다. 하늘이 무너지는 슬픔에, 그리고 자신에게 헌신한 애인을 형편없이 대했다는 죄책감에 윌리엄스는 심한 우울증에 빠졌고, 마음을 달래기 위해 닥치는 대로 술과 약에 빠져들었다. 훗날 그는 이 시기를 암울했던 '만취기'로 회상했다.

이후에도 윌리엄스는 애인을 여럿 사귀었지만, 오래도록 함께한 동반자를 잃은 슬픔은 생각보다 타격이 컸다. 프랭크가 죽고 10여 년이 지나서 쓴 『회고록』에서 그는 추도식이 끝나고 씩씩해 보이려고 애쓰던 기억을 반추했다. 그날 친구 엘리아 카잔이 아내와 안쓰럽다는 눈짓을 교환하는 것을 본 기억을 떠올리며, 윌리엄스는 애잔하게 읊조렸다. "저 둘은 내가 삶을 지탱해주던 존재를 잃어버렸다는 걸 알아차린 거지."

제임스 조이스의 음담패설
'내게 더러운 이야기를 해봐'

제임스가 가끔 해외여행을 갈 때마다 그와 노라 바너클Nora Barnacle 사이에 애정의 불꽃이 꺼지지 않게 해준 것은 포르노그래피에 가까운 수위의 연애편지였다. 읽기만 해도 몸이 후끈 달아오를 내용의 편지를 먼저 보낸 쪽은 노라였는데, 조이스가 전에 한눈팔다가 성병에 걸린 일을 떠올리고는 혹시나 그런 일이 반복될까봐 매춘부들 근처에 얼씬도 안하게 만들려고 생각해낸 아이디어였다. 노라는 편지에 '당신과 침대에 뛰어들 순간만을 애타게 기다리고 있다'고 썼고, 지금 속옷 살 돈이 없어서 속옷을 안 입고 있다는 둥 그를 흥분시키는 대담한 말도 써 보냈다.

조이스는 노라의 도전을 받아들여, 만 20세 이하 관람 불가 딱지가 붙어야 마땅할 야한 답장을 써 보냈다. 그는 수녀원의 사랑스러운 소녀이자 "음탕한 작은 새"인 그녀에게 "네 몸뚱이에서 음탕한 짓을 일삼는 두 부위가 내게는 가장 사랑스럽다"고 고백했다. 그는 항문성교를 찬양하는가 하면 노라가 오럴섹스를 해줄 때의 모습, 그녀의 음부에서 나는 냄새, 심지어 섹스 도중 그녀의 에로틱한 가스 분출까지 구구절절 시적으로 아름답게 포장해 묘사했다. 또 한번은 그녀에게 아주 상세하게 자위하는 방법을 지시하더니, 자신도 그녀의 편지를 읽으면서 자위를 한다고 당당히 밝혔다.

빨간 머리에 조각상 같은 이목구비를 지닌 미녀 노라는 그로부터 5년 전, 그녀가 객실 청소부 겸 바텐더로 일하던 더블린의 어느 호텔 근처

간선도로에서 조이스와 처음 마주친 순간부터 그를 사로잡았다. 조이스는 불가항력적으로 그녀에게 빠져들었는데, 첫 데이트에서 그녀가 조이스에게 꿈결 같은 밤을 선사한 것도 한몫했다.

조이스는 두 사람의 첫 만남을 소설 『율리시스』에 은근슬쩍 끼워넣어 기념했고, 노라를 모델로 삼아 쾌활하고 정열적인 몰리 블룸이라는, 광고 에이전트의 아내이자 오페라 가수 캐릭터를 창조했다. 그 작품을 읽었느냐는 질문에 노라는 이렇게 대답했다. "읽을 필요가 있나요?" 하지만 그런 그녀도 자신을 모델로 한 등장인물이 섹스와 간통, 성적 페티시, 모유 수유 등에 대한 생각을 쏟아놓는 마지막 몇 쪽만은 들춰봤노라고 시인했다. "그이는 정말 천재예요." 그녀는 그런 작품을 쓴 조이스를 이렇게 칭송했다. "그런데 속은 그렇게 음탕할 수가 없네요. 그렇죠?"

4장

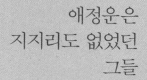

애정운은
지지리도 없었던
그들

달콤한 슬픔

카렌 블릭센(이자크 디네센)

젊디젊은 사람에게 사랑은 잔인한 거야.
그 나이에는 목이 말라서,
아니면 그저 취하려고 술을 마시지.
인생을 더 살아봐야 포도주 한 잔 한 잔의 맛을
음미할 수 있어.

_이자크 디네센, 「그 시대의 기사도The Old Chevalier」●

남작과 결혼해 아프리카로 훌쩍 떠나 그곳을 제2의 고향 삼아 살
아간 원기 왕성한 덴마크 작가 카렌 블릭센에게 결혼이란 그저 모
험을 떠날 수 있게 해준 수단이었다. 블릭센은 아프리카에서 흥미
진진한 사건으로 지루할 새 없는 17년을 보냈지만, 순조롭던 결
혼생활에 균열이 가고 비극이 닥치면서 꿈결 같던 삶이 조금씩 무
너져내렸다. 블릭센은 그 경험을 이자크 디네센이라는 필명으로
쓴 회고록『아웃 오브 아프리카』에 영원히 남겼다.

●   이자크 디네센, 『일곱 개의 고딕 이야기』, 추미옥 옮김, 문학동네, 2006.

제1차세계대전 발발 직후 영국령 동아프리카에서 정보 및 물자 공급 기지를 담당하고 있던 카렌 블릭센에게 막사로 깜짝손님이 찾아왔다. 다른 지역에 주둔중이던 남편 브로르 남작이 이틀 동안 거의 130킬로 미터를 걸어서 아내를 보러 온 것이었다. 아주 로맨틱한 행동이었지만, 결국 그것은 간접적으로 카렌의 행복한 결혼생활을 산산조각내는 불씨가 되고 말았다.

  그때는 블릭센 남작과 카렌이 케냐에서 결혼식을 올린 지 1년이 채 안 된 시점이었는데, 그 결혼식도 카렌이 덴마크에서 출발해 두 사람이 정착하기로 한 이국적인 나라 케냐에 도착해서 기다리고 있던 브로르와 합류한 지 하루 만에 올린 것이었다. 1914년 1월에 치러진 결혼식에 참석한 소수의 하객 중에는 스웨덴의 빌헬름 공도 있었는데, 그는 나이로비행 기차 안에서 열린 축하연 도중 신랑 신부를 위해 친히 축배를 들어주었다. 신혼부부는 응공 힐Ngong Hills 기슭에 자리한 도시의 바로 바깥쪽 커피농장에 차린 새로운 보금자리로 기차를 타고 이동중이었다. 카렌은 그 집에 도착하자마자 원래부터 그곳에 살았던 것처럼 포근함을 느꼈다.

신혼여행으로 떠난 사파리에서 브로르는 신이 나서는 아내에게 큰 짐승을 사냥하는 법을 가르쳐줬고, 신혼여행에서 돌아오고 겨우 몇 달 뒤 두 사람은 또 한번 일생에 남을 탐험에 나섰다. 야생의 아프리카를 누비면서 그들은 숲속에서 사랑을 나누고, 강에서 목욕을 하고, 그날 잡은 사냥감을 모닥불에 구워먹는 등 달콤한 시간을 보냈다. 몇 년 후 카렌은 꿈에 젖은 듯 그 당시를 떠올리며 이렇게 말했다. "내 인생에서 되찾기를 바라는 게 있다면, 그건 브로르와 함께한 사파리 여행일 거예요."

브로르 폰 블릭센 남작은 나중에 전설적인 사파리 가이드가 되었고, 어니스트 헤밍웨이는 단편 「프랜시스 머콤버의 짧고 행복한 삶」에 남작을 모델로 빚어낸 로버트 윌슨이라는 전문 사냥꾼을 등장시켰다. 소설 속 인물처럼 브로르도 자신이 몰고 다니는 사파리 차량에 "그날 잡을지도 모르는 사냥감을 편히 모시기 위해" 더블사이즈의 간이침대를 싣고 다녔다고 헤밍웨이는 묘사했다. "그는 특정 고객, 외국에서 왔고 날쌔며 모험을 즐기는 부류를 주로 상대했는데, 여자들은 그 백인 사냥꾼의 간이침대를 맛봐야만 본전을 건졌다고 생각했다."

결혼 1주년 무렵 카렌은 불면증과 피로, 식욕 부진, 관절 통증 등 여러 가지 증상에 시달리기 시작했다. 병원에 갔더니 매독이라고 했다. 1년 전 남편 브로르가 그녀를 보러 먼 길을 걸어왔을 때 도중에 한 원

주민 마을에 들러 밤을 보냈는데, 그때 걸렸을 가능성이 제일 컸다. 매독 자체도 그렇지만 매독을 치료하려고 의사들이 내린 처방 중 몇 가지 —그중에서도 수은 정제 알약과 비소가 함유된 처방약—가 일평생 그녀의 건강에 타격을 주었다.

알고 보니 브로르의 외도는 한 번의 실수가 아니었다. 카렌은 매독에 걸린 것을 알기 며칠 전, 한 지인에게서 남편이 벌써 수차례 바람을 피웠다는 얘기를 들었다. 아프리카로 이주한 뒤 저지른 외도의 상대 중에는 친한 친구의 아내도 있었고 유럽에서 알고 지내던 이들도 몇 있었으며, 아프리카 현지 여자들은 뭐 수두룩하게 침대로 데려간 모양이었다. 카렌이 직접 따지고 들자 그는 무심한 태도로, 당신도 마음껏 바람피우라고 응수했다. "그 순간 짐승의 발톱이 내 심장에 박힌 것처럼, 야생 짐승이 나를 마구 흔들어대고 내동댕이친 것처럼 가슴이 아팠다." 카렌은 남편의 솔직한 대답에 질투를 느끼고 충격을 받았다고 했다.

사실 브로르 남작과 결혼하기 전에 카렌은 그의 쌍둥이 형 한스에게 푹 빠져 있었다. 몇 분 차이로 형이 된 한스는 브로르보다 살짝 더 잘생겼고 또 형제 중 부친의 총애를 독차지한 쪽이었다. 카렌의 애끓는 마음은 보상받지 못했지만, 대신 한스에게 애태우는 그녀를 보고 자극받은 그의 동생이자 때로는 라이벌인 브로르가 카렌에게 다가갔다. 브로르가 세번째로 청혼했을 때 카렌은, 만약 결혼하면 덴마크나 그의 고향인 스웨덴에 정착하지 말고 외국으로 나가자는 조건을 걸고 청혼을 받아들였다. 그리고 두 사람은 케냐에 다녀온 뒤로 줄곧 그곳에 대한 찬사를 늘어놓은 숙부의 영향을 받아, 앞으로 보금자리 삼아 살아갈 곳으로 케냐를 택했다.

카렌은 가족들이 반대할까봐 두 사람의 약혼 사실을 숨겼고, 브로르가 열정적인 내용의 연애편지를 밀봉도 안 되는 우편엽서에 써 보내자 누가 약혼을 알아차리면 어떻게 하냐고 그에게 핀잔을 주었다. 그러다가 결국 카렌의 가족들이 결혼 계획을 알아차렸고, 예상대로 심하게 반대하고 나섰다. 아프리카에 정착하는 건 아무도 반대하지 않았다. 그들이 달갑지 않게 본 것은 신랑감이었다. 스물여덟 살인 약혼녀보다 한 살 어린 붙임성 좋은 청년 브로르를 카렌의 가족들이 딱히 싫어한 것은 아니었지만, 괄괄한 성격에 여자 좋아하는 그가 지적이고 사색적인 카렌에게 전혀 안 어울리는 상대라고 판단해서 걱정한 것이었다.

브로르와의 관계는 그녀가 한스와 함께하고픈 미래로 꿈꾸었던 열정적인 관계보다는 다소 차분한 우정에 가까웠지만, 그래도 카렌은 결혼 생활에 전적으로 충실했고 또 그랬던 만큼 남편의 불장난을 알게 됐을 때 받은 충격은 이루 말할 수 없이 컸다. 이혼을, 그것도 결혼한 지 1년도 안 돼서 하게 됐다는 것이 너무 수치스러워 차마 친정으로 돌아갈 수 없었던 카렌은 차라리 브로르 곁에 남기로 했다. "이런 상황에서 할 수 있는 일은 두 가지밖에 없다. 남자를 총으로 쏘거나, 상황을 받아들이거나." 카렌은 이런 말로 스스로를 납득시켰다.

카렌은 브로르가 자신에게 불쾌한 선물을 준 사실을 그에게 당장 알리지는 않았다. 유럽에 가서 치료를 받되 가는 이유는 비밀로 해두어서 괘씸한 남편은 매독에 걸린 채로 내버려두겠다는 심산이었다. (매독은 몇 달이 지나면 전염성이 없어지기 때문에 다른 여자들에게는 위협이 되지 않는다는 것을 그녀는 알고 있었다.) 그러나 여행에 하인이 동행하는 것을 브로르가 반대했고, 그 문제를 두고 싸움이 일자 카렌은 홧김에 매독에 걸린 사실을 말해버렸다. 그러자 브로르는 말 한마디 없이 그대로 방에서 나갔다.

시간이 흐른 뒤 카렌은 그 병에 걸렸던 것에 초연해져서, 브로르 같은 남자와 연을 맺어서 그 대가를 치른 거라고 농담까지 할 정도가 되었다. "추잡한 소리로 들릴지 모르지만, 어차피 세상이 요지경이니 말하는데, '남작부인'이 되기 위해 매독 한 번쯤 걸리는 건 아무것도 아닌 것 같다." 그 병에 걸렸던 경험이 그녀의 소설에 반영되기도 했다. 단편소설 「추기경의 세번째 이야기The Cardinal's Third Tale」에 인생 모토가 "내몸에 손대지 마"인 쌀쌀맞은 숫처녀 귀족 아가씨가 나오는데, 그 처자는 성 베드로 대성당에서 한 조각상에 입을 맞췄다가 성병에 걸리고 만다. 바로 직전에 웬 청년이 똑같은 곳에 입을 맞추고 간 것을 몰랐던 것이다. 그런데 주인공 레이디 플로라는 성병 때문에 인생이 위축되기는커녕, 이를 계기로 세상에 좀더 대범하게 뛰어들면서 더욱 풍요로운 삶을 누리게 된다는 줄거리이다.

덴마크에서 1년 정도 치료를 받은 카렌은 슬슬 아프리카 향수병에 시달리기 시작했고, 떨어져 있는 동안 따뜻한 편지를 써 보낸 남편마저 그리워하게 되었다. 결국 브로르가 카렌을 만나러 그곳으로 갔고, 두 사람은 유럽을 돌며 가족과 친구들을 한 차례씩 만난 다음 케냐의 농장으로 함께 돌아왔다. 돌아오자마자 브로르는 곧바로 여자 사냥에 복귀했다. 그는 자기가 한 약속, 그리고 개인의 자유에 대한 신념에 충실하게도, 아내에게 똑같이 바람피울 자유를 허락해주었다. 남편의 응원까지 받았겠다, 카렌은 스웨덴 장교 에리크 폰 오터르와 사파리 여행에 나섰다. 두 사람은 물소와 코뿔소를 사냥하고 다니면서 짬짬이 밤에

야외에서 나란히 누워 별을 관찰하거나 『삼총사』를 서로에게 소리내어 읽어주는 등 낭만을 즐겼다. 그렇게 폰 오터르와 같이 보내는 시간을 좋아했음에도 카렌은 그가 청혼했을 때 정중히 거절했다. 그녀의 진가를 모르고 함부로 대하는 브로르에게서 그녀를 구해주려고 한 청혼이었기 때문이다.

폰 오터르는 카렌이 1918년 어느 디너파티에서 데니스 핀치해튼을 만나면서 과거의 남자가 되었다. 카렌은 이 재기 발랄하고 지적인 영국인과 대화를 나누다가 셰익스피어라든가 미술, 오페라, 발레 등 브로르는 눈길도 주지 않았던 분야에서 공통 관심사를 발견했고 그에게 속절없이 빠져버렸다. 독신주의자였던 핀치해튼은 훤하게 잘생긴 외모 때문인지 만나달라는 여자가 줄을 섰지만, 카렌과의 우정은 사랑으로 발전해 10년 넘게 지속되었다.

핀치해튼은 사냥과 와인 애호라는 교집합이 있어서인지 브로르와도 친해져 아예 블릭센 부부와 친구가 되었는데, 그러다보니 두 부부가 해튼의 관심을 받으려고 대놓고 경쟁할 때도 있었다. 한번은 블릭센 부부 소유의 광대한 농장에서 연 가벼운 파티에서 브로르가 자신의 정부와 해튼을 서로에게 소개시키면서 '해튼은 자신의 좋은 친구이자 아내의 애인'이라고 아무렇지 않게 농담할 정도로 그들은 개방적인 관계를 맺고 있었다.

부부관계의 양상은 런던 여행중에 극적으로 변했다. 카렌은 마침 그곳에 온 핀치해튼에게로 가 함께 시간을 보냈고, 브로르는 극장에 공연을 보러 갔다가 훗날 자신의 두번째 아내가 될 여자를 만났다. 그러다 그곳에 머무는 동안 카렌과 브로르는 크게 다투었는데, 카렌이 브로르를 놔두고 혼자 배를 타고 덴마크로 가버릴 정도로 심각한 싸움이었다.

그녀의 어머니와 다른 가족들은 바람을 피운 브로르에게 윤리적 책임을 지우며, 고향으로 돌아온 딸에게 이혼을 종용했다. 그뿐만 아니라 그의 낭비벽과 커피농장을 파산으로 몰아간 경영 실책도 가족들이 보기에는 충분한 이혼 사유였다. 그런데 카렌이 스페인독감으로 앓아누웠고, 브로르는 그녀를 팽개쳐두고 아프리카로 돌아가버렸다. 뒤늦게 농장에 도착한 카렌을 맞은 건 살풍경한 광경이었다. 집안의 가구란 가구는 전부 다 채권자들이 압류해 갔고, 브로르는 그녀의 은장신구를 몽땅 전당포에 팔아버렸을 뿐 아니라 그녀의 값비싼 크리스털 제품들은 사격 연습할 때 타깃으로 쓴다며 부숴버렸다. 그걸로도 모자랐는지 브로르가 그 집에서 수차례나 난잡한 섹스 파티를 벌였다는 소문까지 들려왔다.

브로르는 이내 자신을 쫓아다니는 채권자들을 피해 집에서 나가 친구들 집에 숨어 지냈다. 그 지경이 됐는데도 자존심을 짓밟히는 것이 두렵고 또 남작부인이라는 지위를 빼면 자신은 아무것도 아니라고 여겼던 카렌은, 브로르가 얼른 애인과 결혼하고 싶어서 제발 헤어져달라고 조르는데도 여전히 법적 절차를 밟길 주저했다. 그러나 오랜 고민 끝에 카렌은 결국 마음을 돌렸고, 브로르와 법적으로 남남이 됐다는 소식을 들은 날 「안녕히Au Revoir」라는 시를 쓰며 마음을 가다듬었다. 시의 마지막 행은 "친구여, 어찌됐건 달콤한 시간이었어요"라는 그리움에 젖은 구절로 끝난다.

11년간의 결혼생활이 파경을 맞은 뒤 카렌에게는 핀치해튼과의 관계가 어느 정도 위안이 돼주었다. 그러나 둘의 만남은 핀치해튼이 내세운 엄격한 조건 아래서만 지속될 수 있었다. 서로에게 지나친 요구를 하지 말 것, 그리고 서로의 자유를 절대로 구속하지 말 것이 그 조건이었다. 어느 날 카렌은 임신한 것을 알게 되었는데, 그녀에게는 너무나 행복한 소식이었기에 당장 영국에 있는 핀치해튼에게 전보로 그 기쁜 소식을 알렸다. 예전에 두 사람이 상상 속의 아이에게 붙여준 이름인 '다니엘'이 곧 찾아올 예정이라고 써 보냈다. 그러나 핀치해튼은 다니엘의 방문을 당장 취소하라고 답신을 보냈다. 카렌은 애인의 무신경한 지시를 따라 중절수술을 받지는 않았지만, 끝내 자연유산을 했거나 아니면 애초에 임신이 아니었는데 착각했던 것으로 전해진다.

핀치해튼은 카렌의 농장에 들어가 같이 살기는 했지만 자기 마음대로 훌쩍 떠나거나 갑자기 돌아왔으며, 사파리 여행을 가거나 영국에 다녀오느라 한 번에 몇 주 혹은 몇 달씩 나가 있곤 했다. 카렌은 다른 남자와 계약결혼이라도 할까 고민했고 세 명의 후보까지 골라놓았지만, 결국 결혼까지 가지는 않았다. 핀치해튼과 어정쩡하게라도 함께 있는 것이 철저히 혼자인 것보다는 나았던 모양이다. "지금도 그렇고 앞으로도 영원히 나는 데니스와 함께할 운명인가봐. 그가 밟는 땅을 숭배하고, 그가 곁에 있어줄 때 행복해하고, 그가 나를 떠나는 수많은 순간에 죽음보다 더한 고통을 느껴야 할 운명." 카렌은 남동생에게 이렇게 털어놓았다.

영국에서 돌아온 핀치해튼은 2인승 경비행기를 몰고 와서는 카렌에게 자신이 하늘에서 본 경치를 당신에게도 꼭 보여주고 싶다고 했다. 카렌은 그녀가 그토록 사랑하는 케냐가 발밑에 펼쳐진 장관을 잊지 못해, 『아웃 오브 아프리카』에 이렇게 썼다. "데니스 핀치해튼 덕분에 나는 이곳에서, 아마도 내 평생 다른 무엇과도 비교할 수 없는, 마치 다른 세상에 온 것 같은 기쁨을 맛보았다. 그 사람과 아프리카 상공을 비행한 것이다."

카렌은 그래도 처음엔 남동생과 함께, 나중에는 혼자서 10년 정도 커피농장을 운영했지만, 결국 사업이 도산하면서 농장을 팔게 되었다. 생계가 막막해져 더이상 아프리카에 머물 수 없게 되자 카렌은 고향 같은 그곳을 떠나느니 아예 가축들을 전부 쏘아죽이고 자신도 자살하고 싶다고 연인에게 하소연했다. 그러나 핀치해튼은 그녀가 떠나게 된 처지는 동정하면서도 '서로 절대 간섭하지 않는다'는 원칙에 변수를 두길 거부했다. 그가 조금만 나서주면 카렌이 아프리카에 머무를 수 있었는데도 말이다. 대신 그는 카렌에게 그러지 말고 미래를 좀더 낙관적으로 생각하라는 눈치 없는 충고를 했다.

그래놓고 핀치해튼은 자신의 사유지를 둘러보러 떠났는데, 그 직전에 카렌과 아마도 그가 다른 여자를 만나는 문제로 인해 심한 언쟁을 벌였다. 떠도는 설에 의하면 카렌이 그에게 청혼했다가 거절당했다는 소리도 있고, 아니면 카렌의 처지에 대해 그가 너무 무신경하게 굴어서 그녀가 쓴소리를 한 것이 싸움을 촉발시켰다는 얘기도 있다. 이런 상황에서 핀치해튼은 우는 아이 뺨 때리는 격으로, 그녀에게 예전에 선물한 반지를 돌려달라고 했다. 금전적 여유가 없는 카렌이 농장 일꾼 중 한 명에게 작별 선물로 그 반지를 줘버릴까봐 초조했던 것이다.

카렌이 핀치해튼의 고집스러운 독신주의에 그토록 낙담한 것은 결국에 가서는 쓸모없는 감정 낭비에 불과한 꼴이 되었다. 핀치해튼이 비행기 추락 사고로 사망한 것이다. 그녀를 보러 오기로 한 날을 겨우 며칠 앞두고 생긴 일이었다. 점심 약속에 그가 나타나지 않자 카렌은 무작정 나이로비로 갔다. 그런데 그곳에서 마주친 지인들이 하나같이 그녀를 보자마자 시선을 피하는 것이었다. 그러다 마침내 누군가가 끔찍한 소식을 전해주었다. 카렌은 마지막으로 핀치해튼의 장례식을 맡아 치르고, 두 사람이 예전에 자신들이 영원히 누울 곳으로 골라둔, 그녀의 농장이 내려다보이는 언덕 위 경치 좋은 곳에 그의 관이 묻히는 것까지 보고 아프리카를 떠났다.

1931년, 카렌이 케냐를 떠나는 기차에 올라탔다. 아프리카에서의 마지막 순간을 현지의 친구들 몇 명이 함께해주었다. 내키지 않지만 덴마크의 친정집으로 돌아간 카렌은 그곳에서 여생을 보냈고, 끝내 재혼은 하지 않았다. 그녀는 "모든 슬픔은 이야기로 풀어내면 견딜 수 있다"는 자신의 신조를 따라, 그동안 억눌러둔 감정들을 이자크 디네센이라는 필명으로 종이에 쏟아냈다.

카슨 매컬러스의 지독한 결혼생활
'그후로 오랫동안 그들은 행복하게 살지 못했습니다'

작가 지망생이었던 군인 리브스 매컬러스Reeves McCullers는 여자를 유혹하는 데 특별한 재능이 있었다. 1935년에 그는 카슨 스미스를 그녀의 고향인 조지아주에서 처음 본 이후로 그녀의 어머니에게 꽃다발을 안겨주고 카슨에게는 맥주와 담배를 선물하면서 구애 작전을 펼쳤다. 2년 뒤 두 사람은 결혼식을 올렸지만, 결혼생활은 알코올 중독과 서로의 애인에 대한 질투, 직업적 시기심으로 점철되었다. (카슨은 스물세 살의 나이에 첫 소설 『마음은 외로운 사냥꾼』을 발표하고 평단의 호평을 받았다.)

카슨은 결혼한 지 4년 만에 리브스와 이혼했는데, 자신을 버린 그를 용서했을 뿐 아니라 외도 비용을 충당하려고 그녀의 서명을 위조해 수표를 남발한 잘못도 덮어주었다. 그러다 몇 년 뒤 두 사람은 재혼해 프랑스에서 새 기분으로 새 출발을 하려고 했지만, 결국 과거의 악령에서 완전히 벗어나지 못했다. 리브스는 두 사람이 묵고 있던 파리의 호텔방 창문으로 뛰어내리겠다고 위협했는데, 사실 그가 진짜로 원한 것은 아내가 저세상까지 그와 동행해주는 것이었다.

자신은 로맨틱하다고 여겼을 소름 끼치는 제스처로, 리브스는 둘이 함께 목을 맬 벚나무도 골라놓았다. 얼마 후 프랑스의 시골길을 차로 달릴 때는 카슨에게 밧줄 두 개를 보여주며 동반자살 각서를 쓰자고 애원하기도 했다. 카슨은 알았으니 일단 차를 세우고 아무 술집에나 들어가 앞으로 저지를 암울한 일에 대비해 한잔하자고 제안했다. 그래놓고는 리브스가 술집에 들어가 와인을 사는 동안 그곳에서 달아나 혼자 미국으로 도망갔다. 그때가 남편을 본 마지막 순간이었고, 리브스는 파리의 어느 호텔방에서 신경안정제와 알코올 과다복용으로 숨졌다.

리브스의 사망 소식을 전해들은 카슨은 아무 말 없이 그 자리에서 위스키 한 병을 들이켰다. 훗날 그녀는 자신이 겪은 18년간의 격정적인 결혼생활을 재료로 삼아 음울한 가족드라마를 줄거리로 한 희곡 『멋진 인생의 제곱근The Square Root of Wonderful』을 탄생시켰다.

비밀의 저택

대프니 듀 모리에

저택은 그날부터 줄곧, 정부情夫가 자기 애인을 껴안듯,
나를 붙잡고 놓아주지 않았다.

_대프니 듀 모리에

영국의 해안 지역 콘월에 있는 튜더 양식의 어느 황폐한 저택을
우연히 본 순간부터 대프니 듀 모리에의 마음속에는 상상의 불씨
가 타오르기 시작했다. 결국 그 저택은 그녀의 소설 『레베카』에
등장하는 가장 강렬한 공간인 '맨덜리'로 재탄생했다. 모골이 송
연해지는 『레베카』의 줄거리가 탄생하는 데 실존하는 이 저택이
영감을 준 것처럼, 현실 속 작가의 동성애에 대한 열정은 여자의
집착을 소재로 한 매혹적인 줄거리와 매우 흡사한 양상을 보였다.

"상상의 씨앗들이 심어지기 시작했다. 아름다운 저택…… 첫번째 부인…… 질투, 난파, 어쩌면 바다를 배경으로, 저택 근처의…… 하지만 뭔가 끔찍한 일이 일어나야겠지, 그게 뭔지는 나도 아직 모르지만."

대프니 듀 모리에의 상상의 방에 뿌리내려 음울한 분위기의 사이코 스릴러 『레베카』를 탄생시킨 수많은 '씨앗들' 중에는 작가 자신의 실제 삶에서 가져온 것이 많았다. 소설 속에서 '맨덜리'라는 이름을 얻은 '아름다운 저택'은 실제로 콘월 해안에 인가와 멀리 떨어져 우뚝 서 있는 메너빌리라는 저택이었다. 파릇파릇하게 젊었을 때 비어 있던 그 저택을 보고 집착하기 시작한 대프니는 『레베카』로 얻은 수익으로 결국 메너빌리의 안주인이 되는 꿈을 이루고야 말았다.

이 괴기스러운 고딕풍 소설의 핵심을 이루는 감정인 강렬한 질투는 소설의 바탕에만 깔려 있는 게 아니라 작가의 현실에도 깊이 스며들어 있었다. 결혼한 지 얼마 안 돼서 대프니는 남편 토미 브라우닝Tommy Browning이 아주 소중히 보관해둔 연애편지 다발을 발견했다. 알고 보니 그것은 남편의 전 약혼녀에게서 받은 것이었는데, 갈색 머리에 눈에 확 띄는 미인이었던 그 여자에게 남편은 정신 못 차릴 정도로 푹 빠져 있었던 듯했다. 그러다 갑자기 알 수 없는 이유로 약혼이 깨진 모양이었다. 숨겨져 있던 그 편지들을 읽으면서 대프니는 당당하고 세련된 그녀와 수수한 자기 자신이 너무나 상반된 것에 충격을 받았고, 남편 토미가 아직도 옛 약혼녀를 잊지 못하고 있을까봐 걱정되었다.

뱃속을 조여오는 두려움을 대프니는 『레베카』의 화자, 즉 남편의 아름다운 전 부인의 그늘에서 벗어나려 안간힘을 쓰는 소심한 아내의 목소리로, 그녀가 느끼는 감정으로, 그대로 쏟아냈다. 소설 속에서 토미는 겉모습은 근사하나 속을 알 수 없는 남편으로 분했고 전 약혼녀는 무덤에서마저 손을 뻗어 맨덜리를 쥐고 흔드는, 제목과 동명의 인물 레베카로 분했다.

대프니는 콤플렉스가 많은 여성이었지만, 상급 장교였던 토미는 대프니의 데뷔작 『사랑하는 영혼The Loving Spirit』을 읽고 당장 그녀의 팬이 되어 대담하게 그녀를 쫓아다니기 시작했다. 대프니를 만날 수 있을까 해서 듀 모리에 가문 사람들이 휴가를 보내고 있던 별장 근처의 항구로 요트를 직접 몰고 가는, 누가 들으면 낭만적이라고 호들갑을 떨 행동도 서슴지 않았다. 대프니는 뭐에 홀린 듯 토미에게 빠져들었고, 열 살의 나이 차에도 불구하고 두 사람 사이에는 즉시 불꽃이 일었다. "그 사람은 멋있어 보이려고 꾸미지 않는데도 최고로 근사한 사람이다. 몇 년 동안 알고 지내온 사람 같다." 대프니는 흥분해서 일기장에 쏟아놓았다. 어떻게 흘러갔는지도 모를 연애 후에 두 사람은 1932년 7월 결혼식을 올렸다.

한동안 행복한 결혼생활이 이어졌고 자녀도 셋이나 태어났지만, 시간이 흐를수록 두 사람의 성격이 얼마나 상반되는지가 점점 더 극명해졌다. 그중 가장 눈에 띄는 점이, 토미는 사람들과 어울리기 좋아하는 외향적인 성격인 반면 숫기 없고 혼자 틀어박히기 좋아하는 대프니는 매일 방에서 몇 시간이고 줄곧 글만 썼다. 그러다 2차세계대전이 발발하면서 둘의 사이는 더 벌어졌다. 타국에 파병된 토미는 짧게나마 휴가를 받아 집에 돌아와도 가족들과 감정적으로 거리를 두었고, 입을 열어도 오로지 전쟁 이야기만 했다. 전시戰時의 많은 부부가 그렇듯 두 사람도 남보다 못한 사이가 되었고, 토미가 5년의 복무를 마치고 마침내 귀환했을 때 집안 분위기는 그다지 밝지 않았다.

어색한 분위기 속에 이루어진 재회는 톰의 인생에 등장한 다른 여자의 존재로 더욱 얼룩졌다. 지방 연락원의 역할을 맡아 그의 곁에 붙어 다녔던, 한눈에 봐도 굉장히 매력적인 스물세 살의 그녀는 토미와 함께 고향에 돌아와 전시가 아닌 평시平時의 비서 노릇을 하기 시작했다. 두 사람이 바람을 피웠을 거라는 대프니의 의구심은 사실무근으로 밝혀졌지만, 남편이 더이상 자신에게 성적 매력을 느끼지 않는다는 것을 알게 된 심정은 결코 아픔이 덜하지 않았다. 남편의 거부에 대프니는 스스로를 매력 없는 여자로 느끼며 소박맞은 기분마저 들었지만, 그녀 자신이 차갑고 융통성 없이 굴어서 남편을 더 멀어지게 만든 것은 미처 깨닫지 못했다.

토미가 엘리자베스 2세 여왕으로 즉위할 왕녀의 재무상이라는 영광스러운 자리에 임명되었을 때도 대프니는 사랑하는 콘월을 떠나 가족 모두 런던으로 이사하는 것에 극구 반대했다. 결국 두 사람은 주말부부가 되어, 토미가 주말에만 멀리 런던에서 집까지 왔다가 다시 직장으로 복귀하는 식으로 살아보기로 했다. 그런데 막상 그렇게 지내보니, 혼자 있기를 좋아하는 작가 대프니에게 꼭 맞는 생활방식이었다. 그녀는 타자기 앞에 앉아 있는 시간을 몹시 소중하게 여긴데다, 밤낮 술을 퍼마시고 감정 기복도 심한 토미는 이제 대프니가 상대하기엔 너무 벅찬 사람이 되어 있었다. 부부관계가 좋지 않다는 소문이 돌기 시작했고, 토미의 직업상 참석이 불가피한 사교 행사에도 대프니가 종종 얼굴을 비치지 않자 사람들은 점점 심증을 굳혀갔다. 군중 속에 있으면 자신이 초라하게 느껴지고 사교 행사가 한없이 불편하기만 했던 대프니는 그런데도 끝까지 메너빌리에 혼자 남아 있으려 했다.

그렇게 단단하게 쌓아올린 마음의 벽은 대프니가 1947년 『레베카』가 표절작이라는 혐의에 반박하러 뉴욕에 다녀오면서 균열이 생기기 시작했다. 남편은 멀어져만 가고 법정 출두로 심적 부담감까지 느낀 그녀가 다른 곳에서 위로를 구한 것은 전혀 놀라운 일이 아니었다. 의외였던 것은 대프니가 애정을 준 대상이었다. 바로, 미국 출판사 대표의 아내였던 엘런 더블데이Ellen Doubleday라는 여자였다.

우아한 분위기의 이 사교계 유명인사를 만난 중년의 여성 작가는 실로 오랜만에 뜨거운 열정에 사로잡혔고, 그 순간 "열여덟 살 먹은 소년처럼…… 손에는 땀이 축축하게 배어나오고 심장이 쿵쿵 뛰면서, 사모하는 여인의 발치에 자기 망토를 깔아주는 못 말릴 정도로 낭만적인 남자가 된 기분"이었다고 묘사했다. 그후 몇 년 동안 엘런과 주고받은 은밀한 편지들 중 한 통에서 본인이 시인했듯이, 대프니는 어릴 적부터 항상 자기가 여자애의 몸에 갇힌 남자애인 기분이 들었다고 한다. 살면서 그 남자아이를 "상자 안에 가둬두느라" 속으로 힘들어했고, 여자들에게 끌리는 자신의 남성적인 면을 끊임없이 억눌러야 했다는 것이다. 그런데 미국으로 가는 증기선에서 엘런을 만난 이후, 그토록 오랫동안 억눌러왔던 감정이 다시금 고개를 들었다. 그 감정을 감추려고 끙끙대다가 세월이 한참 흐른 뒤에야 엘런에게 이렇게 털어놓았다. "나는 그 사내아이를 다시 상자 안에 가둬두고, 갑판에서 당신을 마주칠까봐 두려워서 역병처럼 피했어요."

미국에 도착한 뒤 몇 주에 걸쳐 법원을 들락거리며 증언하는 동안 대프니는 롱아일랜드에 있는 더블데이 부부의 고급스러운 저택에 기거했다. 그곳에서 두 여자는 앞으로 수십 년간 지속될 끈끈한 유대를 만들었지만, 엘런은 우정 이상은 허락할 마음이 없음을 처음부터 분명히 했다. 그것을 피부로 느끼게 해준 일화가 있는데, 엘런의 남편인 넬슨 더블데이가 사망하고 나서 여자 둘이 함께 떠난 이탈리아 여행중에 일어난 일이다. 대프니로서는 무척 실망스럽게도, 로맨틱한 이국땅에 둘만 함께 있는데도 과부가 된 엘런이 끝내 그녀에게 '베네치아식' 연정(대프니가 레즈비언을 에둘러 칭할 때 쓴 말이다)을 고백하지 않은 것이다.

대프니는 돌려받을 수 없는 애타는 짝사랑을 승화시켰다. 절절 끓는 뜨거운 마음을 증류해, 금지된 사랑을 소재로 한 희곡 『9월의 조수 September Tide』로 탄생시킨 것이다. 젊은 남자가 장모와 사랑에 빠지는 내용을 줄거리로 한, 온통 은유로 점철된 이 작품은 작가가 느낀 갈 곳 없는 갈망을 고스란히 담고 있다. 1948년 12월 런던의 극장에서 작품이 처음 상연되었을 때 무대에 오른 배우 중에는 대프니의 다음번 동성애 상대가 된 영국 태생의 유명한 연극배우 거트루드 로런스Gertrude Lawrence도 있었다.

작품 속에서 엘런의 '도플갱어'라고 봐도 좋을 역할을 연기한 거트루드는 실제로 대프니의 삶에서도 엘런의 대역이 되었다. 여장부같이 거침없는 이 배우는 연기만큼이나 인상적인 연애 편력으로도 유명했는데, 그녀 역시 금지된 사랑이 전문이었다. 거트루드가 정복한 상대 중에는 배우 율 브리너(〈왕과 나〉에 함께 출연한 그는 그녀보다 열일곱 살 연하였다), 그리고 훗날 영국 왕 에드워드 8세가 되는 왕자도 있었다.

거트루드가 꿰찬 유명한 잠자리 상대의 대열에 대프니도 합류했는지는 확인되지 않았지만(거트루드의 딸은 이를 부인했다), 두 여인의 관계가 아주 친밀했으며 성적인 뉘앙스가 짙었던 것은 분명하다. 대프니는 거트루드와 휴가를 함께 보내러 두 번이나 미국에 다녀왔고, 거트루드도 주로 토미가 런던에 가 있을 때 메너빌리 저택에 놀러와 긴 주말을 보내고 갔다. 그리고 떨어져 있는 동안에는 일주일에 최소 두 번씩 서로 편지를 주고받았다.

두 사람의 극단적인 성격 차이를 고려할 때, 그들 사이에 우정이 피어난 것은 모두에게 뜻밖이었다. 거트루드는 종잡을 수 없는 감정 기복과 다소 폭력적인 기질, 끊임없이 재미를 찾는 성격으로 지인들 사이에서 유명했던 반면 대프니는 온순한 성정에 혼자 있는 것을 즐겼으니 말이다. 그러나 이 그림에서 가장 이질적인 조각은, 거트루드가 한때 대프니의 부친의 애인이었다는 사실이다. 유명 배우였던 제럴드 듀 모리에는 하고많은 젊은 신인 여배우들과 손에 꼽을 수도 없을 만큼 여러 번 가벼운 관계를 맺었는데, 그런 모습은 아버지를 우러러보는 10대 소녀 대프니에게 질투심과 반발심을 불러일으켰다. 그래서 대프니는 처음에 거트루드를 증오했고 그녀를 "그 갈보년"이라고 부르면서 저주하기도 했는데, 20년이 지나서는 여배우를 유혹하는 아버지의 역할을 그대로 물려받아 똑같은 행적을 밟고 있었다.

뜻밖에 꽃핀 두 여자들 간의 우정은, 어느 날 거트루드가 때아닌 죽음을 맞을 때까지 4년 넘게 지속되었다. 거트루드의 죽음으로 대프니는 좀처럼 잠을 자지도 밥을 먹지도 못할 정도로 비탄에 잠겼다. 대프니의 가족은 다소 지나치고 또 부적절해 보이는 그녀의 반응에 어쩔 줄 몰라하다가, 아버지의 죽음을 뒤늦게 애도하는 것이겠거니 하고 넘어갔다.

대프니가 어렸을 때 제럴드는 딸에 대한 소유욕이 굉장했다. 비록 증거는 없지만 부녀가 육체적 관계를 맺었다는 소문도 꽤 돌았고, 훗날 대프니도 친구에게 이렇게 털어놓았다. "우리는 선을 넘고 말았어. 나도 그걸 허용했고. 그는 나를 다른 여자들과 똑같이 대했어. 마치 내가 연극에서 그의 상대역을 맡은 여배우라도 된 것처럼 취급했지." 듀 모리에 가족과 친하게 지냈던 한 지인은 이런 말도 했다. "그 사람은 딸에게서 한시도 손을 떼지 못했어요. 가끔은 보기 민망할 정도였죠."

대프니가 편지를 보내 곧 토미와 결혼할 거라고 알렸을 때 듀 모리에는 냉정을 잃고 흐느껴 울었다고 한다. 2년 뒤 제럴드 듀 모리에는 세상을 떴는데, 죽기 전에 딸의 소설 『줄리우스의 전진The Progress of Julius』을 읽을 기회는 있었다. 평소에도 딸을 향한 소유욕이 강했던 아버지가 딸이 다른 남자들에게 관심을 보이는 것을 참을 수 없어서 차라리 딸을 물에 빠뜨려 죽인다는 내용의 소설이다.

제럴드 듀 모리에는 동성애도 극히 혐오했는데, 대프니의 언니와 여동생이 모두 레즈비언으로 커밍아웃한 상황에서─ 아버지의 사랑을 독차지한─ 대프니는 어쩌면 남녀 간의 결혼이라는 전통을 따라야 한다는 부담을 느꼈을 수도 있다. 그 아비에 그 딸이라고 대프니는 레즈비언들에게 그녀 자신이 느끼는 강한 혐오를 숨기지 않았고, '레즈비언'이라는 단어조차 입에 올리지 못했다. 어릴 적 여자 가정교사를 향해 품었던 사모의 감정에 대한 글을 썼을 때도, "만약 누가 그런 종류의 사랑을 그 역겨운 'L'로 시작하는 단어로 부른다면 그 사람의 배를 갈라버리겠다"고 격하게 단언했다. 또 한번은 만약 엘런이 자기를 'L' 집단과 묶어서 생각한다면 뉴욕 허드슨강에 몸을 던지겠다고 선언하기도 했다.

대프니는 자기 자신을 양성애자나 레즈비언으로 보는 대신, 남과 "다른 사람"이라는 아주 모호한 표현을 썼다. 자신이 "여자아이도 남자아이도 아니며 육체에서 분리된 영혼"이라고 여겼다. 어렸을 적 그녀의 아버지는 항상 둘째딸이 아들이 아닌 것을 아쉬워했는데, 그래서 꼬마 대프니는 남자아이 옷을 입고 다니며 남자로서 제2의 자아를 키워나갔다. 어른이 되어서도 남성적인 옷을 즐겨입었고, 자신의 소설 중 다섯 작품에서 자기의 남성적 자아를 화자로 등장시키기도 했다.

대프니는 자기 인생의 두드러진 주제들을 여러 작품에 재차 사용했고, 글쓰기를 통해 현실에서 벗어나려고 했다. 그러나 픽션의 세계로 도망치는 습관에는 현실 세계의 희생이 뒤따랐고, 남편 토미가 두 사람의 스물다섯번째 결혼기념일을 며칠 앞두고 신경쇠약으로 쓰러지고 나서는 대프니도 그것을 인정하지 않을 수 없었다. 그 와중에 한 여자가 전화해서는 자기가 토미의 애인이라며, 그가 내연관계와 이중생활을 숨기느라 전전긍긍하다가 그 스트레스로 신경쇠약발작을 겪은 거라고 폭로했고, 이 일로 대프니는 연타로 충격을 받았다.

비록 부부 사이에 육체적 친밀함은 사라진 지 오래였고 대프니 자신도 정절을 지킨 건 아니었지만, 토미가 바람피운 것을 고백하고 다른 여자에게 깊은 감정을 품고 있음을 밝히자 대프니는 할말을 잃었다. 죄책감에 사로잡힌 대프니는 남편의 불행이 자신의 차가운 태도 때문이라 믿고는, 전쟁이 한창일 때 유부남과 한 번 바람피웠던 것을 포함해 그동안 한눈판 것을 죄다 털어놓았다. 그러나 여자들과 나눈 깊은 관계는 그저 한때의 내적 갈등으로 치부했다. "불쌍한 엘런 D.와 거트루드에 대한 나의 집착—집착이라고밖에 부를 수 없는 감정—은 일부는 나 자신의 복잡한 문제들, 그리고 일부는 집필 활동, 또 현실 직시의 두려움 때문에 나 자신의 내면에서 일어난 신경발작이었다."

그러나 결국 두 사람의 서로를 향한 애정과 함께한 시간들이 색정적인 본능을 이겼고, 부부는 외도를 그냥 덮어버리기로 했다. 결혼생활에서 이토록 많은 풍파를 겪었음에도, 두 사람은 1965년 토미가 마지막 숨을 거두는 순간까지 서로에게 헌신했다. 33년의 결혼생활을 뒤로하고 과부로 삶을 이어가던 대프니는 또 한번의 정신적 충격을 받는다. 메너빌리의 주인이 임대 계약을 갱신해주지 않고, 조상 대대로 살던 그 저택에 이제는 자신이 입주해 살기로 했다고 통보한 것이다.

대프니는 메너빌리 저택에서 조금 떨어진 작은 집에 세를 주겠다는 집주인의 제안을 그럭저럭 받아들였지만, 정든 메너빌리에 대한 그리움은 잠시도 그녀를 내버려두지 않았다. 나무 사이로 저택이 살짝 보이기만 해도 가슴이 아려왔고, 대프니는 "진심으로 사랑했던 사람을 죽음으로 떠나보낸 것처럼 그 집을 그리워하고 있다"는 말로 깊은 향수를 표현했다.

에밀리 디킨슨, 외로운 여자의 연애법
가상 구애 광고

시인 에밀리 디킨슨이 살았던 시대에 온라인데이트가 있었다면, 내성적인 성격의 디킨슨은 인터넷의 익명성을 이용해 영혼의 동반자를 찾으려고 주저 없이 정보의 바다에 뛰어들었을 것이다.

백인 싱글녀가 백인 싱글 남/여 찾습니다

은둔형 성격에 원예를 좋아하는 시인이 집에서 함께 뒹굴뒹굴할 세심한 성격의 동반자(남녀 상관없음), 특히 혼자 있는 시간과 집에서 조용한 밤을 보내는 것을 좋아하며 책 읽기와 대화를 즐기는 상대를 구함. 원예 취미와 자연 사랑을 공유하는 사람이어야 함. 저널리즘이나 출판 쪽에 종사하는 분에게 점수를 더 줄 예정.

나이_ 30대 초반

사는 곳_ 매사추세츠 애머스트

외모_ "나는…… 굴뚝새처럼 작고 머리는 밤송이처럼 민둥민둥하며, 내 눈은 손님들이 남기고 가는 잔에 든 셰리주 같은 색이에요."

여가 시간은 이렇게_ 정원 가꾸기(봄 식물들이 활짝 피어나는 모습을 지켜보는 것보다 더 행복한 일은 없어요)와 빵 굽기(코코넛 케이

223

크를 제일 좋아해요).

내게 이상적인 데이트란_ 멋진 동행, 그리고 내가 기르는 뉴펀들랜드 종 개 카를로와 함께 숲속이나 들판을 천천히 걸으면서 야생화를 따는 것.

나에 관해 아무도 모르는 사실_ 내가 친구들과 지인들에게 특별한 날 시를 써 보내는 건 다들 알고 있지만, 아무도—심지어 내 여동생도—내가 거의 날마다 시를 한 편씩 쓴다는 건 모르고 있어요. 공책에 옮겨 쓴 다음 실로 엮은 것도 한 뭉치 되고, 그동안 쓴 걸 다 합치면 천 편이 넘는데, 앞으로 죽기 전까지 몇 편이나 더 쓸지 누가 알아요.

자주 가는 곳은_ 자정과 새벽 2시 사이, 손전등을 들고 정원의 꽃을 돌보고 있을 거예요. 맞아요, 흔치 않은 그림이죠. 하지만 나처럼 숫기 없는 사람들에겐 수다스러운 이웃이나 그냥 지나가는 사람들과 마주치는 어색한 상황을 모면할 수 있는 유일한 시간대인 걸요.

내 스타일은_ 심플함. 저희 집이 풍족하고 저도 이 동네에서 차림새가 제일 세련된 여자 중 하나이지만, 제 생각에 패션이란 그리 대단한 게 아닌 것 같아요. 그리고 어차피 저는 집에만 있는데, 옷장에 옷을 잔뜩 채워놓은들 무슨 의미가 있겠어요? 대신 저에겐 단순한 디자인의 흰 드레스가 일곱 벌 있고, 그걸로 일주일을 돌아가며 입을 수 있지요.

파리에서의 열애

이디스 워튼

인생을 편안하게 해주는 남자를 사랑하는 게
과연 좋은 일인지 모르겠어.
나는 인생을 흥미롭게 만들어주는 남자를
사랑하고 싶어.
_이디스 워튼, 「나무의 과일The Fruit of the Tree」

소설가 이디스 워튼은 마흔이 넘어서야 첫 베스트셀러 소설 『기쁨의 집』을 발표하고 파리로 건너가 새 삶을 찾는 등 자신의 진가를 발휘하면서, 남들보다 한발 늦게 인생을 꽃피웠다. 불행한 결혼생활을 참고 견뎌온 워튼은 파리에 있는 동안 악동 기질이 넘치는 저널리스트를 만나 잠자리의 신세계를 경험했고, 나중에 그를 작품 속 인물로 등장시켜 영원히 기록으로 남겼다.

"굉장히 지적이지만 살짝 의뭉스러운 구석이 있는 사람이야." 이디스 워튼이 1907년 파리의 문학 살롱에서 만난 근사한 미국인 신문 기자 모턴 풀러튼을 두고 한 말이다. 마흔다섯 살의 소설가와 훗날 그녀의 애인이 될 저널리스트는 지적으로 대등한 상대였지만 다른 모든 면에서는 그야말로 자석의 양극이었다. 워튼은 22년 넘게 비참한 결혼생활에 갇혀 살고 있던 상류층 계급의 강직한 기혼녀였고, 풀러튼은 추잡한 과거를 숨기고 있는 천하의 바람둥이였다.

뉴잉글랜드 지역의 존경받는 가문에서 태어나 하버드대학을 졸업한 풀러튼은 프랑스어를 유창하게 구사했고 다독가인데다 파리의 문학, 출판계에서 발이 넓었다. 그러나 콧수염을 멋들어지게 가꾼 이 카사노바의 그럴듯한 배경 뒤에는 온갖 비행을 저지르고 다닌 과거가 숨어 있었다. 프랑스인 오페라 가수와 결혼했다가 파란만장한 1년을 보내고 결국 이혼한 풀러튼은 곧장 옛 애인과 동거를 시작했고, 워튼에게 접근했을 때도 사실 그녀와 동거중이었다. 그뿐 아니라 파리에 정착하기 전 런던의 상류층에 파고들어 남자 여자 가릴 것 없이 귀족들과 화끈한 연애를 즐긴 시기가 있었는데, 그 과거는 훗날 그의 발목을 잡는 덫이 된다.

워튼과 풀러튼은 서로에게 매력을 느꼈음에도 1년 넘게 기다렸다 잠자리를 갖긴 했지만, 워튼이 무장 해제하고 이 저널리스트와 친해지는 데는 그리 오래 걸리지 않았다. 그녀가 먼저 나서서 "수다나 떨자"며 그를 저녁식사에 초대하는가 하면, 2년 전 그녀의 이름을 문학계에 제대로 알린 소설 『기쁨의 집』의 프랑스어판 번역원고를 감수해달라고 부탁하는 수법으로 자연스럽게 접근했다.

소설 속 비운의 주인공 릴리 바트처럼 워튼의 인생도 20세기 초 최상류층을 지배했던 숨막히는 불문율에 억압당한 채 속절없이 흘러갔다. 대호황의 '도금 시대Gilded Age'*에, 그것도 '존스네 따라잡기keeping up with the Joneses'**라는 관용구의 연원인 존스 가문에서 태어난 그녀는 작가가 되고픈 욕망과 인습에 부합해야 한다는 압력 사이에서 갈등하며 괴로워했다. 그 정도 지위의 여성들에게 지워진 1차적인 의무는 좋은 상대를 만나 결혼하고 가정을 잘 꾸려나가는 것이었다. 여자가 글을 쓰다니, 당시 사회 분위기로는 가당치도 않은 일이었다. 워튼은 그러한 분위기를 그녀의 자서전 『뒤돌아보며A Backward Glance』에서 이렇게 묘사

●　마크 트웨인의 소설 『도금 시대』에서 유래한 표현으로, 미국 남북전쟁 후 물욕이 지배하며 사회 부정이 만연했던 19세기 말의 대호황 시대를 일컫는다.
●●　일상에서 '남에게 뒤지지 않으려 애쓰다'라는 뜻으로 쓰이는 말인데, 여기서 '존스네'가 이디스 워튼의 부친 가문을 뜻한다는 설이 있다.

했다. "그런 고루한 분위기가 지배하는 사회에서는 글쓰기를 여전히 흑마술과 막노동 중간쯤 되는 몹쓸 짓으로 취급하는 시선이 있었다."

워튼의 그 "가당찮은" 문학적 열망이 그녀가 스무 살 때 당한 파혼의 원인이라고 사람들은 수군댔다. 문단에 시 일곱 편을 발표했을 뿐인데, 그것이 예비 시어머니가 보기에는 파혼의 정당한 사유가 됐나보다. 한 가십성 잡지는 파혼 사유가 "신부측의 지성이 훨씬 우월한 것으로 보여서"라고 지껄였다.

스물셋의 나이에 노처녀가 될 암울한 운명을 눈앞에 둔 워튼은 부모가 적당한 상대로 골라준 오빠의 친구와, 마치 성가신 짐 떠넘겨지듯, 결혼했다. 테디 워튼Teddy Wharton은 명문가 출신의 보스턴 토박이로, 이디스보다 열세 살 연상이었고 당시 유행을 따라 직업 없이 무위도식했다. 부유한 가문 출신이라는 배경과 여행을 좋아한다는 점을 제외하면 두 사람 사이에 공통점이라곤 하나도 없었다. 처음부터 결혼생활은 테디 쪽 집안의 정신병력으로 인해 힘겹게 출발했다. 테디는 쾌활하고 다정했지만 그의 성정이나 지성은 아내의 영리함과 창의성, 활기와 견줄 바가 못 되었고, 그래서 둘은 갑갑하고 만족도 없는 관계를 간신히 유지해갔다.

서로 가장 안 맞는 부분은 속궁합이었다. 워튼은 결혼 당시 섹스에 대해 철저히 무지했던 탓에 순진한데다 약간은 겁을 먹은 상태였고, 부부가 육체적으로 관계를 맺기 시작한 것도 신혼여행을 다녀오고 몇 주가 지나서였다. 1907년 부부가 겨울휴가를 보내려고 파리로 갔을 때쯤 부부 사이는 더이상 악화되기도 힘들 정도로 위기를 맞고 있었다. 이불 속 사정이 냉랭하고 자식까지 없는 것에 더해 남편의 외도와 점점 심해지는 정서 불안, 그리고 재산의 부실한 관리(아내의 자산에서 5만 달러를 횡령해 애인에게 집을 사주는 데 썼다고 나중에 테디가 자백했다), 이 모든 것이 그녀에게 서서히 정신적 타격을 주었다.

그런 와중에 파리생활은 워튼에게 청량음료 같았고, 자유분방한 그 도시생활 속으로 그녀는 물 만난 물고기처럼 뛰어들었다. 풀러튼과의 관계는 괴로운 결혼생활로부터의 일시적 도피와 평생 기다려온 불꽃튀는 성 경험이라는 두 가지 선물을 안겨주었다. 첫 관계를 갖기 전에도 벌써 그와 한방에 있는 것만으로 "후끈한 파도"가 몸을 훑고 지나가는 것 같았다고 그녀는 훗날 고백했다.

풀러튼과 어울리기 시작한 지 몇 달이 지났을 때 둘의 관계가 흥미로운 국면을 맞았다. 여름의 초입에 들어 미국으로 돌아가기 전 워튼은 풀러튼에게, 매사추세츠주 버크셔산에 있는 그녀의 별장 '마운트'에 오면 자기를 만날 수 있다고 귀띔하고서 떠났다. 그해 가을 풀러튼은 별장에 찾아와 이틀을 묵으면서 워튼의 초대로 그곳에서 지내고 있던 다른 손님들과 실컷 어울려 놀다가 돌아갔다. 그가 다녀간 뒤 워튼은 '또 다른 삶'이라고 제목을 붙인 일기장('연애 일기'라고 부르기도 했다)에 그를 향한 감정을 쏟아놓았다. 익명의 상대에게 보내는 친밀한 편지 형식으로 쓴 일기였다.

다시 파리로 돌아간 워튼은 풀러튼에게, 저녁식사나 티타임에 초대하거나 오페라에 동행해달라는 식의 은근한 뉘앙스를 담은 쪽지를 수차례 보냈다. 마지막 남은 심리적 방패마저 던져버린 그녀는 마침내 자신의 감정을 솔직하게 인정하고, 그와 함께 파리 근교의 어느 시골 여인숙으로 달려가 밤을 함께했다. 두 사람이 어울리는 무리가 거기서 거기였던지라 워튼은 지인들에게, 그리고 당연히 남편에게도 외도를 발각당하지 않기 위해 무진 애를 썼다. 두 연인은 극장에서 비밀스럽게 만나, 음식 맛은 그저 그렇지만 지인을 마주칠 확률은 낮은 외딴 동네의 레스토랑으로 이동해 은밀히 데이트를 즐겼다.

보수적이고 내성적인 워튼도 풀러튼과 있을 때만은 방어벽을 완전히 허문 채 자신을 마음껏 드러냈고, 난생처음 마음과 몸이 짜릿해지는 로맨스를 경험했다. 워튼은 풀러튼이 자신을 "평생의 무기력 상태, 인습의 족쇄에 잡혀 순종하며 사는 삶"에서 깨어나게 해줬다며 고마워했다. 딱 한 번 풀러튼에게 보여준 연애 일기에는 그를 "내가 유일하게 맛본 진짜 살아 있는 순간을 선물해준" 사람이라고 한껏 찬양한 구절도 있었다.

여름이 시작될 무렵 다시 미국에 귀국한 워튼은 풀러튼이 갑자기 편지에 답장을 안 하기 시작하자 크게 상심했다. 눈에 안 보이면 마음에서 멀어지는 게 당연하다는 식의 그런 태도는 새로운 면모가 아니었지만, 이번에는 알고 보니 풀러튼이 답신을 하기에는 다른 문제에 너무 정신이 팔린 상태였다. 전 애인이 그의 과거 동성애 편력을 함구해주는 대가로 현금을 요구한 것이었다. 풀러튼은 결국 협박받고 있다는 걸 워튼에게 털어놓았고—그러나 동성애 편력은 끝까지 감추었다—워튼, 그리고 둘 다의 친구인 헨리 제임스가 그를 돕기 위해 나섰다. 워튼과 제임스는 그들의 책을 낸 적이 있는 출판사를 설득해 풀러튼과 계약을 맺도록 주선했고, 풀러튼이 돈을 주고 협박범을 떼어버릴 수 있도록 워튼이 뒤에서 조용히 선금을 대주었다.

그러나 풀러튼은 동성애 전적 말고도 더 추잡한 비밀을 숨기고 있었다. 그 때문에 워튼은 자신도 모르는 사이 삼각관계에 다리를 걸친 꼴이 되었다. 그로부터 1년 전쯤 미국에 다녀가면서 풀러튼은, 갓난아기일 때 그의 부모가 수양딸로 입양해 길러서 사촌동생이나 마찬가지인 캐서린에게 청혼을 하고 갔더랬다. 사기꾼에 호색한인 풀러튼은 동시에 두 여자와 사귀고 있었고, 캐서린이 자꾸 자리를 비우는 약혼자를 찾아 대서양 건너 파리로 오면서 두 여자는 서로 만나게 되었다.

워튼은 풀러튼과 그의 '여동생'의 관계를 아마도 모르고 있었을 터였고, 캐서린도 유명한 소설가 이디스 워튼이 약혼자의 정부라는 것을 까맣게 몰랐다. 두 여인은 파리에서 적어도 한 번 이상 함께 소풍을 갔고, 풀러튼도 뻔뻔하게 동행했다. 워튼은 상냥하게도 캐서린이 쓰고 있는 시에 대해 조언까지 해주었다.

결과부터 말하자면, 풀러튼은 한 번 바람둥이는 영원한 바람둥이라는 가설이 틀리지 않다는 것을 몸소 보여주었다. 캐서린은 이제나저제나 풀러튼을 기다렸지만, 기다리다 지쳐 다른 사람과 결혼해버렸다. 한편 워튼을 향한 그의 헌신과 열성은 예상대로 무관심과 냉대로 돌변했고, 상처 입은 워튼은 그와 성관계가 끝날 때마다 자신이 "순서대로 서빙되고 치워지는 코스 요리가 된 것 같다!"고 하소연했다. 풀러튼의 그런 무신경한 대접에도 불구하고 워튼은 한동안 그와의 관계를 끊지 못했고, 나 좀 만나달라고 애원하다가 왜 나한테 그렇게 막 대하냐고 그를 질타하길 반복했다. 그러다 마음이 약해진 순간에는 애인의 변심을 자기 탓으로 돌리면서 이런 애처로운 편지도 써 보냈다. "내가 더 젊고 예뻤더라면 상황이 지금과는 달랐겠죠."

무신경한 순간이 열정적인 순간보다 많아지고 그녀에게 무반응으로 일관하는 일이 점점 잦아지자, 워튼도 결국 그를 향한 마음을 접었다. 둘의 사이가 돌이킬 수 없이 허물어지자, 풀러튼에게 "내 삶은 당신을 만나기 전이 더 좋았어요"라고 모질게 말하기도 했다. 풍랑 같았던 2년의 연애가 미지근한 우정으로 식어버린 후, 워튼은 풀러튼에게 자기가 그동안 보낸 편지들을 전부 파기해달라고 부탁했다. 하지만 수차례나 미덥지 못하게 굴었던 풀러튼은 부탁을 들어줄 것처럼 대답해놓고 그녀를 또다시 배반했다. 워튼이 보낸 편지 뭉치는 1980년, 유럽의 한 서적상이 자신의 수중에 있다고 발표하면서 겨우 수면 위로 떠올랐다. 300통이 넘는 워튼의 서한은 그녀가 신중하게 구축해 사람들에게 보여준, 내성적이고 냉정한 여성의 페르소나와 백팔십도 다른 인간을 보여준다. 현대적이고 다면적이면서 열정적인 여성이라는 또다른 모습이 감춰져 있었던 것이다. 풀러튼과 애절한 사랑을 나누었고 그 사랑이 그녀의 인생에 특별한 의미를 갖게 됐는데도 불구하고, 워튼은 다시는 그 얘기를 입에 올리지 않았고 심지어 자서전에도 그에 대해 한마디도 쓰지 않았다.

자기밖에 모르는 풀러튼은 워튼에게 "나와 사귄 경험 덕분에 앞으로 더 좋은 소설을 쓸 수 있을 테니" 이 연애에서 그녀가 득을 보는 셈이라고 말한 적도 있었다. 두 사람이 헤어지고 1년쯤 지났을 무렵, 워튼은 6주 동안 은둔하면서 오로지 글만 썼고, 『이선 프롬』이라는 작품을 들고 돌아왔다. 소설의 줄거리는 뉴잉글랜드 출신의 한 농부가 병약하고 나이든 여자와 결혼했지만 활기 넘치는 아내의 사촌과 사랑에 빠진다는 내용이다. 이선에게 결혼은 감옥이며, 그의 은밀한 연애도 비극적 결말을 맞는다. 이런 보답받지 못한 사랑은 워튼의 작품에 반복해서 등장하는 주제로, 풀러튼과의 연애가 끝나고 10년이 흐른 뒤에도 여전히 그녀의 머릿속을 지배했다. 1921년 퓰리처상 수상의 영예에 빛나는 소설 『순수의 시대』에서도 주인공 뉴랜드 아처는 올렌스카 백작부인을 향한 뜨거운 열정을 포기하고 가족에 대한 도리를 지키는 쪽을 택한다.

풀러튼도 워튼의 또다른 소설 『암초』의 등장인물인 외교관 조지 대로의 모델이 됨으로써 문학작품에 자신의 존재를 새겼다. (그는 워튼과 사귈 당시에는 그녀에게 야한 시를 쓰도록 부추기기도 했다고 한다.) 가벼운 외도와 그것이 프랑스에서 지내는 네 명의 미국인에게 미치는 여파를 줄거리로 한 『암초』는 워튼의 소설 중 가장 자전적 성격이 강한 작품이다. 발표 후 판매도 부진했고 혹평이 줄을 이었는데, 〈뉴욕 타임스〉는 심지어 "씁쓸하고 기분 처지는 추잡한 이야기"라고 평가 절하했다.

그러나 늘 든든한 버팀목이었던 친구 헨리 제임스는 『암초』의 작품성을 인정해주었고, 워튼에게 이번 작품이 "당신이 지금까지 쓴 것 중 가장 훌륭한 작품"이라고 칭찬해주었다. 그보다 10년 앞서 제임스도 풀러튼을 지켜보면서 영감을 얻어 자신의 소설 『비둘기의 날개』에 그를 모델로 한 인물을 등장시킨 적이 있었다. 소설 속 인물 머튼 덴셔는 잘생기고 머리 좋은 저널리스트로, 비열한 짓을 저지르지만 결국에는 양심적인 선택을 내린다.

1913년 결혼이 완전히 파국을 맞은 후 워튼은 버크셔의 별장을 팔고 파리에 정착한다. 그녀가 "내 인생의 사랑"이라고 부른 풀러튼과 찰나의 사랑을 나누는 동안 "행복한 여자들의 기분"을 알 것 같다고 고백한 바로 그곳에서, 그녀는 생을 마감했다.

도로시 파커는
마음이 아플 때마다 농담을 했다
상처받은 여자의 혀는 칼이 된다

"내가 남자에게 바라는 건 단 세 가지다. 잘생기고, 배짱 있고, 멍청한 것." '앨곤퀸 라운드테이블Algonquin Round Table'●의 여장부 원로 멤버이자 재즈 시대의 풍자 작가 도로시 파커가 농담처럼 내뱉은 한마디이다. 그런 낮은 기대치가 매번 연애를 실패로 돌아가게 하는 데 틀림없이 한몫했을 것이다. 결혼이 세 차례나 실패로 끝났으며(그중 두 번은 같은 남자와 한 결혼이었다) 처음부터 끝이 보였던 연애도 여러 번 있었고, 심지어 자살 기도마저 몇 차례 했으니 파란만장한 연애사라 할 수 있다.

주정뱅이 싸움꾼에 모르핀 중독자였던 첫 남편과 결혼한 상태에서 파커는 유부남 극작가와 사랑에 빠지고 곧 임신까지 해버렸다. 야비한 애인은 30달러를 주면서 애를 떼라고 했고, 그걸로도 모자라 앞으로 다시는 만나지 말자고 했다. 그것으로 끝났으면 다행이었을 텐데, 파커는 자신이 처음부터 그에게 농락거리에 불과했다는 것을 알게 되었다. "내 달걀을 한 놈한테 다 쏟아부은 대가를 치르는 거지, 뭐." 상처받은 작가는 이렇게 농을 쳤지만, 그 상처가 깊었는지 손목을 그어 자살을 기도했다.

앨런 캠벨과의 두번째 결혼도 첫번째 결혼보다 크게 나을 게 없었다.

● 1919년부터 대략 1929년까지 매일 앨곤퀸호텔에 모여 점심식사를 함께하면서 재담을 나눈 뉴욕의 저명한 작가, 비평가, 배우 들의 모임.

두 사람은 희곡 작품을 공동 집필하는 일에서는 죽이 잘 맞았지만, 타자기 앞을 제외한 다른 곳에서는 손발이 안 맞아도 그렇게 안 맞을 수가 없었다. 술에 취해 벌이는 아슬아슬한 언쟁과 점점 잦아지는 별거가 결혼생활의 일관된 테마가 되었고, 파커는—남편이 게이인 것을 숨겨왔다며 동네가 떠나가라고 비난하더니—급기야 다른 남자에게 한눈을 팔기 시작했다.

부부는 결국 1947년에 관계가 끝났음을 선언했지만, 그래놓고 3년 뒤 재결합했다. 두 사람의 데자뷰 같았던 결혼 피로연을 회상하며 파커는 또 이렇게 농을 쳤다. "연회장이 몇 년간 서로 말도 안 한 사람들로 꽉 들어찼더라고요. 신랑 신부도 포함해서요." 앨런과의 두번째 결합도 먼젓번만큼 영 불안하게 흘러갔고, 부부는 거의 대부분의 시간을 서로 최대한 멀리 떨어져 각각 대륙의 반대편 해안에서 보냈다. 한집에서 지낼 때면 앨런은 파커의 괴롭힘을 피해, 비밀 스프링 장치로만 열수 있는 회전책장 뒤의 자기 방에 틀어박혀 지냈다. 1963년 6월에 파커가 남편의 사체를 발견한 것도 그 방이었다. 사인은 세코날 남용인 것이 거의 분명해 보였다.

장례식에서 파커는 평소 그녀가 싫어했던 여자가 걱정스러운 마음에 뭐 도와줄 건 없냐고 묻자, 새 남편감 그리고 호밀빵에 햄을 끼운 샌드위치 하나만 가져다달라고 이죽거렸다.

5장

한 명으로는
모자란
당신

두 찰스 디킨스 이야기

찰스 디킨스

저의 아버지는 고약한 분이셨어요—아주 고약한 분.

_케이티 디킨스

빅토리아 시대 소설가 찰스 디킨스는 가족의 전통적인 가치를 최고로 치는 평소의 모습 뒤로 아무도 모르게 이중생활을 누리고 있었다. 오랜 세월 고생시킨 아내와 별거하게 된 이후로 그는 나이가 자기의 반밖에 안 되는 새파란 여배우와 만나 머나먼 외지로 여행을 갈 때마다 행선지를 비밀에 부치곤 했다.

"런던 전체가…… 디킨스와 모 여배우를 둘러싼 소문으로 한동안 떠들
썩했다. 그리고 마침내 그가 소문의 여배우와 함께 불로뉴*로 사랑의
도피를 감행한 사실이 확인됐다." 1858년 6월 〈뉴욕 타임스〉에 실린 기
사의 일부다. 가십 주간지 스타일로 '사랑의 도피 행각'을 폭로한 이 기
사의 내용은 사실무근으로 밝혀졌지만, 22년을 이어온 디킨스의 결혼
이 결국 파국을 맞으면서 그의 애정사를 둘러싼 소문은 더욱 기승을
부리며 들끓었다.

　그가 아홉 자녀의 임시 가정교사 역할을 맡아온 처제 조지나 호가스
Georgina Hogarth와 그렇고 그런 사이라는 소문도 있었다. 디킨스가 조지
나뿐 아니라 아내의 다른 여동생에게도 강한 호감을 갖고 있었던 것은

●　　파리 외곽의 도시.

사실이지만, 두 처제와의 관계는 순수한 선을 넘지 않았다. 이 불쾌한 암시를 풍기는 소문은, 디킨스 부부가 안 좋게 갈라선 후 조지나가 끝까지 형부 편을 들자 디킨스의 장모가 퍼뜨린 것이라는 설이 있다. 소문을 잠재우고 자신의 명예를 지키기 위해 조지나는 치욕적인 처녀막 검사까지 받아야 했다.

디킨스가 아내 캐서린과 별거에 들어간 뒤 휩싸인 온갖 추문들은 순전히 그가 자초한 것이었다. 그냥 말을 아끼면 될 것을, 아내와의 별거 합의가 아주 원만하게 이루어졌노라고 상황을 미화하려 했다. 그러더니 또 공식적으로 발표한 장문의 성명서에는 별거 이유가 해소 불가능한 성격 차이라고 써놓았다. 장장 20년간의 결혼을 끝내면서 내놓은 사유치고는 다소 궁색한 느낌이 있었다.

이런 어설픈 사탕발림은 역효과를 일으켜, 디킨스 부부의 결혼생활에 관심이 없던 이들까지 뒤에서 수군거리게 만들었다. 교훈적인 작품들로 세상의 존경을 얻은 인물이 아내와의 별거라는, 빅토리아 시대에는 언감생심 꿈도 꿀 수 없었던 행위를 저지른 것에 대해 대중은 말할 수 없이 큰 충격을 받았다.

또다른 충격은 디킨스가 지극히 사적인 일을 가지고 공식 성명서를 발표한 것이었다. 그는 평생의 상처가 된 일을 가족들에게조차 철저히 숨길 정도로 좀처럼 속내를 드러내지 않는 사람이었다. 열두 살 때 부모가 빚쟁이 감옥debtors prison*에 투옥되는 바람에 학교를 그만두고 구두 공장에서 검댕이 작업(구두에 광 내는 작업)을 해야 했던 시기가 있

* 　19세기 중엽까지 서유럽 국가들에서 운영된 시설로, 채무자들을 가둬놓고 노동으로 빚을 갚게 한 감옥.

었다. 그때 겪은 수모와 외로움이 남긴 상처는 대중에게 사랑받고 추앙받고 싶다는 평생의 욕구에 불을 지폈다. 그런 사람이 그토록 소중한 명성에 먹칠을 하면서까지 스스로 추문에 휘말린 것을 보면, 얼마나 절박하리만치 불행했는지 십분 짐작이 간다.

디킨스와 아내 사이를 돌이킬 수 없이 멀어지게 만든 요인이 무엇인지에 대해서는 의견이 분분하지만, 아마도 결정적인 계기는 젊은 여배우 엘런 넬리 터넌Ellen Nelly Ternan에게 갔어야 할 팔찌를 실수로 캐서린에게 전달한 어리숙한 보석상이 제공한 것으로 알려져 있다. 열여덟 살밖에 안 된 여배우 넬리 양을 향한 디킨스의 관심은 바로 전해에 디킨스의 친구 윌키 콜린스가 무대에 올린 작품 〈얼어붙은 대양The Frozen Deep〉에 두 사람이 함께 출연하면서 싹텄다.

사실 디킨스는 작가가 되기 전에 전업배우가 될 뻔했는데, 그 시기에는 연극에 대한 일생의 열정을 가족과 친구들을 동원해 아마추어 작품을 직접 연출하고 무대에 서는 것으로 해소했다. 그러나 자기 집에 직접 세운 소규모 무대에 올린 그 작품들과는 다르게 〈얼어붙은 대양〉은 정식으로 콘서트홀에서 상연되었고, 그래서 전문 여배우들이 필요했다.

터넌 가문은 지역 연극 애호가들 사이에서 꽤 이름난 집안이었는데, 〈얼어붙은 대양〉의 여자 배역들이 주로 이 터넌가 여자들에게 돌아갔다. 넬리 터넌은 바로 전 작품인 단막 희극에도 여주인공으로 출연했는데, 해학적인 동시에 (디킨스가 연기한) 나이든 남자가 (넬리가 연기한) 그의 피후견인과 사랑에 빠진다는 내용으로 예언적인 성격을 띤 연극이 되어버렸다. 〈얼어붙은 대양〉의 리허설이 진행되는 동안 이 파란 눈에 금발의 여배우는 재치와 매력, 그리고 듣기 좋은 감언으로 디킨스를 사로잡았다. 똑똑하고 생기 넘치는 넬리는, 열세 차례의 임신(그중 몇 번은 유산했다) 이후 몸매도 육중해지고 움직임도 둔해진 아내와 살고 있던 디킨스에게 분명 신선한 자극이었을 것이다. 아내 캐서린은 원래도 활력이나 지성 면에서는 디킨스에게 대등한 상대는 아니었지만, 산후우울증으로 남편과의 사이가 점점 멀어지고 말았다.

거의 조증 수준으로 기운이 넘치는 디킨스는 잠을 몇 시간 안 자고도 팔팔했고 몸이 조금 아파도 대수롭지 않게 넘기곤 했는데, 그래서인지 아내를 점점 더 못 참아주게 되었다. 한때 귀엽게 보였던 캐서린의 부산스러움이 이제는 혐오스럽게만 보였다. 심지어 한번은 아내가 "여자가 닮을 수 있는 최대한으로 당나귀와 닮았다"고 투덜거린 적도 있다. '귀여운 생쥐'니 뭐니 하며 애칭으로 부르던 시절과는 천양지차였다.

처음부터 캐서린을 향한 디킨스의 애정은, 그가 배고픈 무명작가였던 시절 그를 거부했던 첫사랑 마리아 비드넬Maria Beadnell에게 품었던 감정에 비하면 뜨뜻미지근한 수준이었다. 그러다 풋풋한 넬리가 등장하자 마흔다섯 살의 문호는 청년 시절 불태웠던 뜨거운 감정이 되살아남을 느꼈다. 빅토리아 시대의 남자들도 중년의 위기는 당해낼 수 없나보다. 디킨스는 영국 어느 구석이든 마다않고 쫓아다니며 새로운 열정의 대상에게 구애했고, 그를 당대 최고의 인기 작가로 만들어준 동력인 그 지독한 집념으로 그녀의 마음을 얻으려 했다. 양심의 가책을 덜기 위해 그는 캐서린과의 결혼은 처음부터 안 될 운명이었다고 스스로를 세뇌시켰다. "불쌍한 캐서린과 나는 애초에 서로에게 어울리는 상대가 아니었고, 이제 와서 나아질 희망도 없어. 지금 무너지고 있는 모습은 내가 오래전부터 예상했던 거야." 절친한 친구이자 훗날 디킨스의 전기를 쓰게 되는 존 포스터에게 이렇게 한탄하기도 했다.

가난하고 힘없고 탄압받는 자들의 숭고한 대변자로 추앙받은 사람치고 디킨스가 아내를 대우하는 방식은 잔인하기 그지없었다. 일언반구 예고도 없이 어느 날 갑자기 부부 침실과 자기 드레스룸 사이에 가림막을 치더니, 그 드레스룸을 자기 침실로 만들어버렸다. 캐서린은 그렇게 된 것을 집안 하인들이 알려줘서 알았다.

얼마 후 딸 케이티 디킨스는 펑펑 울고 있는 엄마를 발견했다. 사정인즉슨, 침실 분리 사건과 잘못 배달된 팔찌 사건이 있고서 곧 캐서린은 남편에게서 터넌가에 방문하라는 지시를 받았다. 소문을 잠재우고 대중에게 두 여자가 친하다는 인상을 심어주기 위한 조작 시도였다. 아버지가 어머니를 대하는 잔인한 방식에 분개한 케이티는 아버지의 외도가 "본인의 최악의 본모습—가장 나약한 부분— 을 드러내 보였다. 아버지는 가족이 어떻게 되든 전혀 신경도 안 썼다"고 쓰디쓰게 토로했다.

1858년 봄에 상황은 마침내 임계점에 이르렀고, 캐서린은 마지못해 자신이 집을 나가기로 합의했다. 당시는 이혼까지 이르는 것이 거의 불가능한 시대였고, 그래서 디킨스 부부는 공식적으로 별거에 들어갔다. 디킨스는 캐서린이 나가서 따로 살되 사교모임에는 아내 자격으로 계속 동반해주기를 바랐지만, 캐서린은 그런 모욕적인 제안을 단칼에 거절했다. 디킨스는 가정적인 남자라는 이미지를 어떻게든 고수하기 위해, 굳이 자녀들을 데리고 살겠다고 고집했다.

별거와 양육권 차지로는 성에 안 찼는지, 디킨스는 캐서린이 정신병을 앓고 있으며 그리 좋은 엄마가 아니었다고 공개적으로 비난해 고통을 가중시켰다. 캐서린에게 마지막 결정타는 여동생이 바람피운 남편의 편을 들어주고 그 집에 들어가 안주인 역할을 하기 시작한 것이었다. 그토록 매정한 대접을 받았는데도 캐서린은 디킨스와 연애를 시작한 무렵부터 그가 보낸 편지들을 전부 소중히 보관하고 있었다. 숨을 거두기 전 그녀는 "그가 나를 한때나마 사랑했다는 걸 온 세상이 알 수 있도록" 그 편지들을 출판해달라고 유언했다.

골치 아픈 별거 상태가 해결되자 드디어 디킨스는 사사로운 문제를 접어두고 새 작품의 집필에 들어갈 여유가 생겼다. 『두 도시 이야기』는 2년 전 넬리를 만난 후 처음으로 집필에 들어간 장편소설이었는데, 여자 주인공의 외모가 애인인 넬리의 외모와 무척이나 비슷했다. 이렇게 작품 속에서 존재를 넌지시 암시한 정도가, 디킨스의 삶에 그녀가 아직 머무르고 있었다는 몇 안 되는 실질적 증거 중 하나다. 1859년 8월 10일 무대에 선 것을 마지막으로 넬리는 종적을 감추다시피 했으니까. 넬리가 디킨스의 관계를 13년 넘게 이어갔고 또 디킨스가 일생 동안 가장 사랑한 여인인 것도 맞지만, 그녀의 존재는 의도적으로 그리고 아주 철저히 그의 인생 기록에서 삭제되었다. 디킨스는 작품 속의 모든 문학적 장치를 신중하게 계산해 심었던 것과 마찬가지로 자신의 '독신남' 이미지도 아주 철저히 계산해서 보여주었다.

매년 모닥불 행사가 있을 때마다 그는 자신의 비밀을 불에 태워 연기와 함께 날려보냈다. 넬리의 편지를 모조리 불태워 그녀와 주고받은 말이 한마디도 세상에 새어나가지 않도록 했다는 뜻이다. 디킨스의 친구, 그것도 넬리를 잘 아는 친구인 포스터가 썼고 디킨스의 기록물 중 꽤 영향력 있는 전기에서조차 그녀는 단 한 번도 언급되지 않았다. 그나마 보존된 몇 통의 서한과 분실됐던 디킨스의 일기장 중 한 권에서 발견된 암호 메시지, 그리고 가까웠던 지인들이 기록한 일화들에서 희미하게 느껴지는 그녀의 존재를 읽으면서 겨우 두 사람의 관계가 지속됐음을 짐작할 수 있을 뿐이다.

이렇듯 정교한 디킨스의 사기극은 주로 그가 넬리와 사귀기 시작했을 무렵 갑자기 추진한 대규모 낭독회 덕에 가능했다. 기차로 전국을 돌아다녔기에, 곳곳에 비밀 보금자리를 마련해 애인이 머물 수 있게 해둔 뒤 낭독회를 빙자해 돌아다니며 틈틈이 그녀와 조우할 수 있었던 것이다. 1860년대 초에는 특히 여러 차례 해협을 건너 대륙을 오가느라 낭독회 스케줄이 간간이 중단되기도 했다. 당시 넬리가 외국에 머물고 있었다는 얘기가 있다. 소문에 의하면 두 사람 사이에 태어난 아기의 존재를 숨기려고 프랑스로 건너갔다고 하는데, 아기는 영아기를 넘기지 못하고 죽었다고 한다.

1865년 여름, 디킨스가 넬리와 그녀의 어머니를 동반해 프랑스에서 고향으로 돌아오던 중 세 사람은 세간의 이목을 크게 집중시킨 대형 열차사고를 당한다. 충격은 받았지만 기적적으로 몸은 다치지 않은 디킨스는 (한쪽 팔이 부러진) 애인과 그녀의 어머니를 안전한 곳에 데려다놓고, 탈선한 열차가 추락한 깊은 협곡으로 내려가 부상자들과 죽어가는 사람들을 돌보았다. 그리고 아슬아슬하게 매달려 있는, 자신이 탔던 열차칸으로 기어들어가 그가 쓴 마지막 소설 『우리 모두의 친구Our Mutual Friend』의 원고를 꺼내왔다. 걷잡을 수 없는 혼돈과 하이에나떼처럼 달려드는 언론들 틈에서도 그는 기를 쓰고 동행인들의 정체를 극비로 하는 등, 혼자 있었던 척 위장하는 데 만전을 기했다.

위태로운 건강 상태, 그리고 사고 후 트라우마가 된 기차여행의 공포에도 불구하고 디킨스는 매진된 낭독회의 힘겨운 일정을 소화하기 위해 이전의 일상으로 돌아갔다. 낭독회에서 혼신의 힘을 쏟아붓는 강렬한 연기를 수차례 반복한 것이, 열차사고를 당하고 5년 뒤 뇌졸중으로 급작스러운 죽음을 맞게 된 결정적 원인이었을 거라는 얘기도 있다. 처음에는 집에서 죽음을 맞았다고 알려졌는데, 최근 대두된 증거에 따르면 넬리와 함께 있다가 상태가 악화되자 부랴부랴 집으로 옮겨진 정황이 있다. 넬리는 마지막 순간을 그와 함께하긴 했지만, 웨스트민스터사원에서 거행된 장례식에 참석한 수천 명의 조문객 중에 그녀는 없었다.

디킨스의 유서가 공개됐을 때, 한동안 잊혔던 여배우 엘런 터넌이 제1상속자인 것에 많은 이들이 적잖이 놀랐다. 유산의 별 볼 일 없는 규모를 봤을 때(물론 액수가 밝혀지지 않은 돈이 수차례 암암리에 그녀에게 흘러들어갔지만), 이런 식의 간접적인 공표는 쓸데없는 추측은 불러일으키지 않으면서 디킨스의 인생에서 넬리가 소중한 존재였음을 분명히 알린 꽤 영리한 방법이었다. 그러나 연인의 죽음을 애도하며 해외에서 몇 년을 조용히 보낸 디킨스의 전前 정부 넬리는 어느 날 갑자기 역사에 재등장해 깜짝 놀랄 인생 2막을 펼쳐 보였다. 경제적으로 안정된 노처녀의 삶에 안주하는 대신, 열네 살이나 나이를 속이고 불명예스러운 과거를 깨끗이 지워버리더니 빅토리아 시대의 이상적인 부부 한 쌍이 되어 나타난 것이다. 마흔을 바라보는 나이에 성직이 보장된 목사와 결혼한 그녀는 오랫동안 염원해온 엄마가 되는 꿈을 마침내 이루었다.

넬리의 새 가족들은 그녀의 과거를 전혀 모르고 있다가, 훗날 그녀의 유품을 들여다보고서야 비로소 알게 되었다고 한다. 디킨스가 세상을 떠나고 60여 년이 지난 시점에 자서전 작가들이 그와 넬리의 관계에 대한 진실을 하나둘 폭로하자, 영국의 대중은 그들이 그토록 사랑한 영웅이 그의 부고에 실린 대로 "누구보다 진실하고, 믿음직하며, 자기희생적인" 신사가 결코 아니었다는 사실을 좀처럼 받아들이려 하지 않았다.

작가의 비밀연애
아주 사적인 사랑

어떤 작가들은 비밀연애를 짜릿한 흥분제로 사용한 반면, 또 어떤 이들은 좀더 실질적인 이유로 비밀연애를 유지했다.

스토킹의 결과

맨해튼의 부유층 백화점에서 일하던 시절, 미국의 스릴러 작가 퍼트리샤 하이스미스는 한 아름다운 금발 손님에게 한눈에 반해 그녀를 추적해 뉴저지 교외에 산다는 것까지 알아냈다. 유부녀였던 그녀를 멀리서 지켜보면서 퍼트리샤는 "신기한" 감정을 경험했고, "살인 충동에 가까운 것"을 느꼈다. 그녀는 "살인은 일종의 애정 행각, 상대방을 소유하는 행위인 것 같다"고 생각했다. 그녀의 스토킹 대상은 자신도 모르는 사이 한 편의 레즈비언 러브 스토리 『소금의 값The Price of Salt』*에 영감을 제공했다.

사이드메뉴 같은 연애

메조소프라노 가수 진 레키Jean Leckie와 사랑에 빠진 아서 코넌 도일은 의무와 열정 사이에서 갈팡질팡하며 내면의 싸움을 치러야 했다. 이혼은 애초에 생각도 안 했고—폐결핵으로 죽어가는 아내를 버리는 건 있을 수 없는 일인데다 자신의 명성에 흠집을 내기도 싫었기 때문이다—그래서 애인과

•　1952년에 사생활 보호를 위해 가명으로 발표했다가, 1990년 작가가 본인임을 밝히며 『캐롤』로 재출간했다.

은밀하게 만나기 시작했다. 그녀와는 순수한 관계라고 우겼지만, 몇몇 친척들은 격분했다. 그런가 하면 어떤 사람들, 특히 아들을 끔찍이 아끼는 그의 어머니는 밀회가 발각되지 않도록 오히려 도와주었다.

옷이 날개라더니

원래 남장을 즐겼던 블룸즈버리 그룹*의 일원 비타 색빌웨스트Vita Sackville-West**는 남자 옷을 입고 줄리언이라는 가명을 써가며 애인 바이올렛 트레퓨시스Violet Trefusis***와 비밀리에 만나곤 했다. 두 여자는 그들 때문에 오랫동안 마음고생한 각자의 남편을 버려두고 부부로 위장해서 호텔에 투숙해 사랑을 나누었고, 밤에는 남녀 커플처럼 꾸미고 파리의 마을들을 돌아다녔다.

사랑하는 엄마가

미스터리 작가들은 위장의 달인인 경우가 많은데, 도로시 L. 세이어스도 그중 하나였다. 1957년 그녀가 세상을 뜬 후 숨겨둔 아들의 존재가 세상에 드러나면서 그 점은 한번 더 입증되었다. 30년 전 있었던 짧은 만남에서 생겨난 그 아이는 아동위탁보조금으로 생계를 꾸려가는 한 친척에게 맡겨졌다. 당시 사생아를 낳는 것은 큰 스캔들이었고, 세이어스는 나이든 부모님에게 충격을 안겨줄 수 없어서 끝까지 아이의 존재를 숨겼다. 결국 부모님은 손자의 존재를 모른 채 세상을 떴다. 세이어스가 재정적으로 후원해준

●   1906년부터 1930년경까지 런던과 케임브리지를 중심으로 활동한 영국의 지식인, 예술가 모임. 중심인물들이 런던 블룸즈버리에 살았던 데서 모임명이 유래했다.
●●   영국의 시인이자 소설가. 버지니아 울프의 소설 『올랜도』의 모델로 알려져 있다.
●●●   영국의 작가이자 사교계 명사.

그 아들은 아주 오랫동안 자기 친엄마가 그저 선행을 베푸는 친척인 줄 알고 살았다.

오늘은 누구 집에서 잘까?

작가 수전 손택과 사진작가 애니 레보비츠는 15년 동안 커플이었는데, 맨해튼의 한 아파트에 각각 따로 집을 얻어 살았다. 공개적으로는 관계를 부인했지만, 둘 사이는 뉴욕에서 이미 모르는 사람이 없었다.

격정의 시대

프레더릭 더글러스

이걸 보면 내가 공정한 것을 알 수 있지 않은가.
첫 아내는 내 어머니의 피부색이었고,
두번째 아내는 내 아버지의 피부색이었으니까.

_프레더릭 더글러스

노예농장에서 대담하게 탈출하는 데 성공한 프레더릭 더글러스
는 노예제 폐지와 여권 신장을 위해 싸웠고, 대통령들에게 자문
역할을 했으며, 자서전을 세 권이나 펴냈다. 여성 동반자를 선택
하는 안목 때문에 오랫동안 논란의 중심에 있었던 그는 1884년
인종 장벽을 뛰어넘어 백인 여자와 결혼하면서 온 나라를 충격에
빠뜨리기도 했다.

열여덟 살의 프레더릭 더글러스는 1836년, 동료 노예의 배신으로 평생의 구속으로부터 탈출하기 위한 첫번째 시도에 실패하면서 감옥에 갇혔다. 2년 뒤 다시 한번 탈출을 감행했을 때는 성공했는데, 이번에는 그보다 다섯 살 연상에다 노예가 아니라 자유 신분의 개인 하녀인 약혼녀 애나 머리Anna Murray의 은밀한 조력이 있었다. 애나가 산 열차표로 탑승하고 애나가 직접 바느질해 만든 제복을 입고서 선원으로 위장한 도망자 노예 더글러스는 무사히 항구도시 볼티모어를 빠져나와 자유를 향해 북쪽으로 유유히 이동했다.

장차 노예제 폐지론자가 될 더글러스는 노예인 친모와 태어나자마자 생이별했고, 친부에 대해 유일하게 아는 사실은 그가 백인이라는 것뿐이었다. 태어나서 줄곧 대규모 농장에서 자란 그는 일곱 살 때 볼티모어의 한 가정에 그 집 아들을 돌보는 역할로 보내졌는데, 그 일을 계기로 그의 삶은 백팔십도 달라졌다.

그 집의 안주인이 더글러스에게 읽고 쓰는 법을 가르치는 특별한 수고를 해준 것이다. 자신도 모르게 더글러스를 위대한 인물로 키워준 셈이었다. 남편의 만류로 수업은 중단됐지만, 더글러스는 자기 운명을 스스로 개척하기로 마음먹고서 독학으로 문맹을 벗어났고, 이스트볼티모어 정신력 계발 협회East Baltimore Mental Improvement Society라는 기관에서 웅변술을 연마했다. 글을 읽고 쓸 줄 알았기에 회원이 될 수 있었는데, 막상 들어가보니 그곳 회원들 대부분이 자유로운 신분의 흑인 남녀였다.

탈출 후 뉴욕에 무사히 도착한 더글러스는 전언을 보내 애나를 불러왔다. 두 사람은 재회한 즉시 결혼했는데, 신부는 진한 자주색 실크 드레스에 신랑은 위장용 선원 가방에 급하게 쑤셔넣어온 정장을 입고서 식을 치렀다. 신혼부부는 매사추세츠주의 바닷가 마을인 뉴베드퍼드에 정착했다. 당시 노예사냥꾼들이 도망친 노예의 목에 걸린 현상금을 노리고 눈이 시뻘게져서 설치는 맨해튼에 비하면 그래도 꽤 안전한 지역이었다. 체포를 피하느라 본래의 성姓인 베일리Bailey를 버린 프레더릭은 더글러스라는 새 이름을 직접 지었는데, 월터 스콧의 시 「호수의 여인The Lady of the Lake」에 나오는 인물에서 따온 것이었다.

그곳에서 더글러스는 날품팔이로 일하기 시작했고, 태어나서 처음으로 일한 대가를 받았다. "첫해 겨울은 말할 수 없이 고생스러웠지만, 그렇게 행복했던 적은 없었다." 자서전 『나의 속박과 나의 자유My Bondage and My Freedom』에서 그는 당시를 이렇게 회상했다. 볼티모어에서 도망 온 지 3년이 채 안 되어 더글러스는 연설가이자 노예제 폐지 운동가로서의 소명을 발견했고, 매사추세츠 반反노예 협회에서 직책을 맡았다.

타고난 웅변가였던 더글러스는 미국 동북부 지역을 누비며 주로 백인 청중을 대상으로 힘있는 연설을 펼쳤고, 그 백인들은 노예로 사는 삶이 어떤 것인지 난생처음 경험담을 듣게 되었다. 그러나 한편으로 점점 치솟는 명성과 빠듯한 여행 스케줄은 부부관계에 큰 걸림돌이 되었다. 내향적이고 정치적 야망도 없었던 애나는 글을 읽고 쓸 줄도 몰랐고 백인들과 어울리는 것을 항상 불편해했으며, 그래서 사람이 많이 모이는 행사에 남편과 동반 참석한 적이 거의 없었다. 더글러스는 아내를 위해 가정교사를 고용했지만 별 효과가 없었고, 애나는 평생을 거의 까막눈으로 살았다.

두 사람의 셋째아이가 태어나고 얼마 후 더글러스는 혼자서 유럽 순방을 떠났다. 노예제 폐지 운동의 후원금을 모으려는 목적이었지만, 그의 정식 자서전 『프레더릭 더글러스의 인생 이야기』 출판 후 체포를 피해 피신하려는 속셈도 있었다. 자서전 출판은 더글러스의 등에 과녁을 그려놓은 것이나 마찬가지였다. 남편이 2년 넘게 해외에 나가 있는 동안 강인하고 생활력이 뛰어난 애나는 혼자 힘으로 가정을 꾸려나갔다. 혼자서 아이들을 키우고, 구두를 만들어 생활비를 댔으며, 노예제 폐지 운동에 시간과 돈을 할애하기까지 했다.

그렇게 몇 년이 흘러 더글러스가 귀국했을 때는 전혀 다른 삶이 그를 기다리고 있었다. 우선 그는 이제 자유인이었다. 해외 후원자들이 돈을 모아 메릴랜드의 노예 주인에게서 자유의 신분을 사들여준 덕이었다. 한편 외국에 나가 있는 동안 더글러스는 영국의 노예제 폐지 운동가 줄리아 그리피스Julia Griffiths를 소개받았는데, 이 만남은 후에 그의 인생에 지대한 영향을 끼친다.

줄리아는 더글러스가 창간한 반노예제 성향의 신문 〈노스 스타North Star〉지의 운영을 돕기 위해 그의 가족이 이사 간 뉴욕주 로체스터로 왔다. 그녀는 심각한 자금난에 빠져 있던 신문 경영을 되살려냈을 뿐 아니라 편집에 유용한 조언을 제공했고, 더글러스의 강연 스케줄을 조정하는 일까지 맡았다. 줄리아와 그녀의 언니 엘리자는 아예 더글러스의 집에 들어가 살면서 반노예제 집회나 연설 행사에 그와 동행하곤 했다. 줄리아와 더글러스는 나란히 팔짱을 끼고 로체스터 거리를 산책할 정도로 사이가 가까웠는데, 1850년대에 그런 광경은 사람들을 식겁하게 했다. 한번은 백인 여자와 같이 있었다는 이유로 더글러스가 길거리에서 흠씬 두들겨맞은 적도 있었다.

백인 여성과 흑인 남성이라는, 인습에 반하는 조합은 대중이 입방아를 찧어댈 좋은 먹잇감을 제공했고, 특히 엘리자가 결혼해서 더이상 표면상으로나마 여동생과 더글러스의 샤프롱chaperon● 역할을 할 수 없게 되자 소문은 더욱 들끓었다. 심지어 다른 노예제 폐지론자들조차 이 스캔들로 운동이 힘을 잃을까봐, 그리고 상대 세력에게 힘을 실어줄까봐 대중의 이목을 받는 더글러스에게 제발 줄리아와의 관계를 정리하라고 부탁했다. 비교적 관대한 견지를 보이는 미국 북부의 노예제 폐지 운동가들조차 흑인과 백인의 관계는 곱지 않은 눈으로 보는 경향이 있었다. 더글러스는 백인 친구들과의 우정이 인종 차별적인 편견을 초월

●　여성이 사교모임이나 행사에 나갈 때 동반하여 시중드는 여자.

할 수 있다고 확신했지만, 줄리아는 그의 집에서 나와 곧 영국으로 돌아갔다.

줄리아가 떠나고 얼마 후 또다른 백인 여성이 더글러스의 삶에 등장했다. 이번에도 애나는 자의와 상관없이 남편을, 그리고 때때로 자신의 집을 적이라고도 볼 수 있는 여자와 공유해야 했다. 독일 태생의 저널리스트 오틸리에 애싱Ottilie Assing이라는 여자로, 나름의 저의를 품고 더글러스 가족의 집에 나타난 것이었다. 조국 독일에서 저명한 언론의 특파원으로 활동하고 있었던 그녀는 유명한 노예제 폐지 운동가에게 인터뷰를 따내 기사를 쓰려고 그에게 접근했다. 그러나 두 사람의 첫만남은 직업상의 인연만이 아니라 사적인 인연으로까지 발전해 그후로도 28년이나 이어졌다.

아예 미국으로 이주해오고 더글러스의 두번째 회고록 『나의 속박과 나의 자유』까지 읽은 오틸리에는 노예제 폐지 운동에 대해 본격적으로 공부하더니, 악랄한 미국 노예제의 실상에 대해 독일 국민이 눈뜨게 하는 것을 자신의 소명으로 삼았다. 그녀는 자신을 더글러스처럼 자유사상을 가진 개혁 운동가로 여겼을 뿐 아니라 유대계 독일인이라는 소수자적 특징 때문에 자기만큼 더글러스에게 잘 맞는 상대는 없을 거라고 생각했다. 직접 번역하고 자국 출판을 추진한 『나의 속박과 나의 자유』 독일어판 서문에 그녀는 더글러스의 용기와 유창한 화술을 입에 침이 마르도록 칭찬했다. 또 거기에서 그치지 않고 "조각처럼 아름다운 입술"이라든가 다른 보기 좋은 신체 부위를 거론하는 등 그의 외모를 노골적으로 찬양했다.

오틸리에는 뉴저지주 호보컨에 아파트를 마련했는데 그곳에 더글러스가 자주 드나들었고, 그전에 줄리아 그리피스가 그랬던 것처럼 오틸리에도 강연 투어에 그와 동행하는 일이 잦았다. 그녀는 정치적 문제에 관해 그에게 조언했고, 연설문 작성을 돕는가 하면 그를 자신이 아는 영향력 있는 인물들에게 소개해주었다. 남북전쟁을 전후해서 두 사람은 노예제에 관한 논설—더글러스는 자신이 운영하는 신문에 싣는 글, 오틸리에는 해외 출판을 염두에 두고 쓰는 글—을 쓸 때 논조를 서로 통일시켜 쓰는 일이 많았다.

거의 20년 동안 오틸리에는 여름마다 더글러스가에 손님으로 머물렀다. 그녀는 더글러스의 아이들에게 재미난 이야기를 들려주고 더글러스가 바이올린을 연주하면 자기는 피아노 앞에 앉는 등 아주 은근하게 그의 가족 사이로 침투했다. 애나가 가사를 돌보는 동안 오틸리에와 더글러스는 정원에서 대화를 나누거나 서로에게 글을 읽어주었다. 애나는 당연히 이 침입자에게 냉담하게 굴었고, 자신이 하녀처럼 취급당하는 것에 분명 기분이 상했을 것이다. 오틸리에도 더글러스가에 처음 방문했을 때 애나를 하녀로 착각했다.

사랑에 단단히 눈먼 이 독일 출신 저널리스트는 단순히 존경받는 운동가인 더글러스의 공적인 협력자에 그치는 게 아니라 두번째 부인이 될 야심까지 품고 있었다. 그녀는 종종 애나를 업신여겼고, 더글러스와 둘이 있을 때는 애나를 향해 노예제를 인정하는 주의 경계에 있는 자유로운 주를 뜻하는 말인 "경계주"라고 경멸적으로 부르곤 했다.

더글러스는 오틸리에와의 우정이 아내를 힘들게 하는 것을 알면서도 아내의 고통에 무심하게 굴었다. 오틸리에와 어울리기 시작하고 얼마 지나지 않아 그는 친구에게 애나의 건강이 좋지 않다고 털어놓았다. 애나는 신경통을 포함해 여러 가지 질환을 앓고 있었는데, 더글러스는 자신의 행동이 아내의 병세를 더 악화시키는 것 같다고 인정했다. 그런데도 행동을 개선할 생각은 하지 않았고, 한번은 가벼운 말투로 아내가 아픈데도 불구하고 "여전히 입은 살아 있고 말도 잘해서" 그가 "남편이자 아버지로서 성질과 기질을 어떻게 개선해야 하는지" 아주 잘 가르친다고 비꼰 적도 있었다.

더글러스와 오틸리에가 같이 잤다는 결정적 증거는 발견되지 않았지만, 오틸리에는 두 사람 사이에 육체적, 감정적 친밀함을 나눴음을 암시하는 말을 했다. 더글러스와 친해지고 나서 한참 지났을 무렵 그녀는 여동생에게 이렇게 말했다. "나와 더글러스의 사이만큼 남자와 가까워지면 세상의 이치를, 그러니까 남자와 여자 사이의 모든 일을 알게 마련이지. 그만큼 친하지 않았으면 영 닫힌 문 너머의 일로 남겨져 있을 일들을 속속들이 알게 되는 거야."

애나가 더글러스의 노예농장 탈출을 도와준 날로부터 20년이 지난 어느 날, 오틸리에도 삶과 죽음의 기로에 선 그를 도와줄 기회가 생겼다. 노예제 폐지 운동가 존 브라운이 반란을 목적으로 흑인 노예들을 무장시키려고 웨스트버지니아주 하퍼스페리에 있는 연방정부 무기고를 습격할 작전을 세웠다가 실패했는데, 더글러스가 그 습격 계획을 알고 있었음이 드러난 것이었다.* 더글러스의 체포영장이 발부되었고, 친구들은 필라델피아에서 연설중이던 그를 재빨리 그곳에서 빼냈다. 일단 그가 호보컨에 있는 오틸리에의 아파트에 무사히 도착하자, 오틸리에는

---

* 이 일로 존 브라운은 체포되어 반역죄로 처형되었다. '브라운의 반란' 또는 '하퍼스페리 습격'이라 불리는 이 사건으로 남북 대립이 더욱 첨예해졌고, 결국 남북전쟁으로 폭발했다.

더글러스를 대신해 지인들에게 암호로 된 전보를 보내서 그가 외딴 기차역으로 피신한 뒤 수사망을 피해 집으로 돌아갈 수 있게 해주었다.

더글러스는 그길로 미국을 떴고, 또 한번 유럽으로 망명했다. 그는 잉글랜드와 스코틀랜드에서 강연을 하고 현지 친구들을 만나고 다녔는데, 그중에는 옛 친구인 줄리아 그리피스와 그녀의 남편도 있었다. 오틸리에는 프랑스에서 더글러스와 조우할 계획을 세웠다. 함께 유럽을 여행하는 꿈을 실현시킬 작정이었다. 그런데 더글러스의 막내딸인, 이제 열 살밖에 안 된 애니가 갑자기 죽는 바람에 더글러스는 즉시 미국으로 돌아가야 했다. 로체스터로 돌아가고 3주 후, 기소가 철회될 때까지 경찰의 레이더망을 피해 조용히 지내고 있던 그는 아직 막내딸의 죽음을 추모하고 있던 와중에 오틸리에를 집으로 불러들여 가족들을 충격과 경악에 빠뜨렸다.

더글러스의 둘째부인이 되겠다는 오틸리에의 야망은 조금도 수그러들지 않은 듯했다. 계속해서 로체스터에서 더글러스와 만남을 가졌고, 그를 따라 워싱턴 D. C.까지 가서 그가 대통령 지명으로 흑인 최초 연방법원 집행관이 되는 자리에도 동석했다. 그러나 오틸리에는 더글러스에게 감정적으로 요구하는 것이 점점 많아졌고, 그가 거기에 반응하지 않고 오히려 다른 여자에게 관심을 보이기 시작하자 오틸리에의 억울함도 커졌다. 오틸리에가 정서적으로 불안정해지자 더글러스는 오랜 동반자였던 그녀와 서서히 거리를 두기 시작했다.

1881년 오틸리에가 죽은 여동생의 집을 정리하고 내놓기 위해 유럽으로 떠나기 전, 그녀와 더글러스는 나흘을 함께 보냈다. 그것이 두 사람의 마지막 만남이었다. 이듬해 여름 애나가 세상을 뜨면서 더글러스는 다시 결혼할 수 있는 몸이 됐지만, 오틸리에가 아무리 기다려도 그는 다시 만나자고 연락해오지 않았다. 사실 그는 다른 여자를 쫓아다니고 있었다.

애나가 죽고 1년 반도 채 안 되어 더글러스는 비밀리에 헬렌 피츠Helen Pitts라는 스무 살 연하의 백인 여자와 결혼해 가족과 국민에게 충격을 안겨주었다. 활기 넘치고 교육 수준도 높으며 정치적 견해가 뚜렷한 피츠를 더글러스가 워싱턴 D. C.의 자기 사무실에 직원으로 고용했고, 어깨를 맞대고 일하면서 두 사람 사이에 연애 감정이 싹튼 것이었다.

더글러스가 새 아내를 들이고 7개월 후, 한껏 우아하게 차려입고 파리의 호텔을 나선 오틸리에는 근처 공원으로 향했다. 공원 후미진 곳 벤치에 앉은 그녀는 핸드백에 챙겨온 조그만 유리병 속 청산가리를 입에 털어넣었다. 죽기 전 오틸리에는 친구들에게 암 진단을 받은 사실을 털어놓았지만, 그녀의 자살은 더글러스의 매정한 행동이 원인이 됐을 거라는 해석이 더 설득력을 얻고 있다. 한 가지 의아한 점은 오틸리에가 유언장을 수정하지 않은 것인데, 덕분에 상당한 액수의 신탁금이 그대로 더글러스의 차지가 되었다.

오틸리에가 자살했을 즈음해서 더글러스와 헬렌은 캐나다와 뉴잉글랜드를 돌며 때늦은 신혼여행을 즐기고 있었다. 집에 돌아온 신랑은 친구에게, 백인 아내와 돌아다니는데 놀랍게도 "단 한 번도 경멸의 시선이나 모욕을 받지 않았다"고 했다.

두 사람이 결혼한 1884년 당시 얼마나 뜨거운 논란에 맞서야 했는지를 생각하면 기분좋은 놀람이 아닐 수 없었다. 다만, 더글러스의 자녀들은 아버지의 새 결혼에 대해 아무것도 모르고 있다가 뉴스에서 아버지가 결혼 허가를 신청했다는 보도를 듣고서야 알게 되었다. 그들은 아버지가 돌아가신 어머니를 백인 여자로 대체했다는 반발심에, 자기 아이들에게 새 할머니를 보면 말도 섞지 말라고 단단히 일렀다. 나아가 그들은 아버지가 백인 여자를 고른 것을 그들의 흑인 뿌리를 부정한 것으로 받아들였다. 노예제 폐지 운동의 선봉장인 그에게 배신감을 느낀 전국의 다른 운동가들도 같은 생각이었다. 한 신문 매체는 굳이 포장하려 하지도 않고 이렇게 비꼬았다. "잘 가시오, 더글러스가의 흑인 핏줄이여. 이제 우리에게 쓸모가 없어졌으니."

헬렌의 부친은 오랫동안 노예제 반대 운동을 옹호해왔으면서도, 사위를 자기 집안에 들이는 것을 극구 거부했고 딸과는 아예 인연을 끊어버렸다. 그래도 헬렌의 여동생들과 조카딸들은 굳건히 헬렌의 편에 서주었고, 헬렌의 어머니도 딸의 선택을 지지한 것은 물론 나중에 홀몸이 되고서는 더글러스가로 들어가 같이 살기도 했다. 신문 1면을 장식할 정도로 시끄러웠던 이 결혼을 공공연히 지지한 또 한 사람이 있었으니, 여성 참정권 운동의 선두주자 엘리자베스 케이디 스탠턴이었다. 그녀는 신랑에게 결혼을 진심으로 축하해주며 새 신부와의 행복을 빌어주었다.

헬렌은 더글러스의 아내가 되면 사회적으로, 그리고 어쩌면 가문에서도 비난받을 것을 알았지만 그럼에도 자기 결심대로 밀고 나갔다. 훗날 그녀는 결혼을 결심한 이유를 품위 있고 용감하게, 이런 말로 표현했다. "사랑이 찾아왔는데 상대방의 피부색 때문에 결혼을 주저할 만큼 겁나지는 않았어요."

리처드 라이트, 별로 착하지 않은 남자
배신의 이유

1939년, 리처드 라이트는 엘렌 포플러Ellen Poplar라는 여성에게 아내가 되어달라고 했다가 청혼을 철회해 그녀를 망연자실하게 만들었다. 엘렌은 흑인과 결혼하는 것을 두고 가족들이 어떻게 나올지 걱정돼서, 조금 생각해볼 시간을 달라고 했다. 그러자 라이트는 그녀가 즉시 청혼을 받아들이지 않은 것에 화를 냈다. 며칠 후 엘렌이 승낙했지만, 라이트는 그녀를 쫓아버리더니 곧바로 다른 백인 여자, 디마 미드먼Dhimah Meadman이라는 발레리나와 결혼해버렸다.

신의라고는 없는 작가 라이트는 알고 보니 데뷔작인 장편소설『미국의 아들Native Son』을 집필하는 동안 엘렌과 디마 두 여자와 동시에 사귀고 있었다. 1940년 발표한『미국의 아들』은 베스트셀러가 되면서 대성공을 거두었지만, 홧김에 해버린 결혼은 그만큼 결과가 좋지 못했다. 뒤늦게 신혼여행을 떠난 라이트와 디마는 좁은 공간에서 단둘이 시간을 보내다보니 생각보다 서로에게 호감이 없다는 것만 깨닫고 돌아왔다.

라이트가 다시 결혼할 수 있는 몸이 됐으며 친구들과 같이 살고 있다는 소식을 들은 엘렌은 두 사람이 같이 알고 지내던 친구를 만난다는 핑계로 그가 사는 곳을 찾아갔다. 그리고 옛 연인을 다시 본 순간, 주변 사람들의 반응에 대한 걱정은 연기처럼 사라졌다. 그렇게 결혼에 골인했지만, 엘렌과 라이트에게 꿈같은 나날이 펼쳐진 것은 아니었다.

두 사람이 보금자리를 마련한 뉴욕이 비교적 자유주의적인 도시라고 해도 그 시절에는 인종 간 결합이 보편적으로 용납되지는 않는 분위기였다. 두 사람은 길을 걷다가도 종종 인종 차별적 비난을 들었고, 이웃들도 창문으로 돌을 던지는 등 대놓고 적대시했다. 어린 딸의 안위를 걱정한 엘렌과 라이트 부부는 사회적 분위기가 비교적 관대한 파리로 이주했다.

환경의 변화는 라이트의 집필에 큰 도움이 됐지만, 외국의 이국적인 풍경이 주는 신선함은 금세 매력을 잃었다. 원래 바람기 다분했던 라이트는 애인들 중 한 명에게 푹 빠져버렸고, 엘렌에게 이혼을 요구했다. 엘렌이 그에게 왜 내 인생을 망치려 드느냐고 눈물로 호소하자, 그는 매정하게 이렇게 대꾸했다. "내 인생을 방해하는 건 당신의 인생이지. 나는 언제든 내 인생을 택하겠어."

본 투 비 와일드 Born to Be Wilde

오스카 와일드

남자는 상대방을 사랑하지만 않는다면
어떤 여자와 함께해도 행복할 수 있답니다.
_ 오스카 와일드, 「도리언 그레이의 초상」

존재하는 규범이란 규범은 모조리 어긴 오스카 와일드는 그 덕분
에 빅토리아 시대 사회의 최정상에서 런던의 교도소라는 맨 밑바
닥까지 추락했고, 그 과정에서 건강은 물론 작가로서의 명성, 가
족까지 전부 잃고 말았다. 그럼에도 불구하고 이 쾌락주의 극작
가는 결코 고개 숙이지 않았고, 수감중에도 반항적으로 이렇게 썼
다. "나는 쾌락을 좇아서 산 것을 한순간도 후회해본 적이 없다."

"나는 어떻게든 유명해질 것이고, 유명해지지 못한다면 악명이라도 떨칠 것이다." 1878년 옥스퍼드 대학을 졸업하면서 오스카 와일드는 이렇게 떠벌렸다. 자의식이 보통 사람의 몇 배는 되고 세간의 관심을 끄는 특출난 재주까지 갖췄으면서, 자신의 운명을 얼마나 정확하게 예측했는지 그때는 오스카 와일드 스스로도 미처 알지 못했다. 그로부터 20여 년 뒤, 영국 미국 할 것 없이 모든 신문의 헤드라인을 그의 이름이 장식했고 언론은 신이 나서 그의 몰락을 떠들어댔다. 그가 발표했던 훌륭한 풍자극들에 대한 찬사는 '보우지Bosie'라는 별명으로 더 잘 알려진 앨프리드 더글러스와의 연애 행각에 대한 충격적인 폭로 기사로 하루아침에 대체되었다. 와일드가 비밀스럽게 이어온 금지된 사랑의 지저분한 디테일들이 수면 위로 하나둘 떠오르면서 인기의 절정을 달리던 작가는 순식간에 영국에서 가장 미움받는 사람이 되었다.

풋풋한 신부 콘스턴스에게 사랑에 빠진 남자의 달콤한 밀어를 써 보낸 것이 언제였나 싶게 상황은 백팔십도 변했다. "내 머리칼을 훑는 당신의 손가락과 내 얼굴에 닿은 당신 뺨의 감촉이 느껴집니다." 불과 10년 전만 하더라도 와일드는 콘스턴스를 떠올리며 이토록 감미로운 사랑시를 썼더랬다. "공기는 음악 같은 당신의 목소리로 충만하고, 내 영혼과 육신은…… 당신과 섞여 짜릿한 황홀감에 취합니다." 1883년 콘스턴스에게 하트 모양의 약혼반지를 내밀었을 때 와일드는 진심으로 그녀를 사랑하고 있었다. 자신의 감정이 육체적 욕망보다는 따뜻한 정에 가까운 것임을 아직 깨닫지 못했을지라도 말이다.

빅토리아 시대에 의사들은 동성애적 욕구를 느끼는 환자들에게 종종 '치료법'으로 결혼을 권하곤 했는데, 와일드도 청혼했을 당시 그와 비슷한 그릇된 믿음을 갖고 있었던 게 아닐까 짐작된다. 콘스턴스를 만났을 무렵 그가 주로 경험한 열정은 단연 이성애적인 것으로 보였다. 그전에 와일드는 어느 아일랜드 태생의 여자와 사랑에 빠져 있었는데 그녀는 와일드를 버리고 브램 스토커Bram Stoker●에게 가버렸고, 그후에도 와일드는 두 명의 여자에게 더 청혼을 했다. 그중 한 명은 훗날 "오스카 와일드의 부인이 되는 영광을 아주 아슬아슬하게 피해갔다"며 안도했다고 한다. 대신 와일드 부인이 되는 불운을 떠안은 건 콘스턴스였다.

아름답고 재능 넘치며 지적인 콘스턴스에게는 결혼해달라는 남자가 줄을 섰지만, 정작 그녀를 사로잡은 건 예술적이고 자유분방한 와일드였다. 동네에 소문이 자자한 멋쟁이 와일드와 처음 만났을 때 콘스턴스

● 영국의 작가. 괴기소설 『드라큘라』를 썼다.

는 경외감을 느꼈고 "겁에 질려 부들부들 떨었다"고 한다. 그러나 두 사람이 금세 편안한 사이가 되면서 그런 두려움은 곧 휘발되었다. 둘은 성격이 잘 맞았고, 그래서 얼마 안 가 서로 가볍게 추파를 던지며 스스럼없이 대화하는 사이가 되었다. 그리고 2년 남짓 지나서 콘스턴스는 오빠에게 이런 편지를 보낸다. "깜짝 놀랄 소식이 있어요!…… 나, 오스카 와일드와 약혼했고 지금 미치도록 행복해요."

마침 그녀의 오빠는 이 유명한 극작가에 관한 소문을 들었던 터라 동생에게 경고조의 편지를 써 보냈지만 콘스턴스는 못 들은 척했고, 그녀의 모르쇠는 이후로도 결혼생활 내내 반복되었다. "어떤 것도 우리 사이를 가로막지 못하고, 누가 뭐라든 그를 모함하는 것은 용납하지 않겠어요." 콘스턴스는 오빠에게 이렇게 대답했다.

콘스턴스는 와일드가 워낙 논쟁 일으키는 것을 즐기는 성격이라, 그에 대한 소문은 어느 정도 걸러 들을 필요가 있다는 걸 알고 있었다. 눈에 띄는 옷차림이나 고약한 입담, 눈살 찌푸리게 하는 행동들(불 붙인 담배를 손가락에 낀 채 무대에 나와 커튼콜을 받는다거나 하는)은 그가 빅토리아 시대 사람들의 감수성을 건드리려는 심산으로 의도한 것이었다. 탐미주의의 성실한 추종자답게 와일드는—치렁치렁한 긴 머리, 벨벳코트, 프릴 달린 셔츠 등으로— 한껏 치장하고 다녔고 그런 차림새는, 그가 한결같이 옷깃에 꽂고 다니는 초록색으로 물들인 카네이션(남자를 사랑하는 남자의 상징이었다)과 함께, 그의 성정체성을 의심하는 소문에 끊임없이 불을 붙였다. '마마보이'부터 '여성적 미사여구 제조기'까지 별의별 수식어로 다 불려본 오스카 와일드는 보수 논객들의 단골 타깃이었다.

와일드는 순회강연을 다니느라 해외에 자주 나가서 결혼식 당일까지도 신부와는 아직 남에 가까운 사이였지만, 두 사람의 관심사나 취향이 워낙 비슷했기에 앞날은 밝아 보였다. 영리하고 야심차고 세련된 이 신혼부부는 결혼 즉시 세간의 관심을 집중시키는 유명인 커플이 되었고, 일거수일투족이 신문 가십난에 실리고 하나하나 토가 달렸다.

와일드와 콘스턴스는 아동용 책을 공동 집필하고, 입소문을 타며 유명해진 솜씨로 집 인테리어도 함께 의논해서 꾸미고, 서로의 의상에 대해 조언하는 등, 당시로서는 드물게 진정한 인생 동반자로 살아갔다. 콘스턴스는 남편 못지않게 진보적인 패션 센스를 가지고 있어서 통이 넓은 바지라든가 코르셋 없는 드레스를 종종 선보였고, 와일드는 그런 그녀에게 자신이 편집장으로 일하는 여성잡지를 만들 때 자주 자문을 구했다. 요즘으로 따지면 〈인스타일InStyle〉 못지않은 인기를 누렸던 잡지 〈우먼스 월드Woman's World〉는 상류층 패션과 트렌드를 대중에게 소개했는데, 최상류층 살롱이나 마찬가지인 와일드가의 안주인 콘스턴스보다 더 적합한 자문위원은 없었다.

그렇게 끈끈한 파트너십을 자랑했건만, 와일드는 콘스턴스가 임신을 하면서 맞닥뜨린 여체의 변화에 자신이 강한 혐오감을 느끼게 되리란 것은 미처 예상하지 못한 모양이다. "형태가 망가지고 뒤틀리고 흉측한 것에 욕정을 느낄 사람이 어디 있단 말인가?" 그는 아내의 임신한 몸을 보고 이렇게 토로했다. "출산이 욕정을 죽였고, 열정은 임신에 묻혔다." 자신의 감정이 그렇게 극적으로 변한 것을 애석해하며 와일드는 이렇게 썼다. "결혼했을 때 나의 아내는 춤추듯 반짝이는 눈동자에 웃음소리마저 노래하듯 듣기 좋은, 백합처럼 뽀얗고 늘씬한 아름다운 소녀였다.

그런데 1년여 만에 꽃 같은 우아함은 자취를 감추었다…… 그녀를 따뜻하게 대하려고 노력했다. 억지로 만지고 키스도 해보았다. 하지만 그녀는 늘 몸이 안 좋았고, 그것도 모자라— 아! 떠올리기도 싫다. 구역질나서.”

1886년 말 둘째아들을 낳은 후로 와일드와 콘스턴스는 다시는 육체적 친밀함을 나누지 않았다. 대신 그는 무모한 동성애 행각을 일삼으면서 오랫동안 억눌러왔음이 분명한 욕구를 실컷 탐했다. 마치 『도리언 그레이의 초상』에서 작가의 분신이나 마찬가지인 주인공이 내뱉은 주문을 현실에서 적용하려는 것 같았다. “유혹을 없애는 유일한 방법은 그것에 굴복하는 거야.”

콘스턴스는 오스카의 수많은 젊은 남성 팬들을 아무 의심 없이 집에 들였고 그들을 아예 온 가족의 친구로 받아들였다. 남편이 제 나이의 절반밖에 안 되는 어린 남자들과 너무 많은 시간을 보내는 것을 이상하게 여겼을 법도 한데, 그녀는 그것이 무엇을 뜻하는지 영 눈치를 못 챘던 것 같다. 콘스턴스는 남편의 행동에 간섭하는 대신 그의 밤늦은 외출이나 잦은 외박을 그냥 눈감아주었다. 어쩌면 남편에게 자유를 허락하면 결혼이 파탄나는 것을 막을 수 있을 거라 믿었는지도 모른다.

해가 갈수록 와일드가 집을 비우는 시간이 더 많아지자, 콘스턴스도 자신을 몰아붙여 한시도 쉬지 않고 움직였다. 여기저기 강연을 들으러 다니고, 정치집회나 문화행사에 참석하고, 친구들을 만나러 멀리 여행을 다니기도 했다. 그런 정신없는 스케줄은 자명한 진실을 마주하지 않으려는 시도였는지도 모른다. 그에 더해, 남편의 명언집을 내려고 편집자를 물색하다가 만난 출판업자와 바람을 피우면서— 외로움도 쫓을 겸―일부러 바쁘게 지냈다.

오스카와 콘스턴스는 점점 더 서로 동떨어진 삶을 살아갔지만, 그래도 오스카의 외도 초기에는 꽤 화기애애한 가족의 모습을 유지했다. 그러나 그런 겉모습에 속지 않은 사람도 있었다. 시인 W. B. 예이츠는 어느 해 크리스마스에 와일드의 집에 놀러갔다가 "오스카의 삶에서 보이는 완벽한 조화가 어딘지…… 인위적인 예술품처럼 느껴졌다"고 했다. 부부관계의 균열이 가시적으로 드러나기 시작한 것은 1891년, 와일드가 부족함 없이 자란 자기중심적인 청년 보우지와 어울리기 시작하면서부터였다. 이제 와일드가 애정을 쏟는 대상은 콘스턴스에서 보우지로 완전히 교체되었다. 어느새 바늘과 실처럼 서로에게 둘도 없는 사이가 된 두 남자는 런던 곳곳의 호텔에 동반 투숙하고 또 해외여행도 둘이서만 자주 다녔다.

바로 얼마 전에 매우 엄격한 외설처단법이 도입됐음에도 불구하고 와일드는 자신의 동성애 행각을 굳이 숨기려 하지 않았고, 오히려 자신을 둘러싼 소문에 희열을 느꼈다. 가당치도 않다는 투로 이렇게 말하기도 했다. "나는 법이 아니라 법의 예외를 적용받아 마땅한 사람이야." 와일드가 이렇듯 버젓이 남자와 어울리고 다니는 것에 가장 모욕을 느낀 사람은 다름 아닌 보우지의 부친, 퀸즈베리Queensberry 후작이었다. 후작은 자기 아들을 타락시킨 주범으로 와일드를 비난하면서, 둘을 떼어놓기 위해 극단적 수단을 강구했다. 런던 전역을 돌며 둘을 쫓아다니면서 레스토랑이나 호텔 매니저들에게 그 둘을 손님으로 받으면 신체적 위해를 가하겠다고 협박한 것이다. 가는 곳마다 자꾸 쫓겨나자 보우지와 와일드는 늘 이리저리 옮겨다닐 수밖에 없었다.

1894년 6월, 퀸즈베리 후작이 권투 선수 한 명을 데리고 연락도 없이 와일드의 집에 들이닥쳤다. 격앙된 몇 마디를 주고받은 끝에 와일드는 두 사람에게 썩 꺼지라고 하면서 경고했다. "퀸즈베리 규칙*은 어떤지 몰라도 오스카 와일드 규칙은 보는 즉시 쏘는 겁니다." 최후의 결정적한 방은 퀸즈베리 후작이 와일드가 드나드는 신사클럽에서 그가 "남색가 행세를 하고 다닌다"고 떠들어대 그를 도발한 것이었다. 당시로서는 살인자라고 손가락질한 것과 비슷한 무게가 있는 모욕이었다.

원래부터 아버지를 미워했고 아버지가 창피당하는 꼴을 보고 싶었던 교활한 보우지의 부추김에 넘어간 와일드는 퀸즈베리 후작을 명예훼손죄로 고소하는 무모한 강수를 두었다. 최근 극장에서 흥행에 성공한 희곡 『진지함의 중요성The Importance of Being Earnest』과 『이상적인 남편An Ideal Husband』 덕에 와일드는 인기의 정점에 올라 있었지만 동시에 자만심도 하늘을 찔렀다. 세상 무엇도 자신을 쓰러뜨릴 수 없다고 믿은 와일드는 퀸즈베리 후작의 주장이 법정에서 설득력을 얻을 가능성은 거의 고려하지 않았던 것 같다.

과거의 남색 파트너들이 혹여나 자신도 기소당할까봐 반대편 증인으로 서지 않을 거라고 확신한 그는, 애석하게도 적절히 찔러넣은 뇌물의 힘을 간과하는 우를 범하고 말았다. 저놈을 감옥에 처넣겠다는 퀸즈베리의 결연한 의지만으로도 그는 무시할 수 없는 적수였는데, 거기다 그가 고용한 사립탐정은 '남창 소년들'과 다른 저급한 부류를 데려와서는 와일드와 뜨거운 밤을 보냈다고 증언하도록 구슬렸다. 은으로 만든 담

* 퀸즈베리 후작의 제안으로 개정되어 현대 권투의 기본이 된 경기 규칙.

배케이스부터 친필 사인본 책까지, 와일드가 자기들에게 아낌없이 퍼부었다는 선물들도 증거물로 속속 등장했다. 가장 큰 타격을 입힌 증인은 런던의 고급 호텔인 사보이호텔의 객실 청소부들이었는데, 그들은 와일드의 침대에 소년들이 같이 누워 있는 것을 목격했으며 침대 시트에서 정액과 바셀린, 배설물 따위의 흔적도 발견했다고 증언했다.

그러면서 와일드의 작품들이 재조명을 받았는데, 그중에서도 특히 『도리언 그레이의 초상』이 현미경 렌즈 아래 놓였다. 나이든 남자가 젊은 청년에게 빠지는 줄거리를 중심으로 전개되는 이 소설은 의도치 않게 와일드와 보우지를 엮어주는 역할을 한 작품이었다. "그 소설이 내게 끼친 영향은 어마어마했습니다." 보우지는 이렇게 말했다. "연속해서 열네 번쯤 읽었던 것 같아요." 작품을 읽은 보우지가 아는 사람에게 작가를 소개해달라고 졸랐고, 보우지를 만난 와일드는 그 즉시 어린 팬에게 반해 어느새 그를 "천사 같은 금발의 가녀린 녀석" 따위의 애칭으로 부르기 시작했다.

오만한 배짱으로 명예훼손 법정 싸움에 뛰어들었던 와일드는 재판이 끝나갈 무렵 "궁지에 몰려 헐떡거리는 짐승"이 되어 있었다고 한 목격자는 전했다. 평소의 날카로운 입담도 법정에 모여든 군중을 즐겁게 해줬을지는 모르나, 반대신문 때 그에게 따발총처럼 쏟아진 사정없는 질문 공세에 비할 바가 못 되었다. 법정 증언 3일 만에 고소를 취하할 수밖에 없게 된 그는 취하 즉시 남색죄와 막중한 외설죄에 해당하는 25개 법규 위반으로 대배심에 기소되었다. "내가 런던에서 가장 천재적인 사람을 망치다니." 와일드의 동창이기도 한 퀸즈베리측 변호사는 아내에게 이렇게 침울하게 내뱉었다고 한다.

친구들은 와일드에게 집행관들이 체포하러 들이닥치기 전에 어서 이 나라를 뜨라고 했다. 보우지와 함께 런던의 카도건호텔에 투숙한 와일드는 밤새 갈팡질팡하며 고민했지만, 결국 운명에 순응하기로 결심한다. "기차는 떠났어─너무 늦었다고." 두번째 재판에서는 그가 보우지에게 보낸 연애편지 등 훨씬 더 불리한 증거들이 제시되었다. 함께 제출된 증거 중에 보우지가 직접 쓴 시가 있었는데, 그 시는 "나는 감히 이름을 말할 수 없는 사랑이다"라는 유명한 구절로 끝나고 있었다. 검사가 와일드에게 그 구절의 숨은 뜻이 뭔지 설명하라고 추궁하자, 와일드는 플라톤과 미켈란젤로, 셰익스피어까지 소환하며 남자들 간의 사랑을 옹호하는, 우리에게 익히 알려진 변론을 펼쳐 참관인들에게 박수갈채를 받았다.

최종적으로 와일드는 처음의 25개 항목 중 7개 항목에 대해 유죄 판결을 받고 최대 형량인 2년의 강제노동을 선고받았다. 형량이 중하긴 했으나, 남색죄가 빅토리아 시대 개혁이 있기 수 세기 전처럼 사형이 선고되는 중죄가 아닌 것이 그나마 다행이었다.

콘스턴스와 두 아들은 대중의 손가락질과 굴욕을 피하기 위해 어쩔 수 없이 성姓을 바꾸고 해외로 도피해야 했다. 이 상황에서 보우지는 와일드 부부의 결혼이 실패한 것은 그녀 쪽에 원인이 있다는 둥 온갖 비방과 악담을 퍼부어 상처에 소금을 뿌렸다. 이런 고난을 겪으면서도 콘스턴스는 명예가 실추된 남편을 끝까지 편들어줬고, 수감된 남편을 면회하고 물심양면으로 지원을 계속했다. 놀랍게도 그녀는 와일드를 용서할 의향이 있었고, 그래서 이혼 신청도 연기했다. 그러다가 석방된 와일드가 보우지에게 돌아가는 것을 보고서야 그녀는 희망을 깨끗이 접었다.

와일드가 자유의 몸이 되고 나서 몇 달 후, 서른아홉 살의 콘스턴스는 어설픈 외과수술의 합병증으로 세상을 떴다. 아내의 무덤을 찾은 오스카는 이런 글로 심정을 표현했다. "후회가 다 무슨 소용인가. 다시 돌아가도 달라지는 건 없었을 것이고, 삶은 이다지도 끔찍한 것이다."

작가의 매음굴 방문기
쾌락의 늪

억누를 수 없는 성욕을 해소하거나 성생활에 자극을 더하는 데, 혹은 사랑하는 이에게 이상야릇한 '선물'을 주는 데, 세상에서 가장 오래된 직업인 매춘만큼 유용한 것은 없었다.

섹스와 교환한 문장

파리의 고급 매음굴 '스핑크스'에서 서비스를 구매하기에는 주머니 사정이 부실했던 가난한 작가 헨리 밀러는 대신 물물교환을 제안했다. 홍보용 책자를 써주는 대가로 그는 이집트 테마의 럭셔리한 방에서 샴페인 한 병과 '공짜 한판'을 즐길 수 있었다.

관음의 쾌락

남편을 두고 바람피운 것에 가책을 느낀 에로티카 장르 작가 아나이스 닌은 남편을 매음굴에 데려가 재미 보게 해주는 것으로 양심을 달랬다. 먼저 능숙하게 가격을 협상한 아나이스는 여자 둘을 골랐고, 여자들은 부부를 밀실로 데려가 화끈한 쇼를 보여주었다. 아나이스는 멋쩍어하는 남편에게 여자들과 합류할 것을 권했지만, 그는 점잖게 거절했다.

2차전은 제대로 치러주겠어

청년 마르셀 프루스트는 애들은 얼씬도 하면 안 되는 그곳에 갔다가 긴장해서 그만 방에 있던 요강을 깨뜨리고 말았다. 너무 창피했던 그는 기가 꺾여 그 짓을 할 수 없었다. 사실 그날의 방문은 아들이 일단 여자 맛을 보면 동성애 유혹을 떨쳐버리고 '정상적인' 남자가 될 거라는 계산으로 마르셀의 부친이 억지로 밀어붙인 것이었다. 실수를 만회해야 한다는 절박감에 프루스트는 할아버지에게 13프랑만 달라고 했다. 10프랑은 재방문에 드는 비용, 3프랑은 깨진 요강 값이었다. 프루스트는 "너무 떨려서 그 짓을 못하는 사건이 한 사람 인생에 두 번 일어날 리는 없다"며 재도전을 선언했다.

그분의 지속력

정력 넘치는 종마 귀스타브 플로베르는 혼자서 프랑스 유흥가를 먹여살렸다고 해도 과언이 아닐 정도로 밤일을 활발히 했다. "난 매춘이 좋아"라고 공공연히 말하고 다닐 정도였다. "매음굴에서 배울 게 얼마나 많은데……사랑도 유사체험할 수 있고 말이지." 심지어 성병에 걸려서도 '돈 주고 낯선 사람과 섹스하기'에 대한 플로베르의 맹목적인 열정은 수그러들지 않았다.

지갑 사정은 중요하다니까

근근이 먹고살던 알렉상드르 뒤마 피스(부자父子 중 아들)는 지갑이 두둑하지 못해서 파리에서 가장 인기 있는 고급 창부 마리 뒤플레시와의 관계를 정리해야 했다. 여기서 아이러니는, 뒤마가 훗날 그녀 덕분에 지갑이 두둑해졌다는 것이다. 두 사람의 관계를 바탕으로 한 『춘희』를 발표해 베스트셀러 작가가 됐으니 말이다.

6장

잃어버린
낙원

도망자 커플

퍼시 비시 셸리와 메리 셸리

사랑은 자유로운 것.
한 여자를 영원히 사랑하겠다고 맹세하는 것은
평생 하나의 교리만 믿겠다고 하는 것만큼이나
어이없는 짓이다.

_퍼시 셸리

내게 사랑은 별빛과 같아요.
별이 빛을 잃어 소멸하지 않는 한,
나도 당신을 계속 사랑할 것입니다.

_메리 셸리, 「최후의 인간」

퍼시 셸리가 임신한 아내를 버리고 열여섯 살밖에 안 된 메리와 사랑의 도피를 감행한 뒤로—혹자는 업보라고 할—비극이 그 둘을 덮쳤다. 행복에 취해 출발했던 두 사람의 관계는 점차 현실에 굴복해갔고, 자유연애를 외치던 쾌락주의 라이프스타일은 곧 질투와 상처로 얼룩졌다.

"저들은 우리를 갈라놓으려는 거야, 내 사랑. 하지만 죽음이 우리를 재회시켜줄 거야." 퍼시 셸리는 이제 겨우 10대 소녀인 연인 메리 고드윈을 향해, 그녀의 계모를 밀치고 집안으로 들어와 이렇게 거창하게 선언했다. 로미오와 줄리엣 저리 가라 할 정도로 드라마틱한 장면을 연출해내며 그는 아편 팅크가 든 작은 병을 내밀었다. "이것으로 당신은 독재에서 벗어날 수 있을 거야." 이어서 주머니에서 권총을 꺼내며 덧붙였다. "그리고 이것이 나를 당신과 재회하게 해줄 테고." 메리는 퍼시를 달래려 했지만, 한껏 감정이 격앙된 퍼시는 자리를 박차고 나가더니 그길로 다량의 아편 팅크를 들이켜 죽음의 문턱까지 갔다가 겨우 살아났다.

바로 며칠 전, 낭만에 취한 두 젊은이는 메리의 어머니인 저명한 여권운동가 메리 울스턴크래프트의 무덤 앞에서 영원한 사랑을 맹세했다. 두 사람의 첫 성관계가 이 교회 묘지에서 이루어졌을지도 모르는

데, 그렇다면 셸리가 메리를 다른 곳도 아닌 어머니의 무덤가에서 유혹했다는 얘기가 된다. 사회 비판적인 시인 퍼시는 16년 전 딸을 낳다가 죽은 급진적 사상가 울스턴크래프트를 무척 경외했는데, 그녀의 친딸이라는 사실이 메리에게 매력을 느끼는 데 아마 무시 못할 작용을 했을 것이다. 임신한 아내와 딸에게 자신이 구속당해 살고 있다고 느낀 퍼시 셸리에게 관습에 얽매이지 않은 가치관을 가진 메리는 좀더 보람찬 삶을 살 수 있을 거라는 희망을 갖게 했다.

메리의 아버지•는 이들 불륜 커플이 계속 만나는 것을 불허했지만, 두 사람은 조금도 기죽지 않고 오히려 스위스로 도피할 계획을 세웠다. 1814년 7월의 어느 날 밤, 메리는 어둠을 틈타 집에서 몰래 빠져나간 뒤 미리 기다리고 있던 퍼시의 마차에 올라탔다. 제3의 동행인으로는 메리의 이복여동생인 클레어 클레어몬트Claire Clairmont도 있었는데, 이들 커플이 비밀리에 쪽지를 주고받도록 도와준 장본인이며 그녀 자신도 퍼시 셸리를 사랑했을 가능성이 있다. 날이 밝자 두 사람의 충격적인 도피 행각이 알려져 집안이 발칵 뒤집혔고, 클레어의 어머니가 달아난 셋을 급히 뒤쫓아갔다. 결국 프랑스의 항구도시 칼레에서 간신히 붙잡았지만, 일행을 설득해 데리고 오는 데는 실패했다.

그러나 더 강력한 장애물은 퍼시의 지갑 사정이었다. 도피 6주 만에 돈이 바닥나버린 것이다. 일행은 별수없이 여정의 대부분을 걸어서, 아니면 사람이 꽉 들어찬 합승마차를 타고 이동해야 했는데, 이는 임신한 지 얼마 안 된 메리에게 특히 힘에 부치는 상황이었다. 패잔병처럼

●   윌리엄 고드윈William Godwin. 영국의 정치사상가이자 철학자.

지친 발을 끌며 영국으로 돌아온 빈털터리 일행은 퍼시 셸리의 첫번째 부인을 찾아갔다.

퍼시는 잘못을 뉘우치며 용서를 구하는 남편으로서가 아니라 구걸하는 비렁뱅이의 자세로 아내 앞에 섰다. 메리와 클레어 자매가 밖에 세워둔 마차에서 기다리는 동안, 퍼시는 부끄러움도 모르고 자기가 버린 아내에게서 돈을 뜯어내려 했다. 해리엇 셸리Harriet Shelley는 집 나간 남편이 돌아오길 이제나저제나 기다려왔지만, 설마 남편이 10대 소녀 둘을 달고 돌아올 줄은 꿈에도 몰랐을 것이다. 퍼시는 아내와 앞으로도 친구로 남을 수 있다고 생각했고, 심지어 해리엇에게 당신도 스위스로 와서 그의 하렘harem°에 합류하라고 편지까지 써 보냈다. 해리엇은 물론 그 제안을 거절했다.

이혼은 선택지에 없었기에, 퍼시는 '바람나서 도망간' 전적에도 불구하고 해리엇의 남편으로 남았다. 유부남이 미혼 여성 둘과 동거하는 것은 있을 수 없는 일이었고, 그래서 귀족적인 사고방식을 가진 그의 부친은 퍼시와 부자의 연을 끊고 그와 함께 돈줄도 끊어버렸다. 퍼시는 아내를 버린 것을 합리화시켜서 자신의 더럽혀진 명예를 회복하려 했다. "나를 아는 사람이라면 내 인생의 동반자로 시를 이해하고 철학을 아는 여자만이 자격이 있다는 걸 알 텐데." 그는 자신이 뭐라도 되는 양 이렇게 훈계했다. "해리엇은 고상한 동물이지만 그 두 가지는 갖추지 못했지." 그러나 메리 정도면 자신의 지적 동반자가 될 자격이 충분하다고 느낀 모양이었다. "여자들 중에 당신 정도의 지성을 가진 사람은 없

● 포유동물의 번식 집단 형태의 일종으로, 한 마리의 수컷과 많은 암컷으로 구성된 집단을 일컫는다.

어." 메리에게는 이렇게 말하며 안심시켰다.

　도망갔다 돌아온 이후 황량한 가을을 나는 동안 퍼시는 빚쟁이들에게 무섭도록 쫓겨다녔다. 설상가상으로 집안에서 쫓겨난 메리와 클레어도 경제적으로 책임져야 할 상황에 몰렸다. 셸리가 채무 불이행으로 체포되는 것을 피하기 위해 숨어 있는 동안 메리와 클레어 이복자매는 허름한 여인숙에서 그날그날 입을 풀칠하며 살아야 했다. 메리는 법적으로 체포가 금지되어 있는, 그래서 둘이 마음껏 만날 수 있는 일요일만 손꼽아 기다리며 꾹 참고 지냈다.

　'자유연애'의 신봉자였던 퍼시 셸리는 개방된 관계를 이상으로 여겨서, 메리를 옥스퍼드 재학 시절의 친구와 공유하려고 했다. 그래서 친구에게 임신한 자기 여자친구에게 성적으로 접근하라고 부추겼고, 메리에게는 그것을 즐기라고 종용했다. 비록 메리가 퍼시처럼 급진적 사상을 가지고 있긴 했지만 그의 제안에 큰 상처를 받고 눈물을 쏟았다고, 훗날 이복동생 클레어가 전했다. 그 추잡스러운 삼각관계는 아마도 무산된 것으로 알려져 있다. 메리가 조산한 아기(해리엇이 퍼시의 아이를 출산하고 겨우 세 달 후 낳은 아기였다)를 잃고 깊은 슬픔에 빠졌기 때문이다.

　클레어는 다른 두 명의 진보적 가치관을 지지하고 또 그 자신 역시 유부남인 시인 바이런을 노골적으로 쫓아다니기까지 했으면서—바이런은 한 번 잠자리를 같이하고선 그녀를 차버렸다—노년에 가톨릭으로 개종하더니 바이런과 셸리의 도덕성을 신랄하게 비난하는 글을 썼다. "자유연애라는 신조와 신념 아래 영국 최고의 두 시인이…… 거짓과 무자비함, 잔인함과 기만을 일삼는 괴물로 변해가는 것을 나는 목격했다." 클레어가 퍼시 셸리와 성적인 관계를 맺었는지는 명확히 밝혀지지 않았지만, 셸리는 클레어에게 유난히 친밀하게 굴었고 또 메리로서는 짜증나게도 클레어도 두 사람의 집에 들어와 살면서 좀처럼 나가지를 않았다.

사랑의 도피 행각을 벌인 지 2년쯤 지나서 퍼시와 두 이복자매는 다시 한번 유럽으로 떠났다. 이번에도 제네바행을 택한 그들은 외국으로 가면 자신들을 둘러싼 손가락질을 피할 수 있을 거라 생각했지만, 어딘지 이상해 보이는 세 사람의 동거는 그곳에서도 원치 않는 관심을 불러일으켰다. '근친상간 모임'으로 소문이 나는 바람에 어디를 가든 구경꾼들이 쫓아와 극성스럽게 망원경까지 동원해가며 멀리서 염탐했다. 이 와중에 남모르게 바이런의 아이를 임신중이었던 클레어는 바이런이 유럽에 온다는 소식을 듣고 그를 자기 품으로 유혹할 생각에 일부러 유럽에 머무는 시기가 겹치도록 날짜를 맞추는 영악함을 보였다.

고국에서 쫓겨나다시피 한 네 명은 제네바호수 근처에 나란히 빌라 두 채를 빌렸고, 줄기차게 내리는 비 덕분에 여름 내내 집안에만 머물렀다. 그런 상황은 메리 셸리의 『프랑켄슈타인』이 탄생하기에 아주 완벽한 분위기를 조성해주었다. 어느 날 밤 네 사람이 타닥타닥 소리를 내며 타오르는 벽난로 앞에 모여앉아 귀신 이야기를 하고 있을 때, 바이런이 목덜미 털이 쭈뼛 설 만큼 으스스한 이야기를 각자 한 편씩 써보자고 제안했다. 메리는 그 제안을 받아들여 죽은 사람의 신체 부위들로 만든 괴물 이야기를 써냈다.

먼 훗날 그녀는 그 소설을 "행복했던 시절의 자식"이라 표현하며, 불륜 도피의 비극적 대가가 서서히 그들을 덮쳐오기 전 마냥 행복에 겨웠던 그때를 회상했다. 여름이 끝나갈 무렵 영국으로 돌아간 그들은 메리의 이복언니 패니가 웨일스의 하숙집에서 아편 팅크를 다량 들이켜고 자살한 채로 발견됐다는 소식을 들었다. 패니는 이복동생 메리가 유럽으로 도망친 후 우울증에 빠졌는데, 그 때문에 패니 역시 퍼시 셸리의 마수에 걸려든 또하나의 희생자였을지도 모른다고 믿는 사람들도 있었다.

그로부터 두 달도 채 지나지 않은 시점에서 런던의 하이드 파크에 있는 연못에서 임신한 해리엇 셸리의 시체가 물에 떠 있는 것이 발견되었다. 역시 자살이었다. 셸리는 이번에도 자신을 향한 비난의 화살을 돌리려고 곧바로 해리엇의 평판을 더럽히는 발언으로 선제 공격을 가했다. 그녀가 "타락해 매춘의 길로 들어섰다"는 것이었다. 그러나 실상은 해리엇이 버림받은 후 고독을 견디다못해 몰래 애인을 사귀었다가 덜컥 임신해 극단적인 선택을 한 것이었다.

셸리는 이 비극에 자신이 보탠 것은 조금도 없다며 전혀 죄책감을 느끼지 않는 것 같았지만, 해리엇의 유서는 분명히 그를 원흉으로 지목하고 있었다. "당신이 나를 떠나지 않았다면 나는 계속 살았을지도 모르지만, 어차피 이렇게 된 것, 당신을 너그러이 용서하며 당신이 내게서 앗아간 행복을 마음껏 누리시길 빕니다." 아내의 시체에서 온기가 채 가시기도 전에 셸리는 새 아내를 데리고 부랴부랴 식을 올렸다. 셸리와 메리는 둘 다 결혼이라는 제도적 장치에는 관심이 없었으나, 셸리가 자녀 양육권을 되찾는 데 유리한 고지에 설 수 있도록 하기 위해 합법적인 결합을 맺었다. 그러나 남들 눈에 보이기 위한 결혼으로는 실추된 명예를 회복시키기에 역부족이었고, 법원은 해리엇의 부모에게 양육권을 주었다.

셸리가 메리와 낳은 두 자녀의 운명을 봤을 때, 그것은 결국 다행스러운 결정이었다. 두 사람이 이탈리아행이라는 비극적인 결정을 단행한 후 연달아 갓난쟁이 딸이 열병으로 숨졌고, 세 살 난 아들도 말라리아에 걸려 세상을 뜨고 말았기 때문이다. 정신적으로 큰 충격을 받은 메리는 자식들의 죽음을 남편 탓으로 돌렸다. 셸리가 클레어의 곤경을 해결해주는 데 정신이 팔려 딸을 살릴 약을 구해오는 일을 미뤘던 것이다. 게다가 메리가 비통하게 지적했듯이, 그들이 애초에 이탈리아로 가게 된 것도 클레어 때문이었다. 그 여행은 클레어의 사생아 딸을, 풍족하게 키워줄 수 있는 바이런에게 데려다주기 위해 계획된 것이었다.

비통함과 분노에 휩싸인 메리는 마음의 문을 걸어잠그고 점점 더 우울의 나락으로 침잠했고, 그런 고통을 전혀 이해하지 못하는 남편 때문에 우울증은 더 심해졌다. 셸리는 아내를 위로하는 대신 집필 작업에 몰두했고 대화가 필요하면 클레어를 찾았다. 아들 하나를 더 낳고도 메리의 상태가 나아지지 않자, 셸리의 태도는 더욱 냉담해졌다. 그녀의 고통이, 죽은 아이들을 대체할 아이를 낳음으로써 "상쇄되어야 마땅하다고" 본 것이다.

역시 이와 흡사한 말도 안 되는 논리로, 딸을 잃은 아내의 슬픔을 달래줄 요량으로 그가 업둥이를 입양했다는 설도 있다. 나폴리에서 태어났고 출생증명서에 퍼시 셸리의 자식으로 등록되어 있는, 태생이 불분명한 그 아이는 결국 셸리 부부에게 공식적으로 입양되지는 못했다. 셸리가에서 일했던 하인이 퍼뜨린 소문에 의하면 갑자기 나타난 그 아이는 셸리와 클레어의 자식이라는데, 메리는 그런 추측을 강력히 부인했다. 셸리는 갓난아이를 위탁부모에게 맡겼고 아이가 죽을 때까지 경제적으로 지원해주었다.

메리와의 냉전이 좀처럼 호전될 기미가 보이지 않자, 셸리는 자전적인 시 「에피사이키디온Epipsychidion」에서 결혼을 "가장 음울하고 가장 긴 여행"이라고 불퉁거렸다. 에밀리아 비비아니라는 젊은 이탈리아 여인에게서 영감을 얻어 쓴 「에피사이키디온」에서 그는 한없이 홀가분한 자유연애와 굳이 비교하면서 일부일처제를 비판하고 있다. 얄밉게도 셸리는 몇 달간 그 시를 메리에게 보여주지 않고 감춰두었다가 익명으로 발표했다.

메리는 정혼자가 있는 에밀리아 비비아니를 남편의 "이탈리아 친구"라고 부르며 대수롭지 않게 여겼다. 남편이 푹 빠졌지만 가질 수는 없는 여자들 중 하나로 본 것이다. 또다른 '플라토닉'한 관계로 유부녀인 제인 윌리엄스Jane Williams가 있었는데, 부부 모두의 친구인 그녀는 윌리엄스 부부가 토스카나에서 셸리 부부와 함께 빌라 한 채를 공동으로 빌려 지내는 동안 셸리가 마지막으로 쓴 작품들의 영감을 준 장본인이었다.

균열이 가기 시작한 셸리 부부의 관계는 행복했던 초기 시절로 되돌아갈 가망도 없이 그대로 무너지고 말았다. 1822년 6월, 메리는 유산을 하면서 죽음의 문턱까지 갔다 왔다. 3주 후 셸리는 토스카나 해안에서 보트를 타다가 거친 폭풍우에 보트가 뒤집혀 익사했다. 서른번째 생일을 한 달 남겨두고 사망한 퍼시 셸리는, 시체가 떠밀려온 바로 그 바닷가에서 거행된 연극적인 이교도 의식의 절차에 따라 화장되었다.

그런데 화장이 끝나고 메리와 셸리의 친구 사이에 누가 셸리의 심장을 가져갈 것인가를 두고 싸움이 벌어졌다. 실제로는 심장이 아니라 간이었을 확률이 높은 그 장기는 희한하게도 불타지 않고 그대로 남았다. 30년 뒤 메리가 죽고 나서 그것은 메리의 이동식 책상 서랍 안에서 발견되었다. 바싹 말라 가루가 된 그 장기는 비단에 곱게 싸인 채 셸리의 시집 『아도네이스Adonais』 책갈피에 끼워져 있었다. 『아도네이스』는 셸리가 동료 낭만파 시인 존 키츠의 죽음을 슬퍼하며 쓴 애가였지만, 메리는 폭풍우 속 바다 한가운데 떠 있는 상황을 암시한 마지막 연이 "그 사람 자신의 운명을 예언"한 것 같다고 항상 생각했다.

작가와 비극적인 죽음들
어느 날 갑자기

아무리 창의력이 번뜩이는 작가들이라도 사랑하는 인생의 동반자가 죽음의 부름을 받았을 때는 역사를 다시 쓰지 못했다. 자기 자신이 무시무시한 죽음을 맞았을 때도.

누구의 책임인가

소설가 존 더스패서스John Dos Passos●의 아내 케이티는 더스패서스가 운전하는 차를 타고 가다가 사고로 사망했다. 프로빈스타운에서 시카고로 가는 길에 더스패서스는 석양빛에 잠시 눈앞이 하얘졌는데, 아차 하는 순간 길가에 세워놓은 트럭에 그대로 차를 박은 것이다. 부부의 인연을 처음 맺어준 어니스트 헤밍웨이는, 시력도 좋지 않으면서 애초에 왜 운전을 했냐며 케이티의 죽음을 더스패서스의 탓으로 돌렸다.

끝나지 않는 사랑

헨리 워즈워스 롱펠로는 아내 패니가 드레스에 촛불이 옮겨붙어 화염에 휩싸였을 때 어떻게든 불을 꺼보려고 애썼다. 패니는 심한 화상으로 다음날 숨졌다. 롱펠로는—그날 입은 화상을 감추려고 흰 수염을 기르기 시작했는데— 시간이 흘러도 수그러들 줄 모르는 비통함을 「눈의 십자가The Cross of Snow」로 표현하면서, 18년 전 "그녀가 죽은 날로부터 아무 변화도 없는"

● 피츠제럴드, 헤밍웨이와 함께 미국 문학사에서 '잃어버린 세대'의 대표작가로 꼽히는 소설가. 대표작으로 『맨해튼 트랜스퍼』 『U. S. A. 삼부작』 등이 있다.

계절을 애석해했다.

뒤늦은 깨달음

C. S. 루이스는 아내 조이 데이비드먼Joy Davidman이 골수암 진단을 받고서
야 자신이 아내를 사랑하고 있다는 것을 깨달았다. 두 사람은 미국인인 조
이가 영국에 거주할 수 있도록 약식略式 판사 앞에서 혼인서약만 하고 각자
따로 살면서 친구로 지내왔다. 조이의 병실에서 그들은 목사의 주례로 다시
한번 사랑의 맹세를 주고받았다. 3년 후 조이가 세상을 떴을 때 루이스는
신앙의 위기를 맞고, 『헤아려본 슬픔』을 집필해 아내에게 헌정했다.

불쌍한 포터 이야기

비어트릭스 포터는 처음에 노먼 원Norman Warne의 가족이 운영하는 출판사
에서 그녀의 동화책 『피터 래빗 이야기』의 출판을 거절했을 때 노먼을 조금
도 원망하지 않았다. 나중에야 그녀는 그 회사와 계약하고 편집자인 노먼
과 함께 일하면서 친밀한 관계가 되었다. 노먼이 청혼했을 때 비어트릭스는
기꺼이 승낙했지만, 두 사람은 끝내 결혼서약을 맺지 못했다. 약혼하고 한
달 후 노먼이 백혈병으로 갑자기 숨졌기 때문이다.

구제불능의 낭만주의자

알렉산드르 푸시킨은 그의 운문소설 『예브게니 오네긴』에서 자신의 죽음을
암시했다. 작품 속 주인공이 한 여자를 두고 결투를 벌이다 죽은 것처럼,
푸시킨도 똑같은 운명을 맞았다. 그는 요염한 아내에게 뻔뻔하게 들이대던
남자에게 배짱 좋게 결투를 신청했고, 등을 돌린 순간 상대가 먼저 쏜 총에

맞아 배에 치명상을 입었다. 이틀 뒤 마지막 숨을 거두기 전 푸시킨은 남자답게 아내를 달랬다. "괜찮아, 당신 잘못이 아니야."

영혼의 개기일식

볼테르

우정은 두 영혼의 결혼이며,
이 결혼은 이혼으로 이어지기 쉽다.
_ 볼테르, 『철학사전』

프랑스의 저항적 사상가이자 시인, 극작가인 볼테르는 아마추어 과학자이자 수학자인 에밀리 뒤 샤틀레를 만나고서야 드디어 자신과 대등한 상대를 발견했다고 느꼈다. 계몽주의 반항아 볼테르와 귀족 가문 아가씨의 결합은 범상치 않은 파트너십을 탄생시켰고, 그 동반자 관계는 운명이 두 사람에게 등을 돌릴 때까지 거의 20년이나 지속되었다.

밤하늘을 보며 천체의 신비를 풀어보려고 머리를 굴리는 것이 에밀리 뒤 샤틀레가 생각하는 사랑의 전희였다. 성격이 격하고 남달리 지적이었던 이 후작부인을 두고 볼테르는 꼭 전제군주 같다고 농담을 했다. 에밀리와 함께한다는 것은 볼테르가 간절히 섹스와 사랑의 신비를 풀고 싶을 때도 형이상학에 대해 논해야 한다는 것을 의미했다.

　서른아홉 살의 볼테르는 침대를 데워줄 여자가 차고 넘쳤지만(특히 여배우들이 많았다), 1733년 파리의 어느 오페라극장에서 에밀리를 소개받았을 때 그는 단순히 그녀의 외모에만 반한 것이 아니었다. "나만큼 깊이 생각할 줄 아는 여자를 만나다니." 철학이나 수학, 언어학 등 그와 비슷한 분야에 열정을 가진 날씬하고 눈망울이 큰 갈색 머리 여자를 만난 것에 흥분한 볼테르는 이렇게 열광적으로 말하고 다녔다. 스물일곱 살의 유부녀 에밀리는 침대에서도 뜨거운 연인이었는데, 볼테르가 쓴 다음의 야한 시는 그녀를 떠올리며 쓴 것이었다. "비너스의 손은 큐피드의 류트lute●를 퉁기기 위해 존재하는 것이니."

상류층 가문의 여자들 중에도 문맹이 많았던 시대로서는 특이하게도, 에밀리는 진보적 사고방식을 가진 아버지가 딸의 영민함을 일찍이 눈치챈 덕분에 남자 형제들과 나란히 교육받을 수 있었다. 아이작 뉴턴의 과학 이론에 큰 관심을 보였고 수학적 자질도 뛰어났던 그녀는 그 재능을 도박 테이블에서 써먹기도 했다. 이미 몇 가지 언어에 능통했던 에밀리는 단 몇 주 만에 볼테르의 지도 아래 영어를 마스터해 남이 엿들을 걱정 없이 둘이서 마음껏 영어로 대화했다.

에밀리 같은 귀족이 평민(볼테르의 부친은 변호사 겸 공중인이었는데, 당시에는 상인 계층으로 취급되었다)과 잠자리를 갖는 건 거의 전대미문의 사건이었고, 남들 앞에서 연인에게 애정 표현을 하거나 애인과 밤을 보내는 것 또한 위험한 행동이었다. 상류층 유부남 유부녀들이 애인을 두는 것은 용인됐으나 남들 눈에 띄지 않는 게 매우 중요했다. 공식적으로는 외도가 불법이었기 때문이다. 정확히는 아내들에게만 불법이었고, 자칫하면 공개 채찍질형을 받을 수도 있었다. 그런데 고위 장교인 남편 플로랑 클로드 후작은 성격이 워낙 태평해서 그런지, 본인도 정력적으로 바람을 피우고 다니면서 아내에게도 똑같은 자유를 허락했다.

볼테르와 에밀리의 연애는 불꽃처럼 시작됐지만, 그가 이질에 걸렸을 때 별로 내켜하지 않는 에밀리에게 병간호를 요구하면서 그 불길은 금세 사그라졌다. 에밀리는 요구도 많고 성질도 더러운 환자를 상대하

●   16~18세기 유럽에서 유행한 기타와 비슷하게 생긴 현악기.

면서 점점 참을성을 잃어간 것은 물론, 그렇게 대단해 보이던 사람이 평소의 활력과 위엄을 잃은 모습을 마주하고 환상에서 깨어났다. 그녀는 평범한 애인을 원한 게 아니라 자신의 과학적 연구와 집필 활동에 자극을 줄 상대를 원했던 것이다.

볼테르가 병상에 누워 있는 동안 에밀리는 과학자이자 탐험가인 남자를 새 애인으로 사귀었지만, 그 사람은 볼테르만큼 지적 자극이 되지 않았다. 잠시 두 남자와 관계를 유지하며 저울질하던 에밀리는 결국 볼테르와 재결합했다. 이번에는 볼테르의 오랜 친구이자 에밀리의 전 애인이기도 한 리슐리외 공작에게 중매를 서줄 만큼 관계가 오래갔다. 그런데 리슐리외 공작의 결혼 피로연을 한창 즐기고 있던 와중에 볼테르의 체포영장이 발부됐다는 소식이 전해졌다. 에밀리가 출동한 경찰관들의 주의를 다른 데로 돌린 사이 볼테르는 그곳을 빠져나가 무사히 몸을 숨겼다.

사정인즉슨, 볼테르의 매서운 펜촉이 또 한번 그 자신을 곤경에 빠뜨린 것이었다. 볼테르가 쓴 『영국에 관한 편지』의 사본을 어느 출판업자가 독단적으로 유출했는데, 그것은 영국 정부의 행정을 찬양하면서 그와 비교해 프랑스 정부의 부실함을 비판하는 아주 선동적인 내용을 담은 논문이었다. 사실 볼테르가 사법기관과 대립한 것은 이번이 처음이 아니었고, 정부를 비판하는 글을 발표했다가 감옥에 갔다 온 것은 물론 영국으로 추방당한 적도 있었다. 그런 종류의 말썽으로 어찌나 명성이 자자했던지, 다른 사람이 정부에 반하는 글을 써도 자동으로 그가 범인으로 몰리곤 했다.

도망자가 된 볼테르는 프랑스군 주둔지로 새신랑 리슐리외를 찾아가, 이를테면 '등잔 밑 작전'으로, 한동안 그의 거처에 얹혀살기로 했다. 그곳에서 볼테르가 다른 장교들과 흥청망청 마시고 노래하고 글이나 낭독하면서 실컷 즐기는 동안, 에밀리는 걱정으로 속이 타들어가고 있었다. 궁정의 연줄을 다 동원해 기껏 그의 체포영장을 무효화시켜놨더니 볼테르가 스스로 상황을 어렵게 만들고 있었다는 걸 에밀리는 뒤늦게 깨달았다. 그가 선택한 은신처가 마치 정부 관계자들을 대놓고 비웃는 듯한 인상을 준 것이 문제였다.

그가 일련의 반항적 처사로 상황을 악화시킨 것에 발끈한 에밀리는 하는 수 없이 볼테르가 샤틀레가의 고성古城에 은신하는 것을 허락해주었다. 두 사람이 과거에 밀회 장소로 사용한 적이 있는 성이었다. 그러더니 얼마 후 에밀리는 아예 파리와 베르사유 궁전의 사교계를 뒤로하고 프랑스 동부의 시골 시레Cirey의 그 성에서 볼테르와 같이 살기로 극단적인 결정을 내린다.

영혼의 동반자인 두 사람은 먼저 심하게 낡은 그 성을 개조하는 작업에 착수해, 볼테르의 연극을 올릴 작은 극장과 2만 1천여 권에 달하는, 프랑스 과학아카데미 못지않은 볼테르의 장서를 전부 수용한 문화적, 지적 보금자리를 완성했다. 때로 식기가 날아다닐 정도로 격해지는 소소한 말다툼을 제외하면, 3개월 정도의 적응기를 거친 후 두 사람은 이승의 낙원과도 같은 그곳에서 사는 데 무척 만족했고 전보다 사랑도 더 깊어졌다고 후작부인은 전했다.

갖출 것은 다 갖춘 이 호화로운 안식처에서 그들은 과거 어느 때보다 열정적으로 학구열을 불태웠고, 지난 몇 세기 동안 정설로 인정받아온 종교적, 과학적, 철학적 믿음에 하나하나 의문을 제기하면서 계몽주의의 본질을 실행에 옮겼다. 성의 본관은 물리학, 화학 실험실로 개조했고, 그곳에서 탐구심 넘치는 이 커플은 열과 불, 빛, 자성磁性, 기타 여러 가지에 대한 실험을 몇 년간 원 없이 진행했다. 그렇다고 고리타분하게 연구만 하면서 지낸 것은 아니었다. 손님들을 초대해 샴페인으로 흥청대는 파티를 열었고, 연극과 오페라는 물론 48시간이나 계속된 뮤지컬까지 선보이며 즐거운 시간을 보냈다.

볼테르의 전폭적인 지지로 마침내 에밀리도 충분히 자신감을 얻어 자신의 지적 능력을 최대한 발휘할 수 있게 되었다. "한 지성인을 만나 그와 우정을 나눈 이후로 나의 사고방식이 바뀌었다." 에밀리는 훗날 이렇게 고백했다. "나도 사고력이 있는 존재라는 것을 믿기 시작한 것이다." 에밀리의 제안으로 두 사람은 세기에 길이 남을 아이작 뉴턴 과학서 일체의 공동 번역 작업에 들어갔다. "신의 선물인 에밀리"를 뿌듯하게 해주려고 몸이 단 볼테르는 그 공동 작업을 둘의 관계를 계속 타오르게 만들 땔감으로 삼았다.

연구의 주축은 에밀리였음에도 불구하고, 피땀의 결정체로 탄생한 책 『뉴턴 철학의 기본 요소들』은 당대 관행을 따라 볼테르의 단독 저서로 출판되었다. 에밀리에게 헌정된 이 책에는 아주 도발적인 오마주—하늘에서 뉴턴이 내려다보고 있고, 에밀리를 상징하는 (가슴 한쪽을 드러낸) 여신이 책상 앞에 앉아 원고를 들여다보는 볼테르에게 거울로 빛을 모아 반사시켜주는 삽화—가 실려 있다.

두 연인이 한창 학구적인 희열에 젖어 있는데, 또다시 둘을 강제적으로 갈라놓는 사건이 발생했다. 아담과 이브를 풍자한 볼테르의 시가 묘한 경로로 공권력의 수중에 들어가면서 또 한번 볼테르의 체포영장이 발부된 것이다. 그래서 그는 또다시 은신하게 되었다. 에밀리의 사촌이 배후에서 술책을 썼음을 그녀가 알게 된 것은 그로부터 몇 달이 흐른 뒤였다. 그 사촌은— 독실한 가톨릭 신자로, 평소에도 에밀리가 불경스러운 볼테르와 어울리는 것을 탐탁지 않게 여기더니— 에밀리에게 직접 찾아와 가문의 재산을 노리는 친척에 맞서 자기와 같이 법정에 서자고 종용한 적도 있었다.

이 공공의 적은 볼테르의 명성에 먹칠을 하는 정도로는 만족하지 못했는지, 에밀리의 결혼생활에도 오지랖을 펼쳤다. 그는 평범하지 않은 딸을 둔 것을 늘 애석하게 여겼던 에밀리의 모친을 교묘히 설득해, 샤틀레 후작에게 에밀리와 볼테르를 둘러싼 소문을 슬쩍 흘리게 했다. 그러나 일은 그의 뜻대로 풀리지 않았다. 후작은 아내의 외도를 문제삼지 않았을 뿐 아니라, 그전에 이미 시레에 가서 아내와 볼테르와 함께 시간을 보내면서 볼테르를 친구로 여기게 되었던 것이다. 당시 귀족 계층의 결혼이 대부분 그랬듯 뒤 샤틀레 부부의 결합도 본질적으로는 비즈니스 전략에 따른 것이었고, 금슬 좋은 것은 덤이었다. 명망 있는 후작이 나서서 볼테르의 편에서 당국에 이의를 제기하자, 문제는 금세 해결되었다.

엄격한 정부 검열과 비열한 친척들 말고도 볼테르와 에밀리가 상대해야 했던 적들은 하고많았다. 뜻밖의 인물과 감정적인 삼각관계가 만들어진 적도 있었다. 그 인물은 바로 프로이센의 프리드리히 대왕이었다. 자신을 시인이자 지식인으로 생각한 25세의 프로이센 왕위 계승자는 어느 날 볼테르와 서한을 주고받기 시작했다. 즉위 후에도 프로이센의 군주는 이 저명한 철학가를 궁정의 장식품으로, 그리고 가능하면 자신의 잠자리 상대로, 손에 넣고 싶어서 달콤한 찬사로 그를 구슬렸다.

프랑스 정부는 볼테르가 프로이센의 군사전략에 대한 증거를 모으는 비밀 임무를 맡은 줄로 착각하고, 프리드리히 대왕을 알현하는 것을 허락해주었다. 진즉부터 프리드리히 대왕의 의도를 의심했던 에밀리는 프로이센행을 말렸지만, 볼테르는 거짓 우정에 단단히 속아넘어갔다.

프리드리히 대왕의 손님으로 그곳에 머무는 동안 볼테르는 프랑스 관료들을 풍자하는 시를 쓰고 심지어 에밀리까지 슬쩍 모욕하면서 궁의 주인에게 오락거리를 제공했다. 프리드리히 대왕은 볼테르가 왕 한 사람만을 위해 쓴 글을 대중에 배포해, 나중에 고국에 돌아간 그가— 특히 에밀리와 재회했을 때—환대받지 못하게 만들었다. 특히 에밀리는, 자기가 몇 년이나 그를 지켜주려고 노력해왔는데, 연인인 그가 그 모든 노력을 아무렇지 않게 헛수고로 만든 것에 상처받아 심한 배신감과 분노를 느꼈다.

볼테르는 미안한 줄도 모르고 오히려 뻔뻔스럽게 에밀리에게 이별시를 지어 보냈다. 그는 자신이 너무 늙어서 더이상 섹스를 할 수 없게 됐다고 둘러댔다(그러나 바로 얼마 전 프리드리히 대왕의 누이와 잠자리를 같이 해 그 말이 거짓임을 스스로 증명했다). 에밀리는 거짓 핑계임을 즉시 간파했고, 두 사람은 곧장 헤어지지는 않았지만 갈수록 격한 말다툼을 벌였다. 볼테르는 에밀리가 프리드리히 대왕의 의도를 꿰뚫어본 것에 반감을 느껴 그녀에게 점점 차갑고 쌀쌀맞게 굴었다. 결국 10년이 넘도록 동고동락해온 이들 커플은 이별을 결심했다.

그러나 서로 떨어져 살아가는 것은 두 사람 모두에게 맞지 않았다. 에밀리는 과학 연구를 계속하는 대신 도박의 스릴을 좇기 시작했다. 하지만 게임에 집중을 못해 심각한 빚더미 위에 앉았고, 그 빚을 갚을 돈을 구하지 못해 쩔쩔매자 나중에 볼테르가 대신 갚아주었다. 한편 볼테르는 루이 15세에게 새 정부(생선 장수의 딸로, 자신을 근사하게 재포장해 그 유명한 퐁파두르 부인으로 역사에 기록된 여인)를 소개해주면서 프랑스 궁정과 화해했지만, 한창때의 번뜩이던 재능은 빛이 바랬고 어느 순간 그는 창작 활동을 아예 멈추었다.

자신의 어리석음으로 에밀리와 멀어진 것을 후회하던 볼테르는 다행히 한번 더 그녀의 마음을 돌리는 데 성공한다. 시레로 함께 돌아간 두 사람은 지적, 문학적 활동을 재개했지만 그간 연인으로서 하던 일들은 더이상 하지 않기로 했다. 비록 잠자리는 같이하지 않았지만 둘은 요령껏 각자의 연애를 서로에게 비밀로 했다. 그 당시 볼테르는 자신의 조카와, 에밀리는 장 프랑수아 드 생랑베르라는 연하의 군인 겸 시인과 만나고 있었다. 볼테르는 에밀리와 그녀의 애인 사이의 뜨거운 순간을 우연히 목격하는 바람에 결국 파트너의 애정사를 알게 됐지만 말이다.

40대 초반의 나이에 덜컥 생랑베르의 아이를 임신한 에밀리는 자신이 이번 출산에서 살아남지 못할 것을 직감했다. 임신 사실을 알게 된 애인은 비겁하게 도망쳤고, 대신 볼테르가 그녀의 곁에 있어주었다. 두 오랜 친구는 사생아로 태어날 아기 아버지의 정체를 감춰주기로 공모한다. 에밀리의 남편인 샤틀레 후작을 시레로 불러들여 동침해, 그 아기가 후작의 아이일 거라 추측할 수 있는 여지를 만든 것이다.

에밀리는 출산 전 뉴턴의 『프린키피아』의 프랑스어 번역 작업—계몽주의의 큰 업적이 될 작품이었다— 을 마치기로 작정했고, 필요한 참고서들을 빌리러 파리까지 다녀오기도 했다. 그런데 시레로 돌아오는 길에 에밀리와 볼테르가 탄 마차의 바퀴축 하나가 무너지면서 마차가 꽁꽁 언 길에서 이탈하고 말았다. 구조를 기다리면서 두 사람은 눈 쌓인 제방에 방석을 깔고 앉아 그들이 제일 좋아하는 놀이인 밤하늘 관찰하기를 했다. 예상치 못한 구출 지연은 그들에게 좀처럼 갖기 힘든 둘만의 잔잔한 순간을 선물했지만, 그 일이 있고 몇 달 후 에밀리는 세상을 떠나고 말았다.

후작부인은 그토록 두려워했던 출산을 무사히 치러내 기뻐했으면서, 고작 일주일 뒤 출산 후 감염으로 사망한 것이었다. 16년이나 지속된 그녀와의 관계가 비극적으로, 그리고 생각보다 훨씬 일찍 끝나버리자, 볼테르는 슬픔에 빠져 둘이 한때 동거했던 파리의 아파트에서 미친 사람처럼 서성대며 그녀의 이름을 부르짖었다. "내 눈물이 마를 날은 영영 오지 않을 것이오." 그는 이렇게 고백했다. "내가 잃은 건 애인이 아니라 나의 반쪽, 내 영혼의 존재 이유였던 또하나의 영혼이니까."

작가의 짝사랑
영원히 꺼지지 않는 불꽃

유명한 문인들 중에도 연정의 대상에게서 사랑의 결실을 얻지 못하고 짝사랑의 연옥에서 영원히 고통받아야 했던 이들이 많았다.

동화 같은 결말을 맞지 못한 동화작가

한스 크리스티안 안데르센의 구애를 거부한 여자는 한둘이 아니었는데, 그 중에는 '스웨덴의 나이팅게일'이라 불리며 사랑받은 소프라노 가수 예니 린드도 있었다. 안데르센은 이 아름다운 가수에게서 영감을 받아 동화 『나이팅게일』을 썼는데, 중국 황제에게 추방당했다가 황제가 곤경에 처했을 때 돌아와 그를 도와준 새에 대한 이야기이다. 안데르센은 용기를 쥐어짜내 린드에게 프러포즈했지만, 당신을 친오빠처럼 생각한다는 대답만이 돌아왔다.

침묵은 금이라고 누가 말했나

"내게 대답해주기를 거부하는 것은 이 세상에 존재하는 나의 유일한 기쁨을 앗아가는 것, 그리고 내게 남은 마지막 특권을 박탈하는 것입니다." 샬럿 브론테는 1845년, 그녀가 브뤼셀에서 다녔던 학교의 교사 콘스탄틴 에제에게 보낸 편지에서 이렇게 울부짖었다. 자녀 셋을 둔 유부남 에제는 그녀에게 연애 감정을 느끼지 않았고, 그래서 그렇게 대담한 편지를 받고 다소 충격을 받았다. 브론테는 돌려받지 못한 사랑의 아픔을 양분 삼아, 젊은 교사와 교장이 사랑에 빠지는 내용의 소설『빌레트』를 탄생시켰다.

그 어미에 그 딸

윌리엄 버틀러 예이츠는 키가 180센티미터나 되는 빨강머리 미인 모드 곤 Maud Gonne*에게 한눈에 반했지만, 모드는 이후 30년에 걸쳐 계속된 그의 청혼을 번번이 거절했다. 그래도 포기할 수 없었던 예이츠는 모드의 딸에게 도 청혼해보았지만, 딸마저 그를 거절했다. 모드는 자신이 예이츠를 계속 애끓게 만든 것이 결국 인류에 크게 기여한 셈이 되었다고 믿었다. 예이츠 가 절망에 빠져 서정적이고 호소력 있는 시를 잔뜩 써냈기 때문이다.

매정한 그대여

양성애자 소설가인 카슨 매컬러스는 한 여인을 짝사랑했지만 상대방에게서 어떤 반응도 이끌어내지 못했다. 함께 머물렀던 문학관에서 캐서린 앤 포 터**를 강아지처럼 졸졸 쫓아다녔지만 그녀의 마음을 얻는 데 실패했고, 급기야 포터의 방문을 쾅쾅 두드리며 문에다 대고 절절한 사랑을 고백하기 에 이르렀다. 안에서 캐서린이 아무 대꾸도 하지 않자, 카슨은 누가 이기나 보자는 심정으로 복도 바닥에 드러누웠다. 저녁식사 시간이 되어 방에서 나 온 포터는 누워 있던 카슨을 말없이 건너뛰어 휑하니 가버렸다.

---

* 잉글랜드 태생의 아일랜드계 여권운동가이자 배우.
** 미국의 소설가. 대표작으로 멕시코혁명을 배경으로 한 상징적인 이야기『꽃 피는 유다 나무·Flowering Judas』가 있다.

외로운 영혼들

18세기 괴테가 쓴 소설『젊은 베르테르의 슬픔』의 주인공 베르테르는 다른 남자와 정혼한 여자를 사랑하게 되고, 그녀가 결혼해버리자 절망에 빠져 자살한다. 작가 본인의 짝사랑 경험에서 모티프를 얻은 이 베스트셀러는 짝사랑에 멍든 수많은 이들을 줄줄이 자살하게 만들었다.

광기와 재능 사이에서

버지니아 울프

당신은 내게 완전한 행복을 안겨줬다는 걸
말하고 싶었어요.
누구도 당신보다 더 많은 것을 해주지 못했을 거예요.

_버지니아 울프

버지니아 울프가 자살하기 전 남편 레너드 울프에게 남긴 유서에
서 발췌한 이 구절을 보면, 따뜻한 보호자로 칭송받다가 어느 순
간 억압적인 간수라고 비방당하기를 반복한 남자와 그녀가 공유
한 둘만의 깊은 교감을 조금이나마 엿볼 수 있다. 아내의 천부적
인 재능을 만개시키기 위해 레너드가 성인聖人 수준으로 헌신하
고 기꺼이 자신을 희생하지 않았더라면, 블룸즈버리 그룹의 대사
제로 불린 버지니아 울프는 이 정도로 오래 버티며 후대에 길이
남을 모더니즘적인 작품들을 쓰지 못했을 것이다.

"나를 구원해줄 수 있는 사람이 존재했다면, 그건 당신이었을 거예요…… 우리 둘은 세상 어느 커플보다 더 행복했던 것 같아요." 남편에게 이렇게 마지막 인사를 남기고서 버지니아 울프는 옷 주머니에 돌멩이를 가득 채워넣고 우즈강으로 휘적휘적 걸어들어갔다. 30년 가까이 이어온 결혼생활에서 레너드는 셀 수 없이 여러 번 신경발작을 일으킨 아내를 매번 극진히 보살펴 회복시켰고, 그중 몇 번은 상태가 너무 심각해 간호사를 네 명이나 고용해야 했다. 그러나 레너드의 그 끝없이 인내하는 사랑과 지칠 줄 모르는 보살핌도 버지니아의 자기파괴적 충동을 억누르기에는 역부족이었다.

울프 부부는 아마도 조울증이었을 거라 추정되는, 그리고 버지니아 본인은 '광기'라고 정의한 그 증상이 언제 촉발될지 모르는 불안 속에서 살아야 했지만, 버지니아는 두 사람이 함께한 시간 동안 대체로 만족스럽고 생산적인 삶을 영위했다. 그러나 무섭도록 치명적인 감정 기복은 때로 그녀를 광폭하고 자기파괴적인 모습으로 변모시켰고 망상에 휘둘리게 만들었다. 때로는 돌아가신 어머니의 목소리가 들린다고 했고, 심지어 새들이 그리스어로 노래하는 망상에 빠진 적도 있었다. 보통 한번 신경발작을 일으키면 조증—이때는 며칠씩 쉬지 않고 말을 했다—과 자살 충동에 시달리는 심각한 울증 사이를 오갔다.

버지니아와 사랑에 빠져 1912년 청혼했을 때 레너드는 버지니아의 정신병력을 알고도 마음이 흔들리지 않았지만, 아마도 문제의 심각성은 모르고 있었을 공산이 크다. 정서 불안은 버지니아의 가족력이었는데, 그녀가 겪은 최초의 발작은 열세 살 때 어머니가 돌아가신 직후에 일어났다. 9년 뒤 아버지의 죽음으로 또 한차례 심각한 발작이 있었을 때는 자살 기도로 이어져 시설에 입원하기도 했다.

부모를 잃은 슬픔은 이루 헤아릴 수 없었지만, 뜻밖에 버지니아는 이로 인해 그동안 염원했던 보헤미안적인 삶을 누리게 되었다. 버지니아는 부모와 함께 살았던 숨막히는 런던의 집에서 언니와 함께 나와 다소 평판이 좋지 않은 블룸즈버리 지역으로 이사 갔다. 그곳에서 버지니아는 담배에 손을 대기 시작했고, 여성 참정권 운동에 가담했으며, 유서 깊은 서평지인 〈타임스 문예 부록Times Literary Supplement〉에 서평을 기고하면서 소설을 집필하기 시작했다. 목요일마다 버지니아와 그녀의 언니는 오빠의 친구들과 한자리에 모여 문학과 정치, 예술 이슈를 논했고, 이 작가와 지식인들의 모임이 훗날 '블룸즈버리 그룹'이라 불리게 된다.

그 모임에 어느 날 불쑥 끼어든 레너드가 버지니아에게 청혼했을 때,

그녀는 처음에 많이 망설였다. 꾸준히 곁에 있어줄 동반자가 자신의 정서적 안정에 절대적으로 필요하다는 건 알았지만, 그 한 사람과 인생을 함께하기로 약속하는 것은 겁이 났던 것이다. 고민 끝에 결혼하기로 어려운 결정을 내린 버지니아는 에둘러 표현할 생각도 없이 레너드에게 이렇게 말했다. "나는 당신에게 성적 매력을 전혀 느끼지 않아요. 저번에 당신이 키스했을 때, 그냥 바위에 입맞추는 것 같았어요." 그러나 그것은 행복한 결혼생활에 성적 끌림이 크게 중요하지 않다고 믿은 버지니아에게 전혀 문제될 게 없었다. 레너드도 레너드대로, 그녀의 지나치게 솔직한 발언에 별로 흔들리지 않은 것 같았다.

신혼여행도 버지니아의 성적 욕망에 불을 붙이지는 못했다. 스물아홉 살의 첫 경험은 그저 불쾌한 기억으로만 남았고, 버지니아는 친구에게 보낸 편지에서 그 경험을 이렇게 표현했다. "사람들은 도대체 왜 그렇게 교미에 환장하는 것일까?" 인습과는 거리가 멀었던 두 사람의 결혼 초반에 버지니아와 레너드는 각방을 쓰기까지 했다. 두 사람의 관계는 육체적으로 순수한 상태로 남은 것으로 보이며, 이는 블룸즈버리 그룹에 속한 다른 문인들의 질펀한 성생활과 극적인 대조를 이루었다.

버지니아는 성행위를 두려워하는 것 같았는데, 아마도 어렸을 때 이복오빠들에게 성폭행을 당한 트라우마 때문이었을 것이다. 버지니아는 자신을 "성적으로 겁먹은" 여자로 묘사하면서, 은유적으로 이렇게 말하기도 했다. "현실생활에 대한 나의 두려움은 항상 나를 수녀원에 가둬두었다." 어쩌면 육체적 친밀감이 오가는 결혼에 대한 막연한 두려움으로부터 마음의 안식처를 찾기 위해, 그녀는 레너드와 결혼하기 전 잠깐동안 친구와 동성애를 실험한 적도 있다. 나중에 버지니아는 소설 『댈

러웨이 부인』을 통해 열정 없는 결혼생활의 미묘한 부분들을 분석해 나가기도 했다.

레너드는 섹스가 버지니아의 조증발작을 촉발시킬까봐 섹스 없는 결혼생활에 만족하기로 자신과 타협했고, 친구에게 "그녀의 천재성을 위해서라면" 자신은 육욕을 포기할 준비가 되었다고 고백했다. 레너드가 그렇게 조심했는데도 불구하고, 결혼하고 1년이 채 안 지나서 그는 아내의 길고도 정도가 극심한 정신발작을 경험한다. 이후의 발작들과 마찬가지로, 그날의 발작 삽화는 버지니아 자신이 스스로에게 부과한 글을 써야 한다는 압박과 비평에 대한 극도로 예민한 반응이 원인이 된 것으로 추정된다. 첫 소설『출항』을 어서 끝내고 출판해야 한다는 초조함은, 그녀를 훗날 본격적인 조울증발작의 아주 익숙한 전조 증상이 된 깨질 듯한 두통과 불면, 이에 뒤따르는 환청이라는 지독한 주기에 빠뜨렸다.

울증 주기가 지속될 때는 자해를 막기 위해 누군가 반드시 그녀의 곁을 24시간 지키고 있었고, 음식을 역겨워하는 그녀를 어린애처럼 살살 달래 뭐라도 먹게 만들어야 했다. 1913년 버지니아가 약물 과용으로 자살을 시도했을 때—위세척으로 목숨은 건졌지만—레너드는 아내를 강제로 입원시킬 것인가를 두고 어려운 결정을 내려야 할 상황에 처했다.

그는 비용은 훨씬 더 들지만 비교적 아내를 배려하는 쪽을 택해, 개인간호사 몇 명을 고용해 발작이 일어날 때마다 집에서 환자를 돌보도록 했다. 그때부터 레너드는 남편 역할과 문학적 조언자 역할 외에도 보호자 겸 보모 겸 부모의 역할까지 전부 떠맡았다. 의사와 전문가들을 부지런히 찾아가 상담하며 아내의 상태를 꼼꼼히 기록했고, 아내의 수면 주기와 식단도 면밀히 관찰했다. 버지니아가 스트레스를 받을 만한 상황이나 늦게까지 깨어 있는 버릇, 또 조증을 유발할 위험이 있는 지나친 사교 모임을 피하도록 레너드가 통제하는 가운데, 버지니아의 삶은 철저한 규율에 따라 돌아갔다. 레너드는 또 두 사람이 런던에 머무는 시간도 최소화하자고 했다. 도시의 산만함을 그녀가 못 견뎌할 때가 많았기 때문이다.

버지니아는 레너드에게 큰 짐을 지운 것에 대한 고마움을 여러 차례 드러냈지만, 한편으로 구속이 심한 생활을 한탄하며 남편이 자신을 "혼수상태에 빠진 장애인"으로 만들어버렸다고 비난했다. 버지니아가 가장 반감을 가진 것은 남편이 자식을 갖지 말자고 임의로 결정해버린 것이었다. 처음에 그와 결혼하기로 했을 때 버지니아는 잔뜩 들떠서 이렇게 말했었다. "난 모든 걸 원해요— 사랑, 자녀, 모험, 친밀함, 그리고 일까지." 그리고 신혼 초 6개월 동안은 친구들에게 보낸 서한에서도 아기를 가질 계획을 꾸준히 언급했다. 그러나 아내의 건강을 지키는 것에 모든 촉각을 곤두세운 레너드는, 엄마가 되는 것이 그녀의 정신건강에 해로울까봐 전문의들과 상의한 뒤 아예 가능성을 차단해버린 것이었다.

버지니아는 자식이 없는 것을 늘 괴로워했고, 한번은 자신의 지속적인 발작의 원인이 됐을 법한 요소를 따져보면서 "아이가 없는 것"을 첫 번째로 꼽기도 했다. 마흔이 되어서도 그녀는 아이를 가지지 못한 것을 애석해하며 이렇게 썼다. "자신이 갖지 못한 것들을 두고 애초에 가질 필요가 없었던 거라고 함부로 단정짓지 마세요…… 예를 들면, 자녀가 없는 것을 다른 것으로 메울 수 있다고 생각하지 마세요."

비평가들은 훗날 정신병으로 고통받는 버지니아 울프를 잔인하게 억누른 주범이라며 레너드를 맹비난했지만, 그래도 버지니아는 남편이 제공해준 안정과 끊임없는 격려가 그녀의 창의력을 꽃피게 해주었다고 그의 공을 인정했다. 그녀는 소설 한 편을 완성할 때마다 초고를 레너드에게 제일 먼저 보여주고 그의 평을 초조하게 기다렸다. 레너드는 버지니아의 재능을 다듬고 향상시켜주었고, 그래서 그 자신도 작가였음에도 직업적으로 이름을 알린 것은 버지니아의 편집자로서였다. 그는 결혼 뒤에도 논픽션을 꾸준히 발표하긴 했지만, 두번째 소설인 『현명한 처녀들The Wise Virgins』을 낸 뒤로 다시는 픽션을 쓰지 않았다. 신혼여행 중에 쓰기 시작한 소설이었지만 그는 현명하게도 버지니아가 발작에서 회복될 때까지 기다렸다가 원고를 그녀에게 보여주었다.

버지니아는 그 소설에 대해 지나가듯 가볍게 평했지만, 두 사람의 결혼 전 연애 과정을 조금의 미화도 없이 옮긴 그 실화 소설은(버지니아의 소설 속 대역이 성적으로 무딘 '석녀石女'로 그려져 있었다) 어떻게 봐도 그녀에게 영향을 미치지 않을 수가 없었다. 아니나다를까, 원고를 읽고 얼마 후 버지니아는 첫번째 발작보다 훨씬 심한 두번째 발작을 경험했다. 이번에는 평소와 달리 주변의 모든 이에게 공격적이고 적대적으로 굴었고, 그중에서도 특히 레너드와는 거의 두 달 동안 말하는 것은 물론 얼굴을 마주하는 것도 거부했다.

버지니아가 두번째 발작에서 회복한 뒤, 레너드는 두 사람이 오랫동안 탐내온 수동 인쇄기를 장만해 식당에 직접 설치했다. 이 인쇄기를 설치하면서 두 사람의 합작 투자회사인 '호가스 출판Hogarth Press'도 탄생했다. 당시 그들이 살던 집에서 따온 이름이었다. 애초에 호가스 출판은 버지니아의 병세를 호전시킬 작업치료의 방편으로, 즉 축적된 에너지를 물리적으로 방출할 수단으로 활용하려고 만든 것이었다. 레너드는 버지니아가 소설 세계에 한번 빠지면 완전히 사로잡히는 일이 반복되는 것을 걱정했고, 그래서 그런 "육체적 작업이…… 일에서 잠시나마 신경을 완전히 뗄 수 있게 해주기를" 바랐다.

호가스 출판은 동시에 버지니아가 편집자들의 비판과 간섭을 신경쓰지 않고 자유롭게 작품을 출판할 수 있게 해주는 역할도 했다. "나는 영국에서 쓰고 싶은 글을 마음대로 쓸 수 있는 유일한 여자야." 버지니아는 그 희열을 이렇게 표현했다. 레너드와의 이 합작 사업은 취미로 시작되긴 했지만 얼마 안 가 수익을 창출하는 사업으로 발전해, 두 사람이 영영 갖지 못한 자녀 문제에서 부부의 신경을 어느 정도 다른 데로 돌려주었다.

버지니아의 작품 거의 전부를 찍어낸 업적에 더해, 호가스 출판은 T. S. 엘리엇의 『황무지』나 프로이트 저서의 영문 번역판 같은 획기적인 작품들을 최초로 소개한 출판사가 되었다. 귀족 가문 출신의 양성애자 작가 비타 색빌웨스트—1920년대에는 버지니아 울프보다 더 유명했다—도 그 무렵 호가스를 통해 작품을 출간했고, 버지니아와 짧은 밀회를 시작한 것도 그 무렵이었다.

버지니아는 자신보다 열 살 연하이며 불같은 연애를 하고 다니는, 화려하고 세상 경험 많은 비타를 "정열적이고, 미끈한 다리가 눈에 띄는, 젊은 종마처럼 유려한 곡선미"를 가진 여자라고 묘사했다. 반대로 비타는 수수한 중년 여인 버지니아의 지성과 문학적 재능에 매료되었다.

"그녀의 글을 읽을 때마다 좌절해야 할지 기뻐해야 할지 모르겠다. 나는 죽었다 깨나도 그녀처럼 글을 쓰지 못한다는 것에 좌절해야 하나, 아니면 다른 누군가라도 그렇게 잘 쓴다는 것에 기뻐해야 하나?" 그녀는 버지니아의 재능을 이런 말로 칭송했다.

버지니아가 워낙 섹스를 혐오했고 또 그녀의 정서 불안을 비타가 몹시 걱정했기 때문에, 두 사람의 관계는 주로 마음을 주고받는 선에서 그쳤고 육체적 관계는 딱 두 번밖에 없었다고 전해진다. 많은 면에서 비타는 버지니아 울프에게 어머니 같은 존재였다. 레너드가 그랬던 것처럼 비타도 버지니아의 어린애 같은 불안을 달래주고 그녀의 자존감을 북돋워주었다. 비타와의 연애로 고양된 기분은 다작多作으로 이어졌고, 1925년에서 1930년 사이 버지니아는 『댈러웨이 부인』과 『등대로』, 『자기만의 방』 그리고 비타를 보고 떠올린 인물을 주인공으로 그린 역사 판타지 소설 『올랜도』를 연달아 발표했다.

작품의 주인공이 된 것에 감동한 비타는 이렇게 기쁨을 표현했다. "마치 당신이 보석으로 치장한 가운을 입혀놓은 밀랍인형이 돼서 상점 진열창에 전시된 기분이야." 비록 비타가 평소의 변덕대로 금세 관심을 다른 여자에게 돌리는 바람에 둘 사이의 불꽃은 사그라졌지만, 두 여자가 나눈 우정만은 버지니아가 죽는 날까지 10년 넘게 지속됐다. 훗날 비타는 이런 말을 남겼다. "아직도 내가 만약 그녀 곁에 있었더라면, 그리고 그녀가 어떤 정신 상태로 빠져들고 있는지 알아챘더라면, 어쩌면 그녀를 살릴 수도 있었다고 생각한다." 그러나 스스로 삶을 끝내고자 하는 버지니아의 강박적인 결심은 비타도, 혹은 어느 누구도 누그러뜨릴 수 없었다.

병이 깊었던 버지니아에게는 광기에 대한 두려움이 광기 자체보다 더 끔찍했다. 1930년대 중반 무렵에는 다시금 자신을 집어삼키기 시작한 조울증의 주기를 더이상 통제하지 못하는 지경에 이른다. 또 한차례의 세계대전에 곧 영국이 참전할지도 모른다는 무거운 전망도 그녀의 불안과 체념을 심화시키는 데 일조했다. (버지니아와 유대인인 레너드는 히틀러가 전쟁에서 이기면 집에 있는 차고에서 가스를 마시고 죽기로 자살 서약까지 해두었다.) 오랫동안 그녀의 묵직한 닻이 되어주었던 글쓰기도 더이상 머릿속의 괴물이 활개치는 것을 막아주지 못했다. 좌절한 버지니아는 얼마 전에 쓴 작품들이 죄다 실패작이라는 망상에 사로잡혔고, 그와 동시에 앞으로 글을 못 쓰게 될까봐 초조해하기 시작했다.

악화되는 병세에도 불구하고 행복의 극치를 느낀 순간도 간간이 있었고, 레너드와 런던에 가서 행복한 하루를 보낸 뒤에는 이런 글을 남기기도 했다. "우리는 사랑을 나누며 나란히 광장을 산책했다―25년이 지났는데도 서로 떨어져 있기가 힘들다. 누군가가 원하는 존재, 누군가의 아내가 된다는 건 이토록 기쁜 일이구나. 우리의 결혼생활은 이보다 온전할 수 없다." 그러나 남편과 나눈 깊은 사랑―그녀에게는 마지막 방어선과도 같았던 그 사랑―도 영원할 수는 없었다. 더이상 희망이 없다는 생각에 사로잡힌 버지니아는 계속 싸워나갈 의지를 완전히 상실하고 만다. 1941년 3월의 차가운 어느 날, 버지니아는 레너드에게 편지를 써놓고 혼자 집을 나섰다.

내가 다시 미쳐가고 있는 게 틀림없어요. 그 끔찍한 시간이 또 한번 닥치면 우리는 견뎌내지 못할 것 같아요. 나는 이번에는 회복하지 못할 거예요.

이렇게 끼적인 편지를 남기고 얼마 후, 그녀의 산책용 지팡이가 우즈 강 강둑에서 발견되었다. 돌덩이의 무게로 가라앉은 그녀의 사체는 3주 후에나 떠올랐다. 그런 크나큰 비극이 닥칠 줄은 전혀 예상 못하고 있다가 크게 충격을 받은 레너드는, 아내가 영영 가버린 것을 깨닫고 슬픔에 잠겨 이렇게 썼다. "V가 오두막 저편에서 나타나 정원을 가로질러 오는 일은 없으리라는 걸 잘 알면서도, 나는 여전히 그녀를 기다리며 하염없이 그쪽만 바라본다. 그녀가 물에 빠져 죽은 걸 알면서도, 언제든 그녀가 문을 열고 들어올 것만 같아서 귀를 쫑긋 기울인다. 이것이 마지막 장이라는 것을 알면서도, 자꾸 다음 장으로 넘기려고 한다."

실비아 플라스, 죽음과의 로맨스
모두를 질식시킨 사랑

실비아 플라스가 파티에서 우연히 동료 시인 테드 휴스와 눈이 맞은 순간 두 사람 사이에는 즉시 불꽃이 일었다. 그는 그녀의 입술에 키스했고, 그녀도 지지 않고 그의 볼을 피가 날 정도로 세게 깨물었다. 휴스는 어떻게든 그녀와 다시 만나기 위해 멋대로 그녀의 머리띠와 귀고리를 기념물로 슬쩍 가져갔다. 플라스는 이 카리스마적인 바람둥이가 불행을 안겨다줄 것을 예감했지만—그를 "가는 곳마다 물건과 사람을 부숴버리는 놈"이라고 묘사한 것은 유명하며, 둘의 관계가 자신의 죽음으로 끝날 것도 그녀는 예견했다—그럼에도 넉 달 후 두 사람은 결혼식을 올렸다.

끓는 기름 같은 열정적인 결혼생활을 7년째 지속하던 어느 날, 플라스는 최근 그들의 집에 저녁식사 손님으로 왔다 간, 세 번이나 결혼한 색기 넘치는 여자 아시아 베빌과 휴스가 바람을 피우고 있었다는 걸 알게 되면서 큰 충격을 받는다. 질투심에 사로잡힌 플라스는 뒤뜰에 모닥불을 피우고 남편의 원고를 불길에 던져 태워버리는데, 나중에 「편지를 태우며Burning the Letters」라는 시에 그 행위를 고스란히 묘사해 영원히 남겼다.

그래도 휴스가 계속해서 자신과 애인 사이에서 갈팡질팡하자 심한 모욕감을 느낀 플라스는 결혼을 끝내버린다. 휴스와 헤어진 이후 플라스는 갑자기 창작욕이 불타올라 강렬한 논조에 분노로 가득한 시들을 연달아 써냈고, 그 시들은 그녀의 사후에 출간된 시선집 『아리엘Ariel』에 실렸다. 그러나 감정의 분출구가 되어준 시조차 깊고도 깊은 절망의 구렁텅이에서 그녀를 건져주기에는 충분치 않았던지, 1963년 어느 뼈가 시리도록 차가운 아침에 플라스는 스스로 목숨을 끊었다. 아이들 침대 머리맡에 빵과 우유를 챙겨다놓고 아이들 방을 꼼꼼히 밀폐한 다음, 부엌으로 가 가스를 틀어둔 오븐에 머리를 박고 질식사한 것이다.

아내의 죽음에 원인을 제공했다고 해서 공개적으로 강력한 비난을 받은 휴스는 끝내 그 비극에서 감정적으로 회복하지 못했고, 그녀의 죽음은 아시아 베빌과의 관계에도 영향을 미쳐 6년 뒤 베빌도 똑같은 방법으로 자살했다. 수십 년이 지나도록 휴스는 불행한 결말을 맞은 결혼에 대해 철저히 함구하더니 자신이 죽기 전해에 비로소 입을 열어, 플라스와 자신의 관계를 회상한 시선집 『생일편지Birthday Letters』에서 간접적으로 그녀의 죽음을 언급했다.

7장

당신을
사랑하는
방법

당신의 문장을 사모하는 사람

로버트 브라우닝과
엘리자베스 배럿 브라우닝

사랑을 하면
불가능한 일도 가능하다 믿게 되니까요.
_엘리자베스 배럿 브라우닝, 『오로라 리Aurora Leigh』

장차 남편이 될 남자를 처음 만났을 때 엘리자베스 배럿은 연애는 꿈속에서만 해본 서른아홉 살의 은둔 장애인이었다. 엘리자베스와 로버트 브라우닝이 시인 부부가 되어 행복한 결혼생활을 누리기 전까지, 모험을 즐길 줄 아는 이 커플은 희한하게도 29개월에 걸친 비밀연애 기간을 가진 뒤 비로소 결혼식을 올렸다.

인기 시인인 엘리자베스 배릿에게 팬레터를 받는 것은 그리 새로운 일이 아니었다. 그래서 그녀는 열성적인 추종자들에게 받은 편지를 거의 다 불태워 처치했다. 하지만 1845년 1월에 받은 눈물나도록 아름다운 한 통의 편지는 엘리자베스의 호기심을 자극했고, 결국 그녀의 인생을 송두리째 바꾸어놓았다. "당신의 문장을 온 마음을 다해 사모합니다, 친애하는 배릿 양…… 그리고 당신 또한 사모합니다." 로버트 브라우닝은 편지에 이렇게 호기롭게 고백하고 있었다.

　감정 표현이 이렇게나 분명했던 편지 발신자는 엘리자베스를 아직 한 번도 본 적이 없었지만, 사실 엘리자베스에게 그는 생판 모르는 사람이 아니었다. 엘리자베스의 먼 친척인 존 케니언John Kenyon이라는 사람이 브라우닝과도 친구 사이였는데, 종종 그녀에게 브라우닝 얘기를 했고, 또 엘리자베스도 브라우닝의 시를 이미 읽어보고 마음에 들어하던 터였다. 10대 소녀들 사이의 유행을 좇아 엘리자베스는 잡지에서 뜯어낸 그의 초상화를 워즈워스와 테니슨, 기타 여러 문인들의 초상화와 함께 자기 방 벽에 붙여놓았다.

엘리자베스는 원래 폐병이 있었는데 의사들이 그것을 모르핀으로 치료하는 바람에 평생 건강이 좋지 못했다. 어느 날 병세가 나아지지 않을까 하는 희망에 잉글랜드의 바닷가 마을인 토키Torquay로 휴양을 갔는데, 그녀를 보러 온 오빠가 배 전복 사고로 바다에 빠져 죽은 후로 그녀는 더더욱 숨어 지내게 되었다. 바깥세상과 거의 접촉하지 않고 살았음에도, 로버트와의 연애를 사실상 궤도에 올려놓은 것은 엘리자베스 쪽이었다. 그녀의 시 「레이디 제럴딘의 구애Lady Geraldine's Courtship」에 로버트의 시집 『종과 석류Bells and Pomegranates』를 슬쩍 언급한 것이다. 작품 속에서 귀부인 제럴딘과 그녀의 구혼자는 이런 구절을 읊는다. "브라우닝의 '석류'는, 한가운데를 깊숙이 자르면 / 핏빛으로 물든 심장이 보이고, 핏줄로 장식된 / 인간미가 보이지요!"

엘리자베스가 작품 속에서 자신에게 보낸 엄청난 격찬을 알아보고 로버트는 편지를 보냈다. 자기소개 격인 첫번째 편지에서 그는, 몇 해 전에 존 케니언과 같이 배럿가를 방문했을 때 두 사람이 만날 뻔했다는 이야기를 했다. 친구 케니언이 그를 엘리자베스에게 소개해주려 했는데, 그녀가 몸이 좋지 않다는 얘기를 듣고 그냥 돌아간 것이다. 몇 년 뒤 로버트가 그 일을 언급한 첫번째 서한을 보냈을 때, 이미 유명한 시인이었던 엘리자베스는 가족들과 함께 사는 런던 집의 자기 방에서 거의 한 발짝도 안 나갈 정도로 은둔적인 삶을 살고 있었다. 가끔씩 방문객들을 맞기는 했지만, 그런 고립된 생활은 그녀에게 신비로운 이미지를 더해주었다.

편지를 주고받기 시작했을 당시 둘 중에 더 유명한 쪽이었던 엘리자베스는 그런 유명세와 상관없이 이 새로운 펜팔 상대에게 반해버렸다. 그의 직설적인 사랑 고백에 당황하는 대신, 그녀는 한 지인에게 이렇게 털어놓았다. "지난밤에 브라우닝이라는 시인에게서 편지를 받았는데, 지금 좋아서 날아갈 것 같아요." 그리고 로버트에게 보낸 답장에는 만날 기회를 아깝게 놓친 것을 애석해하면서, 어쩌면 언젠가 만날 날이 있을지도 모르겠다고 암시하며 애간장을 태웠다. "겨울은 겨울잠쥐의 눈을 감기듯 저를 닫히게 만드네요. 봄이 오면, 우리는 만날 거예요."

거의 하루도 빼놓지 않고 주고받은 서한 속에서 로버트는 엘리자베스에게, 날이 풀리면 만나기로 약속하지 않았느냐고 잊을 만하면 상기시켰다. 엘리자베스는 둘이 너무 다른 사람이라는 이유를 들며 자꾸만 만남을 연기했다. 자기는 바깥출입도 잘 못하는 사람인 반면 그는 활기찬 사교생활을 하며 외국도 자주 나가지 않느냐는 것이었다. 게다가 그녀의 병약함은 그의 활기와 너무 대조적이었다. 벌써 나이 서른아홉에 로버트보다 여섯 살이나 연상이었던 그녀는 "더이상 젊다는 말도 듣지 못한다"고 토로했다. 그러나 자신이 문학과 꿈속에서만 사는 사람이라고 주장하면서도 엘리자베스는 "인생과 남자를 조금이라도 경험할 수 있다면, 이 답답하고 고루하고 쓸모없는 책 속의 지식과 언제든지 맞바꾸겠다"고 말해, 그가 희망을 버리지 못하게 만들었다.

그럼에도 엘리자베스를 직접 만나고야 말겠다는 로버트의 결심은 흔들리지 않았다. 팬레터로 시작된 펜팔이 4개월쯤 이어지고 있을 무렵, 그의 인내심과 끈기가 드디어 보상을 받았다. 엘리자베스에게서 그토록 기다려온 초대를 받은 것이다. 만나기 직전 그에게 보낸 편지에서 엘리자베스는 장난스럽게 이렇게 말했다. "자! 그럼 우리는 화요일까지는 친구지요— 어쩌면 그뒤에도 친구로 남을 테지만요." 로버트는 짙은 색 머리칼의 매혹적인 엘리자베스를 직접 만난 후 그녀에게 더 반해버렸지만, 엘리자베스는 실은 속으로는 똑같이 그에게 푹 빠졌으면서도 자꾸만 자신의 나이와 위태로운 건강 상태를 들먹이며 우정 이상의 관계로 발을 내딛기를 여전히 주저했다.

자식들을 멋대로 주무르려고 하는 독재적인 엘리자베스의 부친은 평소에도 딸의 벗을 비웃으며 "석류 청년"이라고 불렀는데, 팬들이 딸을 보려고 방문하는 것에 익숙했던 그도 두 사람의 미래가 어떻게 펼쳐질지 알았더라면 로버트에게 절대 문을 열어주지 않았을 것이다. 아내를 잃고 홀몸이 된 그는 남은 아홉 자녀들의 결혼을 극구 막으면서 자신의 명을 거역하면 상속권을 박탈하겠다고 으름장을 놓곤 했다. 엘리자베스는 아버지가 성격이 워낙 별나서 그러는 것뿐이라며 가볍게 넘겼지만, 그러던 어느 날 부친이 딸의 건강보다 당신의 뜻을 우위에 놓는 것을 보고 더이상 그를 변호하지 않게 되었다. 로버트와 편지를 주고받기 시작한 지 1년이 조금 안 된 어느 가을날, 의사들이 엘리자베스에게 런던의 사무치는 겨울을 피해 비교적 따스한 이탈리아로 가서 지내보라고 권유했다. 그때 엘리자베스의 아버지가 가족들이 흩어지는 게 싫다며 딸이 떠나는 것을 허락하지 않았던 것이다.

"당신은 내가 보기에 철저하게 노예와 비슷한 처지로 살고 있어요— 그리고 어쩌면 당신을 그곳에서 구해낼 수 있을지 모르는 나도 마찬가지고요." 로버트는 엘리자베스에게 보낸 편지에 이렇게 썼다. 그가 "꿈

꿀 수 있는 지금, 꿈을 꾸게 해주오! 그럼 당장 당신과 결혼할 거요"라고 쓴 것을 읽고, 엘리자베스는 더이상 거부하지 못하고 그의 청혼을 받아들였다. 그러나 아버지가 어떻게 나올지 뻔했기에 약혼을 비밀에 부치자고 했다. 그래서 그로부터 1년 동안 두 사람은 계속 편지를 주고받고 가끔씩만 만나면서 겉으로는 아무것도 변한 게 없는 척했다. 엘리자베스는 극소수의 몇 사람에게만 결혼 계획을 알렸고, 특히 형제자매들에게는 절대로 발설하지 않았다. 나중에 아버지가 맏딸이 가족의 품에서 달아난 것을 알게 됐을 때 책임을 추궁당하지 않도록 배려한 것이다.

로버트를 만나지 않았더라면 엘리자베스는 아버지의 집에서 평생을 감옥살이하듯 갇혀 살았을 것이다. 그러는 대신 그녀는 약혼자의 격려에 용기를 끌어모아 서서히 자신의 삶을 되찾기 시작했다. 몇 년 만에 처음으로 세상의 전부였던 자기 방에서 바깥으로 나갔고, 처음에는 아래층까지만 내려갔다가 점점 마차를 타고 동네를 돌아다니거나 외식도 했으며, 심지어 나중에는 두 사람이 예식을 올릴 장소인 세인트메릴본에 있는 교회까지 시험 삼아 마차를 몰고 다녀오기도 했다.

엘리자베스가 주기적으로 로버트를 약혼의 사슬에서 풀어주겠다고 제안했음에도—그리고 로버트가 다른 여자와 결혼할 예정이라는 소문이 돌았음에도— 불구하고, 두 사람은 1846년 9월 21일 무사히 결혼에 골인했다. 둘의 아흔한번째 만남이기도 했다(알고 보니 로버트가 횟수를 세고 있었다). 비공개로 치러진 예식이 끝난 후 신혼부부는 단 몇 분밖에 같이 있지 못하고 각자의 집으로 돌아가야 했다. 엘리자베스는 가족들이 아무것도 눈치 못 채게 서둘러 집으로 돌아갔다. 그리고 정말이지 초인적인 자제력으로 일주일 동안 비밀을 지키다가, 조용히 아버지의 집을 빠져나와 로버트와 재회했다. 이 모험은 두 공모자의 도움이 있었기에 가능했는데, 하나는 엘리자베스가 기르는 코커스패니얼 '플러시'이고 다른 한 명은 하녀 엘리자베스 윌슨이었다. 윌슨은 거의 처음부터 일의 모든 단계를 함께했다(교회로 가는 길에 예비신부가 너무 흥분해서 기절 직전까지 가자 각성제를 그녀의 코밑에 대준 사람도 윌슨이었다). 도망자 무리는 황급히 런던을 떠나 유럽 대륙으로 건너갔다.

두 사람이 이탈리아로 가기 전에 프랑스에서 신혼을 즐기는 사이, 둘이 몰래 도망갔다는 소식이 영국 해협을 건너 본국에 닿았다. 예상했던 대로 엘리자베스의 부친은 그 소식을 점잖게 받아들이지 못했다. 그는 옹졸하게도 앞으로 다시는 맏딸 이야기를 꺼내지 않겠다고, 그리고 맏딸과 어떤 연락도 주고받지 않겠다고 선포했고, 엘리자베스가 보낸 편지들을 뜯지도 않고 전부 반송했다. 배럿 씨는 몇 해 지나 손자가 태어났다는 엘리자베스의 편지를 받았을 때도 일관되게 차가운 태도를 유지했다.

엘리자베스에게는 충격적이고 절망스럽게도, 남동생들이 아버지 편으로 돌아서서 누나의 행동을 비난하기 시작했다. 배럿 집안의 남자들은 로버트가 은행 직원의 아들임에도 엘리자베스의 유명세와 그녀가 먼 친척에게서 매년 받는 그리 대단치 않은 액수의 용돈을 노리고 접근한 탐욕스러운 놈이라고 비난했다. 그러나 엘리자베스의 두 여동생은 철저히 언니 편이었고, 그중에서도 특히 해군 대령과 사랑에 빠진 헨리에타가 언니를 적극적으로 밀어주었다. 그리고 언니의 용감한 결단을 본받아 헨리에타 자신도 7년 뒤 연인과 결혼했다. 헨리에타 역시 소유욕 강한 배릿 씨 쪽에서 부녀의 연을 끊었고, 나중에 결혼한 아들 한 명도 차갑게 내쳐졌다.

브라우닝 부부는 피렌체로 옮겨가 15세기 건축양식으로 지은 팔라초*에 살림을 차렸고, 향후 15년을 그곳에서 살았다. 엘리자베스는 이탈리아에서의 삶을 한껏 누렸고, 그녀의 건강이 좋아지면서 부부의 사교생활도 활발해졌다. 부부가 자주 어울린 다양한 작가와 화가들 중에는 스코틀랜드 출신 시인 엘리자 오글비Eliza Ogilvy와 미국인 조각가 윌리엄 웨트모어 스토리William Wetmore Story도 있다.

세번째 결혼기념일을 축하할 무렵 부부는 아들 하나를 둔 부모가 되었고 그 아들에게 '펜Pen'이라는 별명을 붙여줬으며, 여전히 신혼부부처럼 알콩달콩 살았다. "우리는 여전히 온종일, 그리고 매일 똑같이, 마음을 터놓고 지내." 엘리자베스가 여동생들에게 행복에 겨워 말했다. 브라우닝 부부의 서로를 향한 뜨거운 열정은 그들의 시를 한 단계 높은 수준으로 끌어올리기도 했다. 또 한번의 결혼기념일을 축하하러 휴양지에 갔을 때 엘리자베스는 로버트에게 연애 시절 써놓은 44편의 소네트를 보여주었다. 마지막 한 편은 결혼식 이틀 전에 쓴 것이었다. 로버트는 그녀의 시가 셰익스피어 이후 최고의 작품이라고 칭송했고, 작품집을 리뷰한 작가 존 러스킨John Ruskin이 그 의견에 동의했다. 그 연가戀歌 중 작품번호 43번이 붙여진 시가 있는데, 이제는 유명해진 구절 "내가 당신을 얼마나 사랑하느냐고요? 헤아려볼게요"로 시작하는 바로 그 시다.

●　　이탈리아 르네상스 시대 귀족들의 살림집.

두 사람 사이의 친밀한 대화나 마찬가지인 그 작품들을 출판하기로 엘리자베스가 동의하기까지 로버트가 열심히 그녀를 설득했고, 작품집은 '포르투갈 여인이 쓴 소네트Sonnets from the Portuguese'라는 제목으로 발표되었다(엘리자베스의 피부색이 약간 어둡다고 해서 로버트는 아내를 "나의 사랑스러운 포르투갈 여인"이라고 불렀다고 한다). 엘리자베스는 이미 독자들에게 친숙한 시인이었지만, 이 작품집을 발표하면서 예술가로서의 명성을 한층 드높였다. 반대로 로버트의 뮤즈가 되어, 『남자와 여자Men and Women』가 탄생하는 데 결정적인 역할을 하기도 했다. 로버트는 자신이 화자가 된 마지막 한 편의 시에서 아내를 향해 이렇게 외친다. "50편의 시가 완성되었어요! / 당신 것입니다, 내 사랑, 시집도 나도 전부 다: / 마음이 가는 곳에, 머리도 머물기를." 이 작품은 1855년 발표 당시에는 그다지 주목받지 못하다가 세월이 흐른 뒤 로버트 브라우닝의 최고 걸작 중 하나가 되었다.

당시 브라우닝에게 붙은 가장 큰 꼬리표는 작가가 아닌 '엘리자베스 배릿의 남편'이었다. 요새였어도 자기보다 아내가 더 성공하면 자존심 상할 남편들이 많을 텐데, 로버트는 아내를 돋보이게 하는 역할을 맡았다고 해서 결코 아내를 덜 사랑하지 않았다. 평상시 거의 항상 사이좋게 잘 지내는 이 부부에게 소소한 다툼거리가 있다면 이탈리아의 정치에 대한 엘리자베스의 열광적인 관심(로버트는 아내보다 정치에 관심이 덜했다)과 빅토리아 시대에 유행한, 죽은 자가 산 자와 소통할 수 있다는 심령론에 대한 그녀의 애호(로버트는 그런 건 다 사기라고 했다), 그리고 엘리자베스가 아들에게 입히는 벨벳바지와 러플 달린 셔츠 같은 낭만파적인 옷 취향(로버트는 그보단 소녀 취향이 덜한 옷을 입히길 바랐

다) 정도였다.

결혼에 이르기까지 20개월간의 연애에서 이 두 다작 시인은 무려 574통의 연애편지를 주고받았는데, 엘리자베스는 하마터면 남편과 함께 영국을 뜰 때 그것을 집에 두고 올 뻔했다. "포기하고 그냥 두고 오려고 했지만, 차마 그럴 수가 없었어요." 나중에 그 일을 떠올리며 그녀는 이렇게 고백했다. 일단 결혼하자, 더이상의 연애편지는 없었다. 둘이 기를 쓰고 단 하룻밤도 떨어지지 않으려 했기 때문이다. 아슬아슬했던 적이 한 번 있었는데, 낮에 잠깐 다녀올 일정으로 시에나*에 간 로버트가 기차 운행이 취소되는 바람에 발이 묶일 뻔했지만, 신부神父 두 명이 탄 마차를 수완 좋게 얻어타고 피렌체까지 와서 다행히 그날 중으로 아내 곁에 돌아온 일이었다.

브라우닝 부부는 1861년 6월 30일 엘리자베스가 세상을 뜨면서 서로의 곁을 떠났다. 엘리자베스를 평생 괴롭혀온 폐병이 도진 것이다. 아내가 그날 밤을 넘기지 못할 것을 직감한 로버트는 밤새 그녀의 곁을 한시도 떠나지 않았다. "나의 로버트—나의 천국, 나의 연인." 엘리자베스는 남편을 애타게 부르며 몇 번이고 뜨겁게 입을 맞추었다. 다음날 새벽, 그녀가 의식의 언저리에서 왔다갔다할 때 로버트가 기분이 어떠냐고 묻자 엘리자베스는 이렇게 대답했다. "아름다워요." 그리고 몇 분 후 그녀는 남편의 볼에 머리를 기댄 채 그의 품안에서 숨을 거두었다.

엘리자베스를 땅에 묻은 로버트는 런던으로 돌아갔고 다시는 피렌체에 발을 딛지 않았다. 이후 몇 명의 여자와 사귀었지만, 그중 한 명은

* 이탈리아 중부 토스카나 지방의 도시.

로버트가 그의 심장을 이탈리아의 어느 도시에 묻어두었다며 그의 청혼을 거절했다. 홀로 남은 시인은 28년의 여생을 홀아비로 살았고, 목에 늘어뜨린 시계 체인에 엘리자베스와 함께한 시간을 기리는 물건을 항상 걸고 다녔다. 그리스어로 '언제나'라는 뜻의 단어 'AEI'를 새긴 그녀의 금반지였다.

OFF THE PAGE

작가가 연인에게 준 선물
내가 당신을 얼마나 사랑하는지

지갑을 열어서 주는 선물보다 마음을 움직이는 선물이 훨씬 큰 감동을 남긴다는 것을 보여준 작가들의 이야기를 들어보자.

결국은 모두가 쉬게 될 거야

윌리엄 셰익스피어는 타계 후 '두번째로 좋은' 침대를 아내 앤에게 남김으로써 향후 400년간 들끓을 논란을 낳았다. 사람들이 받은 인상과는 달리, 이 음유시인이 남긴 유산은— 앤과의 결혼이 불행했을 거라는 루머를 확산시켰는데— 아내에 대한 모욕이 아니라 낭만적인 애정의 표현이었다. 튜더 시대의 관습에 따르면 가장 좋은 침대는 손님에게 내어주는 것이었고, 셰익스피어가 앤에게 남긴 두번째로 좋은 침대는 바로 그녀가 자녀를 잉태하고 낳은 침대였던 것이다.

흐뭇한 희생

성공을 위해 발버둥치던 작가 오 헨리는 아내가 시카고에서 열리는 세계박람회에 참석할 수 있도록 조금씩 돈을 모았지만, 아내는 돈을 받고도 박람회로 가는 기차를 타지 않았다. 대신 그녀는 그 돈을 가지고 집에 모슬린 천으로 커튼을 해 달고 고리버들 의자 몇 개를 들여놓아 그들의 소박한 집을 장식하는 데 썼다. 나중에 오 헨리가 횡령죄로 도피생활을 할 때도 그녀는 손수 뜬 레이스 손수건을 경매에 내놓아 25달러를 마련해 그 돈으로 남편을

334

위한 크리스마스 선물 꾸러미를 사 보냈다. 아내의 따뜻한 마음에 감동한 오 헨리는 「크리스마스 선물The Gift of the Magi」이라는 단편으로 보답했다.

스칼렛의 열정

마거릿 미첼이 자동차 사고를 당해 꼼짝없이 병상에 누워 있는 동안, 그녀의 남편은 따뜻한 차를 대령하고 몇 마디 말로 위로해주는 정도에서 그치지 않았다. 어느 날 그는 중고 타자기와 종이 한 다발을 집에 가져오더니 이렇게 말했다. "부인, 위대한 창작이 시작되는 순간에 당신께 문안드리오." 그 무렵 미첼은 집에 소장한 방대한 서적을 거의 다 읽어치운 뒤였고, 그래서 남편은 그녀가 이제 자신의 작품을 쓰기만 하면 된다고 생각하고 격려를 아끼지 않았다. 미첼은 남편의 도전에 응해 글을 쓰기 시작했고, 그렇게 탄생한 작품이 『바람과 함께 사라지다』이다.

서로에게 베푼 관대한 선물

영국계 미국인 시인 W. H. 오든은 신부 될 사람을 1935년에 올린 결혼식 바로 전날 처음 만났다. 동성애자인 오든이 에리카 만Erika Mann(노벨상을 받은 소설가 토마스 만의 딸이다)과 결혼한 이유는 그녀가 나치의 박해를 피해 안전한 곳에서 살 수 있도록 영국 시민권을 취득하게 해주기 위해서였다. 오든과 신부는 평생 따로 살았고 아주 가끔씩만 만났지만, 33년 동안 부부 상태를 유지했다.

머리털이 바짝 곤두서는 이별

프랑스의 페미니스트 소설가 조르주 상드와 방탕한 시인 알프레드 드 뮈세의 연애는 2년도 못 가 끝났는데, 사귀는 동안에도 남들은 평생 한 번 겪어도 충분할 싸움과 이별, 눈물어린 재회가 몇 번이고 반복되었다. 두 사람의 관계가 마지막 파국을 맞았을 때, 상드는 꽤나 극적인 행동으로 이별을 고했다. 허리까지 오는 풍성한 짙은 색 머리카락을 싹둑 잘라 해골에 담아 뮈세에게 보낸 것이다.

로맨틱 서스펜스

애거사 크리스티

여자들은 남자가 깡패건 사기꾼이건
마약 중독자건 상습적인 거짓말쟁이건,
아무리 인간이 덜된 놈이어도
눈 하나 깜빡 않고 받아들일 수 있고
또 그놈에 대한 애정에 조금의 흔들림도 없어요!
여자들은 정말 멋진 현실주의자들이에요.

_애거사 크리스티, 『메소포타미아의 살인』

애거사 크리스티가 소설가로 다시 상승세를 타기 시작했을 무렵,
그녀의 개인사는 모든 것이 꼬이기 시작했다. 남편에게 이혼 통보
를 받은 지 얼마 되지도 않아서 이 세계적인 미스터리 소설 작가
는 실제 미스터리 사건의 주인공이 되어 그야말로 세계적인 뉴스
거리가 되고 말았다. 그럼에도 이 당찬 소설가는 희생자가 되기를
거부하고, 죽여주는 커리어와 더 젊은 새 남편으로 그동안 바람피
우면서 속썩인 전남편에게 멋지게 한 방 먹여주었다.

"여성소설가, 실종되다." "크리스티 부인의 미스터리." 1926년 12월 영국 전역의 신문 1면을 장식했던 헤드라인이다. 그녀가 쓴 추리소설 중 하나에서 플롯을 가져온 게 아닐까 의심될 정도로 의아하게, 애거사 크리스티는 어느 날 갑자기 사라졌고 곧 거국적인 수사가 실시되었다.

실종 당일 그녀는 남편 아치와 말다툼을 했고, 아치는 뻔뻔하게도 집을 박차고 나와 그길로 내연녀에게 갔다. 그날 자정이 가까웠을 무렵, 크리스티는 아무에게도 행선지를 알리지 않고 런던 외곽에 있는 스타일스 저택을 빠져나왔다. 다음날 아침 몇 킬로미터 떨어진 시골길에서 그녀의 차가 버려진 채 발견되었고, 차 안에는 갱신 날짜가 지난 운전면허증과 모피코트, 여행 가방만이 남아 있었다. 크리스티는 마치 다른 세계로 가버린 듯, 감쪽같이 사라져버렸다.

경찰이 대대적인 수사를 시작했을 무렵, 크리스티는 잉글랜드 북부에 있는 고급 호텔 스완 하이드로패식에, '테레사 닐'이라는 아이러니한 가명으로 투숙하고 있었다. 왜 아이러니하냐면, '닐'은 다름 아닌 남편의 정부의 성姓을 딴 것이었기 때문이다. 스파로 유명한 요크셔의 마을 해러게이트에 위치한 스완 호텔에 머무는 동안 크리스티는 쇼핑을 하고, 외식도 즐기고, 카드 게임도 하면서 여유로운 시간을 보냈다. '닐 부인'은 심지어 다른 투숙객들과 그해 최고의 베스트셀러 『애크로이드 살인사건』을 최근에 발표하고 실종된 추리소설 작가 이야기를 아무렇지 않게 나누었다.

그러다 마침내 한 호텔 직원이 그녀의 행방을 경찰에 제보했고, 아치는 곧바로 집 나간 아내를 만나러 해러게이트로 향했다. 그런데 한 목격자의 말에 따르면, 크리스티는 "남편을 그냥 지인 정도로 대했고…… 그가 누군지 영 모르는 것 같았다." 그저 빨리 자기 삶으로 복귀하고 싶었던 아치는 아내를 찾았다고 곧바로 발표해 소동을 가라앉히려 했다. "아내는 기억을 완전히 상실했고, 자신이 누군지도 모르는 것 같다." 그가 언론에 발표한 내용이다. "내가 누군지도 모르고, 자신이 어디에 있는지도 모르고 있다. 조용한 곳에서 휴식을 취하면 회복되지 않을까 한다."

호기심에 잔뜩 부풀어 있던 팬들로서는 실망스럽게도, 크리스티의 은밀한 휴가는 아무도 시원스럽게 해명해주지 않았다. 크리스티는 그 잠깐의 잠적 사건에 대해 공개적으로 언급하기를 거부했고, 이후로도 자신이 실종됐을 동안 그녀의 사생활에 대해 신나게 떠들어댔던 언론 매체들과 몇 차례를 제외하고는 인터뷰를 거의 하지 않았다.

스타일스 저택에서 사라졌던 그 운명의 밤 이전에 그녀는 감정적으로 상당히 약해진 상태에서 간신히 버텨오고 있었다. 결혼생활은 파경을 맞은데다, 그해 초 친정어머니가 폐렴에 걸려 갑자기 세상을 뜨면서 크리스티는 극심한 슬픔에 빠졌다. 밥도 안 넘어가고 잠도 못 자는 상태에서 그녀는 거의 혼자서 어머니의 유품과 어릴 적 살던 집에 남아 있는 짐을 정리해야 했다. "감당하기 힘든 외로움이 나를 집어삼켰다." 크리스티는 『자서전An Autobiography』에서 당시의 심경을 털어놓았다. "태어나서 처음으로 내가 아주 많이 아프다는 것을 그때까지도 알아차리지 못했던 것 같다. 나는 항상 누구보다 튼튼했고, 그래서 불행과 근심, 과로가 신체적 건강을 그리 한순간에 망가뜨릴 수 있다는 것을 그때는 몰랐다."

이 회고록에서 실종됐던 열하루의 이야기는 전혀 언급하지 않았지만, 그 당시 자신이 이상한 행동을 보였던 원인을 은근히 암시한 부분이 있다. 어떤 여자가 자신의 경험담을 털어놓으면서 크리스티가 실종 직전 겪었던 것들과 비슷한 증상을 이야기하자, 크리스티는 이렇게 대답했다. "앞으로 잘 지켜보는 게 좋을 거예요. 신경쇠약의 전조 증상인 것 같아요."

크리스티가 어머니를 잃고 홀로 사후 정리를 하느라 힘들어하는데도 전혀 도와주지 않았던 야비한 남편은 그걸로 모자라 얼마 후 아예 집을 나가버렸다. 그는 크리스티에게 자신이 아름다운 비서 낸시 닐Nancy Neele과 사랑에 빠졌다고 통보했다. 아내와는 달리 골프에 대해 지나치다 싶을 만큼 열정을 공유하는 여자였다. 아치는 나중에 부부 사이를 어떻게든 회복시켜보려고 스타일스 저택으로 돌아갔지만, 사실 두 사람의 어린 딸을 위해 노력한 것뿐이었다. 그러나 자기가 먼저 화해의 손

길을 내밀었으면서도 아내와 거의 대화하지 않고 아내가 먼저 말을 걸어도 대꾸하지 않는 등 저열하게 굴었고, 그러더니 결국 다시 이혼을 요구해왔다.

"그가 돌아온 것은 판단 착오였다. 그의 감정이 어떤지 더 확실히 느끼게 해주었을 뿐이니까. 한두 번도 아니고 그는 거듭 이렇게 말했다. '원하는 걸 가질 수 없는 이 상태를 나는 참을 수가 없어. 행복하지 못한 것도 참을 수 없고. 모두가 행복할 수는 없어— 누군가는 불행해지는 수밖에 없다고.'" 크리스티는 훗날 이렇게 회상했다. 아치는 그 불운의 '누군가'가 그녀였으면 한다는 걸 숨기려 하지도 않았다.

숫기는 없지만 남자들에게 인기는 많았던 미래의 작가 애거사가 영국 장교 아치볼드 크리스티Archibald Christie와 만난 것은, 그녀가 스물한 살 때 참석한 어느 파티에서였다. 매력 넘치는 장교에게 한눈에 반해버린 애거사는 얼마 후 약혼자와의 관계를 정리했다(그런 식으로 "결혼할 뻔했다가 마지막 순간에 빠져나온" 전적이 벌써 두 번이나 있었다). 사랑에 빠진 커플은 2년 뒤인 1914년 크리스마스이브에 식을 올렸다. 하지만 달콤한 신혼생활의 꿈은 잠시 접어두어야 했다. 신랑이 영국군 항공대원으로 1차대전에 참전해 싸워야 했기 때문이다.

크리스티도 전쟁 기간 동안 간호사로 자원해 자신이 태어났고 영국인 어머니와 미국인 아버지의 사랑을 받으며 자란 영국 남부 바닷가 마을 토키의 어느 병원에서 일했다. 그녀는 한동안 약품조제실에서 일하면서 독약에 관한 지식을 습득했고, 그 지식을 훗날 소설에 써먹게 된다. 크리스티는 남는 시간에 추리소설을 써보는 게 어떻겠냐는 언니의 조언을 받아들여, 데뷔작이 될 『스타일스 저택의 괴사건』의 줄거리를 써

나가기 시작했다.

신혼부부는 아치가 비정기적으로 휴가를 받아 돌아올 때만 잠깐씩 볼 수 있었고, 혼인 서약을 맺고 4년이 지난 뒤에야 겨우 신혼집에 들어가 살게 되었다. 참전용사 훈장을 받은 크리스티 대령은 런던에 있는 항공부에서 일하다가 곧 그만두고 자기 사업을 시작했다. 딸이 태어나고 1년 뒤인 1920년 애거사 크리스티는 『스타일스 저택의 괴사건』을 발표하면서 소설가로 데뷔했고, 더불어 에르퀼 푸아로라는 벨기에 탐정 캐릭터를 세상에 소개했다.

아치의 진심어린 (그리고 돈냄새를 맡은 그의 직감에 따른) 격려에 힘입어 크리스티는 두번째 추리소설 『비밀 결사』를 집필했고, 그 작품에 토미 베레스퍼드와 터펜스 카울리라는 형사 듀오를 등장시켰다. 두번째 소설이 서점 신간 판매대에 깔린 1922년 1월에 크리스티는, 다가올 대영제국 박람회의 홍보위원회에서 활동해달라는 초빙을 받은 아치를 따라 장장 10개월에 걸친 세계 일주를 떠난다. 크리스티 부부는 남아프리카공화국, 호주, 뉴질랜드, 캐나다를 거쳐 하와이까지 갔고, 그곳에서 다른 한 무리에 섞여 영국인 최초로 보드 위에 서서 서핑을 하는 짜릿함을 맛보았다. 다시 영국으로 돌아온 부부는 어느 시골 저택에 보금자리를 마련했고, 크리스티의 첫 소설 제목을 따 '스타일스 저택'이라고 이름 붙였다. 크리스티가 훗날 실종된 집이 바로 이 집이다.

더이상 바랄 게 없는 것처럼 보였던 결혼생활이 10년째 이어지던 어느 날, 크리스티는 남편에게 청천벽력 같은 통보를 받는다. 그녀가 평생 우상처럼 떠받들었던 남편이 그동안 간통을 저질러왔음을 시인하면서 정부인 닐 양에게 가겠다고 선언한 것이다. "그 말을 듣는 순간, 내 인생의 한 부분 — 행복하고 성공적이고 자신감 넘쳤던 삶 — 은 끝났다." 당시를 회상하면서 크리스티는, 그때만 해도 상황이 저절로 해결될 거라 믿었다고 털어놓았다. "우리 부부의 생활에 그런 사태를 의심할 만한 징조는 정말 손톱만큼도 없었다. 우리는 더없이 행복했고 금슬이 좋았으니까." 충격을 받고 넋이 나간 크리스티는 남편의 배신을 자기 탓으로 돌리며 "아치의 인생을 채워주기엔 내게 뭔가 부족한 부분이 있었나 보다"고 자책했다.

크리스티의 실종사건을 계기로 아치의 부정이 만천하에 드러났을 때, 그는 아내를 없애버렸다는 의심을 받은 것은 물론 언론에 바람둥이이자 살인 용의자로 오르내리며 실컷 욕을 들어먹었다. 바람을 피운 남편을 창피 주기 위해 크리스티가 일부러 평범한 여행을 실종처럼 꾸몄다고 떠들어대는 무리도 있었다. 그녀가 자살을 했다는 둥 애인과 달아났다는 둥 별의별 소문이 돌았고, 새 작품의 플롯으로 써먹으려고 자료조사차 일을 꾸몄다는 다소 황당한 주장도 일었다. 당시 대중의 여론은 대체로 부정적인 방향으로 흘렀고, 이 모든 게 사기이며 애거사 크리스티가 홍보 효과를 노리고서 꾸민 일이라고 믿는 사람이 많았다.

경찰은 자원봉사팀을 조직해 — 대략 5천 명에서 심지어 1만 5천 명이 모였다고 보도한 곳도 있었다 — '일요일의 대규모 수색'이라 이름 붙인 작전을 펼쳐, 크리스티가 마지막으로 목격된 지점 근방의 삼림지대를 샅샅이 뒤졌다. 혹시 시체라도 찾을까 해서 그곳 연못의 바닥을 훑었고, 영국 역사상 처음으로 실종자 수색에 항공기가 동원되었다. 세간의 이목을 끄는 자문위원도 동원됐는데, 바로 셜록 홈스의 창조자인 아서 코넌 도일이었다. 그는 (어떤 물건이나 그 물건과 관련된 사람에 대한 사실을 알아낼 수 있다고 주장하는) 사이코메트리스트psychometrist에게 자문을 구했다. 그 사람은 크리스티의 장갑 한 짝을 만져보더니, 장갑 주인이 죽지 않았다고 확언했다. 추리 작가 도로시 L. 세이어스도 팔 걷어붙이고 나서서 '일요일의 대규모 수색'에 뛰어들었다. 영국의 한 신문에 실은 글에서 그녀는 크리스티의 시체가 숲에서 발견되지는 않을 것 같다면서 경찰 수뇌부의 발표와 정면으로 배치되는 의견을 피력했다.

신문사들은 정보를 제공하는 자에게 보상금을 내걸고 급기야 예지력이 있다는 사람을 고용해가면서까지 크리스티의 행방을 알아내려 했다. 이 의문의 실종사건은 유럽 전역의 언론에 대서특필됐고, 심지어 대륙 너머에서도 관심을 모았다. 애거사 크리스티가 해러게이트에서 발견된 후에는 〈뉴욕 타임스〉가 1면에 대서특필하기도 했다.

의사들은 크리스티가 아마도 스타일스 저택에서 빠져나와 비밀스러운 여행에 나선 그날 밤 차가 도로에서 이탈하는 사고로 인해 뇌진탕을 일으켜 기억상실에 걸렸을 거라고 진단했다. 최면치료를 받는 과정에서 크리스티는 자신이 런던으로 간 것과 그곳에서 요크셔 스파 호텔의 매력을 선전하는 포스터를 본 것을 기억해냈다. 나중에 그녀의 행방이 확인된 호텔이다. 경찰에게 발견되고 나서 크리스티는 아치와 함께 스타일스 저택으로 돌아갔고, 결국 아치가 그렇게 원하던 이혼에 응해주었다.

크리스티가 가정생활에서 느낀 괴로움과 실망, 그리고 결혼 초기의 행복은 그녀가 메리 웨스트매콧Mary Westmacott이라는 필명으로 발표한 여섯 권의 소설 중 하나인 『미완성 초상Unfinished Portrait』•에 그대로 반영되었다. 주인공 셀리아와 더멋의 관계가 작가 자신과 아치의 그것과 겹치는 부분이 많아서, 크리스티의 두번째 남편인 맥스 맬로언Max Mallowan이 자신의 회고록에 "셀리아를 통해 우리는 다른 어디서보다 더 정확하게 애거사의 초상을 들여다볼 수 있다"고 할 정도였다.

이혼 후 심적으로 황폐해지고 언론에 시달릴 대로 시달린 크리스티는 사는 곳을 바꿔보기로 한다. 이제 서른여덟 살이 된 작가는 1928년에 다시 혼자가 되어, 한편으로는 자기 자신을 되찾고 독립성을 증명해 보이려는 마음에서, 평생의 숙원이었던 '오리엔트 특급열차 타고 여행하기'를 실행한다. 목적지는 관광객이 바글거리지 않으면서 부유한 상류층 여행객이 많이들 찾는 이국적인 장소 바그다드였다. 그곳에서 그녀는 이라크 남부에 있는 우르의 유적 발굴 현장을 찾아 고고학적 호기심을 충족시켰다.

2년 뒤 그곳을 다시 찾았을 때는 고대 유물 말고도 다른 것이 그녀를 기다리고 있었다. 맥스 맬로언을 처음 만난 데가 바로 그곳이었다. 키가 훤칠하고 짙은 머리칼이 매력적인, 그녀보다 열네 살이나 연하인 고고학자 맬로언은 크리스티에게 그곳을 구경시켜줄 임무를 띠고 차출되어온 것이었다. 과묵하면서 통찰력이 예리한 그에게 매력을 느낀 크리스티는 그와 성격이 잘 맞았는지 즉시 친해졌다. 대담한 성격이 서로 닮은 이들 한 쌍의 커플은 유적지를 탐험하며 바그다드와 중동의 사막을 신나게 누볐고, 그러다 한번은 차바퀴가 모래에 빠져 구조되기도 했다.

이기적이고 변덕이 심한 아치의 안티테제 같은 맬로언은 처음부터 믿

●　　한국에는 '두번째 봄'이라는 제목으로 출간되었다.

음직한 남자임을 증명해 보였다. 크리스티는 영국으로 돌아가는 여정의 중간에 그와 좋게 헤어질 작정이었다. 그런데 중간 체류지에서 딸이 위독하다는 연락을 받고 그녀가 어쩔 줄 몰라하자, 맬로언은 자기 일정을 변경해가면서 그녀를 집까지 에스코트해주었다. 몇 달 후 맬로언이 그녀의 집에 초대받아 일주일간 머물던 중 청혼하자, 두 사람의 우정은 그녀가 예상치 못한 단계를 맞았다. 그는 빌려간 책을 돌려준다는 핑계로 그녀의 침실 문을 두드렸고, 그 방에서 프러포즈했다.

나이 차 때문에 우정 이상은 불가능할 거라고 선을 그었던 크리스티는 뜻밖의 전개에 너무 놀랐고, 꼬박 두 시간 동안 맬로언의 마음을 돌리려고 애썼다. 다시는, 아치에게 그랬던 것처럼, 남에게 자신의 모든 것을 바치지 않겠노라고 결심하고 살아온 그녀였다. "여자에게 진정 돌이킬 수 없는 상처를 줄 수 있는 사람은 남편뿐이다. 세상에서 가장 가까운 사람이니까"라는 게 이유였다. 그러나 맬로언의 프러포즈를 받고 몇 주를 고심한 끝에 크리스티는 다시 한번 위험을 무릅쓰고 그와 결혼하기로 결심한다. 나이 차 때문에 고민한 일은 부질없는 짓이었던 것으로 드러났다. 훗날 그녀는 이런 농담도 했다. "고고학자야말로 최고의 남편감이지요. 아내가 나이들수록 더 흥미를 보이거든요."

바다처럼 관대한 새 남편 맬로언은, 정작 본인은 남편의 유적 발굴 현장을 마음껏 돌아다니면서도 그에게 절대 골프만은 치지 말아달라고 강경하게 당부하는 아내의 한 맺힌 요구도 순순히 들어주었다. 유물 발굴 현장에서 그녀는 종종 조수 역할을 자처해 유물들을 손질하거나 복구하고, 도자기 조각을 끼워맞추고, 발굴된 물품의 목록을 정리했다. 그리고 남편과 함께한 중동 지방 여행에서 영감을 얻어 『나일강의 죽음』이나 『마지막으로 죽음이 오다』 『메소포타미아의 살인』처럼 유적 발굴지를 배경으로 사건이 전개되는 이국적인 분위기의 작품들을 탄생시켰다.

맬로언이 그의 자서전을 마무리짓고 있었던 1976년 크리스티가 별세했고, 45년의 행복하고 충만한 결혼생활을 누린 그는 한동안 마음이 텅 빈 상태로 지냈다. 그는 아내의 창의력과 인생을 대하는 지치지 않는 열정을 회상하면서 슬픔에 젖다가도 크리스티의 팬들이 보낸 조문 편지들을 읽으며 조금이나마 위안을 얻었다. "애거사 크리스티의 인품과 작품 모두에서 빛나던 애정과 행복감"을 팬들도 알아본 것에 그는 큰 감동을 받았다.

작가와 뮤즈
아홉 뮤즈여, 깨어나라

고대 그리스 서정시의 시대부터 작가들은 창작의 샘을 건드려주고 더 높은 수준의 작품을 쓸 수 있도록 영감을 제공하는 뮤즈―지상과 천상 사이의 어딘가에 존재하는 여성들―를 찾아 헤맸다.

　다음의 작가들을 각각의 뮤즈와 연결해보라.

1. 칠레의 시인 **파블로 네루다**는 타는 듯한 빨간 머리의 요부에게 뜨거운 사랑을 노래한 소네트 모음집을 헌정한 것은 물론, 산티아고의 언덕 위에 그녀만을 위한 은신처를 지어주고 5년 동안이나 아내의 눈을 피해 그 집에서 밀회를 가졌다.

2. 비록 두 번밖에 못 만나봤고 각자 배우자가 있었는데도, **단테 알리기에리**는 이후 수십 년 동안 줄곧 피렌체의 그녀를 노래하는 글을 썼고, 그 뮤즈를 모델로 삼아 『신곡』에 등장하는 이상적인 여성을 창조해냈다.

3. 낭만주의 시인 **존 키츠**는 주로 진지한 시를 쓰면서, 의미심장한 눈짓을 주고받는 사이인 옆방 여자에게 보내는 소네트도 간간이 썼다. 극찬받은 시 「빛나는 별Bright Star」은 영원히 자신을 사랑해달라는 염원을 담고 있으며, 작품 속에서 그는 사랑을 변함없이 빛을 발하는 별에 비유하고 있다.

4. **에드거 앨런 포**는 영악하게도 1846년 〈뉴욕 이브닝 미러〉에 발표한 시 「밸런타인A Valentine」의 행간에 애인의 이름을 숨겨놓았다.

5. **그레이엄 그린**의 소설 『엔드 오브 어페어The End of the Affair』는 2차대전

중 한 작가와 공무원의 아내가 나눈 불륜관계를 중심으로 이야기가 펼쳐지는데, 이는 작가 자신과 어느 미국인 유부녀의 외도와 겹치는 면이 있다.

6. **제임스 조이스**의 대작 『율리시스』는 1904년 6월 16일 단 하루 동안의 일을 그리고 있는데, 그 날짜는 작품 속 몰리 블룸의 실제 모델인 자유로운 영혼의 아내와 첫 데이트를 한 날을 기념하기 위해 고른 것이다.

7. 모스크바 출신의 사랑받는 여배우이자 **안톤 체호프**의 작품 속 주인공들을 무대에서 멋지게 재현한, 그리고 나중에 그의 아내가 된 이 뮤즈는 『세 자매』의 주인공 '마샤'의 실제 모델이었다.

8. 신부는 심드렁한 신혼여행의 불씨를 어떻게든 살려보려고 귀신 들린 척 이야기를 지어내 남편 **W. B. 예이츠**의 관심을 끌었고, 어쩌다보니 주기적으로 그의 시적 영감을 이끌어내는 영매 역할을 담당하게 되었다.

9. 이 러시아 뮤즈의 반짝이는 지성과 창조의 불꽃은 무려 철학자 **프리드리히 니체**와 시인 **라이너 마리아 릴케**, 그리고 정신분석학자 **지그문트 프로이트**를 전부 사로잡았다.

A. 노라 바너클Nora Barnacle

B. 캐서린 월스턴Catherine Walston

C. 조지 하이드리스Georgie Hyde-Lees

D. 패니 브론Fanny Brawne

E. 올가 크니퍼

F. 마틸데 우루티아

G. 루 안드레아스살로메

H. 베아트리체 포르티나리

I. 패니 오스굿

답: 1-F, 2-H, 3-D, 4-I, 5-B, 6-A, 7-E, 8-C, 9-G

감질나는 요리 같은 나의 그대

거트루드 스타인과 앨리스 B. 토클라스

결혼이 뭡니까, 보호장치입니까 종교입니까,
결혼은 포기입니까 유복함입니까,
결혼은 발판입니까 종착지입니까.
결혼이 대체 뭐란 말입니까.

_거트루드 스타인, 〈우리 모두의 어머니The Mother of Us All〉

'커밍아웃'이라는 것에 우리가 익숙해지기 훨씬 전, 거트루드 스타인과 앨리스 B. 토클라스는 두 사람이 커플이라는 사실을 굳이 숨기지 않고 살았다. 파리에 함께 살 거처를 마련한 두 미국인은 미술과 문학 그리고 서로를 중심으로 삶을 일구어갔다. 처음 본 순간부터 서로에게 반한 두 여성은 여러 면에서 선구자적이고 또 수많은 남녀 부부보다 훨씬 성공적인 삶을 살았다.

"스타인 양, 토클라스 양, 부디 우리를 실망시키지 마세요. 이렇게 당신들을 기다리고 있답니다!" 미국이 눈 빠지도록 기다리던 이들 커플이 1934년 11월 미국에 도착하기 전, 〈배너티 페어Vanity Fair〉*의 편집자는 지면을 빌려 이렇게 간청했다. 프랑스에서 두 사람을 태우고 떠난 여객선이 뉴욕항에 정박한 순간부터 6개월 뒤 다시 미국을 떠날 때까지, 이 중년의 유명인사 커플은 꾸준히 신문 1면을 장식했다.

　비교적 최근에 불붙은 이 유명세는 베스트셀러가 된 『앨리스 B. 토클라스 자서전』이 불러온 것이었다. 이 불온한 어조의 작품은 거트루드가 썼지만, 그녀의 오랜 연인 앨리스를 화자로 내세워 두 사람이 함께한 삶을 반추하고 있다. 미국에 조심스럽게 발을 딛기 전, 두 사람은 벌써

●　　미국의 대중문화, 패션, 연예 매거진. 매거진의 제목은 '허영의 시장'이라는 뜻이다.

30여 년째 커플로 함께해왔는데, 두 사람을 이어준 건 재미있게도 대자연이었다.

1906년 4월 18일 샌프란시스코를 강타한 대지진은 스물여덟 살의 앨리스가 홀몸이 된 아버지와 남동생을 보살피며 단조로운 삶을 살고 있었던 토클라스가의 저택도 뒤흔들어놓았다. 그런데 우연히 거트루드의 오빠 부부를 만나고서 앨리스의 삶은 극적으로 달라졌다. 프랑스에서 살다가 지진 소식을 듣고 미국 서부에 있는 저택의 상태를 살피러 온 스타인 부부를 만난 것이다. 스타인 부부가 늘어놓는 화려한 외국 생활 이야기에 흠뻑 빠진 앨리스는 그러잖아도 모험을 갈망하던 차에 결국 짐을 싸서 파리행 여객선에 몸을 싣는다.

앨리스가 프랑스의 수도에 도착해 가장 먼저 들른 곳은 스타인가에서 열린 파티였다. 거기서 앨리스는 파티 호스트 부부에게, 아니 다른 참석자 누구에게도, 눈길을 주지 않았다. 그녀의 신경은 온통 거트루드에게 쏠려 있었다. "그녀는 온통 황갈색으로 빛났다. 토스카나의 태양에 그을린 따스한 갈색 머리칼은 군데군데 금빛으로 반짝이고," 앨리스가 『기억되는 것What Is Remembered』에서 그때를 회상한 구절이다. 앨리스는 처음 거트루드를 소개받는 순간 머릿속에서 종소리가 들렸다고 했다. 천재를 만났음을 알려주는 소리였다(어쨌거나, 거트루드의 주장은 그랬다).

거트루드는 지체 없이 앨리스에게 같이 뤽상부르공원을 산책하자고 제안했다. 두 사람은 그날부로 한시도 떨어지지 않는 짝꿍이 되었고, 2년 뒤에는 동거를 시작했다. 전설이 되다시피 한 두 사람의 살롱에는 파블로 피카소와 어니스트 헤밍웨이, 만 레이 등의 부류가 드나들었다. 파리 아방가르드 문화의 중심이 된 두 사람의 활약에 동료 미국인들은 매료되었고, 거트루드의 자서전에 묘사된 화끈한 에피소드들을 읽으며 희열을 느꼈다.

예순 살이 된 작가 거트루드는 뒤늦게 얻은 명성의 화려함을 톡톡히 누렸고, 앨리스와 함께한 미국 횡단 투어에서 두 사람이 거의 왕족 대접을 받은 것도 그 명성 덕분이었다. 백악관의 초대를 받아 엘리너 루스벨트와 마주앉아 차를 마신 것은 약과이고, 시카고 경찰관들의 호의로 순찰차를 타고 순회하는 짜릿한 경험을 하는가 하면 찰리 채플린, 대실 해밋과 함께하는 할리우드 파티에 참석하고 에드거 앨런 포가 살았다는 버지니아대학 기숙사방의 열쇠를 손에 넣기도 했다. 장장 6개월간 거트루드는 언제나 앨리스를 대동하고서, 자동차와 기차, 비행기로 미국 전역을 돌며 빈자리 없이 꽉 찬 청중석을 향해 열띤 강연을 펼쳤다. 그러는 동안 앨리스는 거트루드가 불편하지 않게 지내도록 돌봐주는 역할을 맡아, 그녀가 연단에 서기 전 좋아하는 음식 — 감로멜론honeydew melon과 굴 — 을 꼭 먹을 수 있도록 각별히 신경써주었다.

청교도적인 미국 대중은 언론의 집중 조명을 받는 이 커플이 레즈비언이라는 점을 전혀 개의치 않는 듯했다. 거트루드는 앨리스와 함께 미국을 여행하는 동안 모욕적인 편지나 협박 전화 혹은 그 비슷한 편견에 찬 공격을 전혀 받지 않은 것에 적잖이 놀랐다. 거트루드와 앨리스의 관계는 말하자면 '공공연한 비밀'이었다. 두 사람은 자신들이 동성 커플이라는 것을 떠벌리지 않았지만, 굳이 감추지도 않았다. 인터뷰도 둘이 함께 투숙한 방에서 공동으로 진행했고, 거트루드가 찍힌 사진을 보면 거의 항상 앨리스도 옆에 있었다.

그들이 어울린 무리의 다른 커플들, 수시로 잠자리 상대를 갈아치우고 금방 이혼하는 커플에 비하면, 거트루드와 앨리스의 헌신적이고 일부일처제에 순응하는 듯한 관계는 상대적으로 고루하게 느껴졌다. 여러 면에서 그들은 전통적인 남녀 부부와 비슷했다. 둘 중 더 남성적인 거트루드는 종종 자신을 '앨리스의 남편'으로 지칭했고, 또 앨리스는 집안일을 돌보는 책임을 열성적으로 수행했다. 앨리스가 그렇게 가사를 전담해준 덕분에 거트루드는 마음껏 글을 쓰고, 좋은 그림을 물색해 사들이고, 살롱을 열어 안주인 노릇을 하고, 떠오르는 신예 화가와 작가들을 발굴해 지도하고, 자신의 천부적 재능에 파고들 수 있었다.

각자가 맡은 성역할을 강조하듯, 두 사람은 극적으로 상반된 스타일을 추구했다. 땅딸막하고 다부진 체격의 거트루드는(영국의 시인 이디스 시트웰Edith Sitwell은 이스터섬의 석상이 떠오른다고 농담했다) 바지를 입은 적은 없지만, 주로 한 톤 어두운 단색에 평범하고 재단이 단순한 디자인의 편한 옷을 즐겨입었다. 그녀가 긴 머리를 카이사르 스타일로 짧게 치기로 했을 때 가위를 잡고 직접 잘라준 것이 앨리스였다.

둘 중 비교적 여성스러웠던 앨리스는 보통 화려한 색깔이나 꽃무늬로 치장한 고급 디자이너 드레스를 입었고, 눈에 띄는 귀고리와 깃털 장식이 달린 모자를 애용했다. 짙은 갈색 머리를 항상 가지런한 단발로 유지하고 앞머리를 눈썹 바로 위까지 기르고 다녔으며(피카소가 '유니콘의 뿔'에 비유한 적이 있는, 이마에 난 물혹을 가리기 위해서였다고 한다), 인중에 난 거뭇거뭇한 솜털을 누가 뭐라고 해도 깎지 않았다. 요리연구가 제임스 비어드James Beard는 앨리스를 "보기 좋게 못생겼다"고 표현했고, 어느 잡지 에디터는 앨리스에 비하면 다른 사람들 얼굴은 벌거벗고 있는 것 같다고 평했다. 두 사람이 미국 투어중 볼티모어에서 거트루드의 가족들과 얼마간 머문 적이 있는데, 세 살 난 친척 꼬마아이가 아무 생각 없이, 아저씨는 마음에 드는데 아줌마는 왜 콧수염을 기르고 다니느냐고 내뱉었다는 일화가 있다.

눈에 띄는 겉모습의 차이와 가사노동 분담 외에도, 관습을 고수하려는 이들 커플의 성향은 다른 곳에서도 엿보였다. 비록 법적으로는 결혼할 수 없는 사이였지만, 거트루드는 반지를 내밀며 같이 살자고 하면서 앨리스에게 청혼했다. 두 사람은 스페인으로 신혼여행도 다녀왔다. 1차세계대전중 포드 자동차 한 대를 장만해 프랑스 시골로 의약품을 배급하러 다녔을 때에도 운전대는 항상 거트루드가 잡았고 앨리스는 물자 조달을 맡았다.

성역할 분담이 지나쳐 거트루드는 가끔가다 다른 여자들에게 차별적인 언행을 보일 때도 있었다. 예를 들면 동료 작가 주나 반스에게, 그녀의 작품을 거론하는 대신 다리가 아주 근사하다고 칭찬 아닌 칭찬을 하는 식이었다. 그리고 창작 활동을 하는 부류가 거트루드와 이야기를 나누러 찾아오면, 헤밍웨이 같은 젊고 잘생긴 남자의 관심을 받는 것을 즐겼던 거트루드는 그 아내들은 얼씬도 못하게 했고 가서 앨리스와 패션이나 요리에 대한 수다나 떨라고 쫓아버렸다.

그런가 하면 앨리스는 또 앨리스대로 집안의 안주인이자 수문장 역할로 맛보는 재미가 쏠쏠했던지, 거트루드를 만나겠다고 꾸준히 밀려드는 방문객들을 걸러내는 일을 자처했다. 심지어 상대하기 지겨워진 친구들을 쳐내는 일 같은 '손을 더럽히는 일'도 마다하지 않았는데, 주로 전화나 쪽지로 차가운 한마디를 전달하는 방법으로 해결했다. 두 사람과 오랫동안 알고 지낸 극작가 손턴 와일더Thornton Wilder•는 그런 그녀를 이렇게 비꼬았다. "앨리스는 그저 보물을 지키는 사나운 여간수에 불과했다."

피아노 실력이 수준급이었던 앨리스는 피아니스트의 길로 나갈까 잠시 고려했지만, 자신의 재능이 그 정도는 아니라고 판단하고 생각을 접었다. 대신 거트루드가 문학적 잠재력을 꽃피우는 데 자신의 모든 것을 바치기로 한다. 그래서 거트루드의 개인 타이피스트이자 피드백 담당자, 비평가, 편집자, 홍보 전문가 그리고 뮤즈 역할까지 담당해, 파트너의 직업적 성취에 직접적인 도움을 주었다. 어느 시점에 가서는 오직 거트루드의 모더니즘적인 작품들을 출판하는 것만을 목적으로 출판사를 차리기도 했는데, 당대 주류 출판업자들이 거트루드의 실험적인 스타일을 당혹스러워했기 때문이었다.

"거트루드가 없었다면 앨리스는 어쨌을 뻔했어?" 두 사람이 공통으로 알고 지낸 한 지인은 이렇게 말했다. 하지만 마찬가지로 거트루드도 앨리스에게서 받은 정서적 안정과 끊임없는 격려, 또 그녀를 유명인사로 만들어준 작품의 영감을 제공해준 뮤즈가 아니었더라면 영원히 무명작가로 묻혔을 것이다. 거트루드가 초창기에 출판될 가망이 없어 보이는 원고를 눈앞에 산더미처럼 쌓아두고 좌절을 토해낼 때부터 앨리스는 꾸준히 파트너를 지지해주었다.

거트루드가 세상을 떠난 후 앨리스가 쓴 자서전이 출판됐을 때, 악의에 찬 일부 평론가들은 그녀가 택한 인생을 싸잡아 비방하면서 생기 넘

•   소설 『산 루이스 레이의 다리』와 희곡 『우리 마을Our Town』 『위기일발The Skin of Our Teeth』로 퓰리처상을 세 번이나 수상한 미국의 소설가이자 극작가.

쳤던 그녀의 연인에 비하면 앨리스는 희미한 그림자에 불과하다고 떠들어댔다. 심지어 한 비평가는 그녀의 회고록을 "평생 거울을 들여다볼 때마다 남의 얼굴과 마주한 여자의 비참하고 하찮은 책"이라고 표현했다. 하지만 앨리스 자신이 철저한 계산으로 맞춤 제작한, 재능 넘치는 배우자의 조력자라는 페르소나 뒤에는 훨씬 다채로운 인물이 숨쉬고 있었다. 모험을 갈망하는 성향이 있었기에 안락한 집을 떠나 외국에서 새로운 삶을 시작했고, 푹푹 찌는 날씨에 이탈리아 시골마을을 여행하다가 기차 창밖으로 선홍색 코르셋을 던져버리는 등 간간이 보여준 대담한 행동에서 반항적 성격도 엿보였다. 대중에게 내보인 앨리스의 겸허하고 차분한 성정이 거트루드의 상대를 제압하는 성향까지도 완벽히 보완했다면, 사석에서의 앨리스는 파트너에게 당당하게 맞섰고 가끔가다 살롱에 찾아온 손님들 앞에서 파트너를 질책할 정도로 자기 자신과 둘의 관계에 믿음이 있었다.

몇몇 지인들의 증언에 따르면, 앨리스는 거트루드의 인생에 들어온 다른 사람들을 밀어내기 위한 방편으로 그녀가 자신에게 더 의존하게 만들었다고 한다. 소문으로는 거트루드의 오빠이자 동거인이었던 리오가 첫 희생자였다. 리오는 처음에 앨리스가 그들의 아파트에 들어올 때 복덩이가 굴러들어온 듯 반겼고, 침실로 쓰라고 자기 서재까지 내주었다. 그러나 나중에는 여동생 커플에 대해 험한 말만 내뱉었다. 그는 앨리스를 "가져가는 것보다 기부하는 게 더 많은 비정상적인 흡혈귀"라고 비꼬았고, 그런 파트너에게 지나치게 의존하는 여동생도 싸잡아 비난했다. 그는 "딱 저런 식으로 덩굴에 질식당하는 나무를 본 적이 있다"며 대놓고 적의를 드러냈다. 오랫동안 화목하게 잘 지내왔으나 이제 마주쳤다 하면 말싸움뿐인 남매는 앨리스가 그 집 동거인으로 합류했을 때쯤, 이미 하루빨리 갈라서고 싶어 안달이 난 상태였다.

앨리스가 거트루드 남매 간 불화의 원인 제공자로 비난받는 것은 불공평하다고 할 수도 있으나, 리오 스타인 외에도 쫓아버린 사람은 수두룩했다. 그중 한 명은 메이블 다지Mable Dodge라는 미국인 예술 후원자로, 이탈리아의 저택에 두 사람을 초대해 머물게 하면서 후한 대접을 한 고마운 사람이었다. 다지가 거트루드에게 추파를 던지고 거트루드가 뜨거운 눈빛으로 응하는 것을 보고 앨리스는 오찬 테이블을 박차고 성큼성큼 가버렸고, 이후 거트루드와 다지의 우정은 내리막을 걸었다.

자기들끼리 과하게 의존하는 것에 대한 세간의 비난을 거의 신경쓰지 않았던 거트루드와 앨리스는 서로에게 애칭까지 만들어주었다. 앨리스가 거트루드를 부르는 애칭은 '여보Lovey', 거트루드가 앨리스를 부르는 애칭은 '야옹이Pussy'였다. 여보는 작품에서도 야옹이를 향한 애정과 욕정을 스스럼없이 드러내, "앨리스 B.는 내 아내"라는 구절을 넣거나 그녀를 "감칠나는 요리"라고 표현하기도 했다. 밤늦도록 집필 작업을 한 날이면 거트루드는 잠들기 전 종종 짤막한 편지—어느 날은 로맨틱하다가 또다른 날은 유머러스하게, 어떤 날은 야하게 썼다가 또 다음날은 미안함을 담은 글을 썼다—를 아침 일찍 일어난 앨리스가 읽도록 남겨놓았는데, 그러면 앨리스는 자신의 "최강 남편"더러 보라고 답장을 써놓았다.

거트루드가 글재주로 앨리스를 유혹했다면, 앨리스는 부엌에서 기술을 발휘해 상대를 사로잡았다. 『과거와 현재의 향과 맛: 최상의 요리 Aromas and Flavors of Past and Present: A Book of Exquisite Cooking』라는 앨리스가 쓴 두 권의 요리책 중 하나(다른 하나는 그 유명한 마리화나 퍼지 레시피가 실려 있는 『앨리스 B. 토클라스 요리책The Alice B. Toklas Cookbook』이다)에 새겨두면 좋을 조언이 나오는데, 여기서 우리는 그녀의 고차원적인 유머감각을 엿볼 수 있다. "서로 조화를 이루고 적당히 단계가 진전되게끔, 메뉴를 신중하게 고르세요." 앨리스의 조언이다. "한끼 메뉴에는 클라이맥스와 완결성이 있어야 해요. 하지만 살살 도달하세요. 그리고 한 번이면 충분해요."

40년을 함께한 동안 그들은 두 차례의 세계대전을 프랑스에서 경험했고, 그때의 참혹했던 시간은 두 사람 사이를 더 돈독하게 만들어주었다. 2차대전 때는 친나치 성향의 비시 정부를 추종하는 오랜 친구의 보호를 받으며 프랑스에 머물렀다고 해서 논란의 중심이 되기도 했다. 전쟁 기간의 대부분을 프랑스 남부 지방에서 보내면서 그들은 현지 이웃들과 똑같이 물자 부족과 궁핍을 감내해야 했다. 게다가 유대인이고 레즈비언에 미국인이라는 점 때문에 박해받기 더 쉬운 타깃이었는데도 불구하고, 그들은 자신들이 제2의 고향으로 삼은 그곳을 떠나기를 극구 거부했고 스위스로 망명하라는 주위의 경고도 끝까지 무시했다.

1946년, 유럽에서 2차대전이 끝나고 2년 뒤, 위암으로 고생하던 거트루드는 수술실에 들어갔다가 그대로 세상을 떠났다. 슬픔에 잠긴 앨리스는 파트너보다 거의 20년을 더 살았다. 앨리스는 여든아홉의 나이로 세상을 떠나기 얼마 전, 가톨릭으로 개종하면서 신부에게 이렇게 하면 죽어서 거트루드와 재회할 수 있는 거냐고 물었다고 한다. 이들 두 영혼의 동반자는 파리의 페르 라셰즈 공동묘지에 나란히 묻혔는데, 앨리스의 묘에는 따로 묘석도 마련되어 있지 않다. 그녀의 이름과 탄생

일, 사망일은 본인의 희망사항대로 거트루드의 묘석 뒷면에 금박으로
새겨져 있다.

작가의 첫인상
잊을 수 없는 얼굴

큐피드가 적시에 재빨리 화살을 쏘아 인생의 동반자를 만난 작가들이 많다. 개중에는 화살을 맞은 사람이 이미 짝꿍이 있었던 적도 많았다. 게다가 때로는 이 토실토실한 궁수가 타깃을 못 맞추는 바람에 활시위를 다시 당겨야 할 때도 있었다.

이런 친구라면 얼마든지 데려와요
존 스타인벡이 노던캘리포니아에 있는 자신의 집에서 주말을 함께하자고 한 여배우를 초대했을 때, 그 여배우는 샤프롱 노릇을 해달라고 유부녀 친구를 데려가는 실수를 저지르는 바람에 막상 자신이 꿔다놓은 보릿자루가 되고 말았다. 스타인벡은 데이트 상대가 데려온 친구 일레인 스콧Elaine Scott에게 단단히 빠졌고, 1년 뒤 결혼에 골인했다.

그는 당신에게 반하지 않았다
시대를 지배한 요리의 아이콘이 된 줄리아 차일드는 남편 될 사람을 처음 만났을 때 아무런 감흥도 느끼지 못했다. "번개가 내리쳐 헛간을 불태우는 일은 일어나지 않았어." 폴 차일드 역시 2차대전 중 해외에서 줄리아를 처음 만난 순간을 이렇게 회상했다. 그는 처음에 줄리아가 촌스럽다고 느꼈고, 줄리아는 폴이 못생겼다고 생각했다. 그런데 전쟁이 끝날 무렵에는 폴이 줄리아에게 사랑시를 읊어주고 줄리아는 친구에게 이렇게 말할 정도로

361

사이가 달라져 있었다. "그 사람, 입맛이 고급이더라. 요리를 배워야겠어."

초상화 한 장으로 게임 끝

마크 트웨인은 아내를 처음 만나기 전에 이미 그녀에게 반해 있었다. 증기여객선에 같이 탄 승객이 자기 누이의 작은 초상화를 보여줬는데, 그걸 본 순간 트웨인은 그 여인에게 관심이 생겨 나중에 집에 돌아가면 가족 만찬을 함께하자는 초대를 덥석 받아들였다. 누나 올리비아 랭던Olivia Langdon의 실물은 전혀 실망할 구석이 없었고, 트웨인이 두번째로 그녀를 방문했을 때 두 사람은 열두 시간을 함께했다.

자매 간의 불꽃튀는 경쟁

몸도 허약하고 혼자 있기 좋아하는 소피아 피바디Sophia Peabody●는 팜므파탈과는 거리가 먼 타입이었지만 본의 아니게 언니의 약혼자를 빼앗고 말았다. 너대니얼 호손은 이 부서질 것 같은 미인을 처음 만난 순간부터 그녀에게서 눈을 떼지 못했고, 결국 그녀와 결혼에 골인해 그녀의 언니를 질투로 불타오르게 만들었다.

진정한 픽업아티스트

장장 닷새나 술에 절어 보낸 터라 몰골이 말이 아니었음에도 불구하고, 유명한 추리소설 작가 대실 해밋은 1930년 할리우드의 어느 만찬에서 만난 극작가 지망생 릴리언 헬먼Lillian Hellman을 단번에 사로잡았다. 둘 다 결혼

●   미국의 화가, 일러스트레이터.

한 상태였지만, 그들은 아랑곳 않고 함께 파티장을 빠져나가 해밋의 차에서 동이 틀 때까지 T. S. 엘리엇에 대해 논하며 그날 밤을 보냈다. 그날의 만남은 해밋이 죽을 때까지 이어진 30년간의 파란만장한 외도의 시작이었다.

빌어먹을 사랑

로버트 루이스 스티븐슨

어떤 여자가 험난한 바다보다
훨씬 더 위험한 결혼에 발을 들이려고 하겠는가?

_로버트 루이스 스티븐슨, 「이스 트리플렉스Aes Triplex」

스코틀랜드 태생의 작가 로버트 루이스 스티븐슨은 여장부 타입
에 명사수인 미국인 여자를 만나 사랑에 빠졌고, 두 개의 대륙이
좁다하고 그녀를 쫓아다녔다. 버려진 캘리포니아 탄광촌에서도
살아보고 남태평양을 가로지르는 여행도 하면서 지구 구석구석
을 함께 밟은 두 사람의 삶은, 무모한 모험이 압권인 그의 소설들
보다도 훨씬 더 짜릿한 모험이 살아숨쉬는 흥미진진한 생이었다.

1879년 7월의 어느 날, 로버트 루이스 스티븐슨은 패니 밴더그리프트 오스본Fanny Van de Grift Osbourne에게서 전보를 한 통 받고 극단적인 결단을 내린다. 그날부로 자신이 태어난 스코틀랜드를 등지고 캘리포니아행 여행길에 오른 것이다. 그녀와 함께하기 위해서라면 대양 하나쯤은 얼마든지 건널 수 있었다. 베일에 싸인 그 서한의 내용은 끝내 밝혀지지 않았으나, 패니가 바람기 많은 남편과 드디어 이혼하기로 했다는 통보이거나 아니면 스티븐슨과의 관계를 끝내야겠다는 통보이거나, 둘 중 하나였을 것으로 추정된다. 어느 쪽이건 스티븐슨은 애정의 대상과 재회하는 데 잠시도 시간을 지체하지 않았다.

풍문에 따르면 대양 횡단 여정에 나서기 3년 전, 떠오르는 신진 작가였던 스물다섯 살의 스티븐슨은 프랑스의 그레쉬르루앙 지역에 있는 어느 문학관에서 패니를 만나 첫눈에 그녀에게 반해버렸다. 전통적으로 남성 중심적인 사회에서 남성만큼 대접받는 여성을 보는 건 상당히 드문 일이었기에, 패니는 등장하자마자 일행 사이에서 화제의 중심이 되었다. 그녀의 아름다운 외모와 지성, 거침없는 입담에 그 자리에 있던 일단의 화가와 작가들은 그녀를 즉시 무리의 일원으로 받아들였고, 그렇게 패니와 그녀의 두 자녀, 열여덟 살 난 벨과 여덟 살의 로이드는 처음부터 환대받았다.

친화력 좋고 개성 있는 스티븐슨도 등장만으로 좌중의 기억에 각인되었다. 손님들이 식사중인 호텔의 창문으로 훌쩍 뛰어들어와 당당하게 패니의 옆자리에 앉았으니 그럴 만도 했다. 그는 패니를 보자마자 "빌어먹을 사랑에 빠져"버렸지만 정작 패니는 화가 지망생인 그의 사촌 밥에게 관심을 보였고, 또 밥은 벨에게 푹 빠져 있었다. 하지만 패니는 곧 스티븐슨의 위트와 유창한 말솜씨에 매료되었고, 그 "키 큰 말라깽이에 얼굴은 라파엘로를 닮은 스코틀랜드 남자"와의 관계는 이내 핑크빛으로 변했다.

스티븐슨은 그레쉬르루앙의 문학관에서 꽃다운 나이의 벨은 놔두고 자신보다 10년 연상인 패니에게 구애해서 동료 작가들을 놀라게 했는데, 사실 자식까지 둔 유부녀에게 빠지는 건 그에게 익숙한 패턴이 된 지 오래였다. 패니를 만나기 전에는 가족들과 알고 지내온 열 살 연상의 아름다운 여인에게 반해서 정신 못 차린 적이 있었다. 한참 뒤에는 그의 유년기와 청소년기에 지대한 영향을 준 또다른 성숙한 여성에게 동시선집 『한 어린이의 시 정원A Child's Garden of Verses』을 헌정하기도 했다. 바로 가정교사인 앨리슨 커닝엄Alison Cunningham이라는 여성으로, 스티븐슨이 특이하게도 "나의 두번째 어머니, 나의 첫번째 아내"라고 부른 인물이다.

패니의 결혼생활은 그녀가 스티븐슨과 처음 만났을 때쯤 이미 파탄 지경에 이르러 있었다. 거의 20년 가까이 지속된 그 결혼에서 패니는 바람기 심한 남편 샘에게 수차례 정신 차릴 기회를 주었다. 그러다 남편의 외도가 해도 해도 너무한 정도에 이르자, 그녀는 빅토리아 시대의 관습을 과감히 조롱하며 남편을 버리고 아이들과 함께 유럽으로 훌쩍 떠났다. 먼저 벨기에의 안트베르펜에 잠시 머무른 뒤, 아마추어 화가였던 패니와 딸 벨은 파리의 한 아트스쿨에 등록했다. 그러나 비극은 거기까지 따라와, 네 살배기 막내아들 허비가 주로 목의 림프절에 생기는 고통스러운 병인 림프선결핵에 걸려 숨을 거두고 만다. 그 일로 절망에 빠진 패니는 마음의 위안을 얻고 기분 전환을 하고자 그레쉬르루앙에 가게 된 것이었다.

잠시 과거로 돌아가보자면, 열일곱 살의 패니가 낯선 결혼생활과 엄마 역할에 첫발을 내디뎠을 즈음 스티븐슨은 에든버러에서 온실 속 화초 같은 유년 시절을 보내고 있었다. 어릴 때부터 만성 질환에 시달려 허약했기에, 밖에 나가고 싶어도 집안에 갇혀 보내야 할 때가 많았다. 외동이었던 그는 머리가 커지면서 중산층 가정이라는 배경에 반감을 갖기 시작했고, 대대로 이어내려온 등대 엔지니어라는 가업을 물려받기를 거부하고 부모님의 종교인 칼뱅교도 대놓고 비방했다. 먹고사는 데 부친의 후한 재정적 원조를 뿌리칠 수 없었기에 부친의 뜻에 따라 만일에 대비해 법률 공부를 했지만, 실제로 법조계에서 일하지는 않았다.

세상과 격리되어 살아온 스티븐슨과 대조적으로 인디애나주에서 나고 자란 패니는 종잡을 수 없는 인간인 샘 오스본과 결혼한 이래로 거칠고 고달픈 삶을 살아왔다. 샘은 아내를 내버려두고 허구한 날 모험과 쉬운 돈벌이를 찾아 돌아다녔다. 샘이 은광에 투기하느라 머물렀던 네바다의 후미진 마을에서 패니는 권총을 가지고 다니기 시작했고 사용법도 배웠으며, 담배를 직접 말아서 피우고 자기 옷도 손수 지어 입었다. 어느 날 남편 일행이 여행중에 실종되고 인디언들 손에 죽은 것으로 잘못 전해지자, 자신이 홀몸이 됐다고 생각한 패니는 2년 동안 침모로 일하며 가족을 부양하기도 했다.

그런 패니를 처음 봤을 때 스티븐슨은, 파란만장한 과거로 더해진 분위기 때문에 그녀에게 '서부의 야생녀'라는 별명을 붙여주었다. 이기 센 미국 여자는 나중에 스티븐슨이 써내려갈 소설작품들을 가득 채운, 모험을 좇는 주인공들의 영혼을 그대로 담고 있었다. 패니가 쏟아놓는 경험담들을 듣고 있으면, 스티븐슨은 그동안 어울렸던 무리의 정숙한 여자들과는 다르게 그녀에게서 "짜릿한 신세계 로맨스의 분위기"가 느껴져 속절없이 빠져들 수밖에 없었다.

그의 '야생녀'가 유럽을 뒤로하고 미국으로 돌아간 뒤에도, 둘 사이의 물리적 거리는 스티븐슨의 열정을 전혀 시들게 하지 못했다. 급기야 1년 뒤 패니의 전보를 받은 그는 움직이기로 했다. 부모의 바람을 무시하고 친구들의 조언도 못 들은 척하며 그는 미국 여행길에 올랐다. 배를 타고 이동한 뒤 또다시 기차로 이동해야 했던 장거리 여행으로 그러잖아도 좋지 않았던 건강이 심하게 악화된 것은 둘째 치고, 간신히 캘리포니아의 바닷가 마을 몬테레이에 도착한 그는 날벼락 같은 소리를 들어야 했다. 결국 남편과 화해하는 데 실패했음에도 불구하고 패니가 스티븐슨과의 관계를 지속할지 아직 결단을 못 내린 것이었다.

스티븐슨이 몬테레이 외곽에 있는 산에 캠핑을 갔다가 실족해 근처 목장의 일꾼 두 명에게 구조되는 큰 사고를 당하고 나서야 패니는 그와 함께하기로 마음을 굳힌다. 이미 샘 오스본과는 헤어진 뒤였지만 그에 대한 배려로, 또 스티븐슨의 부모에게 줄 충격을 줄이기 위해, 두 사람은 이혼 판결이 나고도 5개월을 기다렸다가 결혼식을 올렸다. 그사이 스티븐슨의 부모와 친구들은 하나같이 제발 마음을 바꾸라고 끈질기게 설득했지만 스티븐슨은 흔들리지 않았고, 오히려 그와 패니가 견뎌온 시간과 고난이 두 사람의 결속력을 증명해준다고 믿었다. "이제 나는 지난 3년 반 동안 사랑해온 여자와 약혼한 몸이 됐어." 한 친구에게 스티븐슨은 단호히 말했다. "최소한 이 정도는 자랑해도 되겠지. 내 아내보다 남편에게 사랑받는 아내는 많지 않을 거야."

결혼식은 패니가—최종적으로 폐결핵 진단을 받은—스티븐슨을 극진히 보살펴 건강하게 회복시킨 뒤, 1880년 5월 19일에 거행되었다. 처음부터 부부의 삶은 스티븐슨의 건강 회복에 모든 초점이 맞춰져 있었다. 그가 극심한 폐출혈로 자주 각혈하며 죽음의 문턱까지 갔다가 간신히 살아 돌아온 일이 한두 번이 아니었다. 샌프란시스코의 안개 낀 날씨가 예민한 그의 폐에 좋지 않다는 것을 알게 된 신혼부부는 더 북쪽, 나파 밸리로 보금자리를 옮겼다. 그때까지 빌려 지내고 있던 독채 호텔 생활을 재정적 부담 때문에 포기하고, 버려진 탄광촌인 실버라도에 있는 다 내려앉은 노동자 숙소에서 두 달을 살았다. 캘리포니아를 떠난 뒤 몇 년에 걸쳐 부부는 스코틀랜드는 물론 영국의 바닷가 마을, 스위스의 알프스에서도 지내보고 또 거기서 프랑스 남부로 이동하는 등, 스티븐슨의 위태로운 상태를 호전시켜줄 최적의 기후를 찾아 온 유럽을 헤매고 다녔다.

처음에는 아들이 이혼녀이자 외국인과 결혼하는 것을 반대했던 스티븐슨의 부모는, 아들 부부가 스코틀랜드에 온 뒤로는 마음이 바뀌어 며느리를 따뜻하게 맞아주었다. 특히 스티븐슨의 부친이 패니와 돈독해졌고, 애정의 표시로 아들 부부에게 집을 사주고 인테리어 비용까지 전부 대주었다. 하지만 스티븐슨의 친구들 사이에서는 패니에 대한 의견이 극명히 갈렸다. 작가 시드니 콜빈Sidney Colvin은 패니를 "로버트 못지않게 강하고 흥미롭고 낭만적인 인물. 그의 모든 생각을 공유하는 불가분의 반쪽이자 그가 나서는 모든 모험의 든든한 동반자"라고 평했다. 반면 다른 친구들 몇은 그녀가 너무 고압적이고 이기적이며 스티븐슨의 창의력을 억누른다고 생각했다. 남편의 건강에 유독 신경을 썼던 패니는 친구 중 감기에 걸린 사람이 있으면—자세히 관찰해보니 남편은 특히 감기에 잘 걸리는 것 같았다—남편을 만나지도 못하게 했다. 몇몇 지인은 그것을 모욕적으로 받아들였다.

14년의 결혼생활 동안 스티븐슨은—결혼 무렵 발표작이 여행기 두 권과 에세이 선집 한 권밖에 없었는데—훗날 그의 최고작으로 오래오래 평가받을 두 권의 작품 『보물섬』과 『납치Kidnapped』를 남겼다. 남편의 글쓰기를 누구보다 응원했던 패니는 그의 장편이나 단편의 초고를 제일 처음으로 읽어볼 때가 많았다. 부부는 『다이너마이터The Dynamiter』라는 단편집을 공동 집필하기도 했는데, 두 사람이 프랑스 남부에 잠시 머물렀을 때 패니가 시간을 때우려고 지어낸 이야기들을 엮은 책이다. 스티븐슨의 부친은 세상을 뜨기 전 아들에게서 패니의 검증을 받기 전에는 단 한 권의 책도 출판하지 않겠다는 약속을 받아내기도 했다.

그중 단연 흡인력이 돋보이는 심리드라마 『지킬 박사와 하이드』는 대서양 이쪽과 저쪽의 독자들을 모두 들썩이게 했는데, 사실 이 작품의 성공에는 패니의 공도 컸다. 인간의 이중적 성향 중 어두운 면을 소재로 한 이야기의 영감을 꿈에서 얻은 스티븐슨은 황급히 초고를 완성해 패니에게 보여주면서, 그것이 지금까지 자신이 쓴 작품 중 최고가 될 거라고 호언장담했다. 패니는 그것이 지금껏 읽어본 원고 중 최악이라고 보았다. "나는 남편의 그 원고가 '꿈은 믿을 게 못 된다'는 훌륭한 교훈의 증거임을 조목조목 설명한 비평을 몇 쪽에 걸쳐 썼다." 패니는 지킬과 하이드 이야기를 놓고 남편과 격한 논쟁을 벌였다. 그리하여 초고는 스티븐슨의 손에 의해 불길에 처박혔다고 알려졌으나, 2000년에 이르러 패니가 그런 극단적인 방법으로 원고를 태워버린 장본인이었음을 간접적으로 시인한 편지 한 통이 수면 위로 떠올랐다는 뒷이야기가 있다.

　『지킬 박사와 하이드』가 미국에 출간되고 얼마 지나지 않아 1887년에 스티븐슨이 다시 미국 땅을 밟았을 때, 이미 그곳에서도 스티븐슨은 유명 작가가 되어 있었다. 미국에서도 그 책이 출간되면서 그는 순식간에 열풍에 휩싸였고, 그와 가족들을 태운 배가 뉴욕항에 들어서자마자 기자들에게 포위되었다. 친구들과 팬들에게 정신이 나갈 정도로 환대를 받은 스티븐슨 부부는 노천 요법으로 결핵을 퇴치하는 치료법의 선구자라는 의사를 찾아 애디론댁산으로 갔다. 그곳의 청명한 기후는 스티븐슨의 건강에 딱 맞는 특효약이었지만, 뼛속까지 저릿한 겨울날씨는 남태평양 어딘가의 따스한 곳에서 살고 싶다는 충동을 자꾸만 들끓게 했다.

패니는 떠도는 생활에 스티븐슨만큼 매력을 느끼지 못했지만, 그래도 남편의 건강을 최우선시하여 남태평양을 여행하고 싶다는 그의 꿈을 실현시켜주었다. 평소에도 수완이 좋았던 패니는 어디서 요트도 빌리고 필요한 물자도 척척 준비했다. 3년 동안 몇 차례에 걸쳐 험난한 바다를 항해하면서 패니는 좀처럼 사그라질 줄 모르는 멀미와 예고도 없이 닥치는 위험에 맞서 싸워야 했다. 사정없는 폭풍우 속에서 버틴 것은 물론이고 배가 난파되기 직전까지 갔던 상황도 있었고, 한번은 선상에 화재가 나서 그녀가 직접 불길에 뛰어들어 스티븐슨의 원고가 들어 있는 트렁크 가방을 구출해낸 적도 있었다.

남태평양에 매료된 스티븐슨 부부는 사모아의 우폴루섬에 정착했고, 거기서 둘이 함께 마지막 4년을 보냈다. 그곳의 목가적인 환경은 스티븐슨에게 최적의 선물이었고, 그래서 그는 섬에서 지내는 동안 대체로 양호한 건강 상태를 유지하면서 일생을 통틀어 가장 생산적인 시기를 보냈다. 대신 패니의 건강에 문제가 생기기 시작했다. 신경쇠약과 거식 증세가 나타나기 시작했고, 때때로 격하게 감정을 터뜨리거나 환각을 경험하는 것 같았다. 원인이 무엇인지에 대해서는 의견이 분분했는데, 그중에는 브라이트병*에 걸렸을 거라든가 아니면 불행했던 첫번째 결혼과 막내아들의 때 이른 죽음, 그리고 남편의 건강에 신경쓰느라 노심초사했던 지난 세월 차곡차곡 쌓인 스트레스를 못 이겨 마침내 무너져버린 거라는 의견도 있었다.

물론 패니가 걱정되긴 했지만, 그럼에도 스티븐슨은 이렇게 심경을

• 　신장에 생기는 염증.

고백했다. "만약 지금, 혹은 한 반년 안에 내가 죽는다면, 나는 전반적으로 아주 멋진 인생을 살다 간 놈이 될 거요." 그로부터 10개월도 채 안 되어 그는 뇌출혈로 세상을 떴다. 홀로 남은 패니에게 쏟아진 조문 편지 중에 부부의 오랜 친구인 헨리 제임스가 보낸 편지도 있었는데, 이 소설가는 이런 말로 패니를 위로했다. "당신이 지금 가장 고통스러운 이유는 그동안 당신이 기쁨과 자부심을 가장 가까이서 누렸기 때문이겠지요."

패니는 스티븐슨과의 추억이 제일 선명하게 남아 있는 사모아에서 여생을 보내려고 했지만, 상황이 여의치 않아 그 섬에서의 평화로운 삶을 포기해야 했다. 패니가 죽고 나서 그녀의 딸이 어머니의 유골을 사모아로 모셔왔고, 바다가 내려다보이는 언덕에 있는 스티븐슨의 묘 바로 옆에 매장했다. 패니의 묘비에는 스티븐슨의 시 「내 아내My Wife」의 마지막 연이 음각되어 있다.

선생님, 보살펴주는 이, 동지, 아내,
일생을 함께한 진실한 길동무,
가슴은 꽉 차고 영혼은 자유로운,
춘부장께서
내게 선물한 존재.

작가의 연애편지
문장을 넘어서는 사랑

세기의 문인들은 타고난 글재주를 그저 시와 산문을 짓는 데만 사용하지 않고 연애편지에서도 한껏 뽐냈다. 그들은 품위가 철철 넘치는 서한에 영원한 애정을 선언하거나 가져서는 안 될 감정을 품은 것을 시인했고, 때로는 자신의 단점을 폭로하기도 했다.

당신을 사랑하는 누군가로부터

"안 그러려고 노력했지만, 상상의 나래는 나를 당신에게로 데려갑니다. 당신을 붙잡고, 당신에게 키스하고, 당신을 쓰다듬습니다." 소설가 오노레 드 발자크는 폴란드 태생의 귀족 유부녀 에블리나 한스카 부인을 향한 절절한 사랑을 이런 말로 고백했다. 두 사람의 편지 로맨스는 발자크가 1832년, 그저 '외국인'이라고 서명한 누군가에게서 그의 작품에 대한 찬사와 비판이 모두 담긴 편지를 받으면서 시작되었다. 편지를 보낸 장본인인 한스카 부인은 오래 끌지 않고 자신의 정체를 드러냈다. 그렇게 프랑스 작가 발자크와 그의 펜팔 친구는 18년이나 연애를 하다가 마침내 결혼에 골인했지만, 안타깝게도 5개월 뒤 발자크가 세상을 뜨면서 이별하고 말았다.

날아다니는 시

"우리가 나비이고 딱 3일의 여름날만 살았으면 좋겠다는 생각마저 듭니다 ―그 3일을 당신과 함께한다면 당신 없는 평범한 50년보다 더 큰 기쁨으로 채울 수 있을 것 같아요." 낭만주의 시인 존 키츠는 약혼자인 패니 브론에게 이렇게 선언했다. 패니는 흔히들 말하는 이웃집 소녀였고 둘은 서로의 옆집에 살았는데도, 키츠가 워낙 건강이 안 좋았기에 그들은 만남을 최소화할 수밖에 없었다. 그래서 두 연인은 연애 기간 동안 결핵이라는 병이 스물다섯 살의 시인을 데려가는 날까지, 편지를 주고받으며 서로의 감정을 전달했다.

마지막 순간에 발 빼는 기술

"내게 가장 잘 맞는 삶의 방식은 자물쇠 달린 널따란 지하창고의 가장 안쪽 방에 글쓸 도구와 램프 딱 하나만 가지고 들어가 앉아 있는 것이 아닐까 종종 생각했어." 음울한 작가 프란츠 카프카는 여자친구인 펠리스 바우어에게 이렇게 한탄했다. 장거리 연애를 하는 동안 그녀에게 수백 통의 절망 가득한 편지를 써 보내면서 5년이나 그녀를 희망고문하고 심지어 두 번이나 청혼한 뒤에야 카프카는 자신이 썩 좋은 남편감이 아니라는 사실을 깨달았다.

뻔뻔한 표절

"내 사랑이 나를 영원히 살게 해줄 거예요. 나는 죽고 나서도 당신을 사랑할 테니까요. 내 육신과 생이 다하면 그다음엔 내 사랑의 마지막 남은 한 방울까지 소진해버릴 것입니다." 쥘리에트 드루에가 무려 50년이나 지속된 연애 기간 동안 빅토르 위고에게 보낸 약 2만 통에 달하는 편지 중 한 통에서 그에게 털어놓은 사랑 고백이다. 그 2만여 통 중 대부분은 넘치는 애정 고백으로 위고의 자존심을 살살 치켜세워주었다. 그러나 쥘리에트가 몰랐던 사실은, 그녀가 쓴 구절을 위고가 고대로 베껴 다른 불륜 상대에게 써 보냈다는 것이다.

사랑의 언어

"내 심장은 당신으로 가득하고 내 생각 속엔 당신 말고 아무것도 없는데도, 당신에게 이 세상에 속하지 않은 다른 것을 말하려고 하면 어떠한 표현도 떠오르지 않습니다. 당신이 여기 있었더라면—아, 당신이 여기 있었다면, 나의 수지, 우리는 말할 필요가 없을 거예요. 서로 눈으로 속삭였을 테니까요." 에밀리 디킨슨의 이 열정 가득한 편지의 수신자는 그녀의 급우이자 새 언니인 수전 길버트Susan Gilbert였는데, 디킨슨이 남몰래 연정을 품은 상대 중 한 명이었을 거라는 설이 있다.

감사의 말

찰스 디킨스와 아나이스 닌, 그 밖에 이 책에 등장한 수많은 작가들이 양다리 걸치는 바람둥이나 뻔뻔한 중혼자, 대담한 모험가, 철면피 로맨티스트가 아니었더라면—그래서 독자들이 침을 꿀꺽 삼키게 하는 흥미진진한 연애에 불을 지피지 않았더라면—『미친 사랑의 서』는 탄생하지 못했을 것이다. 더불어 그들의 이야기를 지면으로 옮겨 더욱 빛나게 하는 데 지대한 공헌을 한 세 사람에게 이 자리를 빌려 감사의 뜻을 전하고 싶다. 첫번째는 우리 에이전트인 댄 라자르로, 작업 내내 흔들림 없는 지지와 열정을 보여준 사람이다. 다음은 타고난 편집 감각으로 이 책을 더 살아 있는 (그리고 더 음탕한) 작품으로 만들어준 베키 콜이다. 마지막으로, 엄청난 압박감 속에서도 감탄이 나올 정도의 유능함을 보여주면서 이 책을 마지막까지 책임져준 편집 어시스턴트 케이트 나폴리타노에게 고마움을 전한다.

출전

미인은 뜨거운 것을 좋아해
아서 밀러

19쪽 한 사람이 자살하면 둘이 죽어: Arthur Miller, *Miller Plays*, vol. 2 (London: A&C Black, 2009), 231.

20쪽 나무를 들이받은 것 같았어요!: Christopher Bigsby, *Arthur Miller* (London: Phoenix, 2009), 4.

21쪽 그는 해소하지 못한 성적 욕구가 쌓이다못해 폭발하기 일보 직전이었다: Ibid., 373.

22쪽 당시 그녀는 내게 아득한 빛의 소용돌이 같았다: Arthur Miller, *Timebends: A Life* (London: Methuen, 1987), 359.

23쪽 '미국 최고의 지성'과 '미국 최고의 육체'의 결합: Norman Mailer, *Marilyn: A Biography* (New York: Grosset and Dunlap, 1973), 157.

23쪽 샌님이 육감적인 몸매와 결혼하다: Jeffrey Meyers, *The Genius and the Goddess* (London: Arrow, 2010), 155.

24쪽 온전할 때는 더없이 아름답지만: Ibid., 164.

25쪽 여기는 감옥이고: Ibid., 183.

25쪽 세상에서 가장 재능 있는 노예: Ibid., 168.

26쪽 촬영이 시작됐을 때: Bigsby, *Arthur Miller*, 631.

27쪽 가장 슬픈 건, 나는 메릴린을 기분좋게 해주려고 각본을 썼는데: Ibid., 629.

27쪽 내 생각에 우리는 우리가 서로를 보완해준다고 생각했던 듯하다: John Mortimer, "Mortimer Meets Miller," *The Courier Mail* (Australia), October 24, 1987.

28쪽 아서가 자기연민에 빠진 사람일 줄 알았어요: United Press International, "Beautiful Isn't Necessarily Pretty," February 6, 1987.

28쪽 잉게와 있으면 숨통이 트이는 것 같았다: Bigsby, *Arthur Miller*, 663.

28쪽 더 자전적이지도, 그렇다고 덜 자전적이지도 않다: Miller, *Timebends*, 521.

29쪽 내 인생 최고의 시간: Susan C. W. Abbotson, *Critical Companion to Arthur Miller: A Literary Reference to His Life and Work* (New York: Infobase, 2007), 439.

작가의 삼각관계

30쪽 그를 사랑하고, 그의 사랑을 받은: Anne Conover, *Olga Rudge and Ezra Pound: "What Thou Lovest Well—"* (New Haven, CT: Yale University Press, 2001), 155.

31쪽 뚱땡이 영국 남자 1인: Zachary Leader, *The Life of Kingsley Amis* (New York : Pantheon Books, 2007), 510.

황무지에서 부르는 연가
T. S. 엘리엇

33쪽 우리가 시작이라 부르는 건: T. S. Eliot, *Collected Poems: 1909–1962* (Orlando, FL: Harcourt, 1991), 207.

34쪽 진실은 반드시 밝혀질 거예요: Carole Seymour-Jones, *Painted Shadow: The Life of Vivienne Eliot* (New York: Doubleday, 2001), 514.

34쪽 병원에서 비비를 마지막으로 만났을 때: Carole Seymour-Jones, "Not Crazy After All These Years," *The Times Higher Education Supplement*, October 26, 2001.

35쪽 내 모습 그대로 뛰쳐나가: T. S. Eliot, *Collected Poems*, 57.

35쪽 말도 안 되는 망상으로 가득차 있고: Blake Morrison, "The Two Mrs. Eliots,"

The Independent, April 24, 1994.

35쪽 소용없고 쓸데도 없는 짓: Seymour-Jones, *Painted Shadow*, 503.

36쪽 T. S. 엘리엇 씨는 1932년 9월 17일에 버리고 떠난: Ibid., 515.

36쪽 지금은 얘기할 수 없어: Peter Ackroyd, *T. S. Eliot* (Harmondsworth: Penguin, 1984), 232.

37쪽 이럴 수가, 이럴 수가: Ibid., 284.

38쪽 비비안은 남자로서의 엘리엇을 망쳐놨지만: Harold Bloom, *T. S. Eliot* (New York: Chelsea House, 1999), 36.

38쪽 결혼은 그녀에게 행복을 안겨주지 못했다: T. S. Eliot, *The Letters of T. S. Eliot, vol. 2 (1923–1925)*, ed. Valerie Eliot (New Haven, CT: Yale University Press, 2011), xix.

39쪽 꿈틀거리고 악을 쓰며 그를 물어뜯고 할퀴는 (…) 미친 족제비떼: Virginia Woolf, *Diary of Virginia Woolf*, vol. 5 (Boston: Mariner Books, 1985), 32.

41쪽 말하지 않아도 같은 생각을 하고: Eliot, *Collected Poems*, 221.

42쪽 그가 행복한 결혼생활을 누리고 싶어하는 건: Ackroyd, *T. S. Eliot*, 320.

작가의 이별편지

43쪽 네가 떠나기 전에 한동안: Andrew Carroll, *Letters of a Nation: A Collection of Extraordinary American Letters* (New York: Broadway Books, 1999), 298.

44쪽 어빙, 우리가 에식스 하우스에 살면서: Barbara Seaman, *Lovely Me* (New York: Seven Stories Press, 2003), 135.

45쪽 당신의 청혼에 대한 저의 대답은: Charlotte Brontë, *The Letters of Charlotte Brontë*, vol. 1 (Oxford: Oxford University Press, 1995), 185.

46쪽 좋아요, 어디 이혼해봐요: Anna Holmes, ed., *Hell Hath No Fury: Women's Letters from the End of the Affair* (London: Chrysalis, 2005), 151.

아름답고 저주받은 사람들
F. 스콧 피츠제럴드와 젤다 피츠제럴드

47쪽 한 사람의 심장이 얼마나 감당할 수 있는지: Nancy Milford, *Zelda: A Biography* (New York: Harper Perennial Modern Classics, 2011), 367.

50쪽 나는 내 소설 속 여주인공과 결혼했다: Matthew J. Bruccoli and Judith S. Baughman, eds., *Conversations with F. Scott Fitzgerald* (Jackson: University Press of Mississippi, 2004), 7.

50쪽 당신과 결혼하는 건 인생의 실패로 기록될 거예요: F. Scott Fitzgerald, *This Side of Paradise* (New York: Scribner, 1998), 111–12.

51쪽 난 나랑 닮은 등장인물이 좋더라!: Milford, *Zelda*, 100.

51쪽 나는 작품 중간에 결혼 직후 어디론가 사라져버린 내 옛날 일기의 일부분이: Zelda Fitzgerald, *The Collected Writings of Zelda Fitzgerald*, ed. Matthew J. Bruccoli (Tuscaloosa: The University of Alabama Press, 1997), 388.

53쪽 스콧 빼고는 다들 알고 있었을걸요: Milford, *Zelda*, 110.

53쪽 1924년 그해 9월에: Ibid., 112.

53쪽 우정이 외도로 변할 줄은: Kendall Taylor, *Sometimes Madness Is Wisdom: Zelda and Scott Fitzgerald—A Marriage* (New York: Ballantine Books, 2003), 139.

54쪽 그때는 아직 젤다를 알지 못해서: Ernest Hemingway, *A Moveable Feast: The Restored Edition* (New York: Scribner, 2009), 151.

54쪽 그가 작심하고 집필에 들어가기만 하면: Ibid., 155.

55쪽 내 사이즈가 문제라고 그러더군요: Ibid., 162.

56쪽 고운 이마는 부드럽게 경사를 그리며 올라갔고: F. Scott Fitzgerald, *Tender Is the Night* (New York: Scribner, 1996), 18.

59쪽 당신은 내가 아는 가장 멋지고: Jackson R. Bryer and Cathy W. Barks, eds., *Dear Scott, Dearest Zelda: The Love Letters of F. Scott and Zelda Fitzgerald* (New York: St. Martin's Griffin, 2003), 283.

59쪽 그러므로 우리는 물결을 거스르는 배처럼: F. Scott Fitzgerald, *The Great Gatsby* (New York: Scribner, 2004), 180.

연하 킬러 작가들

62쪽 솔직히 말하면: Hugh Davies, "At 89, Arthur Miller Grows Old Romantically," *The Daily Telegraph*, December 11, 2004.

전쟁중에 평화란 없다
레프 톨스토이

63쪽 아무도 나를 이해하지 못해: Leo Tolstoy, *Tolstoy's Diaries*, vol. 1, ed. Reginald F. Christian (London: Faber and Faber, 2010), 63.

63쪽 그는 한 번도 나를 이해해보려고 하지 않았고: Sophia Tolstoy, *The Diaries of Sophia Tolstoy*, trans. Cathy Porter (New York, Random House, 1985), 259.

63쪽 행복한 가정은 모두 고만고만하지만: Leo Tolstoy, *Anna Karenina* (Oxford: Oxford University Press, 1998), 1.

64쪽 저들이 내가 남편과 작별인사도 못하게 막고 있어요: Sophia Tolstoy, *The Diaries of Sofia Tolstoy*, trans. Cathy Porter (London: Alma, 2010), 420.

64쪽 서른네 해를 살도록: Leo Tolstoy, *Tolstoy's Letters*, vol. 1, ed. Reginald F. Christian (London: Athlone, 1978), 169.

65쪽 그의 과거가 어땠는지 다 읽고 나자: William Shirer, *Love and Hatred: The Tormented Marriage of Leo and Sonya Tolstoy* (New York: Simon and Schuster, 1994), 58.

65쪽 어찌나 고통스럽고: Sophia Tolstoy, *My Life* (Ottawa: University of Ottawa Press, 2011), 59.

65쪽 우리보다 더 행복하고 조화로운 부부가 있을까: Sophia Tolstoy, *Diaries* (Alma), 36.

65쪽 함께 있는 우리 둘보다: Leo Tolstoy, *Diaries*, 184.

67쪽 역겹고, 볼썽사납고, 못 들어줄 정도로 수치스러우며: Ibid., 207.

67쪽 차라리 자식이 없는 게 나았을 뻔: Henry Troyat, *Tolstoy*, trans. Nancy Amphoux (New York: Grove Press, 2001), 466.

68쪽 그이가 해대는 '민중' 얘기에 신물이 나요: Sophia Tolstoy, *Diaries* (Alma), 7.

69쪽 우리처럼 마음이 잘 맞는 사이도 없을 것이다: Shirer, *Love and Hatred*, 117.

70쪽 죽음을 향한 몸부림: Lady Cynthia Asquith, *Married to Tolstoy* (New York: Greenwood, 1960), 125.

71쪽 나는 울음을 터뜨리면서: Sophia Tolstoy, *Diaries* (Alma), 365.

71쪽 줄곧 내게 제공되어온 이런 사치 속에: Troyat, *Tolstoy*, 669.

71쪽 네 어미가 물에 빠져 죽으려 한다고: Alexandra Tolstoy, *The Tragedy of Tolstoy* (New Haven, CT: Yale University Press, 1960), 255.

72쪽 탈출…… 반드시 탈출해야 해!: Sophia Tolstoy, *The Final Struggle: Being Countess Tolstoy's Diary for 1910* (New York: Octagon, 1980), 362.

작가의 사랑과 전쟁

———

73쪽 우리는 한 쌍의 호랑이처럼 서로를 맹렬히 사랑해!: Graham Robb, *Rimbaud* (London: Picador, 2000), 178.

73쪽 우리의 사랑은 러브스토리가 아니라 드링킹 스토리였다: Caitlin Thomas, *Double Drink Story: My Life with Dylan Thomas* (London: Little Brown, 2000), 180.

74쪽 어딜 감히 네 주인님한테!: Jeffrey Meyers, *D. H. Lawrence: A Biography* (Lanham, MD: Cooper Square Press, 2000), 298.

75쪽 당신이 나를 채찍으로 때려줬으면 좋겠어요: Robert A. Caplen, *Shaken and Stirred: The Feminism of James Bond* (Bloomington, IN: Xlibris, 2010), 375.

남자가 한을 품으면
어니스트 헤밍웨이

———

79쪽 결과가 어찌되건: Ernest Hemingway, *Ernest Hemingway: Selected Letters 1917–1961*, ed. Carlos Baker (New York: Scribner, 2003), 87.

82쪽 남자들은 그렇게 생겨먹지가 않았으니까: Ernest Hemingway, *To Have and Have Not* (New York: Scribner, 1996), 162.

83쪽 동거는 참 좋은 거야: Jeffrey Meyers, *Hemingway: A Biography* (Boston: Da Capo Press, 1985), 349.

83쪽 어니스트는 새 여자가 생겨야만: Morley Callaghan, *That Summer in Paris* (Holstein, ON: Exile Editions, 2006), 137.

85쪽 당신이 전쟁 특파원이야: Bernice Kert, *The Hemingway Women: Those Who Loved Him—The Wives and Others* (New York: W. W. Norton, 1986), 391.

85쪽 가만 들어보면 내 죄는: Ibid., 391-92.

86쪽 E. H.가 한을 품으면 한여름에도 서리가 내리거든요: Martha Gellhorn, *Selected Letters of Martha Gellhorn*, ed. Caroline Moorehead (New York: Henry Holt, 2006), 488.

87쪽 나는 당신을 잘 모르오: Mary Welsh Hemingway, *How It Was* (New York: Knopf, 1976), 95.

87쪽 난데없이 따귀를 맞는: Ibid., 116.

87쪽 자기가 잘난 줄 아는, 아무짝에도 쓸모없는: Ibid., 116.

87쪽 그후로도 오랫동안: Ibid., 117.

88쪽 그 당시 나는, 특히 우리 둘만 있을 때는: Ibid., 121.

88쪽 어니스트처럼 복잡하고 모순적인 존재: Ibid., 142.

90쪽 잘 자요, 불쌍한 사람: Ibid., 502.

해도 해도 너무한 남자
노먼 메일러

94쪽 여자는 법정에서 만나봐야: Alice Steinbach, "The Experts on Women, Sex, Marriage," *The Baltimore Sun*, January 26, 1992.

95쪽 내가 뭐에 홀려서: Norris Church Mailer, *A Ticket to the Circus: A Memoir* (New York: Random House, 2010), 330.

96쪽 이전에 느낀 오르가즘보다 더 강렬하게: Norman Mailer, *Advertisements for Myself* (Cambridge, MA: Harvard University Press, 1993), 347.

102쪽 나는 때에 따라 신처럼 굴었다가: Adele Mailer, *The Last Party: Scenes from My Life* *with Norman Mailer* (Fort Lee, NJ: Barricade Books, 1997), 188.

102쪽 여자들 한 무리가 온갖 호들갑을 다 떨어야: Ibid., 374.

103쪽 우리가 파티에 도착하면: Rosemary Mahoney, "Powerful Attractions," *The New York Times*, December 30, 2007.

104쪽 우리 안에 가둬야 한다: Mary Dearborn, *Mailer: A Biography* (New York: Houghton Mifflin, 2001), 286.

104쪽 시간이 나면 본인 작품들을 좀 읽어보지 그래요: Sydney Ladensohn Stern, *Gloria Steinem: Her Passions, Politics, and Mystique* (Secaucus, NJ: Carol, 1997), 174.

104쪽 노먼은 페미니즘에 반대한 적이 없어요: Julia Llewellyn Smith, "It's Unfair That I'm Asked to Defend Norman for Things He Did before I Met Him," *The New York Post*, November 19, 2007.

104쪽 몇번째 부인이에요?: Martin Weil, "Author and Painter Was Novelist Norman Mailer's Last Wife," *The Washington Post*, November 23, 2010.

106쪽 돌아보면 결국 불만은 없어요: Sue Fox, "The Model Wife," *The Times* (London), October 13, 2007.

미치광이에 악당, 알아봤자 위험한 남자
바이런

109쪽 나는 평생 누구에게서라도: George Gordon Byron, *Lord Byron's Correspondence*, part 1, ed. John Murray (Whitefish, MT: Kessinger, 2005), 251.

109쪽 미치광이에 악당, 알아봤자 위험한: Jerome McGann, *Byron and Romanticism* (Cambridge: Cambridge University Press, 2002), 114.

110쪽 꽃다운 나이에 이렇게 떠났다: Abraham John Valpy, *The Pamphleteer*, vol. 24 (London: Valpy, 1825), 213.

110쪽 당대 가장 훌륭한 영국인: Ibid., 211.

111쪽 결혼만이 두 사람이 구원받을 수 있는: Leslie A. Marchand, *Byron: A Portrait* (New York: Knopf, 1970), 173.

113쪽 나 자신을 해쳐서라도 반드시: Byron, *Correspondence*, 104.

114쪽 나와 닮은…… 그녀의 눈. / 그녀의 머리카락. 그녀의 이목구비: George Gordon Byron, *The Poetical Works of Lord Byron* (London: John Dicks, 1869), 167.

114쪽 둘을 떨어뜨려놓는다 해도 소용없겠구나: Fiona MacCarthy, *Byron: Life and Legend* (London: Faber and Faber, 2003), 244.

114쪽 벼랑 끝에서 추락: Ibid., 244.

114쪽 당신 없어도 우리끼리 잘 놀 수 있으니. 그만 가봐요: Ibid., 242.

115쪽 얼마나 더 끔찍한 죄를 저지른 걸까 하는 불안감: Ibid., 259.

115쪽 이제부터 온갖 음탕한 짓은 다 해보겠다: Ibid., 261.

115쪽 고결한 척하는 괴물: George Gordon Byron, *Lord Byron: Selected Letters and Journals*, ed. Leslie A. Marchand (Cambridge, MA: Harvard University Press, 1982), 144.

115쪽 약사들과 의사들을 소환해: George Clinton, *Memoirs of the Life and Writings of Lord Byron* (London: James Robins, 1825), 430.

116쪽 극장에 가지 말라는 권고를 받았소: MacCarthy, *Life and Legend*, 276.

117쪽 24시간 안에 한 번에서 세 번까지: Byron, *Selected Letters and Journals*, 152.

118쪽 여기에서 남편 외에 정부를 한 명만 두는 여자는 정숙한 여자로 취급돼: Ibid.

118쪽 이제 첩은 맛볼 만큼 맛봤다: Benita Eisler, *Byron: Child of Passion, Fool of Fame* (New York: Knopf, 1999), 606.

118쪽 의지가 약해지는 것을 느꼈다: Teresa Guiccioli, *Lord Byron's Life in Italy*, trans. Michael Rees, ed. Peter Cochran (Newark: University of Delaware Press, 2005), 125.

118쪽 사랑의 본질적인 행위: MacCarthy, *Life and Legend*, 355.

119쪽 떠올려봐요. 내 사랑. 그 순간들을: Iris Origo, ed., *The Last Attachment: The Story of Byron and Teresa Guiccioli* (New York: Scribner, 1949), 99.

119쪽 세상에서 가장 사랑하는 나의 테레사: MacCarthy, *Life and Legend*, 461.

120쪽 바이런은 알면 알수록: Edna O'Brien, *Byron in Love: A Short Daring Life* (New York: W. W. Norton, 2010), vi.

호색한 작가의 궤변

122쪽 남자들은 전등 스위치처럼: Caplen, *Shaken and Stirred*, 31.

122쪽 여자는 랍스터 샐러드나 샴페인이 아니면: George Gordon Byron, *Lord Byron's Correspondence*, part 1, ed. John Murray (Whitefish, MT: Kessinger, 2005), 84.

122쪽 여자들은 남자로 태어난다는 것이 신의 축복일 거라고: Robert Andrews, *Routledge Dictionary of Quotations* (London: Routledge, 1987), 169.

122쪽 가장 힘들게 얻은 쾌락이: Giacomo Casanova, *The Memoirs of Casanova*, vol. 2 (Middlesex: Echo Library, 2007), 281.

122쪽 고통을 통해서만: Marquis de Sade, *The Bedroom Philosophers: Marquis de Sade* (Paris: Olympia Press, 2004), 94.

나를 저주하지 마오
귀스타브 플로베르

123쪽 그는 사랑이라는 한낱 평범한 것을 두고: Gustave Flaubert, *Madame Bovary* (New York: Signet Classics, 2001), 184.

124쪽 조각배처럼 좌우로 흔들리면서: Ibid., 234.

124쪽 그녀의 피로 완전히 붉게 물들길: Gustave Flaubert, *The Letters of Gustave Flaubert 1830–1857*, ed. and trans. Francis Steegmuller (Cambridge, MA: Belknap Press of Harvard University Press, 1980), 45.

125쪽 그것을 당신 입에 넣었다가: Ibid., 55.

126쪽 다음에 만나면 당신의 온몸을 사랑해주고 싶소: Ibid., 64.

126쪽 나를 저주하지 말아주오!: Ibid., 48.

127쪽 역에 도착하니 어머니가 기다리고 계시더군요: Ibid., 45.

127쪽 나의 인생은 다른 사람의 인생에 족쇄로 묶여 있고: Geoffrey Wall, *Flaubert: A Life* (New York: Farrar, Straus and Giroux, 2001), 109.

127쪽 이곳에 찾아올 생각은 추호도 하지 마십시오: Ibid., 112.

128쪽 나 같은 사람은 자손을 안 남기는 게 낫지: Ibid.

129쪽 왕족 같은 풍모와: Flaubert, *Letters* (Belknap), 116.

129쪽 하얀 터번을 두른: Gustave Flaubert, *Flaubert in Egypt*, ed. Francis Steegmuller (New York: Penguin Classics, 1996), 203.

130쪽 자신의 감각을 만족시켜줌과 동시에: Wall, *Flaubert*, 201.

131쪽 모두들 내 책을 읽었거나: Elisabeth Ladenson, *Dirt for Art's Sake: Books on Trial from Madame Bovary to Lolita* (Ithaca, NY: Cornell University Press, 2007), 18.

작가들의 얽히고설킨 애정관계

135쪽 그녀는 전혀 머뭇거리지 않았다: Francine du Plessix Gray, *Rage and Fire: A Life of Louise Colet* (New York: Touchstone, 1994), 114.

너의 길을 가라
비트 제너레이션

136쪽 세상의 무게를 지는 것이: Allen Ginsberg, *Selected Poems 1947–1995* (New York: Harper Perennial, 1997), 39.

140쪽 숨은 주인공이자 난봉꾼: Allen Ginsberg, *Howl and Other Poems* (San Francisco: City Lights, 2006), 14.

140쪽 여자 몇은 떨쳐버리라고 말해줘야겠다: Bill Morgan, *I Celebrate Myself: The Somewhat Private Life of Allen Ginsberg* (New York: Viking, 2006), 91.

140쪽 유감이지만: Carolyn Cassady, *Off the Road: Twenty Years with Cassady, Kerouac, and Ginsberg* (New York: The Overlook Press, 2008), 30.

141쪽 그 사람이 원하는 자리를 내가 꿰찬 이유는: Ibid., 44.

141쪽 전부 일인칭이고: Kevin J. Hayes, ed., *Conversations with Jack Kerouac* (Jackson: University Press of Mississippi, 2005), 54.

141쪽 저 인간이 얼마나 막돼먹었는지 알겠죠?: Jack Kerouac, *Road Novels 1957–1960*, ed. Douglas Brinkley (New York: The Library of America, 2007), 153.

142쪽 내가 그토록 만나기를 꿈꿔왔던: Ibid., 274.

144쪽 조앤이 그렇게 죽지 않았다면: William Burroughs, *Queer* (New York: Penguin Books, 1987), xxii.

144쪽 너의 늙고 흉측한 고추는 원하지 않아: Ted Morgan, *Literary Outlaw: The Life and Times of William S. Burroughs* (New York: W. W. Norton, 2012), 247.

146쪽 우리가 인간의 형상을 갖고 태어난 건: Allen Ginsberg, *The Letters of Allen Ginsberg*, ed. Bill Morgan (New York: Da Capo Press, 2008), 96.

작가의 밀회 장소

───

148쪽 길고 은밀한 밤: Robert Hass and John Hollander, eds., *American Poetry: The Twentieth Century* (New York: The Library of America, 2000), 19 – 20.

나는 섹스한다, 고로 존재한다
시몬 드 보부아르

───

153쪽 여성에게 사랑은: Simone de Beauvoir, *The Second Sex* (New York: Vintage, 2011), 683.

155쪽 그는 내 아버지에게 한소리 듣고서: Deirdre Bair, *Simone de Beauvoir: A Biography* (New York: Touchstone, 1991), 155.

156쪽 그런 것에 상처를 받다니 바보 같았다: Jean-Paul Sartre, *War Diaries: Notebooks from a Phoney War*, 1939 – 40, trans. Quintin Hoare (Brooklyn: Verso Books, 1999), 75.

156쪽 우리가 지금 나누고 있는 건 아주 본질적인 사랑이오: Simone de Beauvoir, *The Prime of Life* (New York: Harper and Row, 1976), 24.

156쪽 다른 사람들과 스치는 경험에서: Ibid., 24.

157쪽 조심해요: Claude Francis and Fernande Gontier, *Simone de Beauvoir: A Life, A Love Story* (New York: St. Martin's Press, 1987), 110.

158쪽 O양으로 말할 것 같으면, 그녀를 향한 나의 열정이: Sartre, *War Diaries*, 78.

158쪽 불행한 결말을 낳은 그 관계는: De Beauvoir, *Prime of Life*, 365.

160쪽 내 사랑, 올해는 우리의 11주년이오: Francis and Gontier, *Simone de Beauvoir*, 190.

작가들이 구사한 유혹의 기술

165쪽 글로 쓰는 모든 일이: Toni Bentley, *Sisters of Salome* (Lincoln: University of Nebraska Press, 2005), 193.

165쪽 이제 너도 남자가 될 때가 됐다: Judith Thurman, *Secrets of the Flesh: A Life of Colette* (New York: Ballantine, 1999), 296.

166쪽 음탕하고 관능적인 놀이 (…) 더 좋은 소스가 어디 있겠는가!: Giacomo Casanova, *History of My Life*, vol. 3 (New York: Knopf, 2007), 68.

167쪽 부엌하고 침실만 있으면: Ruth Reichl, "Julia Child's Recipe for a Thoroughly Modern Marriage," *Smithsonian Magazine*, June 2012.

거짓의 거미줄에 가려진 진실
아나이스 닌

168쪽 에로티시즘은 시만큼이나: Wendy M. DuBow, ed., *Conversations with Anaïs Nin* (Jackson: University Press of Mississippi, 1994), 94.

169쪽 내 인생의 다음 장이 시작됐다: Deirdre Bair, *Anaïs Nin: A Biography* (New York: Penguin Books, 1996), 327.

172쪽 어떻게 보면 저는 전혀 신경쓰지 않았어요: Margalit Fox, "Rupert Pole, 87, Diarist's Duplicate Spouse, Dies," *The New York Times*, July 30, 2006.

173쪽 나는 인생 살아가는 법을 문학을 통해 배웠다: DuBow, *Conversations*, 176.

173쪽 이상야릇하면서도 더없이 훌륭한: Anaïs Nin, *The Early Diary of Anaïs Nin*, vol. 4 (1927–1931) (New York: Harcourt Brace Jovanovich, 1985), 266.

173쪽 나를 눈뜨게 해준 것이: Anaïs Nin, *The Diary of Anaïs Nin*, vol. 1 (1931–1934), ed. Gunther Stuhlmann (Harcourt, Brace and World, 1966), 7.

174쪽 내 마음은 이미 헨리의 원고에 푹 빠졌지만: Anaïs Nin, *Henry and June: From "A Journal of Love"—The Unexpurgated Diary of Anaïs Nin* (1931 – 1932) (New York: Harvest/ Harcourt, 1989), 10.

174쪽 난생처음 세상에서 가장 아름다운 여자를 보았다: Ibid., 14.

175쪽 다채로움과 눈부심, 특이함: Ibid.

175쪽 그녀는 쓸데없이 입을 열어서: Nin, *Diary*, vol. 1, 20.

175쪽 헨리의 존재감이 희미해졌다: Ibid., 20.

175쪽 문학적인 섹스 파티를: Gunther Stuhlmann, ed., *A Literate Passion: Letters of Anaïs Nin & Henry Miller*, 1932 –1953 (New York: Harcourt Brace, 1989), 82.

177쪽 나에게는 굉장히 우스꽝스러운 상황이었다: Anaïs Nin, *Fire: From "A Journal of Love"—The Unexpurgated Diary of Anaïs Nin* (1934 – 1937) (New York: Harvest/Harcourt, 1993), 406.

177쪽 나도 말도 안 되는 모순을 인지하고 있다: Nin, *Henry and June*, 60.

178쪽 나의 마약이자 나쁜 습관: Anaïs Nin, *Diary of Anaïs Nin*, vol. 2 (1934 – 1939), ed. Gunther Stuhlmann (Harcourt, Brace and World, 1967), 310.

178쪽 그녀의 인생 자체가 그녀의 최고 걸작이었고: Elaine Woo, "The Ranger Who Told All About Anais Nin's Wild Life," *Los Angeles Times*, July 26, 2006.

충격과 공포
테너시 윌리엄스

———

182쪽 사랑은 정말 어려운—직업이야: Tennessee Williams, *Period of Adjustment, Or, High Point Is Built on a Cavern: A Serious Comedy* (New York: Dramatists Play Service, 1961), 47.

183쪽 흥미진진한 밤문화: Tennessee Williams, *Memoirs* (New York: New Directions, 2006), 67.

184쪽 많은 사람의 기분을 상하게 할 것: Mel Gussow, "Tennessee Williams on Art and Sex," *The New York Times*, November 3, 1975.

184쪽 작품 전체를 '연극의 예술성'을 논의하는 데: Williams, *Memoirs*, 144.

184쪽 글로 옮기기 전에는 자신의 인생을: Gore Vidal, *Palimpsest: A Memoir* (New York: Penguin Books, 1996), 154.

185쪽 한때는 감히 이름을 말할 수 없는 사랑: Williams, *Memoirs*, xi.

185쪽 숫총각에게는 온몸에 전기가 통한 듯 짜릿한 경험이었고: Ibid., 43.

186쪽 나는 커밍아웃을 늦게 한 만큼: Ibid., 87.

188쪽 그림자처럼 따라다니는: Ibid., 99.

191쪽 그는 정말 생명력 넘치는 사람이었어!: Albert J. Devlin, ed., *Conversations with Tennessee Williams* (Jackson: University Press of Mississippi, 1986), 340.

193쪽 저 둘은 내가 삶을 지탱해주던 존재를 잃어버렸다는 걸 알아차린 거지: Williams, *Memoirs*, 195.

제임스 조이스의 음담패설

194쪽 음탕한 작은 새: Richard Ellmann, ed., *Selected Letters of James Joyce*, (London: Faber and Faber 1992), 185 – 86.

195쪽 읽을 필요가 있나요?: Robert McAlmon, *Being Geniuses Together 1920–1930*, rev. ed. with supplementary chapters by Kay Boyle (Baltimore: Johns Hopkins University Press, 1997), 167.

달콤한 슬픔
카렌 블릭센(이자크 디네센)

199쪽 젊디젊은 사람에게 사랑은: Isak Dinesen, *Seven Gothic Tales* (New York: The Modern Library, 1961), 83.

201쪽 내 인생에서 되찾기를 바라는 게 있다면: Judith Thurman, *Isak Dinesen: The Life of a Storyteller* (New York: St. Martin's Press, 1982), 144.

201쪽 그날 잡을지도 모르는 사냥감을: Ernest Hemingway, *The Complete Short Stories of Ernest Hemingway: The Finca Vigia Edition* (New York: Scribner, 1998), 21.

202쪽 그 순간 짐승의 발톱이: Thurman, *Isak Dinesen*, 151.

203쪽 이런 상황에서 할 수 있는 일은 두 가지밖에 없다: Ibid.

203쪽 추잡한 소리로 들릴지 모르지만: Isak Dinesen, *Letters from Africa: 1914–1931*, ed. Frans Lasson, trans. Anne Born (Chicago: University of Chicago Press, 1981), 281.

206쪽 친구여, 어찌됐건 달콤한 시간이었어요: Thurman, *Isak Dinesen*, 226.

207쪽 지금도 그렇고 앞으로도 영원히: Dinesen, *Letters from Africa*, 224.

208쪽 데니스 핀치해튼 덕분에 나는: Isak Dinesen, *Out of Africa* (New York: Vintage International, 1989), 229.

209쪽 모든 슬픔은 이야기로 풀어내면 견딜 수 있다: Isak Dinesen, *Daguerreotypes and Other Essays* (Chicago: University of Chicago Press, 1984), xix.

비밀의 저택
대프니 듀 모리에

212쪽 저택은 그날부터 줄곧: Daphne du Maurier, *The Rebecca Notebook and Other Memories* (London: Victor Gollancz, 1981), 135.

213쪽 상상의 씨앗이 심어지기 시작했다: Ibid., 13.

214쪽 그 사람은 멋있어 보이려고 꾸미지 않는데도: Daphne du Maurier, *Myself When Young: The Shaping of a Writer* (London: Virago, 2004), 192.

216쪽 열여덟 살 먹은 소년처럼…… 손에는 땀이 축축하게 배어나오고: Margaret Forster, *Daphne du Maurier* (London: Arrow, 2007), 220.

217쪽 상자 안에 가둬두느라: Ibid., 221.

217쪽 나는 그 사내아이를 다시 상자 안에 가둬두고: Ibid., 222.

219쪽 그 갈보년: Michael Thornton, "Daphne's Terrible Secret," *The Daily Mail*, May 11, 2007.

219쪽 우리는 선을 넘고 말았어: Thornton, "Daphne's Terrible Secret."

219쪽 그 사람은 딸에게서 한시도 손을 떼지 못했어요: Ibid.

220쪽 만약 누가 그런 종류의 사랑을: Forster, *Daphne du Maurier*, 222.

220쪽 여자아이도 남자아이도 아니며 육체에서 분리된 영혼: Ibid.

221쪽 불쌍한 엘런 D.와 거트루드에 대한 나의 집착: Forster, *Daphne du Maurier*, 421.

222쪽 진심으로 사랑했던 사람을: Ibid, 369.

에밀리 디킨슨, 외로운 여자의 연애법

223쪽 나는…… 굴뚝새처럼 작고: Harold Bloom, *Emily Dickinson* (New York: Infobase, 2008), 206.

파리에서의 열애
이디스 워튼

225쪽 인생을 편안하게 해주는 남자를: Edith Wharton, *The Fruit of the Tree* (Amherst, NY: Prometheus Books, 2004), 226.

226쪽 굉장히 지적이지만: Edith Wharton, *The Letters of Edith Wharton*, ed. R. W. B. Lewis and Nancy Lewis, (New York: Collier Books/ Macmillan, 1989), 113.

228쪽 그런 고루한 분위기가 지배하는: Edith Wharton, *A Backward Glance* (New York: Touchstone, 1998), 68-69.

228쪽 신부측의 지성이: Shari Benstock, *No Gifts from Chance: A Biography of Edith Wharton* (Austin: University of Texas Press, 2004), 46.

229쪽 후끈한 파도: Wharton, *Letters*, 135.

230쪽 평생의 무기력 상태: Ibid., 161.

230쪽 내가 유일하게 맛본: Kenneth M. Price and Phyllis McBride, "'The Life Apart': Text and Contexts of Edith Wharton's Love Diary," *American Literature 66*, no. 4 (December 1994): 683.

231쪽 순서대로 서빙되고 치워지는 코스 요리가 된 것 같다!: Wharton, *Letters*, 145.

231쪽 내가 더 젊고 예뻤더라면: Ibid., 161.

232쪽 내 삶은 당신을 만나기 전이 더 좋았어요: Ibid., 208.

232쪽 나와 사귄 경험 덕분에 앞으로 더 좋은 소설을 쓸 수 있을 테니: Ibid., 162.

233쪽 씁쓸하고 기분 처지는 추잡한 이야기: Clara Elizabeth Fanning, ed., *The Book*

Review Digest: Eighth Annual Cumulation—Book Reviews of 1912 in One Alphabet (Minneapolis: H. W. Wilson Company, 1912), 479.

233쪽 당신이 지금까지 쓴 것 중 가장 훌륭한 작품: Henry James, *The Letters of Henry James*, vol. 2, ed. Percy Lubbock (New York: Charles Scribner's Sons, 1920), 282.

233쪽 행복한 여자들의 기분: Price and McBride, "'The Life Apart,'" 673.

도로시 파커는 마음이 아플 때마다 농담을 했다

234쪽 내가 남자에게 바라는 건 단 세 가지다: Dorothy Parker, *The Uncollected Dorothy Parker*, ed. Stuart Y. Silverstein (London: Duckworth, 1999), 17.

234쪽 내 달걀을 한 놈한테 다: Elizabeth M. Knowles, ed., *Oxford Dictionary of Quotations* (Oxford: Oxford University Press, 1999), 567.

235쪽 연회장이 몇 년간 서로: Rhonda S. Pettit, ed., *The Critical Waltz: Essays on the Work of Dorothy Parker* (Madison, NJ: Fairleigh Dickinson University Press, 2005), 130.

두 찰스 디킨스 이야기
찰스 디킨스

239쪽 저의 아버지는 고약한 분이셨어요: Michael Slater, *Dickens and Women* (London: J. M. Dent, 1983), 200.

240쪽 런던 전체가…… 디킨스와 모 여배우를: Ada Nisbet, *Dickens and Ellen Ternan* (Berkeley: University of California Press, 1952), 20.

243쪽 여자가 닮을 수 있는 최대한으로: Charles Dickens, *The Letters of Charles Dickens*, vol. 3 (1842–1843), ed. Madeline House, Graham Storey, and Kathleen Tillotson (Oxford: Oxford University Press, 1974), 271.

243쪽 불쌍한 캐서린과 나는 애초에: John Forster, *Life of Charles Dickens*, vol. 3 (Cambridge: Cambridge University Press, 2011), 162.

244쪽 본인의 최악의 본모습: Nisbet, *Dickens and Ellen Ternan*, 36.

245쪽 그가 나를 한때나마 사랑했다는 걸: Slater, *Dickens and Women*, 159.

248쪽 누구보다 진실하고, 믿음직하며, 자기희생적인: Claire Tomalin, *The Invisible Woman: The Story of Nelly Ternan and Charles Dickens* (London: Penguin Books, 2004), 275.

작가의 비밀연애

249쪽 신기한 (···) 살인 충동에 가까운 것: Joan Schenkar, *The Talented Miss Highsmith: The Secret Life and Serious Art of Patricia Highsmith* (New York: St. Martin's Press, 2009), 282.

격정의 시대
프레더릭 더글러스

252쪽 이걸 보면 내가 공정한 것을 알 수 있지 않은가: Mike F. Molaire, *African-American Who's Who, Past and Present, Greater Rochester Area* (Rochester, NY: Norex Publications, 1998), 87.

254쪽 첫해 겨울은 말할 수 없이 고생스러웠지만: Frederick Douglass, *Autobiographies*, ed. Henry Louis Gates Jr. (New York: The Library of America, 1994), 415.

257쪽 조각처럼 아름다운 입술: Maria Diedrich, *Love Across Color Lines: Ottilie Assing and Frederick Douglass* (New York: Hill and Wang, 1999), 139.

259쪽 여전히 입은 살아 있고: Philip S. Foner, ed., *Frederick Douglass on Women's Rights* (Boston: Da Capo Press, 1992), 22.

259쪽 나와 더글러스의 사이만큼 남자와 가까워지면: William S. McFeely, *Frederick Douglass* (New York: W. W. Norton, 1991), 287.

261쪽 단 한 번도 경멸의 시선이나: Ibid., 322.

262쪽 잘 가시오, 더글러스가의 흑인 핏줄이여: Ibid., 320.

262쪽 사랑이 찾아왔는데: Philip S. Foner, ed., *Frederick Douglass: Selected Speeches* *and Writings*, abridged and adapted by Yuval Taylor (Chicago: Lawrence Hill Books, 2000), 693.

리처드 라이트, 별로 착하지 않은 남자

264쪽 내 인생을 방해하는 건 당신의 인생이지: Hazel Rowley, *Richard Wright: The Life and Times* (Chicago: University of Chicago Press, 2008), 388.

본 투 비 와일드
오스카 와일드

265쪽 남자는 상대방을 사랑하지만 않는다면: Oscar Wilde, *The Picture of Dorian Gray* (Hertfordshire, UK: Wordsworth, 1992), 139.

265쪽 나는 쾌락을 좇아서 산 것을: Oscar Wilde, *De Profundis, The Ballad of Reading Gaol and Other Writings* (Hertfordshire, UK: Wordsworth, 1999), 68.

266쪽 나는 어떻게든 유명해질 것이고: Wilde, *Dorian Gray*, vi.

267쪽 내 머리칼을 훑는 당신의 손가락과 (…) 공기는 음악 같은 당신의 목소리로: Harford Montgomery Hyde, *The Trials of Oscar Wilde* (New York: Dover, 1962), 55.

267쪽 오스카 와일드의 부인이 되는 영광을: Barbara Belford, *Oscar Wilde: A Certain Genius* (New York: Random House, 2001), 78.

268쪽 겁에 질려 부들부들 떨었다: Richard Ellmann, *Oscar Wilde* (New York: Vintage, 1988), 235.

268쪽 깜짝 놀랄 소식이 있어요!: Oscar Wilde, *The Complete Letters of Oscar Wilde*, ed. Merlin Holland and Rupert Hart-Davis (New York: Henry Holt, 2000), 153.

268쪽 어떤 것도 우리 사이를 가로막지 못하고: Neil McKenna, *The Secret Life of Oscar Wilde* (New York: Random House, 2011), 65.

268쪽 여성적 미사여구 제조기: Ibid., 106.

269쪽 형태가 망가지고 뒤틀리고 흉측한 것에 (…) 출산이 욕정을 죽였고: Frank Harris, *Oscar Wilde* (Hertfordshire, UK: Wordsworth, 2007), 266.

269쪽   결혼했을 때 나의 아내는: Ibid., 266.

270쪽   유혹을 없애는 유일한 방법은: Wilde, *Dorian Gray*, 14.

271쪽   오스카의 삶에서 보이는 완벽한 조화가: Michael Steinman, *Yeats's Heroic Figures: Wilde, Parnell, Swift, Casement* (Albany: SUNY Press, 1984), 17.

271쪽   나는 법이 아니라: Wilde, *De Profundis and Other*, 59.

272쪽   퀸즈베리 규칙은 어떤지 몰라도: Vincent Powell, *The Legal Companion*(London: Robson Books, 2005), 13.

272쪽   남색가 행세를 하고 다닌다: Wilde, *Dorian Gray*, xxvi.

273쪽   그 소설이 내게 끼친 영향은 어마어마했습니다: McKenna, *Secret Life*, 201.

273쪽   천사 같은 금발의 가녀린: Ibid.

273쪽   궁지에 몰려 헐떡거리는 짐승: Ibid., 501.

273쪽   내가 런던에서 가장 천재적인 사람을 망치다니: Richard Pine, *Oscar Wilde* (Dublin: Gill and Macmillan, 1983), 105.

274쪽   기차는 떠났어―너무 늦었다고: Ellmann, *Oscar Wilde*, 455.

274쪽   나는 감히 이름을 말할 수 없는 사랑이다: Harris, *Oscar Wilde*, 301.

275쪽   후회가 다 무슨 소용인가: Franny Moyle, *Constance: The Tragic and Scandalous Life of Mrs Oscar Wilde* (London: Murray, 2011), xxx.

작가의 매음굴 방문기

———

277쪽   너무 떨려서 그 짓을 못하는 사건이: William C. Carter, *Marcel Proust: A Life* (New Haven, CT: Yale University Press, 2002), 70.

277쪽   난 매춘이 좋아 (…) 매음굴에서 배울 게: Flaubert, *Flaubert in Egypt*, 9-10.

도망자 커플
퍼시 비시 셸리와 메리 셸리

———

281쪽   사랑은 자유로운 것: Percy Bysshe Shelley, *The Poetical Works of Percy Bysshe Shelley*, vol. 1, ed. Mary W. Shelley (London: Moxon, 1870), 64.

281쪽　내게 사랑은 별빛과 같아요: Mary W. Shelley, *The Last Man*, vol. 1 (Philadelphia: Carey, Lea and Blanchard, 1833), 74.

282쪽　저들은 우리를 갈라놓으려는 거야: Richard Holmes, *The Pursuit* (New York: Harper, 2005), 233.

282쪽　이것으로 당신은 독재에서 (…) 그리고 이것이 나를 당신과: Ibid., 233.

284쪽　나를 아는 사람이라면 내 인생의 동반자로: Rosalie Glynn Grylls, *Mary Shelley* (New York: Haskell House, 1938), 29.

284쪽　여자들 중에 당신 정도의 지성을 가진 사람은 없어: Miranda Seymour, *Mary Shelley* (New York: Grove Press, 2000), 123.

285쪽　자유연애라는 신조와 신념 아래: Daisy Hay, *Young Romantics: The Shelleys, Byron and Other Tangled Lives* (London: Bloomsbury, 2010), 308.

286쪽　행복했던 시절의 자식: Mary W. Shelley, *Frankenstein, or, The Modern Prometheus* (Boston, MA: Sever, Francis and Co. 1869), 13.

287쪽　타락해 매춘의 길로 들어섰다: Harry B. Forman, *The Shelley Library: An Essay in Bibliography* (New York: Haskell House, 1971), 5.

287쪽　당신이 나를 떠나지 않았다면: Walter Edwin Peck, *Shelley: His Life and Work 1792–1817* (Cambridge, MA: Riverside Press, 1927), 502.

288쪽　상쇄되어야 마땅하다고: Hay, *Young Romantics*, 183.

289쪽　가장 음울하고 가장 긴 여행: Percy Bysshe Shelley, *The Major Works*, ed. Zachary Leader and Michael O'Neill (Oxford: Oxford University Press, 2009), 517.

289쪽　이탈리아 친구: Grylls, *Mary Shelley*, 139.

290쪽　그 사람 자신의 운명을 예언: Percy Bysshe Shelley, *The Poetical Works of Percy Bysshe Shelley*, vol. 2, ed. Mary W. Shelley (London: Moxon, 1847), 30.

작가와 비극적인 죽음들

291쪽　그녀가 죽은 날로부터 아무 변화도 없는: Henry Wadsworth Longfellow, *Poems and Other Writings*, ed. J. D. McClatchy (New York: The Library of America, 2000), 671.

293쪽　괜찮아, 당신 잘못이 아니야: T. J. Binyon, *Pushkin: A Biography* (New York:

Vintage, 2004), 600.

영혼의 개기일식
볼테르

———

294쪽 우정은 두 영혼의 결혼이며: Francois-Marie Arouet (Voltaire), *Philosophical Dictionary*, part 1 (Whitefish, MT: Kessinger Publishing, 2003), 355.

295쪽 나만큼 깊이: Samuel Edwards, *The Divine Mistress: A Biography of Emilie du Châtelet—The Beloved of Voltaire* (Philadelphia: David McKay, 1970), 85.

296쪽 비너스의 손은: Judith P. Zinsser, *Emilie du Châtelet: Daring Genius of the Enlightenment* (New York: Penguin Books, 2007), 79.

299쪽 한 지성인을 만나: David Bodanis, *Passionate Minds: Emilie du Châtelet, Voltaire, and the Great Love Affair of the Enlightenment* (New York: Three Rivers Press, 2007), 111.

299쪽 신의 선물인 에밀리: Zinsser, *Emilie du Châtelet*, 6.

303쪽 내 눈물이 마를 날은 영영 오지 않을 것이오: Nancy Mitford, *Voltaire in Love* (New York: Dutton, 1985), 271.

작가의 짝사랑

———

305쪽 내게 대답해주기를 거부하는 것은: Charlotte Brontë, *Selected Letters of Charlotte Brontë*, ed. Margaret Smith (New York: Oxford University Press, 2007), 68.

광기와 재능 사이에서
버지니아 울프

———

307쪽 당신은 내게 완전한 행복을: Hermione Lee, *Virginia Woolf* (New York: Random House, 2010), 759.

308쪽 나를 구원해줄 수 있는 사람이 존재했다면: Ibid., 757.

310쪽 나는 당신에게 성적 매력을 전혀 느끼지 않아요: Roger Poole, *The Unknown Virginia Woolf* (Cambridge: Cambridge University Press, 1995), 96.

310쪽 사람들은 도대체 왜 그렇게 교미에 환장하는 것일까: Panthea Reid, *Art and Affection: A Life of Virginia Woolf* (Oxford: Oxford University Press, 1996), 137.

310쪽 성적으로 겁먹은: Lee, *Virginia Woolf*, 243.

311쪽 그녀의 천재성을 위해서라면: Peter Alexander, *Leonard and Virginia Woolf: A Literary Partnership* (New York: St. Martin's Press, 1992), 77.

312쪽 혼수상태에 빠진 장애인: Julia Briggs, *Virginia Woolf: An Inner Life* (Boston: Houghton Mifflin, 2005), 35.

312쪽 난 모든 걸 원해요─사랑, 자녀: Poole, *Unknown Virginia Woolf*, 95.

312쪽 자신이 갖지 못한 것들을 두고: Lee, *Virginia Woolf*, 261.

314쪽 육체적 작업이…… 일에서 잠시나마: Ibid., 362.

314쪽 나는 영국에서 쓰고 싶은 글을: Virginia Woolf, *A Writer's Diary*, ed. Leonard Woolf (Boston: Houghton Mifflin Harcourt, 2003), 81.

314쪽 정열적이고, 미끈한 다리가 눈에 띄는: Virginia Woolf, *A Change of Perspective: The Letters of Virginia Woolf*, vol. 3 (1923 ─ 1928), ed. Nigel Nicolson (London: Hogarth Press, 1977), 479.

315쪽 그녀의 글을 읽을 때마다: Victoria Glendinning, *Vita: The Life of V. Sackville-West* (New York: Quill, 1985), 155.

315쪽 마치 당신이 보석으로 치장한 가운을: Virginia Woolf, *Orlando* (New York: Random House, 2005), xx.

315쪽 나는 아직도 내가 만약 그녀 곁에 있었더라면: Victoria Sackville-West, Harold G. Nicolson, and Nigel Nicolson, eds., *Vita and Harold: The Letters of Vita Sackville-West and Harold Nicolson* (New York: Putnam, 1992), 392.

316쪽 우리는 사랑을 나누며 나란히 광장을 산책했다: Lyndall Gordon, *Virginia Woolf: A Writer's Life* (New York: W. W. Norton, 2001), 250.

316쪽 내가 다시 미쳐가고 있는 게 틀림없어요: Reid, *Art and Affection*, 449.

317쪽 V가 오두막 저편에서 나타나: Victoria Glendinning, *Leonard Woolf: A Biography*

(New York: Simon and Schuster, 2006), 332.

실비아 플라스, 죽음과의 로맨스

———

318쪽 가는 곳마다 물건과 사람을 부숴버리는 놈: Paul Alexander, *Rough Magic* (New York: Penguin Books, 1992), 194.

당신의 문장을 사모하는 사람
로버트 브라우닝과 엘리자베스 배릿 브라우닝

———

323쪽 사랑을 하면 불가능한 일도 가능하다 믿게 되니까요: Elizabeth Barrett Browning, *Aurora Leigh and Other Poems* (New York: Penguin Classics, 1995), 149.

324쪽 당신의 문장을 온 마음을 다해 사모합니다: *The Letters of Robert Browning and Elizabeth Barrett Browning, 1845–1846* (London: Smith, Elder, 1899), 1-2.

325쪽 브라우닝의 '석류'는: Barrett Browning, *Aurora Leigh and Other Poems*, 330.

326쪽 지난밤에 브라우닝이라는 시인에게서: Frances Winwar, *The Immortal Lovers: Elizabeth Barrett and Robert Browning* (New York: Harper and Brothers, 1950), 126.

326쪽 겨울은 겨울잠쥐의 눈을 감기듯: Browning and Barrett, *Letters, 1845–1846*, 4.

326쪽 더이상 젊다는 말도 듣지 못한다: Ibid., 43.

326쪽 인생과 남자를 조금이라도 경험할 수 있다면: Ibid., 44.

327쪽 자! 그럼 우리는 화요일까지는 친구지요: Ibid., 72.

327쪽 당신은 내가 보기에 철저하게 노예와 비슷한 처지로: Ibid., 222.

330쪽 우리는 여전히 온종일: Winwar, *Immortal Lovers*, 217.

330쪽 내가 당신을 얼마나 사랑하느냐고요?: Barrett Browning, *Aurora Leigh and Other Poems*, 398.

331쪽 50편의 시가 완성되었어요!: Robert Browning, *The Poetical Works of Robert Browning*, vol. 4 (London: Smith, Elder, 1912), 173.

332쪽 포기하고 그냥 두고 오려고 했지만: Julia Markus, *Dared and Done: The Marriage* *of Elizabeth Barrett and Robert Browning* (New York: Knopf, 1995), 74.

332쪽 나의 로버트: Winwar, *Immortal Lovers*, 280 – 81.

작가가 연인에게 준 선물

———

335쪽 부인, 위대한 창작이 시작되는 순간에: Marianne Walker, *Margaret Mitchell and John Marsh: The Love Story Behind Gone with the Wind* (Atlanta: Peachtree Publishers, 2011), 162.

로맨틱 서스펜스
애거사 크리스티

———

337쪽 여자들은 남자가 깡패건 사기꾼이건: Agatha Christie, *Murder in Mesopotamia* (New York: Berkley Books, 1984), 131.

339쪽 남편을 그냥 지인 정도로 대했고: Janet Morgan, *Agatha Christie: A Biography* (New York: Harper Collins, 1986), 147.

339쪽 아내는 기억을 완전히 상실했고: Michael Rhodes, "Mrs. Christie Found at Harrogate Hotel," *Yorkshire Post*, December 15, 1926; published online December 15, 2006.

340쪽 감당하기 힘든 외로움이: Agatha Christie, *An Autobiography* (New York: William Morrow, 2011), 349.

340쪽 앞으로 잘 지켜보는 게 좋을 거예요: Ibid., 349.

341쪽 그가 돌아온 것은: Ibid., 352.

341쪽 결혼할 뻔했다가 마지막 순간에 빠져나온: Ibid., 199.

342쪽 그 말을 듣는 순간, 내 인생의 한 부분: Ibid., 351.

343쪽 아치의 인생을 채워주기엔 내게: Ibid., 352.

345쪽 셀리아를 통해 우리는: Max Mallowan, *Mallowan's Memoirs* (New York: Dodd, Mead, 1977), 195.

346쪽 여자에게 진정 돌이킬 수 없는: Christie, *An Autobiography*, 411.

346쪽 고고학자야말로 최고의: Bennett Cerf, *The Life of the Party* (New York: Doubleday, 1956), 146.

347쪽 애거사 크리스티의 인품과 작품: Mallowan, *Memoirs*, 311.

감질나는 요리 같은 나의 그대
거트루드 스타인과 앨리스 B. 토클라스

350쪽 결혼이 뭡니까: Gertrude Stein, *Last Operas and Plays* (New York: Taylor and Francis, 1995), 74.

351쪽 스타인 양, 토클라스 양: "The Editor's Uneasy Chair," *Vanity Fair*, September 1934.

352쪽 그녀는 온통 황갈색으로 빛났다: Alice B. Toklas, *What Is Remembered* (New York: Holt, Rinehart and Winston, 1963), 23.

354쪽 보기 좋게 못생겼다: "Alice Toklas, 89, Is Dead in Paris," *The New York Times*, March 8, 1967.

356쪽 앨리스는 그저 보물을 지키는: "World: Together Again," *Time*, March 17, 1967.

356쪽 거트루드가 없었다면 앨리스는 어쨌을 뻔했어?: "Alice Toklas, 89, Is Dead in Paris."

357쪽 평생 거울을 들여다볼 때마다: Anna Linzie, *The True Story of Alice B. Toklas: A Study of Three Autobiographies* (Iowa City: University of Iowa Press, 2006), 110.

357쪽 가져가는 것보다 기부하는 게: Brenda Wineapple, *Sister Brother: Gertrude and Leo Stein* (Lincoln: University of Nebraska Press, 2008), 297.

357쪽 딱 저런 식으로 덩굴에 질식당하는: James R. Mellow, *Charmed Circle: Gertrude Stein and Company* (New York: Henry Holt, 2003), 179.

358쪽 앨리스 B.는 내 아내: Gertrude Stein, "A Sonatina Followed by Another," in *Bee Time Vine and Other Pieces, 1913–1927* (New Haven, CT: Yale University Press, 1953), 12.

358쪽 감질나는 요리: Gertrude Stein, "The Present," in *Bee Time Vine and Other Pieces*, 212.

358쪽 최강 남편: Kay Turner, ed., *Baby Precious Always Shines: Selected Love Notes Between Gertrude Stein and Alice B. Toklas* (New York: Stonewall Inn Editions, 2000), 10.

359쪽 서로의 조화를 이루고: Alice B. Toklas, *Aromas and Flavors of the Past and Present: A Book of Exquisite Cooking* (New York: Lyons Press, 1996), xxvi.

작가의 첫인상

361쪽 번개가 내리쳐 헛간을 불태우는 일은 일어나지 않았어: Nöel Riley Fitch, *Appetite for Life: The Biography of Julia Child* (New York: Anchor, 2012), 5.

362쪽 그 사람, 입맛이 고급이더라: Nöel Riley Fitch, "The Crisco Kid," *Los Angeles Magazine*, August 1996.

빌어먹을 사랑
로버트 루이스 스티븐슨

364쪽 어떤 여자가 험난한 바다보다: Robert Louis Stevenson, *Essays of Robert Louis Stevenson* (New York: C. Scribner, 1906), 45.

366쪽 빌어먹을 사랑에 빠져: Robert Louis Stevenson, *RLS: Stevenson's Letters to Charles Baxter*, ed. DeLancey Ferguson (Port Washington, NY: Kennikat Press, 1973), 63.

366쪽 키 큰 말라깽이에 얼굴은: Ian Bell, *Dreams of Exile: Robert Louis Stevenson, A Biography* (New York: Henry Holt, 1993), 105.

366쪽 나의 두번째 어머니, 나의 첫번째 아내: Robert Louis Stevenson, *A Child's Garden of Verses* (Boston: Mobile Reference, 2009), dedication.

368쪽 짜릿한 신세계 로맨스의 분위기: Nellie Van de Grift Sanchez, *The Life of Mrs. Robert Louis Stevenson* (New York: C. Scribner's Sons, 1920), 1-2.

369쪽 이제 나는 지난 3년 반 동안: Robert Louis Stevenson, *The Letters of Robert Louis Stevenson*, vol. 1, ed. Sidney Colvin (New York: Scribner, 1917), 318.

370쪽 로버트 못지않게 강하고: Van de Grift Sanchez, *Life of Mrs. Robert Louis Stevenson*, 82.

371쪽 나는 남편의 그 원고가: Claire Harman, *Myself and the Other Fellow: A Life of Robert Louis Stevenson* (New York: Harper Collins, 2005), 296.

373쪽 만약 지금, 혹은 한 반년 안에: Robert Louis Stevenson, *The Letters of Robert Louis Stevenson*, vol. 4, ed. Sidney Colvin (New York: Scribner, 1917), 288.

373쪽 당신이 지금 가장 고통스러운 이유는: Henry James, *Letters*, vol. 3 (1883 – 1895), ed. Leon Edel (Boston: Harvard University Press, 1980), 498.

373쪽 선생님, 보살펴주는 이: Robert Louis Stevenson, *The Works of Robert Louis Stevenson: The Master of Ballantrae, Weir of Hermiston, Poems* (New York: Jefferson Press, 1922), 624.

작가의 연애편지

374쪽 안 그러려고 노력했지만: David Lowenherz, ed., *The 50 Greatest Love Letters of All Time* (New York: Crown, 2002), 91.

374쪽 우리가 나비이고 딱 3일의 여름날만: John Keats, *Selected Letters*, ed. Robert Gittings (New York: Oxford University Press, 2004), 245.

375쪽 내게 가장 잘 맞는 삶의 방식은: Nicholas Murray, *Kafka: A Biography* (New Haven, CT: Yale University Press, 2002), 155.

375쪽 내 사랑이 나를 영원히: Evelyn Blewer, ed., *My Beloved Toto: Letters from Juliette Drouet to Victor Hugo, 1833–1882*, trans. Victoria Tietze Larson (Albany: SUNY Press, 2005), 1.

376쪽 내 심장은 당신으로 가득하고: Emily Dickinson, *Selected Letters*, ed. Thomas H. Johnson (Cambridge, MA: Harvard University Press, 1986), 90.

참고문헌

미인은 뜨거운 것을 좋아해
아서 밀러

———

Bigsby, Christopher. *Arthur Miller*. London: Phoenix, 2009.

Meyers, Jeffrey. *The Genius and the Goddess: Arthur Miller and Marilyn Monroe*. London: Arrow, 2010.

Miller, Arthur. *Timebends: A Life*. London: Methuen, 1987.

황무지에서 부르는 연가
T. S. 엘리엇

———

Ackroyd, Peter. *T. S. Eliot*. Harmondsworth: Penguin, 1984.

Bloom, Harold. *T. S. Eliot*. New York: Chelsea House, 1999.

Gordon, Lyndall. *T. S. Eliot: An Imperfect Life*. New York: W. W. Norton, 2000.

Seymour-Jones, Carole. *Painted Shadow: The Life of Vivienne Eliot, First Wife of T. S. Eliot, and the Long-Suppressed Truth About Her Influence on His Genius*. New York: Doubleday, 2001.

아름답고 저주받은 사람들
F. 스콧 피츠제럴드와 젤다 피츠제럴드

Bruccoli, Matthew J. *Some Sort of Epic Grandeur: The Life of F. Scott Fitzgerald.* 2nd ed. Columbia: University of South Carolina Press, 2002.

Bryer, Jackson R., and Cathy W. Barks, eds. *Dear Scott, Dearest Zelda: The Love Letters of F. Scott and Zelda Fitzgerald.* New York: St. Martin's Griffin, 2003.

Milford, Nancy. *Zelda: A Biography.* New York: Harper Perennial Modern Classics, 2011.

Taylor, Kendall. *Sometimes Madness Is Wisdom: Zelda and Scott Fitzgerald—A Marriage.* New York: Ballantine Books, 2003.

전쟁중에 평화란 없다
레프 톨스토이

Shirer, William. *Love and Hatred: The Tormented Marriage of Leo and Sonya Tolstoy.* New York: Simon and Schuster, 1994.

Smoluchowski, Louise. *Lev and Sonya: The Story of the Tolstoy Marriage.* New York: Putnam, 1987.

Tolstoy, Sophia. *The Diaries of Sofia Tolstoy.* Translated by Cathy Porter. London: Alma, 2010.

남자가 한을 품으면
어니스트 헤밍웨이

Hemingway, Mary Welsh. *How It Was.* New York: Knopf, 1976.

Kert, Bernice. *The Hemingway Women: Those Who Loved Him—The Wives and Others.* New York: W. W. Norton, 1986.

Meyers, Jeffrey. *Hemingway: A Biography.* Boston: Da Capo Press, 1999.

Moorehead, Caroline. *Gellhorn: A Twentieth-Century Life.* New York: Henry Holt,

2004.

해도 해도 너무한 남자
노먼 메일러

———

Dearborn, Mary. *Mailer: A Biography.* New York: Houghton Mifflin, 2001.

Mailer, Adele. *The Last Party: Scenes from My Life with Norman Mailer.* Fort Lee, NJ: Barricade Books, 1997.

Mailer, Norris Church. *A Ticket to the Circus: A Memoir.* New York: Random House, 2010.

Rollyson, Carl. *Norman Mailer: The Last Romantic.* New York: iUniverse, 2008.

미치광이에 악당, 알아봤자 위험한 남자
바이런

———

Hay, Daisy. *Young Romantics: The Shelleys, Byron and Other Tangled Lives.* London: Bloomsbury, 2010.

MacCarthy, Fiona. *Byron: Life and Legend.* London: Faber and Faber, 2003.

O'Brien, Edna. *Byron in Love: A Short Daring Life.* New York: W. W. Norton, 2010.

나를 저주하지 마오
귀스타브 플로베르

———

Brown, Frederick. *Flaubert: A Biography.* Cambridge, MA: Harvard University Press, 2007.

Gray, Francine du Plessix. *Rage and Fire: A Life of Louise Colet.* New York: Touchstone, 1995.

Wall, Geoffrey. *Flaubert: A Life.* New York: Farrar, Straus and Giroux, 2001.

너의 길을 가라
비트 제너레이션

———

Campbell, James. *This Is the Beat Generation: New York, San Francisco, Paris.* Berkeley: University of California Press, 2001.

Knight, Brenda. *Women of the Beat Generation: The Writers, Artists and Muses at the Heart of a Revolution.* Berkeley, CA: Conari Press, 1996.

Marler, Regina, ed. *Queer Beats: How the Beats Turned America On to Sex: Selected Writings.* San Francisco: Cleis Press, 2004.

Morgan, Bill. *I Celebrate Myself: The Somewhat Private Life of Allen Ginsberg.* New York: Viking, 2006.

나는 섹스한다, 고로 존재한다
시몬 드 보부아르

———

Bair, Deirdre. *Simone de Beauvoir: A Biography.* New York: Touchstone, 1991.

Francis, Claude, and Fernande Gontier. *Simone de Beauvoir: A Life, a Love Story.* New York: St. Martin's Press, 1987.

거짓의 거미줄에 가려진 진실
아나이스 닌

———

Bair, Deirdre. *Anaïs Nin: A Biography.* New York: Penguin Books, 1996.

Ferguson, Robert. *Henry Miller: A Life.* New York: W. W. Norton, 1991.

Fitch, Noël Riley. *Anaïs: The Erotic Life of Anaïs Nin.* New York: Little, Brown, 1993.

Nin, Anaïs, and Henry Miller. *A Literate Passion: Letters of Anaïs Nin and Henry Miller, 1932–1953.* Edited by Gunther Stuhlmann. New York: Harcourt Brace, 1989.

충격과 공포
테너시 윌리엄스

Spoto, Donald. *The Kindness of Strangers: The Life of Tennessee Williams*. Boston: Da Capo Press, 1997.

Williams, Tennessee. *Memoirs*. New York: New Directions, 2006.

달콤한 슬픔
카렌 블릭센(이자크 디네센)

Donelson, Linda. *Out of Isak Dinesen in Africa: The Untold Story*. Iowa City: Coulsong List, 1995.

Thurman, Judith. *Isak Dinesen: The Life of a Storyteller*. New York: St. Martin's Press, 1982.

비밀의 저택
대프니 듀 모리에

Auerbach, Nina. *Daphne du Maurier: Haunted Heiress*. Philadelphia: University of Pennsylvania Press, 2002.

Du Maurier, Daphne. *The Daphne du Maurier Companion*. Edited by Helen Taylor. London: Virago, 2007.

————. *Myself When Young: The Shaping of a Writer*. London: Virago, 2004.

————. *The Rebecca Notebook and Other Memories*. London: Virago, 2005.

Forster, Margaret. *Daphne du Maurier*. London: Arrow, 1993.

파리에서의 열애
이디스 워튼

Benstock, Shari. *No Gifts from Chance: A Biography of Edith Wharton*. Austin:

University of Texas Press, 2004.

Lee, Hermione. *Edith Wharton*. New York: New York: Vintage, 2008.

Wharton, Edith. *The Letters of Edith Wharton*. Edited by R. W. B. Lewis and Nancy Lewis. New York: Collier Books/ Macmillan, 1989.

두 찰스 디킨스 이야기
찰스 디킨스

———

Ackroyd, Peter. *Dickens*. London: Vintage, 2002.

Slater, Michael. *Dickens and Women*. London: Dent, 1983.

Tomalin, Claire. *The Invisible Woman: The Story of Nelly Ternan and Charles Dickens*. London: Penguin, 2004.

격정의 시대
프레더릭 더글러스

———

Diedrich, Maria. *Love Across Color Lines: Ottilie Assing and Frederick Douglass*. New York: Hill and Wang, 1999.

McFeely, William S. *Frederick Douglass*. New York: W. W. Norton, 1991.

본투비 와일드
오스카 와일드

———

Ellmann, Richard. *Oscar Wilde*. New York: Vintage, 1988.

McKenna, Neil. *The Secret Life of Oscar Wilde*. New York: Random House, 2011.

Moyle, Franny. *Constance: The Tragic and Scandalous Life of Mrs Oscar Wilde*. London: John Murray, 2011.

도망자 커플
퍼시 비시 셸리와 메리 셸리

___

Hay, Daisy. *Young Romantics: The Shelleys, Byron and Other Tangled Lives.* London: Bloomsbury, 2010.

Holmes, Richard. *Shelley: The Pursuit.* New York: Harper, 2005.

Seymour, Miranda. *Mary Shelley.* New York: Grove Press, 2000.

영혼의 개기일식
볼테르

___

Andrews, Wayne. *Voltaire.* New York: New Directions, 1981.

Bodanis, David. *Passionate Minds: Emilie du Châtelet, Voltaire, and the Great Love Affair of the Enlightenment.* New York: Three Rivers Press, 2007.

Mitford, Nancy. *Voltaire in Love.* New York: Dutton, 1985.

Zinsser, Judith P. *Emilie du Châtelet: Daring Genius of the Enlightenment.* New York: Penguin Books, 2007.

광기와 재능 사이에서
버지니아 울프

___

Alexander, Peter. *Leonard and Virginia Woolf: A Literary Partnership.* New York: St. Martin's Press, 1992.

Bell, Quentin. *Virginia Woolf: A Biography.* London: Pimlico, 1996.

Gordon, Lyndall. *Virginia Woolf: A Writer's Life.* New York: W. W. Norton, 2001.

Lee, Hermione. *Virginia Woolf.* New York: Random House, 1996.

Poole, Roger. *The Unknown Virginia Woolf.* Cambridge: Cambridge University Press, 1995.

Rosenfeld, Natania. *Outsiders Together: Virginia and Leonard Woolf.* Princeton, NJ: Princeton University Press, 2001.

당신의 문장을 사모하는 사람
로버트 브라우닝과 엘리자베스 배릿 브라우닝

———

Markus, Julia. *Dared and Done: The Marriage of Elizabeth Barrett and Robert Browning*. New York: Knopf, 1995.

Winwar, Frances. *The Immortal Lovers: Elizabeth Barrett and Robert Browning*. New York: Harper and Brothers, 1950.

로맨틱 서스펜스
애거사 크리스티

———

Christie, Agatha. *An Autobiography*. New York: William Morrow, 2011.

Hack, Richard. *Duchess of Death: The Unauthorized Biography of Agatha Christie*. Beverly Hills, CA: Phoenix Books, 2009.

Morgan, Janet. *Agatha Christie: A Biography*. New York: Harper Collins, 1986.

감질나는 요리 같은 나의 그대
거트루드 스타인과 앨리스 B. 토클라스

———

Mellow, James R. *Charmed Circle: Gertrude Stein and Company*. New York: Henry Holt, 2003.

Souhami, Diana. *Gertrude and Alice*. New York: I. B. Tauris, 2009.

Stein, Gertrude. *The Autobiography of Alice B. Toklas*. New York: Vintage, 1990.

빌어먹을 사랑
로버트 루이스 스티븐슨

———

Balfour, Sir Graham. *The Life of Robert Louis Stevenson*. New York: C. Scribner's Sons, 1915.

Bell, Ian. *Robert Louis Stevenson: Dreams of Exile*. New York: Henry Holt, 1993.

Sanchez, Nellie Van de Grift. *The Life of Mrs. Robert Louis Stevenson.* New York: C.
Scribner's Sons, 1920.

옮긴이 **허형은**

숙명여자대학교를 졸업하고 현재 전문 번역가로 활동중이다. 옮긴 책으로 『모르타라 납치사건』 『토베 얀손, 일과 사랑』 『삶의 끝에서』 『모리스의 월요일』 『빅스톤갭의 작은 책방』 『생추어리 농장』 『범죄의 해부학』 『세상에서 가장 자유로운 도시, 암스테르담』 등이 있다.

미친 사랑의 서 작가의 밀애, 책 속의 밀어

1판 1쇄 2019년 8월 7일
1판 3쇄 2019년 9월 2일

지은이 섀넌 매케나 슈미트 · 조니 렌던
옮긴이 허형은
펴낸이 염현숙

기획 김지영 | 책임편집 이연실 | 편집 정현경
디자인 신선아 | 저작권 한문숙 김지영
마케팅 정민호 박보람 나해진 최원석 우상욱
홍보 김희숙 김상만 오혜림
제작 강신은 김동욱 임현식 | 제작처 영신사

펴낸곳 (주)문학동네
출판등록 1993년 10월 22일 제406-2003-000045호

주소 10881 경기도 파주시 회동길 210
전자우편 editor@munhak.com | 대표전화 031)955-8888 | 팩스 031)955-8855
문의전화 031)955-8895(마케팅) 031)955-2651(편집)
문학동네카페 http://cafe.naver.com/mhdn | 트위터 @munhakdongne
북클럽문학동네 http://bookclubmunhak.com

ISBN 978-89-546-5705-1 03840

www.munhak.com